Kaspar Wolfensberger

Gommer Sommer

Der erste Fall für Kauz

Kriminalroman

Kampa

Die Originalausgabe erschien 2016 im bilgerverlag, Zürich.

Für den Blick hinter die Verlagskulissen:
www.kampaverlag.ch/newsletter

Gommer Sommer

Noch nicht ganz sechs Uhr in der Früh, ein neuer Tag bricht an. Über der Furka beginnt es golden zu leuchten. Wie Scherenschnitte heben sich die schwarzen Bergzacken vor dem heller werdenden Himmel ab. Ein erster Sonnenstrahl trifft auf den Gipfel des Brudelhorns. Gegenüber, hoch über dem Minstigertal, glänzen die Felswände im Morgenlicht. Im Westen, hinter dem nächsten Dorf, steht weiß auf grüner Matte die Feldkapelle. In der Ferne, im milchigen Rosarot des Morgens, das mächtige Weisshorn. Eine Nebelbank liegt über dem Rotten. Die Lärchen und Fichten an den Berghängen ruhen noch im Schatten. Aufrecht, stoisch und friedlich. Die Morgenluft ist frisch und rein. Tautropfen hängen an Blättern und Halmen. Es riecht nach dem am Vorabend gemähten Gras. In der Ferne tönen vereinzelte Kuhglocken. Vögel zwitschern in die Morgenstille hinein.

Die zwei Männer auf dem Parkplatz neben den Bahngleisen haben weder Augen noch Ohren für die Schönheit der Landschaft. Der Große flüstert in sein Handy, steckt es wieder ein, drückt dann lautlos die Beifahrertür zu. Die beiden ziehen los, der Kleine immer einen Schritt voraus. Sie sind wärmer angezogen als es, selbst zu dieser kühlen Morgenstunde, nötig wäre: dicke Jacken, Halstuch, Handschuhe. Der Große trägt einen Schlapphut, der Kleine eine Langläufermütze tief ins Gesicht gezogen. Bei einem Speicher am Dorfrand bleiben sie stehen und gehen in Deckung. Der Kleine steht an der Stallecke, Gasse und Speicher immer im Auge. Der Große lehnt sich gegen die Seitenwand des Nachbarstadels gegenüber und zündet in der hohlen Hand eine Zigarette an. Sie warten schweigend. Eine Viertelstunde später erscheint auf der Gasse ein dritter Mann. Seiner Kleidung nach ein Bauer auf dem Weg in den Stall oder aufs Feld. Er trägt eine papierene Einkaufstasche mit dem Schriftzug des Dorfladens. Vor dem Speicher stellt er die Tasche ab und zieht einen Schlüssel aus der Hosentasche. Er schreckt hoch, als der Mann mit der Skimütze von hinten an ihn herantritt. Der hebt entschuldigend die Hände. Der Bauer lacht, sagt etwas und macht eine Kopfbewegung Richtung Tür. Der Skimützenmann hebt die Schultern und nickt. Der Bauer stößt die Tür auf und lässt den Mann eintreten. Bedächtig greift er nach der Einkaufstasche. Der Große mit dem Schlapphut hat seine Zigarette weggeworfen und ist mit ein paar raschen Schritten bei der Tür. Er drängt den Bauern in den Speicher hinein und stößt mit dem Fuß die Tür hinter sich zu. Kaum zwanzig Minuten später kommen die zwei Männer wieder aus der Speichertür, knöpfen eilig ihre Jacken zu und hasten zum Parkplatz. Sie steigen in ihren Pick-up und brausen davon.

Das Dorf erwacht.

Freitag, 30. Juni

Kauz war schon in Ferienstimmung. Zu Hause in Altstetten stand alles für die Abreise bereit. Auf acht Uhr fünfzehn war er zu seiner obersten Chefin zitiert worden, Punkt Viertel nach acht klopfte er an. Er war darauf gefasst, einen Rüffel, vielleicht sogar einen Verweis einstecken zu müssen. Was dann kam, darauf war er nicht gefasst gewesen.

Die Kommandantin, Frau van Hooch, empfing ihn im Stehen. Sulzer, Leiter der Human Resources, und Senn, Chef der Kriminalpolizei, sein direkter Vorgesetzter, standen neben ihr.

Kauz wurde es mulmig.

Mit eiskalter Miene stellte Frau van Hooch ihn vor die Wahl, in den administrativen Dienst versetzt zu werden oder das Arbeitsverhältnis im gegenseitigen Einverständnis mit sofortiger Wirkung aufzulösen.

Frau Dr. iur. Doris van Hooch, patentierte Rechtsanwältin, ohne jegliche Praxis in diesem Beruf, dafür aber mit einem *Master of Business Administration* dekoriert und Absolventin eines postdoktoralen universitären Lehrgangs in *Applied Ethics*, war einst die umstrittene, um nicht zu sagen berüchtigte Reorganisatorin im Volksschulamt gewesen. Seit einem Jahr war sie nun Kommandantin der Zürcher Kantonspolizei. Der graue Businessanzug saß perfekt. Sie war makellos geschminkt, das stylish getönte Haar war flott geföhnt.

Die Vertrauensbasis für eine weitere Zusammenarbeit sei nicht mehr gegeben, eröffnete Frau van Hooch ihm knapp.

Nicht mehr gegeben?, dachte Kauz. Gar nie vorhanden gewesen!

Dass er seine Mitarbeiter gegen sie aufwiegle, fuhr Frau van Hooch fort, könne sie nicht weiter hinnehmen.

In der Tat, Kauz hatte seine neue oberste Chefin nie riechen können. Und er hatte kein Hehl daraus gemacht, was er von ihrer hektischen, von einem McKinsey-Team am Reißbrett ausgeheckten Reorganisation des Polizeikorps hielt. Ohne die Meinung der gestandenen Polizistinnen und Polizisten, Dienstchefs und Offiziere auch nur anzuhören, ohne auf Einwände und Bedenken einzugehen, hatte sie wie ein Wirbelwind das ganze Korps auf den Kopf gestellt. Was sich irgendwie umstrukturieren ließ, wurde umstrukturiert. Bewährtes wurde über den Haufen geworfen, Neues mit großen Worten angekündigt und ohne Rücksicht auf Verluste *implementiert*. So lautete das Lieblingswort der Kommandantin. Titel, Diplome und CAS zählten mit einem Mal mehr als persönliche Eignung und Berufserfahrung. Die meisten kuschten oder machten die Faust im Sack. Fast alle hatten Familie und konnten es sich nicht leisten, ihren Job zu riskieren. Denn die Kommandantin hatte die Rückendeckung der neu gewählten Regierungsrätin, von der sie auf den Posten gehievt worden war. Aber Kauz hatte den Mund nicht halten können. Frau van Hooch hatte von *Insubordination* gesprochen, als er sich einmal etwas gar weit aus dem Fenster lehnte, und absolute Loyalität gefordert. Dass Kauz dagegen protestierte, mit seinen Leuten in ein Großraumbüro umzuziehen, und dass einzelne von ihnen sich auch selber dagegen auflehnten, war für Frau van Hooch wohl schon Aufwiegelung. Dass Kauz sich jetzt rundweg weigerte, die Konsequenzen, die sein Protest nach sich zog, zu akzeptieren und Hals über Kopf in eine neue

Abteilung zu wechseln, das hatte das Fass für die Kommandantin offenbar zum Überlaufen gebracht.

Und dann erst seine Arroganz, hörte er sie jetzt sagen, seine überhebliche Art ... Kauz war, als rede sie hinter einer gläsernen Wand.

Da sie unmöglich mangelnde berufliche Leistung ins Feld führen konnte – er hatte als Kriminalpolizist und als Dienstchef stets nur erstklassige Qualifikationen erhalten –, deutete sie an, dass eine Disziplinaruntersuchung gegen ihn eingeleitet werde, sollte er den Dienst nicht freiwillig quittieren. Dabei werde man natürlich auch seine Spesenabrechnungen, seinen E-Mail-Verkehr und die Festplatte seines Computers unter die Lupe nehmen. Kauz wusste selbst am besten, dass bei einer solchen Nachforschung immer irgendetwas zum Vorschein kam, das sich notfalls aufbauschen und sogar strafrechtlich verfolgen ließ.

Doch er war durch und durch Polizist, der administrative Dienst kam für ihn nicht infrage. Für die Frühpensionierung war er noch zu jung. Und eine Privatdetektei, wie manche ehemaligen Polizisten sie betrieben, war nicht nach seinem Gusto. Zwar war er ein findiger Fahnder und hartnäckiger Kriminalpolizist, mit einer sehr respektablen Aufklärungsquote. Und er war gut vernetzt – keine schlechten Voraussetzungen für einen Privatdetektiv. Aber er wusste, dass er die Polizeiarbeit vermissen würde. Also hatte er darauf spekuliert, dass irgendwann schon offensichtlich würde, welches Chaos die neue Kommandantin im Korps anrichtete und wie demoralisierend sich ihr Führungsstil auswirkte. Er hatte gehofft, dass das Wochenblatt die Sache aufgreifen würde und Frau van Hooch schließlich den Dienst quittieren müsse. Aber da hatte er sich wohl verrechnet.

Kauz stand in verwaschenen Jeans, abgewetztem Kordjackett und kariertem Hemd vor seiner piekfeinen Kommandantin. Frisch rasiert konnte man ihn nicht nennen, und ein

Haarschnitt war auch längst überfällig. Doch dass er selbst in dieser Situation einen leicht hochmütigen Blick hatte, dafür konnte er nichts. Er litt an einer genetisch bedingten Ptose, wie ein Augenarzt diagnostiziert hatte: Seine Oberlider hingen immer leicht über die Augen herab. Auch mit größter Anstrengung vermochte er sie nicht ganz zu öffnen. Das verlieh ihm den Ausdruck einer verschlafenen Eule, selbst wenn er hellwach war. Diese Mimik hatte ihm schon bei den Pfadfindern seinen Spitznamen eingetragen. Der war ihm geblieben, und seit er erwachsen war, trug er ihn fast mit Stolz. Und weil ihn jeder als »Kauz« kannte, sah man ihm sein etwas eigenwilliges Sozialverhalten nach. Da das Symptom nicht sehr ausgeprägt war, hatte es bei der Rekrutierung keine Probleme gegeben. Und bei der Aufnahme in die Polizeischule auch nicht. Er war sogar ein ganz leidlicher Pistolenschütze. Aber wenn er seinem Gegenüber in die Augen sehen wollte, musste er ein klein wenig den Kopf heben, damit ihm seine Lider nicht in die Quere kamen. So machte er, wenn man ihn nicht kannte, ganz ungewollt einen hochnäsigen Eindruck.

Kauz fühlte sich wie von der Kommandantin geohrfeigt.

»Das kommt jetzt etwas unerwartet«, murmelte er, »nach dreiunddreißig Dienstjahren. Sie …« Er hatte nicht die Absicht, auf Mitleid zu machen. Vielmehr wollte er darauf anspielen, dass Frau van Hooch gerade mal ein einziges Dienstjahr vorzuweisen hatte. Nur fand er im Schock die Worte nicht.

»Werden Sie jetzt nicht pathetisch, Herr Walpen«, unterbrach ihn die Kommandantin.

»Geben Sie her«, sagte Kauz abrupt, obschon er wusste, dass er sich hatte provozieren lassen und jetzt möglicherweise den größten Fehler seines Lebens beging. Er streckte die Hand aus.

Frau van Hooch nahm Sulzer das Papier aus der Hand, das

der von Anfang an für sie bereitgehalten hatte, und reichte es Kauz.

Kauz las die vorbereitete Vereinbarung durch. Nur kurz ging ihm der Gedanke durch den Kopf, dass er einen Rechtsanwalt nehmen und die aufgezwungene Entlassung anfechten müsste.

Dann unterschrieb er.

»Tut mir aufrichtig leid, Herr Walpen«, flüsterte Senn.

Frau van Hooch sah den Kripochef tadelnd an.

Feigling, dachte Kauz. Opportunist.

»Wenn Sie wünschen, können wir Ihnen ein Coaching vermitteln«, sülzte Sulzer.

»Wofür? Ich bin ja entlassen.«

»Nun, für die berufliche Neuorientierung. Sie sind siebenundfünfzig, da …«

»Das weiß ich selber«, fuhr Kauz ihn an.

Sulzer sah ihn bekümmert an. Dann gab er sich einen Ruck: »Sie machen aber keine Dummheiten, nicht wahr, Herr Walpen?«, hakte er nach.

Kauz warf ihm einen verächtlichen Blick zu.

»Ach ja, wenn wir gerade dabei sind«, sagte Frau van Hooch. »Herr Senn wird Sie jetzt an Ihren Arbeitsplatz begleiten. Dort nimmt er Ihnen den Badge und Ihre Dienstwaffe ab.« Mit einer hochgezogenen Augenbraue unterstrich sie den unausgesprochenen Auftrag an Senn, allfällige Dummheiten zu verhindern. »Bis neun Uhr müssen Sie Ihren Platz geräumt haben«, fuhr sie fort. »Danach erlischt Ihre Zugangsberechtigung zum Kommando. Das wars, Herr Walpen. Ich wünsche Ihnen alles Gute«, schloss sie, ohne eine Miene zu verziehen.

So viel Selbstbeherrschung brachte Kauz nicht auf.

»Wissen Sie was?«, fragte er, und jetzt versuchte er tatsächlich, ein bisschen herablassend zu klingen, »ich werde weder mich selbst noch sonst jemanden über den Haufen schießen.

Nun, Frau van Hooch, Menschenkenntnis war noch nie Ihre Stärke. Sie sind eben kein Polizist. Nie gewesen. Und von der Polizeiarbeit haben Sie keine blasse Ahnung. Das weiß hier jeder! Vielleicht sogar Sie selber. Ich wünsche dem Polizeikorps alles Gute.«

Damit steckte er die Kopie des unterzeichneten Entlassungspapiers ein und ließ sie stehen.

Seine Mitarbeiter scharten sich um ihn, als er im Büro erschien und unter Senns Augen seinen Arbeitsplatz zu räumen begann. Sie verstanden die Welt nicht mehr.

»Lasst das bloß bleiben!«, raunzte er, als einzelne ankündigten, sie würden bei der Kommandantin vorsprechen und gegen seine Entlassung protestieren. Er fürchtete, es könnte ihnen sonst auch an den Kragen gehen.

Am Freitag, den dreißigsten Juni, Schlag neun Uhr morgens, stand Kauz auf der Straße. Seiner Funktion als Dienstchef Leib und Leben bei der der Zürcher Kriminalpolizei enthoben, per Ende Jahr entlassen und mit sofortiger Wirkung freigestellt.

Es regnete in Strömen, wie schon seit Wochen. Vom Zürcher Regenwetter hatte Kauz die Nase nun so richtig voll. Er schlug den Mantelkragen hoch, packte seine pralle Aktenmappe, die Sport- und die Einkaufstasche, die ihm zwei Kolleginnen mit Tränen in den Augen geliehen hatten, um seine Siebensachen zu verstauen, und ging aufs Tram.

✻

Der Einsatz war zu Ende, was jetzt folgte, war nur noch Bürokram. Auf dem Rückweg von Münster wies Polizeikorporal Ria Ritz den Aspiranten Benjamin Carlen an, den Streifenwagen vor der Bäckerei in Fiesch zu parken. Carlen blieb am Steuer sitzen. Ria Ritz, ihres Zeichens Postenchef in Fiesch – es wäre ihr nie eingefallen, sich als Postenchefin zu bezeichnen –, stieg aus. Sie holte drei frische Brötchen, zwei extra große für Carlen, dick mit Schinken bepackt, und eines mit Kräuterquark für sich selbst. Sie hatten beide noch nicht gefrühstückt. Es war mittlerweile halb zehn Uhr geworden, der Einsatz hatte alles in allem fast drei Stunden gedauert. Sie fuhren zum Polizeiposten, setzten sich an ihre Arbeitsplätze, machten Kaffee und bissen in ihre Brötchen.

Eigentlich wäre die mobile Patrouille für diesen Einsatz zuständig gewesen, aber die war zu einem schweren Carunfall im Pfynwald gerufen worden. Ria hatte Pikettdienst gehabt. Sie war um halb sieben schon auf gewesen, hatte Benjamin per Handy aus den Federn geholt, sich in die Uniform gestürzt und war in ihrem Familienauto zum Posten gefahren.

Benjamin Carlen saß schon im Streifenwagen, als sie dort ankam, stellte Blaulicht und Sirene an und fuhr los. Mitten in der Ausbildung zum Gendarmen – so lautete die offizielle Bezeichnung – absolvierte er ein Praktikum auf dem Posten Fiesch. Als sportlicher Autofahrer war er ganz erpicht auf solche Einsätze. Er liebe Action – *Äggschn* –, sagte er bei jeder Gelegenheit.

»Schwerverletzter in Münster, mitten im Dorf«, sagte Ria Ritz knapp. »Verkehrsunfall. Vom Unfallfahrzeug keine Spur. Fahrerflucht.«

»Okay, Chef, dann mal *Äggschn*«, meinte der junge Polizeiaspirant erfreut und fuhr rassig, aber kontrolliert die engen Kurven hinauf.

Korporal Ria Ritz überlegte: Mit Blaulicht dauerte die Fahrt von Fiesch nach Münster zwölf Minuten. Der Zeitpunkt des Unfalls lag bestimmt länger zurück. Wenn der Unfallfahrer talabwärts flüchtete, dann wäre er schon bei Fiesch vorbei, unterwegs Richtung Brig und Visp. Nahm er aber talaufwärts Reißaus, dann wäre er bald über alle Berge. Die dritte Möglichkeit war, dass der flüchtige Fahrer aus dem Goms stammte, sich jetzt irgendwo versteckte oder zu

Hause ins Bett legte und seinen Rausch ausschlief. So oder so, sie konnte sich jetzt nicht um die Fahndung nach dem Fluchtwagen kümmern. Das musste sie der Zentrale überlassen. Aber sie hielt die Augen offen. Beni fuhr wie der Teufel, aber gekonnt.

Ria ging davon aus, dass die Rettungssanitäter, die in Münster auf Pikett standen, und auch der Dorfarzt längst auf der Unfallstelle waren.

Benjamin Carlen gab Gas. Er kannte das Goms wie seine Westentasche. Einmal an der Abzweigung Fürgangen vorbei, hatte er freie Fahrt. Die Strecke blieb kurvig, wies aber kaum noch Steigung auf. Niederwald, Beni drückte das Gaspedal durch. Blitzingen, volle Pulle, immer Richtung Galenstock. In Selkingen nahm er den Fuß vom Pedal, in Biel bremste er leicht ab. Ab Ritzingen gab er wieder Vollgas. Jetzt passierte er Gluringen, die reinste Rennstrecke. Reckingen, Endspurt. Erst eingangs Münster lockerte er in der Steigung sein rechtes Bein und schaltete herunter.

»Nicht schlecht«, nickte Ria Ritz anerkennend, als er schließlich mit quietschenden Reifen hielt.

Die Unfallstelle lag tatsächlich mitten im Dorf an einer etwas engen Stelle, gleich nach einer unübersichtlichen Kurve. Ria hatte hier schon mehr als einmal Unfallrapporte erstellen müssen, aber bis anhin war es bloß um Sachschäden gegangen. Die schwereren Unfälle, mit Toten und Verletzten, passierten sonst eher auf den Strecken zwischen den Dörfern, wenn Auto- und Motorradfahrer Überholverbot oder Tempolimite missachteten.

Korporal Ria Ritz erfasste die Situation mit einem Blick: ein Verletzter, bewegungslos neben einer Hausmauer auf der Straße liegend, den Kopf in einer Blutlache; Bremsspuren, Lack- und Glassplitter auf der Straße. Zwei Einwohner, die früh unterwegs waren, hielten den Verkehr auf, der talaufwärts fuhr. Oberhalb stand das Ambulanzfahrzeug, das

Blaulicht kreiste. Ritz gab dem Aspiranten Carlen Anweisung, die Unfallstelle *comme il faut* zu sichern, um Folgeunfällen vorzubeugen. Sie selber ging zum Dorfarzt und den Rettungssanitätern, die sich um den Verletzten kümmerten. Eben wurde entschieden, er müsse per Helikopter ins Spital Visp geflogen werden. Ritz meldete der Zentrale per Funk den Sachverhalt. Sie schaute auf ihre Uhr. Es würde mindestens vierzig Minuten dauern, bis die Spurensicherung aus Brig da war. So lange mussten sie hier ausharren. Sie markierte auf der Straße mit Kreidestrichen die Lage des Verunfallten. Dann beugte sie sich über die Scherben und Lacksplitter, die auf dem Asphalt lagen, ohne etwas anzurühren. Mattgrüne Lacksplitter, stellte sie fest. Ein Armeefahrzeug?, fragte sie sich.

Die Rettungssanitäter hatten die Taschen des Verunfallten durchsucht. Einen Notfallausweis konnten sie nicht finden, aber er trug seine Identitätskarte auf sich: Hubert Trapper war sein Name, achtundvierzig Jahre alt. Ria Ritz schaltete sofort: Das war doch der Gemeindeschreiber von Münster! Der Verletzte wurde auf die Bahre gehoben und ins Ambulanzfahrzeug geladen. Wenig später fuhren die Rettungssanitäter mit dem Bewusstlosen auf das Flugfeld am Rotten hinunter, wo der Rettungshelikopter landen würde.

Nun ging Korporal Ritz zu Doktor Kalbermatten. Er war ein Hüne mit weißem Vollbart und dicker Hornbrille, eine Figur wie aus einem alten Heimatfilm. Neben seinem Auto kniend packte er die Notfalltasche zusammen.

»Überlebt er?«, fragte sie.

Kalbermatten hob die Schultern. »Ich weiß nicht, *Meggä*«, sagte er. »Schädelbruch. Wahrscheinlich mehrfache innere Verletzungen. Vielleicht auch die Wirbelsäule. Ganz nüchtern ist er übrigens nicht.« Doktor Kalbermatten tippte mit dem Zeigefinger an seinen Nasenflügel, zum Zeichen, wie er den Befund erhoben hatte.

»Wer informiert die Angehörigen?«, fragte Ria.

»Das mache ich. Ich kenne die Familie«, sagte der alte Doktor.

Ria war heilfroh, dass er selbst anbot, die Familie Trapper über das Unglück zu informieren. Erleichtert drückte sie dem Arzt die Hand.

Nach weniger als vierzig Minuten waren die Leute von der Spurensicherung da. Die Unfallstelle wurde aus allen Richtungen fotografiert, die Lage des Verletzten, die Korporal Ritz markiert hatte, die Reifen- und alle übrigen Spuren, auch die an der Hausmauer, gegen die der Bedauernswerte geschmettert worden war, wurden dokumentiert. Was im Labor chemisch oder unter dem Mikroskop untersucht werden musste, wurde mit Wattestäbchen aufgetupft, mit Pinzetten gefasst oder mit Gummihandschuhen eingesammelt, in Reagenzgläser, Plastiktüten oder kleine Container gesteckt und in einem Koffer versorgt. Die Kleidung des Unfallopfers würden sie im Spital untersuchen, sagten die Kriminalisten. Die Rechtsmedizin werde natürlich auch eingeschaltet.

Als die Kriminaltechniker fertig waren, packten auch die zwei Uniformierten ihre Ausrüstung ein und schlugen die Heckklappe zu. Dann setzten sie sich in den Streifenwagen.

»Mach das Blaulicht aus, Beni«, sagte Ria, als Carlen losfahren wollte. »Und keine Sirene, klar?«, sie kannte die Vorlieben ihres Praktikanten.

»Setzt es dir zu?«, fragte sie ihn, als sie unterwegs waren, und sah ihn von der Seite an.

»Geht so«, gab der zu. »Hab nicht so genau hingeschaut.« Tatsächlich hatte er sich ziemlich auf Distanz gehalten und es seiner Chefin überlassen, sich in die Nähe des Verletzten zu begeben. »Was glaubst du«, fragte er. »Wer hat den auf dem Gewissen?«

»Ein Blaufahrer«, meinte Ria knapp.

»So früh am Morgen?«

»Für manche ist früh am Morgen spät am Abend.«

»Blau war wohl auch der Verletzte. Wenn das wirklich der Trapper Hubert war. Der hat alle paar Wochen einen gewaltigen Rausch.« *Ä moorts Chischtä*, nannte er den Zustand. Benjamin Carlen, gelernter Landwirtschaftsmaschinenmechaniker, war im Obergoms aufgewachsen und kannte hier jeden und jede. Für die Polizeiausbildung hatte er ins Waadtland ziehen müssen, aber während des Praktikums auf dem Posten Fiesch hatte er bei einer Tante im Ort ein Zimmer bezogen.

Für den Rest der Rückfahrt schwiegen beide.

»So«, meinte Korporal Ritz zum Aspiranten Carlen, als sie an ihren Schreibtischen ihr verspätetes Frühstück einnahmen, »für heute haben wir unsere *action* gehabt. Von mir aus darf der Rest des Tages etwas ruhiger verlaufen.«

✳

Kauz fühlte sich wie ein geprügelter Hund. Er saß an seinem Küchentisch, die Ellbogen aufgestützt, das Kinn auf den geballten Fäusten. Dann rappelte er sich auf und tigerte durch die Wohnung, abwechselnd empört, gekränkt und gedemütigt. Genau wie damals, als Chantal ihn verlassen hatte. Sie hatte ihm ja auch ganz ähnliche Dinge gesagt wie heute die Kommandantin: Es fehle die gemeinsame Basis. Er sei ein schwieriger Mensch. Das Zusammenleben mit ihm sei eine Zumutung.

Muss wohl was dran sein, dachte er resigniert und legte sich im Schlafzimmer auf das frühere Ehebett. Chantal hatte das Möbelstück im dänischen Stil nicht haben wollen. Fast das ganze übrige Mobiliar aus der gemeinsamen Wohnung, lauter Schischi, hatte sie dagegen behalten, aber ihm war es nur recht gewesen.

Die Wohnung war nun eher karg eingerichtet. Er hatte

ein paar schlichte skandinavische Möbel hineingestellt und moderne Fotokunst aufgehängt. Eine Sitzgruppe gab es in seinem Wohnzimmer nicht. Wozu auch?, er hatte kaum je Gäste. Dafür besaß er einen zweiteiligen Lounge Chair, auf dem er sich, die Beine auf dem Fußteil hochgelagert, am Feierabend ausstreckte. Dazu Musik aus der neuen, exquisiten Stereoanlage, am liebsten Blues und Jazz.

Sein Handy summte. Kauz ging ins Wohnzimmer, setzte sich an den Esstisch und schaute auf das Display. Es waren mittlerweile haufenweise Anrufe und SMS eingegangen: *Das darf doch nicht wahr sein! – Was fällt der da oben bloß ein?! – Wir stehen zu dir, Kauz. Das lassen wir uns nicht gefallen. – Kopf hoch, Kauz, wir kämpfen für dich.*

Anders als bei seiner obersten Chefin war Kauz bei seinem Team beliebt, trotz oder vielleicht gerade wegen seiner kauzigen Art. Seine Polizistinnen und Polizisten wären für ihn durchs Feuer gegangen. Die Nachrichten taten ihm gut. Aber sie änderten nichts an der Tatsache, dass er entlassen war.

Vielleicht bin *ich* der Feigling, dachte er, nicht Senn. Ich hätte mich selbst wehren, nicht auf seine Rückendeckung warten müssen. Für die eigenen Interessen zu kämpfen war noch nie seine Stärke gewesen.

Eine Stunde lang haderte er mit sich und schwankte, ob er seine Ferienpläne fahren lassen, sich ins Bett legen und die Decke über den Kopf ziehen oder sich betrinken solle. Auf die Einladungen seiner Mitarbeiter zu einem Treffen in der Mittagspause oder einem Feierabendbier ging er nicht ein. Er hatte keine Lust, sich bemitleiden zu lassen oder einen Aufstand zu provozieren. Er würde sich mit ihnen treffen, wenn sich die Gemüter beruhigt hatten. Aber er hatte trotzdem das Bedürfnis, mit jemandem zu reden. Chantal wollte er auf keinen Fall anrufen. Und Xaver? Nein, der hatte seine eigenen Sorgen. Mit wem also reden?

Wendel! Ihm würde er sein Herz ausschütten. Heute Abend, bei einem Bier. Im *Gommereggä*.

Jetzt stand sein Entschluss fest: Er würde trotz allem in die Ferien fahren. Wie geplant, nur eben ein paar Stunden früher. Wieso auch nicht? Gewiss, er musste sein berufliches, nein, sein ganzes Leben überdenken. Aber das konnte er auch im Goms. Sogar besser als hier im Zürcher Regen.

Der Speicher stand für ihn bereit, darauf war Verlass. Den Mietvertrag hatte er vor einem Jahr per Handschlag abgeschlossen. So lief das mit Wendel. Wendelin Imfang war ein Mann etwa in seinem Alter, mit dem er sich bestens verstand. Ein alleinstehender, etwas schrulliger Landwirt mit ein paar Kühen, zwei Dutzend Ziegen, etwas Weideland und einigen gepachteten Wiesen. Er besserte sein Einkommen auf, indem er den alten Speicher, der als solcher längst nicht mehr in Gebrauch war, an Feriengäste vermietete, die keine hohen Ansprüche stellten. Vor Jahren hatte der Dorfschreiner das Dach isoliert, die Innenwände getäfert, Fenster eingebaut und zwei Betten, zwei Nachttische, ein Regal und einen Schrank in den Oberbau gestellt. Die Rosshaarmatratzen waren mit groben Leintüchern bezogen, darauf lagen hohe, karierte Federbetten. Für Kauz war es das höchste der Gefühle, in dieser altväterischen Kammer zu schlafen. Er hatte, als er den schlicht umgebauten Speicher zum ersten Mal betrat, augenblicklich Kindheitserinnerungen gehabt. Im Sommer nach seiner Scheidung war er auf einer mehrtägigen Motorradreise in Münster gelandet, hatte den Speicher entdeckt, an dem »einf. kl. Ferienwhg. zu vermieten, ideal für 1–2 Pers.« stand, und hatte ihn spontan für zwei Wochen gemietet. Fürs folgende Jahr hatte er dann gleich Sommerferien im Goms geplant.

Danach war es um ihn geschehen: Es zog ihn immer wieder in seine alte Heimat zurück. Genau genommen, in die Heimat seiner Vorfahren. Im Zürcher Stadtquartier Altstetten aufgewachsen, hatte er als Kind die meisten Sommerferien und manchmal die Winterferien bei den Großeltern in Reckingen oder bei Onkel und Tante in Ernen verbracht. Bis dann vor mehr als vierzig Jahren, er war gerade fünfzehn gewesen, alles mit einem Schlag zu Ende war. Danach hatte er nie mehr Sommerferien im Goms machen dürfen. Winterferien erst recht nicht. Überhaupt keine Ferien mehr im Goms. Mutter hatte es ihm strikt verboten. Dort hole man sich den Tod, hatte sie gesagt. Im Goms war eine gewaltige Lawine niedergegangen, viele Menschen, darunter einige seiner Verwandten, waren dabei ums Leben gekommen. Das Unglück hatte das ganze Land erschüttert.

Als Mutters Bann Jahrzehnte später seine Kraft verloren hatte, plante Kauz wieder einen Besuch im Goms. Doch diesmal machte ihm seine Frau einen Strich durch die Rechnung. Chantal weigerte sich, je mit ihm in die Berge, geschweige denn ins Goms zu fahren. Sie mochte Strandferien in Italien oder der Türkei. Vier-, lieber Fünfsternehotels, *all inclusive*, versteht sich.

Aber nun endlich konnte er tun und lassen, was er wollte. Im Wallis herrschte seit zwei Wochen prächtiges Sommerwetter, in Sitten wurden dreißig Grad gemessen, im Goms durfte man mit angenehmen vierundzwanzig Grad rechnen.

Kauz ließ in seiner Wohnung alles liegen und stehen, schnallte die schon gepackten Satteltaschen und den Rucksack auf den Gepäckträger seiner alten BMW. Es hatte endlich aufgehört zu regnen. Er kickte die Maschine an und ließ Altstetten hinter sich.

Wie jedes Mal, wenn das Wetter es erlaubte, nahm er sich für seine Reise viel Zeit. Er mied die Autobahnen. Die Fahrt ging durchs Sihltal, später über die Axenstrasse, dann immer auf der Kantonsstraße durchs Urnerland, die Schöllenen hinauf nach Andermatt. An der Baustelle des zukünftigen Golfplatzes und Luxusresorts vorbei nach Realp. Fast gemächlich tuckerte er über den Furkapass. Nach der Pass-höhe hielt er am Straßenrand an und schaute lange ins Goms hinunter.

Gletsch, im Talkessel zwischen dem Grimsel- und dem Furkapass, übte wie immer einen zwiespältigen Reiz auf ihn aus, halb einladend, halb abweisend. Erst jetzt ging es wirklich ins Goms hinunter. Es war mittlerweile vier Uhr nachmittags geworden. Beim Gasthaus im Rank hielt er an. Hier sollte das Ritual stattfinden, mit dem er sich jedes Jahr auf die Sommerferien einstimmte.

Er stellte sein Motorrad neben das Haus, nahm den Helm ab und spazierte in den Wald hinein. Bedächtig sog er die Luft ein: Da war er, der Geruch, den er erwartet, ja erhofft, auf den er sich gefreut hatte. Der Wald stand an dieser Stelle lichter, der Boden war den ganzen Tag von der Sonne beschienen worden. Jetzt wurde der würzige Duft des Waldbodens durch die Wärme freigesetzt und schlug ihm voll entgegen. Warme Erde, Tannenzapfen, Lärchennadeln, Baumrinde, Harz, Kräuter und vielleicht Ameisensäure – ein Bouquet ohnegleichen. Er bückte sich, nahm eine Handvoll der mit Tannen- und Lärchennadeln vermischten Erde, zerrieb sie mit beiden Händen und roch dann an seinen Handflächen.

Nach einer Weile stand er auf, klopfte sich die Hände ab und ging zum Gasthof im Rank zurück. Glücklich stieg er wieder auf seine Maschine und fuhr nach Oberwald hinunter.

Um halb fünf Uhr nachmittags trudelte er in Münster ein. Jetzt überkam ihn endgültig das Gommer Feriengefühl: Er fühlte sich angekommen, ja fast ein wenig zu Hause. All die Zukunftsängste, die ihn am Mittag noch geplagt hatten, waren wie verflogen. Frau van Hooch mitsamt ihrer Führungsclique und der ganze verflixte Polizeikram konnten ihm gestohlen bleiben.

Ausspannen würde er. Abends oder bei schlechtem Wetter würde er lesen; er hatte ein paar Bücher eingepackt. Foto-

grafieren vielleicht, auf alle Fälle hatte er seine Spiegelreflexkamera mitgenommen. Zwei-, dreimal würde er mit Wendel
zu Abend essen. Oder sich wenigstens ein Feierabendbier
genehmigen, vor dem Speicher oder in einer Dorfbeiz. Berg-
wandern, aber schön gemächlich. Den Rotten- und den ganzen Höhenweg hatte er sich vorgenommen. Eine Wanderung
nach Ernen vielleicht. Oder ins Binntal. Höhenwege und
Pässe lagen drin, Gratwanderungen und Berggipfel nicht. Er
war weder besonders trittsicher noch schwindelfrei. Und mit
seiner körperlichen Fitness stand es auch nicht zum Besten.

Er ließ seine alte BMW ausrollen, deponierte Satteltaschen
und Rucksack auf dem Boden, nahm den Helm ab und fuhr
mit den Fingern durch sein vom Helmtragen verklebtes Haar.
Ein paar Schritte zurücktretend betrachtete er den Speicher.

Ein Prachtstück!, stellte er wieder einmal fest.

Wendel Imfangs Speicher war einer der kleinsten und einer
der schönsten im ganzen Dorf, über dreihundert Jahre alt.
Der Unterbau war im unteren Drittel gemauert, darüber war
mit Holz gebaut. Eine einfache Küche – Schüttstein, Kalt-
wasserhahn, Campinggasherd mit zwei Flammen, Holztisch
und zwei Stühle – war darin eingerichtet. Der Oberbau, der
eigentliche *Schpüchär*, war ein wunderschön gezimmerter,
von einem Schindeldach bedeckter Lärchenholzbau. Dieser
ruhte, einen guten halben Meter über dem Unterbau, auf
acht Steinplatten, die auf hölzernen Stadelbeinen auf dem
Unterbau standen. Zwischen Unter- und Oberbau blieb
so ein freier Raum. Auf diese Weise waren die Vorräte, die
früher im Speicher gelagert wurden, vor den Mäusen sicher
gewesen. Durch den Zwischenraum hindurch sah Kauz, auf
der Gasse stehend, direkt aufs Weisshorn, das im kräftigen
Nachmittagslicht leuchtete. Früher war man über eine Leiter
in den Oberbau gelangt. Jetzt waren Unter- und Oberbau
mit einer am Blockbau anliegenden, schmalen hölzernen
Außentreppe verbunden.

Wendel Imfangs kleiner Speicher, der Ziegenstall und der Stadel vis-à-vis, die beide auch ihm gehörten, und die übrigen an der Langen Gasse liegenden Holzbauten bildeten eine schöne Einheit. Lauter Nutzbauten aus Lärchenholz, von der Sonne über die Jahrhunderte schwarz gebrannt. Die stattlichen Wohnhäuser, ebenfalls Lärchenholzbauten, standen an der Langen Gasse etwas weiter weg. Als Städter hatte er sich an den Ausdruck »Gasse« für diese lichte, von Holzbauten gesäumte Dorfstraße gewöhnen müssen.

Kauz ging zu Wendels Ziegenstall auf der andern Seite. Der Stall war leer und sauber ausgemistet, die Ziegen waren offenbar schon auf der Alp. Er hatte gehört, dass der Sommer heuer drei Wochen früher gekommen war als in anderen Jahren. Kauz griff an der gewohnten Stelle nach dem Speicherschlüssel. Doch der Schlüssel lag nicht auf dem inneren Fensterbrett.

Merkwürdig, dachte er.

Er umrundete den Speicher und blieb vor dem Küchenfenster stehen. Hände und Stirn ans Fensterglas gepresst, versuchte er etwas zu erkennen: Schüttstein, Tisch und ein Stuhl. Wieso stand nur ein einziger Stuhl vor dem Tisch?! Kauz hatte augenblicklich ein mulmiges Gefühl. Weiter im Kücheninneren nahm er einen undeutlichen Schatten wahr. Seine Alarmglocken läuteten. Er ging zur Tür und drückte kräftig auf die angerostete, handgeschmiedete Türklinke. Sie ließ sich ohne Weiteres herunterdrücken.

Er stieß die Tür auf.

Etwas Unheimliches wehte ihm entgegen. Wie ein kalter Hauch. Trotz der Hitze des Tages. Etwas hielt ihn zurück. Doch er wusste, dass er hineingehen musste. Mit einem Mal war er ganz Polizist. Er trat in die Küche. Er schaute nach rechts: Schüttstein, Tisch und Stuhl. Er schaute nach links – da sah er, was er befürchtet hatte. Dutzende Male hatte er das schon gesehen. Aber der Anblick hatte nichts von seinem

Grauen verloren: Ein Mensch hing, mit dem Rücken zu ihm, vom Deckenbalken, die Füße baumelten nur wenige Fingerbreit über dem Fußboden.

Kälberstrick, dachte er sofort.

Auf dem Boden lag umgekippt der zweite Stuhl. Daneben eine blaue Schirmmütze, die ihm bekannt vorkam. Kauz ging um den Toten herum und schaute von der andern Seite in das blaue, aufgedunsene Gesicht. Kein Zweifel: Da hing Wendel Imfang.

✻

Bald Feierabend, dachte Ria Ritz. Kurz bei Papa reinschauen, Emma in die Arme nehmen, das Nachtessen fertig kochen, das Mama vorbereitet hat, dann Fernsehabend mit Tomi.

Es war ein voller Tag gewesen. Wann immer ihr neben der eigentlichen Polizeiarbeit noch Zeit blieb, musste sie sich um den Führungskram kümmern. Ria Ritz hatte die Aufgabe des Postenchefs in Fiesch nicht angestrebt – eigentlich hatte sie sich das Ganze nicht mal zugetraut –, sie war da einfach so hineingerutscht. Der alte Postenchef war vor einem Jahr an einem Herzinfarkt gestorben. Sein Stellvertreter war als Nachfolger nicht infrage gekommen, denn er stand kurz vor der Pensionierung. Und unter den Restlichen war Ria die Dienstälteste. Kürzlich war dann der Jüngste, Polizeiaspirant Benjamin Carlen, zur Gommer Mannschaft gestoßen. Wenigstens für ein paar Monate, im Hinblick auf die bevorstehende Sommerferienzeit, war er eine willkommene Verstärkung. Der Kreischef in Brig hatte darauf bestanden, dass Ria als Gommerin den Posten *ad interim* übernehme, denn fürs Goms wolle man keinen Auswärtigen. Bei dieser Übergangslösung war es bis heute geblieben. Natürlich hatte Ria sich gebauchpinselt gefühlt und sich tüchtig ins Zeug gelegt. Ihr Mann Thomas hatte ihr versprochen, in seinem Job Teilzeitarbeit zu beantragen oder Homeoffice-Tage einzuschalten, um sich um Emma zu kümmern, wenn ihre Mutter nicht konnte. Doch dann war wenige Wochen später das mit dem Gleitschirm passiert und alles war auf einen Schlag anders gewesen. Ihre Mutter hatte einspringen und fast rund um die Uhr für das Kind da sein müssen. Auf Bäuerinnenart hatte sie gesagt: »Das packen wir, *Meggä*.« Schließlich gebe es jetzt in Fiesch eine Kindertagesstätte. Sie hatte darauf bestanden, dass Ria ihren Job behielt. Sie war mit dem Vater sogar extra von Niederwald nach Fiesch gezogen, um Ria besser unterstützen zu können. Seit drei Monaten war nun Thomas aus Nottwil zurück, und jetzt war wieder alles anders.

Das Telefon klingelte. Notruf, stellte sie fest. Bloß nicht noch einmal Fahrerflucht, dachte sie. Ihr Pikettdienst war noch nicht vorbei.

Die Zentrale in Sitten leitete den Anruf, da er aus dem Goms kam und der Anrufer deutschsprachig war, direkt auf den Posten Goms in Fiesch weiter.

Värdammt!, dachte sie. Aus dem Feierabend wird wohl nichts.

»Kantonspolizei Goms, Korporal Ritz«, meldete sie sich. Sie wartete einen Augenblick, ob am andern Ende Panik herrschte, ob sie Fragen stellen oder jemanden beruhigen musste. Sie hatte schon alles Mögliche erlebt. Dieses Mal war es anders. Sie brauchte bloß hinzuhören. Und sich Notizen zu machen.

Aspirant Benjamin Carlen saß im Büro nebenan, die Tür weit offen, und spitzte die Ohren. Es roch nach *Äggschn*.

»Gut, Herr Walpen«, sagte Ria Ritz zum Schluss. »Ich hab alles notiert. Rühren Sie bitte nichts an, ja? Bleiben Sie, wo Sie sind! Warten Sie vor dem Speicher auf uns! Wir kommen sofort.«

»Los, Beni. *Äggschn!*«, rief Ria ihrem Kollegen zu, »AgT in Münster!«

Es war nicht der erste *außergewöhnliche Todesfall* während seines Praktikums.

»Suizid durch Erhängen«, fügte Ria noch hinzu.

»Wer hat angerufen? Ein Angehöriger?«, fragte Beni und schnappte sich schon seine Jacke.

»Nein, ein Feriengast.«

»Ein Feriengast?«, wunderte sich Beni. »Mit Namen Walpen? *Äwa!*«

*

Noch im Stehen hatte Kauz sein Handy gezückt und den Polizeinotruf angetippt. Jetzt stand er im Speicher neben dem Tisch, fasste den Stuhl mit einem Papiertaschentuch an der Lehne, zog ihn unter dem Küchentisch hervor und setzte sich rittlings darauf.

Er konnte es nicht fassen: Wendel Imfang tot?

Dabei hatte er sich so darauf gefreut, mit ihm heute Abend ein Bier zu kippen und ein bisschen zu plaudern – *doorffä*, sagte Wendel dazu. Das taten sie jedes Jahr zu Beginn seiner Ferien.

Beklommen sah er auf den am Kälberstrick hängenden Toten: Ein nicht besonders groß gewachsener Mann, mindestens einen Kopf kleiner als er. Dunkelbrauner, krauser Haarkranz, an den Schläfen leicht ergraut. Stallhosen, blaue Jacke, an den Füßen alte Militärschuhe. Die Hände von der Arbeit gezeichnet, die Arme schlaff aus den Ärmeln hängend. Der Kopf unnatürlich abgeknickt – das war für Kauz schon immer das Grässlichste am Anblick eines Erhängten gewesen.

Was hat Wendel bloß zu dieser Verzweiflungstat getrieben?, fragte sich Kauz. Schulden? Eine Frauengeschichte? Eine unheilbare Krankheit? Oder hat er an Depressionen gelitten?

Fragen nach dem Motiv einer Tat gehörten zum Arsenal

des Kriminalpolizisten. Betroffenheit, Mitleid, Trauer und Schmerz nicht. Die waren für die Arbeit eher hinderlich. Aber das hier war etwas anderes. Hier hing ein Toter, den er persönlich gekannt hatte. Recht gut gekannt sogar, obschon sie sich nur alle Jahre zwei, drei Wochen lang gesehen hatten. Sie hatten sich gemocht. Mit den Jahren waren sie so etwas wie Freunde geworden, auch wenn beide sich gescheut hatten, den anderen einen Freund zu nennen. Kauz hatte sich Wendel irgendwie seelenverwandt gefühlt. Wendelin Imfang, je nach Stimmung wortkarg und mürrisch, handkehrum aufgeschlossen und redselig, oft witzig, manchmal auch bissig, aber im Herzen ein lieber und treuer Kerl, war auch ein Kauz gewesen.

Kauz sah sich um. Beim Küchenregal stand eine papierene Einkaufstasche. Er konnte es nicht lassen, die Dinge, die darin waren, mit dem Taschentuch hochzuheben und genau anzusehen. Schließlich waren sie für ihn bestimmt, das wusste er. Ein Stück Alpkäse, ein Glas Honig, ein kleine Flasche mit Drahtbügelverschluss und ein Sechserpack Bier. Unter dem Bier kam ein Kassenzettel zum Vorschein. Er ließ ihn auf dem Boden der Einkaufstasche liegen und bückte sich. Seine Augen waren scharf wie eh und je. Das Bier war am neunundzwanzigsten Juni gekauft worden. Am Vortag also, extra für ihn. Der Sechserpack war aufgerissen, drei Dosen fehlten. Merkwürdig, dachte Kauz. Ob er sich Mut antrinken musste? Er sah sich um. Auf den ersten Blick sah er keine leeren Bierdosen. Die Glasflasche mit Drahtbügelverschluss war ohne Etikett, aber Kauz wusste, was drin war: hausgemachter Heidelbeerlikör. All die Dinge, die Wendel jeweils am Ankunftstag für ihn bereitstellte. Es fehlte bloß der kleine Laib Roggenbrot und der Mocken Trockenfleisch, die bisher immer zu diesem Willkommensgruß gehört hatten.

Aufgewühlt setzte er sich wieder hin.

Wie konnte Wendel bloß so rücksichtslos sein? Er musste

doch gewusst haben, dass er, Kauz, ihn hier finden würde. War er so verzweifelt gewesen, dass er überhaupt nicht an ihn, seinen Feriengast und Freund, gedacht hatte? Doch, sagte sich Kauz. Er *musste* an ihn gedacht haben, er hatte ja die Willkommensgaben für ihn bereitgelegt. Das heißt, bereitgelegt hatte er sie nicht wirklich, aber am Vortag eingekauft und in den Speicher gestellt. In anderen Jahren waren die Sachen immer hübsch aufgetischt worden: Das Brot in ein Tuch eingeschlagen, Käse und Trockenfleisch samt Messer auf einem Holzbrett, Honig und Heidelbeerlikör daneben auf dem Küchentisch, der Sechserpack Bier im winzigen Kühlschrank, der unter dem Schüttstein stand.

Da stimmt etwas nicht, dachte Kauz.

Er stützte sich wieder auf die Stuhllehne und starrte vor sich hin. Dann auf die Leiche, die bewegungslos über dem Boden hing. Lange sah er sich im Raum um. Nach einer Weile dämmerte es ihm: Das war kein Selbstmord. Wendel Imfang war ermordet worden. Kauz wusste bloß noch nicht, wieso er das wusste.

Bald musste die Polizei hier sein. Kauz zückte sein Handy und begann zu fotografieren.

Dann verließ er den Speicher und ging zum Ziegenstall hinüber. Bevor er sich auf die Außentreppe setzte, ging er auch um den Stall und den danebenliegenden Stadel herum. Gewohnheitsmäßig nahm er die Umgebung genau in Augenschein. Gewisse Dinge stachen ihm ins Auge, ob er wollte oder nicht. Aber er hielt sich zurück, er hatte hier keinen Auftrag.

∗

Korporal Ria Ritz stellte sich Kauz mit Namen vor. Als Erstes wollte sie wissen, ob er der Anrufer sei.

Ja, sagte Kauz, er habe angerufen. Walpen sei sein Name.

»*Walpä*«, nickte sie. »*Aber nit va hiä?*«

Es war mehr Feststellung als Frage.

Nein, bestätigte Kauz, aus Zürich. *»Üsserschwiiz«*, lachte er. *»Aber där Name ischt va hiä.«*

»Woll äppä«, bestätigte sie.

Auch wenn er das *Wallissertitsch* problemlos verstand – schließlich hatte sein Vater sein Lebtag dieses Idiom gesprochen –, es war ihm klar, dass er selber nur radebrechte und dass sie sofort hörte, dass er kein Gommer war. Sondern ein »Ausserschweizer«. Aber es freute ihn, dass sie unbekümmert *Wallissertitsch* mit ihm sprach, noch dazu im Gommer Dialekt.

Sie bat ihn, vor dem Ziegenstall auf ihn zu warten. Er werde noch einige Fragen beantworten müssen. Kauz dachte gar nicht daran, sich als Polizist zu erkennen zu geben. Er wusste, dass er sich nicht einmischen durfte. Da hielt er sich am besten von Anfang an heraus. Soweit er es von seiner Warte aus beobachten konnte, inspizierte die Polizistin den Speicher ohne Aufregung und ohne Spuren zu verwischen. Als Erstes hatte sie sich vergewissert, dass der Erhängte längst tot war und dass es sich erübrigte, den Strick zu kappen. Sie würde den Toten erst zusammen mit Aspirant Carlen herunternehmen, wenn alle andern da waren und der Fundort der Leiche fotografiert worden war. Sie nahm ihr Funkgerät zur Hand und rief heute schon zum zweiten Mal die Einsatzzentrale an.

Dann gab Korporal Ritz dem Aspiranten Carlen Anweisungen und widmete sich ihrer Auskunftsperson. Sie ging mit Kauz in den leeren Ziegenstall. Als wolle sie ihm den Anblick des Toten nicht zumuten.

Das Erscheinen der Polizei war nicht unbemerkt geblieben. Einen Streifenwagen auf Patrouille oder mit Blaulicht und Sirene auf der Furkastrasse zu einem Unfall fahren zu sehen, war nichts Außergewöhnliches. Dass das Polizeifahrzeug ins Dorf hineinfuhr und Uniformierte ausstiegen, um ein Haus zu inspizieren, war etwas ganz anderes. Schon tauchten erste Neugierige auf, die sich bei dem vor dem Speicher postierten Polizisten erkundigten, was los sei. Er forderte sie freundlich, aber bestimmt auf, weiterzugehen. Was sie natürlich nicht taten. Einen oder zwei Stadel weiter blieben sie stehen, tuschelten und beobachteten neugierig die Szene.

Korporal Ritz wollte von Kauz einiges wissen. Wann er die Leiche gefunden habe, war ihre erste Frage.

Er nannte die Uhrzeit.

Ob die Speichertüre geschlossen gewesen sei – »*Isch d Poort züä gsi?*« –, ihre nächste. *D Poort*, wie Kauz dieses Wort liebte!

Zu, bestätigte er, aber nicht abgeschlossen.

»Nicht abgeschlossen?«, fragte sie und runzelte die Stirn. Wo denn der Schlüssel sei? *Schlussel*, sagte sie, nicht Schlüssel, und Kauz musste unwillkürlich schmunzeln. *Hüüs*, nicht Huus, sagten die Gommer. Dafür *Schlussel* statt Schlüssel. Kauz und seine Schwester hatten den Vater jedes Mal geneckt, wenn er *Schlussel* sagte. Ihn hatte es nicht gekümmert.

»Keine Ahnung«, sagte Kauz.

»Im Türschloss steckt er nämlich nicht«, stellte sie fest.

Ob er den Toten kenne und in welcher Beziehung er zu ihm stehe.

»Ich kenne ihn. Er heißt Wendelin Imfang. Ihm gehört dieser Speicher, ich bin sein Mieter.«

»Dann wohnt er selber also gar nicht hier«, stellte sie fest. Wieder runzelte sie die Stirn, schüttelte verwundert den Kopf.

Sie hat noch kein Pokerface, dachte Kauz.

»Nein, er wohnt weiter weg«, antwortete er, zeigte mit dem Arm die Richtung und beschrieb das Bauernhaus der Imfangs.

»Aha, auf dem *Milifäld*«, quittierte sie seine Beschreibung. »Sagen Sie, sind Sie ein Angehöriger?«

»Nein, ein Feriengast. Ich bin bloß Mieter dieses Speichers.«

»Ich weiß. Aber Sie heißen Walpen. Sie könnten ein Angehöriger sein, ein Verwandter.«

»Nein, bin ich nicht.«

»Würden Sie mir bitte Ihren Ausweis zeigen?«

»Klar.«

Kauz klaubte seine Identitätskarte hervor. Korporal Ritz schrieb die Details sorgfältig ab.

»Beruf?«

»Kantonaler Beamter«, sagte er. Immerhin stand er noch ein halbes Jahr auf der Lohnliste. »Zur Zeit im Urlaub.«

»Alles klar«, sagte die Polizistin. »Adresse?«

Er gab sie ihr.

»Wissen Sie, ob der Tote Angehörige hat?«

»Er war ledig. Er lebt bei den Eltern. Oder vielmehr *mit* den Eltern. Sie leben bei ihm, auf dem Hof, der früher ihnen gehört hat. Geschwister hat er, glaube ich, keine.«

»Sind Sie ganz sicher, dass es sich beim Toten um Wendelin Imfang handelt?«, fragte sie, leisen Zweifel in der Stimme. »Tote sehen manchmal anders aus als im Leben. Besonders – entschuldigen Sie – besonders Erhängte und Ertrunkene.«

»Ich weiß«, sagte Kauz.

Sie sah überrascht auf.

»Wie geht es jetzt weiter?«, fragte er schnell, um sie abzulenken.

»Der Bezirksarzt muss kommen. Vielleicht kommt der Staatsanwalt persönlich, wenn er es für nötig hält. Vielleicht die Spurensicherung, je nachdem, was der Bezirksarzt feststellt. Und der Bestatter. Wie bei jedem AgT«, erklärte Korporal Ritz. »Wie bei jedem außergewöhnlichen Todesfall, meine ich. Ein Selbstmord ist ein außergewöhnlicher Todesfall.«

»Ach so«, spielte Kauz den Naiven. »Und dass es Selbstmord ist, ist sicher?«

»Sicher ist man nie«, sagte sie. Das gefiel Kauz natürlich. »Aber nach einem Verbrechen sieht es mir nicht aus. Keine Kampfspuren, soweit ich es beurteilen kann. Keine Anzeichen von Fremdeinwirkung«, und das gefiel ihm jetzt weniger. »Ich will dem Bezirksarzt ja nicht vorgreifen. Aber wenn Sie mich fragen, ist es ein klassischer Selbstmord.«

Darauf sagte Kauz nichts.

»Obwohl ...«

»Was?«

»Obwohl im Speicher kein Abschiedsbrief lag.«

Auch der junge Uniformierte, der sich mit ihr zusammen unten im Speicher umgesehen hatte, hatte keinen gesehen. Er hatte die Speichertür mittlerweile zugezogen, mit einem Polizei-Klebeband versiegelt und stand bei ihnen im Ziegenstall.

Ob ein Brief in der Kleidung des Toten stecke, werde man untersuchen, sobald Bezirksarzt und Staatsanwalt da seien.

Kauz betrachtete die recht groß gewachsene Frau. Sie mochte Ende dreißig, vielleicht auch Anfang vierzig sein. Ihr dunkelblondes Haar war zu einem Pferdeschwanz zusammengebunden. Sie machte einen nicht unsportlichen Eindruck, war aber nicht dieser spindeldürre Triathletentyp. Eher kräftig gebaut. Langläuferin?, fragte er sich. Oder Radsportlerin?

»Wie gesagt«, nahm sie den Faden wieder auf, »der Bezirksarzt wird die Legalinspektion vornehmen. Die Leichenschau, wissen Sie. Danach muss der Staatsanwalt entscheiden.«

»Was entscheiden?«, fragte Kauz. Er fand es selbst etwas fies, sich so unwissend zu stellen.

»Ob weiter ermittelt wird oder nicht.«

»Aha. Ja, dann. Brauchen Sie mich noch?«

»Nein. Sie dürfen gehen. Hier bleiben dürfen Sie leider nicht. Wäre wohl auch nicht unbedingt Ihr Wunsch, oder? Der Zutritt zum Speicher ist einstweilen verboten.«

»Verstehe. Ich werde mir vorübergehend ein Hotelzimmer nehmen. Was ist mit den Angehörigen?«

»Die werden wir jetzt aufsuchen. Wir müssen den Eltern sagen, dass ihr Sohn tot ist. Hätten Sie mir Ihre Karte, falls ich noch etwas von Ihnen wissen muss?«

Beinahe hätte er die offizielle Visitenkarte gezückt, die er noch im Portemonnaie hatte. Die hatte ihm Frau van Hooch nicht wegnehmen lassen. Stattdessen nannte er Korporal Ria Ritz seine Handynummer.

»Hier ist meine«, sagte sie und gab ihm ihre Visitenkarte. »Falls noch irgendetwas ist. Wir warten jetzt auf den Staatsanwalt und den Bezirksarzt.«

Kauz fasste das als Aufforderung auf, zu gehen. Er belud seine alte BMW mit den Satteltaschen, packte den Rucksack auf den Gepäckträger, kickte die Maschine an und machte sich auf die Suche nach einem Hotelzimmer.

*

Am frühen Morgen hatte sie sich noch davor drücken können – Doktor Kalbermatten hatte die Angehörigen des Verunfallten Hubert Trapper benachrichtigt –, jetzt musste Korporal Ritz nach Rücksprache mit der Staatsanwältin selbst diese Aufgabe übernehmen: Während der Bezirksarzt im Speicher die Legalinspektion vornahm, fuhr sie zusammen mit Benjamin Carlen zum Bauernhof im Milifäld, um den Eltern Imfang die Nachricht vom Tod ihres Sohns Wendelin zu überbringen.

Das Überbringen der traurigen Nachricht war das eine. Das andere war, dass sie die noch völlig unter Schock stehenden alten Leute auch noch befragen mussten. Die beiden

Polizisten erfuhren, dass der Sohn am frühen Morgen das Haus verlassen hatte, als die Eltern noch schliefen. Sie hatten gewusst, dass ihr Sohn an diesem Tag den Speicher für einen Feriengast bereit machen würde. Wie gewohnt hatte er vorgehabt, ein paar Lebensmittel als Willkommensgabe in die kleine Ferienwohnung zu bringen. Die Sachen habe Frau Imfang, seine Mutter, für ihren Sohn eingekauft und in einer Einkaufstasche bereitgestellt. Die Tasche sei, als sie aufstanden, schon weg gewesen. Danach habe Wendelin die Wiese vor seinem Speicher und später einzelne weiter wegliegende Wiesenparzellen mähen wollen.

»Ist er zu Fuß zum Speicher?«, fragte die Polizistin behutsam. »Oder mit dem Traktor?«

»Zu Fuß«, antwortete Frau Imfang und fuhr sich mit dem Handrücken über die Augen. »Ist ja nicht weit. Den Jeep hat er gestern auf der Alp stehen lassen. Dort oben brauchen sie manchmal ein Fahrzeug. Wenn es etwas zu transportieren gibt.«

Wendel sei am Vorabend wortkarg gewesen wie fast immer, aber nichts habe darauf hingedeutet, dass er verzweifelt gewesen sei.

Ria Ritz begleitete die weinenden Eltern ins Zimmer des Toten, um nachzusehen, ob ein Abschiedsbrief oder sonst ein Hinweis für seine Verzweiflungstat zu finden sei. Nichts dergleichen kam zum Vorschein.

Dann ging man gemeinsam in den Kuhstall und in die Scheune. Der Stall war ebenso sauber ausgemistet, stellte Ria Ritz fest, wie der Ziegenstall, in dem sie den Feriengast Walpen befragt hatte. In der Scheune standen Traktor, Mähmaschine und Heuwender.

Korporal Ritz schickte sich an, mit den beiden Alten wieder ins Haus zu gehen. Carlen dagegen ging hinter die Scheune. Dort stand ein alter, armeegrüner Jeep. Benjamin Carlen war entzückt. Ein Military, stellte er fest, Pick-up-

Modell! Mit Kennermiene ging er um den Oldtimer herum. Er spähte durch die Fensterscheiben ins Innere. Der Zündschlüssel steckte. Plötzlich stutzte Carlen.

»Chef«, raunte er, an der Scheunenecke stehend, seiner Vorgesetzen zu, »*chumm, lüeg ämal.*« Komm, sieh dir das an!

Ritz ließ die beiden Alten weitergehen, sie hatten nichts von Carlens Abstecher mitbekommen, und kam näher. Der rechte Kotflügel des mattgrünen Jeeps war demoliert, die Stoßstange eingedrückt und der rechte Scheinwerfer arg beschädigt. Das Scheinwerferglas fehlte.

»Sie haben doch gesagt, dass der Jeep auf der Alp steht«, flüsterte Carlen.

»Fotografier das!«, raunte Ria Beni zu, »aber ja nicht berühren«, und war mit ein paar Schritten wieder bei den Eltern.

Carlen zückte sein Handy.

»Jetzt haben wir das Motiv für den Selbstmord«, sagte Ria, als sie zum Speicher zurückfuhren. »Bewiesen ist zwar noch nichts, aber ich wäre sehr überrascht, wenn die Lacksplitter und die Glasscherben, die wir heute früh am Unfallort gesehen haben, nicht von Imfangs Jeep stammen. Wenn das stimmt, dann müssen wir annehmen, dass Wendelin Imfang heute nicht zu Fuß ging, sondern mit dem Pick-up zu seinem Speicher gefahren ist. Dass er auf der Rückfahrt den Hubert Trapper über den Haufen fuhr und ohne anzuhalten davonraste. Als er realisierte, dass er einen schweren Unfall verursachte und dass er ausgerechnet den Gemeindeschreiber erwischt hatte, geriet er in Panik. Er stellte sein Fahrzeug zu Hause hinter der Scheune ab, holte sich einen Kälberstrick und erhängte sich. Eine Verzweiflungstat. Im Schock, vielleicht.«

»Aber wieso ist er in den Speicher auf der andern Seite des Dorfs gegangen, um sich zu erhängen? Wieso nicht im Stall oder in der Scheune im Milifäld?«

Ria Ritz antwortete nicht sofort. »Ich weiß es nicht. Vielleicht wollte er es nicht in der Nähe seiner Eltern tun«, meinte sie dann. »Quasi um sie zu schonen. Ich bin ja keine Psychologin, aber ich weiß, dass sich Menschen in einem psychischen Schock manchmal von den seltsamsten Motiven leiten lassen.«

»Vielleicht war es aber so«, mutmaßte Carlen: »Er war sich nicht sicher, wie schwer der Unfall war, den er verursacht hatte. Er ging, nachdem er den Jeep hatte stehen lassen, zu Fuß zum Unfallort zurück. Als er dann die Ambulanz, den Arzt und uns Polizisten sah, das Blaulicht und die Blutlache auf der Straße, geriet er in Panik. Den Strick hatte er vielleicht im Jeep. Oder er hatte einen im Speicher. Jedenfalls ging er in den Speicher, der näher am Unfallort liegt als sein Hof, und erhängte sich.«

»Könnte auch sein«, stimmte ihm seine Chefin halbherzig zu.

»Armer Kerl«, schloss Benjamin Carlen.

»Arme Eltern«, meinte Ria Ritz. »Auf alle Fälle geben wir das alles der Staatsanwältin weiter. Dann soll sie entscheiden, ob weiter ermittelt wird oder nicht.«

*

Kauz hatte die Wahl: *Relais et Auberge du Sauvage* oder eines der Hotels am Dorfrand. Witzbolde im Dorf nannten das feudale Haus, den französischen Namen verballhornend und das Vornehme ins Gegenteil kehrend: *där Sauwagä*. Die *Auberge*, wie man das weiterum bekannte Hotel sonst kurz nannte, stand mitten in Münster. Kauz hatte erfahren, dass Goethe einst darin logiert hatte, als er durch die Schweiz reiste. So viel Prominenz passe nicht zu ihm, entschied er. In dieser Hinsicht war er ein Proletarier. In den Schickimicki-Hotels, welche Chantal ausgewählt hatte, hatte er sich nie wohl gefühlt. Sobald die Gäste extra fein angezogen waren oder sich sonst wie in Szene setzten, fühlte er sich wie im Kostümfilm. Vier- und Fünf-Sterne-Schick hatte er im Goms allerdings nicht zu befürchten. Und nach Schickimicki sah die *Auberge* auch nicht aus. Kein Gommer Hotel sah danach aus. Aber zur Sicherheit nahm er ein Zimmer in der Alpenrose, die bloß einen Stern hatte. Hätte er seinen Speicher, so würde er sich jetzt dort einrichten. Aber die Zeit im Hotelzimmer totzuschlagen, darauf hatte er keine Lust. Er deponierte sein Gepäck und schlenderte zu Fuß durchs Dorf, in Gedanken immer wieder bei Wendel. Von der Kirche aus ging er ins Oberdorf hinauf.

Zu verkaufen, stand an einem Stall. Darunter das Logo von Z'Blatten-Immobilien. *Bewilligung vorhanden*, hieß es weiter. Damit musste die Baubewilligung für den Umbau in ein Ferienhaus gemeint sein. In den letzten paar Jahren florierte im Goms der Verkauf und der Umbau von Ställen und Speichern. Von Wendel hatte er einiges über diesen Boom erfahren. Er war erstaunt gewesen, dass sich Wendel nicht darüber aufregt hatte.

»I bi uberhöpt nit dergägä«, er sei überhaupt nicht dagegen, hatte er versichert.

Wenn man die Ställe, Stadel und Speicher sorgfältig umbaue, so sei ihm das lieber, als wenn sie zerfielen und verrotteten. Die meisten dieser Nutzbauten würden nicht mehr gebraucht, und sie auf eigene Kosten instand zu stellen und zu unterhalten, dafür fehle den meisten ortsansässigen Eigentümern das Geld. Die schlichte Art Umbau, wie er ihn vor zwanzig Jahren habe machen lassen, sei allerdings nicht mehr gefragt. Heute werde luxuriöse Ausstattung mit allem Komfort erwartet. Verpackt in eine schöne alte Hülle. Deshalb seien solche Holzbauten gesuchte Objekte.

»Bis keeni me hät«, bis es keine mehr gebe, hatte Wendel trocken bemerkt.

Schlimmer seien die andern, hatte er sich in einem Anfall von Redseligkeit ereifert. Die, die ganze Ferienkolonien rund um die Dörfer bauten und damit die Landschaft verschandelten.

»*Nummä wägäm Gääld*«, hatte er gesagt und den Kopf geschüttelt. Nur des Geldes wegen würden diese geldgierigen *Siächä* Land an schönster Lage zusammenkaufen und mit hässlichen Wohnblöcken überbauen. Alles Zweitwohnungen, deren Fensterläden die meiste Zeit geschlossen seien. Von dieser Welle sei Münster bis anhin verschont geblieben. Andere Dörfer seien weniger gut davongekommen.

»*Äs ischt ä Schand!*«, hatte Wendels Fazit gelautet.

Kauz stieg zur Antonius-Kapelle hinauf. Die Verwüstungen, die der Minstigerbach ein oder zwei Jahre zuvor mitten im Sommer angerichtet hatte, waren kaum mehr zu sehen. Dass das Dorf nicht viel mehr in Mitleidenschaft gezogen wurde und dass es keine Toten gegeben habe, das habe man dem Heiligen Antonius zu verdanken, hatte Wendel gesagt.

In der Kapelle zündete Kauz für Wendel eine Kerze an. Er war kein Kirchgänger, längst hatte er sich von der Kirche entfremdet. Vielleicht hatte er auch gar nie wirklich dazugehört. Wäre ich im Goms aufgewachsen, dachte er manchmal, so wäre es wohl anders gekommen. Vielleicht wäre ich dann Schweizergardist geworden statt Polizist.

Es war ein Widerspruch, das wusste er, aber die Kerze für Wendel musste sein. Das war er ihm schuldig. Er war allein und blieb eine ganze Weile in der Kapelle stehen. Die Vorstellung, dass Wendel vielleicht immer noch am Kälberstrick in seinem eigenen Speicher hing, würgte ihn im Hals. Der Gedanke an Wendels Eltern, die vielleicht noch gar nichts von der Tragödie wussten, zog ihm das Herz zusammen. Wendelin, dachte er, du arme Seele! Was ist bloß passiert?

Das Unglück ließ ihm keine Ruhe.

Er nahm einen andern Weg zurück ins Dorf. Noch fünfmal kam er an einem Stall oder einem Stadel vorbei, der zum Kauf angeboten wurde. Immer mit dem Logo von Z'Blatten-Immobilien. Zuerst empfand er diesen Ausverkauf der Heimat als deprimierend, aber dann dachte er, es sei ja ganz in Wendels Sinn: Schöne alte Ställe und Stadel wurden zwar verkauft – an Üsserschwiizer!, also fast an Ausländer –, aber immerhin, sie blieben erhalten. Wenn sie sorgfältig umgebaut wurden, trugen sie zur Erhaltung des Ortsbilds bei. Und wurden dazu noch genutzt. Zu Wohnzwecken zwar, nicht für Vieh und Heu, aber dagegen war nichts einzuwenden. Wieso auch? Er gehörte ja auch zu den Nutznießern.

Er stieg ins Unterdorf hinab und ging in den Gommereggä, unweit der Langen Gasse.

Das *Grüezi mitenand*, das ihm auf der Zunge lag, konnte er gerade noch unterdrücken.

»*Güätän Abänd*«, sagte er stattdessen laut und vernehmlich.

Einige der Männer, die um den Stammtisch saßen, hoben den Kopf, andere blickten mürrisch in ihr Glas.

Zwei, drei, die schon etwas intus hatten, erwiderten seinen Gruß. Einer schien ihn zu erkennen – Kauz ging jedes Jahr im Gommereggä ein und aus –, hob die Hand und sagte: »*Salü!*«. Aber er lud ihn nicht ein, sich zu ihnen an den Stammtisch zu setzen.

Kauz kannte die knorrige Art der Gommer Männer. Er war ja selbst aus diesem Holz geschnitzt. Er setzte sich an einen separaten Tisch und gab der Serviertochter einen Wink: »*Schtangä!*«

Die Serviertochter stellte das Bier vor ihn auf den Tisch: »*Gsundheit!*«

Er fühlte sich hundeelend beim Gedanken daran, dass er jetzt ohne Wendel hier sitzen musste. Trotzdem nahm er einen großen Schluck. *Bhüeti!*, dachte er und stieß innerlich mit ihm an. Oder was soll man einem Toten wünschen?

Eine Weile war es still im Lokal. Dann wurde das Gespräch, das wohl seinetwegen unterbrochen worden war, wieder aufgenommen. Es drehte sich um einen Verkehrsunfall, der sich am Morgen zugetragen hatte. Der Fahrer war abgehauen. Man überbot sich mit Vorschlägen, wie man mit dem Flüchtigen verfahren müsste. Offenbar hatte der flüchtige Fahrer einen Einwohner namens Hubert angefahren und schwer verletzt. Hubert liege im Spital Visp im Koma, wusste der eine. Ach was, er sei nach Bern ins Inselspital geflogen worden, meinte ein anderer. Nein, er sei tot, behauptete ein Dritter.

Nach einer Weile betrat ein weiterer Gast die Gaststube. Er blieb neben dem Stammtisch stehen.

»*Hedär keert?*«

»Was?«

Der neue Gast sah sich mit einem misstrauischen Blick nach Kauz um. Dann raunte er denen am Stammtisch etwas zu.

»*Was? Schandarmä? Bim Wändel schim Schpüichär?*«

»*Gwiss!*«

»*Wägä was?*«

Kauz hörte wieder ein Raunen.

»*Was?! Toot? Bischt sichär?*«

»*Fiiwoll!*«

»*Dr Gottswillä!*«

Die traurige Nachricht machte also schon die Runde. Sie würde sich wie ein Lauffeuer durch das Dorf und das ganze Tal verbreiten. Kauz blieb sitzen. Mit halbem Ohr schnappte er Dinge auf, die am Stammtisch gesprochen wurden. Alle zeigten sich schockiert. Es war klar, dass niemand Wendels Tod erwartete hatte, schon gar nicht einen Selbstmord. Keiner sprach ein böses Wort. Offensichtlich war Wendel ein respektierter und geschätzter *Minstiger* gewesen. Seine Eltern, wollte man den Worten glauben, taten allen schrecklich leid.

Es hielt Kauz nicht länger. Er legte das Geld für das Bier auf den Tisch, stand auf und wandte sich zum Gehen.

»*Was ischt das fär eenä*«?, hörte er einen in seinem Rücken tuscheln, ehe sich die Tür hinter ihm schloss.

Er nahm den Weg durch die Lange Gasse.

Der Streifenwagen stand immer noch auf der mit einem Fahrverbot belegten Straße, daneben ein beiger Subaru. Der Bezirksarzt ist da, vielleicht auch der Staatsanwalt, schloss Kauz. Ein Leichenwagen fuhr eben vor. Die Umstehenden wichen zurück und verzogen sich zwischen die Ställe und Stadel auf der andern Straßenseite. Jetzt bereute Kauz, dass er beim Warten auf die Polizei nicht aufgelesen hatte, was er auf der Erde hatte liegen sehen. Langsam näherte er sich Wendels Ziegenstall und hob die nur halb gerauchte Zigarette, die immer noch zwischen Stall und Stadel auf dem Boden lag, mit einem Papiertaschentuch auf. Darin eingewickelt steckte er sie ein.

Die Speichertür ging auf, zwei Männer trugen einen hölzernen Sarg heraus und luden ihn in den Leichenwagen. Die Menschen ringsum hörten auf zu tuscheln. Eine alte Frau schlug das Kreuz und murmelte ein Gebet. Eine andere schluchzte auf und hielt sich die Hand vor den Mund, wieder eine wischte sich Tränen aus dem Gesicht. Ein Greis nahm die Mütze ab und senkte den Kopf.

Auch Korporal Ria Ritz trat heraus. Sie sah Kauz sofort und kam auf ihn zu. Aller Augen richteten sich auf ihn.

»Tut mir leid, Herr Walpen, Sie können Ihre Ferienwohnung noch nicht beziehen«, sagte sie.

»Das ist mir klar.«

Wieso sind Sie dann zurückgekommen?, fragte ihr Blick.

»Ist die Leiche freigegeben?«, fragte Kauz. Er wusste genau, dass ihm eine Antwort nicht zustand, aber er konnte es ja versuchen. Er hoffte, dass sie Nein sagen würde.

»Wie Sie sehen, transportiert der Bestatter sie soeben ab.

Mehr darf ich nicht sagen, Herr Walpen. Sie sind ja kein Angehöriger.«

»Ich möchte bloß wissen, wann ich den Speicher beziehen kann«, gab er vor. In Wirklichkeit eilte es ihm damit gar nicht.

Vielleicht um ihn loszuwerden, antwortete sie dennoch: »Der Bezirksarzt hat den Toten untersucht. Und die Staatsanwältin in Visp hat entschieden, dass es keine weiteren Ermittlungen braucht. Das heißt, wenn nichts Unerwartetes zum Vorschein kommt, wird der Speicher morgen oder übermorgen freigegeben. Oder sagen wir: spätestens am Montag.«

Kauz verkniff sich einen Einwand. Habe ich mich wirklich getäuscht, fragte er sich. War es doch Selbstmord?

Er ging auf sein Zimmer in der Alpenrose.

Lust auf ein Nachtessen verspürte er keine.

Wenn nichts Unerwartetes zum Vorschein kommt, hatte die Polizistin gesagt. Nun ja, vermutlich wurde Wendels Leiche nach der Legalinspektion vor Ort noch rechtsmedizinisch untersucht. Dann würde man Verdacht schöpfen oder Gewissheit haben und den AgT Imfang als Tötungsdelikt behandeln. Vielleicht mahlten die Mühlen der Justiz hier einfach etwas langsamer.

Er legte sich ins Bett und lag noch lange wach. Nicht nur der Tod seines Freundes ließ ihm keine Ruhe. Auch seine schmähliche Entlassung aus dem Polizeidienst begann ihn plötzlich wieder zu wurmen. Es waren mittlerweile noch mehr Anrufe und Nachrichten von seinen Kollegen eingetroffen. Sie wollten wissen, wo er war und wie es ihm gehe. Er kam sich plötzlich schäbig vor, weil er einfach abgehauen war, ohne sich noch einmal mit ihnen zu treffen. Er rief einige seiner Polizisten an, bei andern meldete er sich per SMS. Er erklärte sich so gut es ging, und alle zeigten Verständnis für seinen Abgang. Sie wünschten ihm erholsame Ferien und nahmen ihm das Versprechen ab, sich wieder zu melden, sobald er zurück sei.

Vom außergewöhnlichen Todesfall im Goms sagte er nichts.

Nachts erschien ihm Frau von Hooch im Traum: Sie saß majestätisch auf ihrem Thron. Eine lange Reihe von Polizisten stand im Festsaal bereit, um von ihr den Ritterschlag zu empfangen, Senn als Erster. Frau von Hooch berührte mit dem Degen die Schulter des Kripochefs. Der frisch Geadelte stand auf, verneigte sich und ging von dannen. Als Kauz an die Reihe kam, war es kein Degen mehr, den Frau von Hooch in der Hand hielt, sondern ein Zweihänder: Das ist kein Ritterschlag!, konnte er gerade noch denken, als sie ausholte. Da schreckte er in seinem Bett hoch und griff sich an den Hals.

Samstag, 1. Juli

In der Früh ertönte von der Pfarrkirche her Glockengeläut: Die größte, tiefste Glocke wurde als erste geschlagen, dann stimmten allmählich die anderen und schließlich die kleinste ein. Es dauerte fast eine halbe Stunde, drei mal sieben Minuten. Mit einem Mal erinnerte sich Kauz, was ihn seine Großmutter gelehrt hatte: Das war das Totengeläut für einen Mann. Jetzt wusste es das ganze Dorf, dass ein Einwohner gestorben war. Die Neugierigen würden den Sigristen anrufen, um zu erfahren, wer es war. Wer es nicht schon gestern erfahren hatte, wusste spätestens an diesem Morgen, dass Wendelin Imfang tot war.

Eigentlich hatte er den Eltern Imfang einen Kondolenzbesuch machen wollen, aber als er sich dem Hof auf dem Milifäld näherte, standen schon andere vor der Haustür. Da wollte er mit seinem Besuch lieber noch zuwarten.

Er entschied sich, mehr schweren als leichten Herzens, für eine erste kleinere Wanderung. Sein Vorhaben war, vorerst im Obergoms zu wandern und erst allmählich in die Ferne zu schweifen. Er ging zur Alpenrose zurück, packte seine Kamera und etwas Proviant ein und stieg auf sein Motorrad. Die Fahrt ging über Geschinen und Ulrichen, an der Abzweigung der Nufenenpassstrasse vorbei, nach Obergesteln und Oberwald. In gut zehn Minuten war er dort. Ganz zuhinterst, im Dorfteil Unterwasser, stellte er die Maschine ab und nahm den Wanderweg Richtung Furkapass unter die Füße.

Schutzhund bewacht die Herde, hieß es weiter oben auf einer Tafel. Gut so, dachte Kauz. Aber auf eine Diskussion über den Wolf würde er sich mit einem Gommer auf keinen Fall einlassen, nicht einmal mit einem Schutzhundehalter.

Er hatte nicht vor, bis ganz auf den Pass hinaufzumarschieren. Ihm genügte es, einen Aussichtspunkt zu finden. Nach einer guten Stunde kam er auf einer Alp an. Er setzte sich vor die Hütte. Keine Menschenseele war zu sehen. Ein Murmeltier stand aufrecht auf einem Felsbrocken, pfiff und verschwand. Weiter oben blökten Schwarznasenschafe.

Das war genau der Punkt, den er gesucht hatte. Die Aussicht war unbeschreiblich schön. Das Goms lag ihm in seiner ganzen Pracht zu Füßen. Die Sonne stand noch in seinem Rücken.

Kauz nahm seinen Fotoapparat hervor, fixierte ihn auf dem Ministativ, stellte Blende und Belichtung ein und prüfte das Bild auf dem Display, bevor er abdrückte. Farbbilder schoss er, wenn ihm danach war, mit seinem Handy. Aber mit seiner Spiegelreflexkamera wollte er sich in der digitalen Schwarzweißfotografie üben.

Sein Vater war Hobbyfotograf gewesen und hatte zu Hause im Keller eine kleine Dunkelkammer eingerichtet. Als Zehnjähriger hatte Kauz dort die geheimnisvolle Verwandlung vom simplen Papierstreifen in schwarz-weiße Bilder miterlebt. Vor Jahren hatte er einen Kurs in Schwarzweißfotografie besucht. Nur hatte er dieses Steckenpferd, wie so manches andere auch, später vernachlässigt. Jetzt hatte er endlich Zeit, seine bescheidenen Vorkenntnisse aufzufrischen.

Er war gespannt darauf, wie sich diese bunte Landschaft als Schwarzweißbild präsentieren würde: Wie ein Flickenteppich in verschiedenen Grüntönen breitete sich der Talboden aus – hellere und dunklere Gevierte, gemähte und noch ungemähte Wiesenparzellen –, der Länge nach durchzogen von einem blauen Band, dem Rotten. Daran reihten sich in regelmäßigen Abständen die sechs, sieben Dörfer des Ober- und des Mittelgoms, die man von hier aus sehen konnte. Die bewaldeten Bergflanken fassten diese Vignette von den Seiten her ein, geradeaus bildete das Weisshorn den grandiosen Abschluss. Darüber wölbte sich ein wunderbar blauer Himmel. Und mitten durch diese unbewegte Landschaft schlängelte sich, von ferne wie eine Spielzeugeisenbahn anzusehen, der aus fünf Waggons bestehende rote Zug der Matterhorn-Gotthard-Bahn.

Kauz fühlte sich wie in einer andern Welt.

Das Glück war von kurzer Dauer. Schon war der Gedanke an Wendel wieder da und ließ ihn nicht mehr los. Was war geschehen? Hatte ihn seine Intuition getäuscht? Hatte Wendel sich doch umgebracht? Er fühlte sich ohnmächtig. Wenn er gedurft hätte, so hätte er sich in den Fall verbissen, hätte alles getan, um Gewissheit zu erlangen. Aber er durfte nicht. Er musste sich ganz heraushalten.

Kauz stand auf und machte sich auf den Rückweg. Er nahm den Pfad über den Kummerberg. An einer Wegbiegung sah er ein Tier mit spitzen Ohren und langem Schwanz, vielleicht ein sehr dunkler Fuchs, über den Trampelpfad huschen. Zu seiner Verwunderung blieb das Tier in einiger Distanz stehen, drehte sich nach ihm um, duckte sich in einen Graben und schaute ihn aus schwarzen Augen an.

Kauz blieb stehen und kauerte sich auf den Boden.

Das konnte kein Fuchs, es musste ein Hund sein. Das Tier, nur wenig größer als ein Fuchs, hatte aber längere Beine, kam aus dem Graben gekrochen und bewegte sich in geduckter Haltung, immer fluchtbereit, aber verhalten mit dem Schwanz wedelnd, auf ihn zu.

»Komm her«, lockte Kauz.

Der Hund kam leise winselnd näher. Er sah ziemlich ausgemergelt und verwahrlost aus. Augenblicklich regte sich der Tierfreund in Kauz. Er kramte in seinem Rucksack, der

Hund legte sich in einigen Metern Abstand auf den Boden und beobachtete ihn aufmerksam. Kauz brach etwas von seinem Sandwich ab und warf es dem Hund zu. Der schnappte sich den Bissen und schlang ihn hinunter.

Kauz rührte sich nicht.

Allmählich kam der Hund näher. Kauz richtete sich auf, sofort nahm der Hund Reißaus. Dann blieb er stehen, drehte sich um und kam, den Bauch fast am Boden, erneut näher. Schließlich legte er sich, aufgeregt wedelnd, vor Kauz auf den Bauch. Kauz streckte die Hand aus. Der Hund flüchtete erneut, und das Spiel begann von vorn.

Doch nach kurzer Zeit war es so weit: Der Hund leckte Kauz die ausgestreckte Hand und ließ sich den Kopf tätscheln. Er warf sich vor ihm auf den Boden, wälzte sich auf den Rücken, rappelte sich auf und versuchte, an Kauz hochzuspringen. Übermütig drehte er ein paar Runden, tollte wie wild durch den Wald hinunter und wieder herauf und blieb herausfordernd bellend vor Kauz stehen.

»Du bist mir einer«, lachte Kauz. »Wo gehörst du denn hin? Auf die Alp? Dann jetzt aber marsch, zurück«, sagte er nach einer Weile streng und schickte den Hund mit einer Armbewegung weg. Der Hund trollte sich, aber als Kauz weiterging und sich später umdrehte, sah er, dass der Hund ihm in respektvollem Abstand folgte. Wenn er sich entdeckt fühlte, legte er sich sofort platt auf den Boden. Kaum ging Kauz weiter, schlich ihm der Hund hinterher. Er gehörte wohl doch nicht auf die Alp. Den Eindruck eines Schutzhundes machte er jedenfalls nicht.

Auf einmal stand Kauz vor den Überresten eines Berggasthauses. Unterhalb der Ruine setzte er sich auf einen Stein und schaute ins Tal.

»Wunderbare Aussicht, nicht wahr?«, sagte eine Stimme.

Kauz drehte sich um und sah nach oben: Da stand eine sportliche Frau, vermutlich etwas jünger als er, mit markantem Gesicht und Kurzhaarschnitt, im dunklen Haar ein paar graue Strähnen. Ihr Outfit sah mehr nach Läufer- als nach Wanderkleidung aus. Sie stand auf den Brettern, die einst die Sonnenterrasse des Berggasthauses gebildet hatten, hielt ein Fernglas in der Hand und sah lachend auf ihn herab.

»Habe ich Sie erschreckt?«

»Ein bisschen. Ich war nicht darauf gefasst, hier jemanden anzutreffen«, sagte Kauz. »Ist das Ihr Hund?«

»Welcher Hund?«, fragte die Frau zurück.

Kauz blickte um sich. Aber da war kein Hund mehr. Er erzählte kurz von seiner Begegnung.

»Nein, ich habe keinen Hund. Er wird auf die Alp gehören«, mutmaßte die Frau und blickte durch das Fernglas.

»Was sieht man?«, fragte Kauz.

»Viel«, antwortete die Frau. »Wenn man weiß, wohin man schauen und wonach man suchen muss: Schwarznasenschafe, Murmeltiere, Steinböcke.«

Ob sie oft hierherkomme, wollte Kauz wissen.

Wann immer es gehe, war die Antwort, wenn möglich jede Woche einmal, steige sie zu diesem Aussichtspunkt hoch. Im Sommer wie im Winter. Im Winter mit Schneeschuhen. Das müsste eigentlich jeder Gommer tun. Und die Auswärtigen erst recht.

»Dann wohnen Sie im Goms?«

»Ja, in Münster. Und Sie?«

»Ich mache in Münster Ferien.«

»Das freut mich«, sagte die Frau. »Hotel oder Ferienwohnung? Entschuldigen Sie, wenn ich so neugierig frage. Aber mir liegt es am Herzen, dass sich die Leute bei uns wohl fühlen.«

»Arbeiten Sie für den Verkehrsverein?«

»Sozusagen«, lachte die Frau.

»Ich wohne in der Alpenrose. Aber übermorgen kann ich hoffentlich in den Speicher ziehen, den ich gemietet habe.«

»Ach, Gott«, sagte die Frau. »Etwa in Wendelin Imfangs Speicher?!«

Kauz brauchte nicht zu antworten, die Frau wusste, dass sie richtig kombiniert hatte. Kleine Welt, dachte Kauz.

»Sein Tod macht uns alle traurig«, sagte sie. »Ich hoffe, Sie haben trotzdem schöne Ferien. Ich steige direkt ab, aber wenn ich Ihnen einen anderen Rückweg empfehlen darf: Gehen Sie über Lärch. Dort hinunter, zur Kapelle, dann bei den baufälligen Ställen links abbiegen«, sagte sie und zeigte mit dem Arm die Richtung.

Kauz bedankte sich und nahm den Weg über Lärch.

Als er sich den halb verfallenen Ställen und Stadeln näherte, war der Hund plötzlich wieder da. Offenbar hatte er einen weiten Bogen um die Gasthausruine gemacht, vielleicht weil er merkte, dass Kauz dort nicht allein war. Kauz blieb wiederholt stehen und schickte den Hund mit strenger Stimme weg. Doch er ließ sich nicht mehr abschütteln. Zwar machte er jedes Mal zum Schein kehrt, doch kaum ging Kauz weiter, kam er wieder und folgte ihm im Abstand von zehn, zwanzig Metern, bis ins Tal.

Bei seinem Motorrad angekommen, wurde es Kauz weh ums Herz: Der Hund schnüffelte mit Inbrunst am Motorrad und an den Satteltaschen, setzte sich, als Kauz sich den Helm überstülpte, vor ihm auf den Boden, wedelte mit dem Schwanz und guckte ihn, mit schräggelegtem Kopf, die Ohren gespitzt, erwartungsvoll an. Auf seiner Brust leuchtete ein kleiner weißer Fleck.

Was soll ich bloß tun?, dachte Kauz.

Er konnte den Hund unmöglich mitnehmen. Bestimmt gehörte er auf einen Hof im Oberen Goms, oder es gab einen Feriengast, der ihn vermisste und schon längst auf ihn wartete.

Er tätschelte den Hundekopf und gab ihm einen Klaps auf den Hintern.

»Geh nach Hause!«, sagte er halbherzig und schickte ihn mit einer Handbewegung weg. Dann kickte er seine alte BMW an, schwang sich in den Sattel und fuhr los. Es brach ihm fast das Herz, als er, über die Schulter zurückblickend, den Hund hinter dem Motorrad herrennen sah. Er rannte sich fast die Seele aus dem Leib. Kauz gab Gas.

Wieder in der Alpenrose, musste er sich den Rest des Tages ausruhen. Die Wanderung dauerte laut Wegweiser zweieinhalb Stunden. Er hatte gut und gern dreieinhalb gebraucht. Den Gedanken an den Hund versuchte er zu verdrängen. Doch es gelang nicht: Was, wenn er vielleicht doch herrenlos war? Ausgesetzt oder einem Tierquäler entlaufen? Nun hatte er ein schlechtes Gewissen, dass er das Tier gefüttert und dann seinem Schicksal überlassen hatte.

Am frühen Abend machte er immerhin noch einen Spaziergang durch das Dorf. Er kehrte im *Chäsgadä* ein, vor welchem *Das ganze Jahr Raclette* angepriesen wurde. Raclette im Sommer?, fragte er sich. Wieso auch nicht? Er setzte sich an einen der drei kleinen Tische, holte sich eine Walliser Zeitung und bestellte eine Doppelportion, dazu einen Dreier Johannisberg. Er blätterte die Zeitung durch. In den Lokalnachrichten wurde über den Verkehrsunfall in Münster am Vortag berichtet. Es war von einem achtundvierzigjährigen Unfallopfer die Rede, das in Lebensgefahr schwebte. Die Polizei suchte Zeugen des Unfallhergangs und erhoffte sich Hinweise auf das Unfallfahrzeug. Eine Nachricht über den Tod von Wendelin Imfang stand erwartungsgemäß nicht in der Zeitung.

Sonntag, 2. Juli

Die alte Frau saß mit verweinten Augen auf der Eckbank hinter dem Esstisch, ein Taschentuch mit umhäkelten Rändern in der Hand. Ihr Mann saß hilflos neben ihr. Die beiden waren bestimmt über achtzig. Kauz war unsicher gewesen, ob er am Sonntag seinen Besuch machen dürfe. Aber Frau Imfang sagte, alle Verwandten und Bekannten seien schon da gewesen. Sie hatte ihn ohne Umstände hereingebeten.

»Sie sind also der Herr Walpen aus Zürich«, stellte sie fest. »Das ist flott, dass Sie kommen. *Äns flott.* Wendel hat von Ihnen erzählt, wissen Sie. Er war stolz darauf, dass Sie Jahr für Jahr seinen Speicher mieten. Er hat sich darauf gefreut, dass Sie kommen.«

»Ich habe mich auch auf ihn gefreut.«

»Eben. Das wusste er. Und deshalb verstehen wir nicht …«

Sie schluchzte stumm. Ihr Mann wischte sich mit dem rauen Handballen die Augen.

»Hat er Sorgen gehabt?«, fragte Kauz.

»Sicher«, antwortete die Frau. »Wer hat keine? Aber deswegen …« Wieder hielt sie inne.

»Was für Sorgen?«

»Geldsorgen, wie die meisten. Aber deswegen …« Sie verstummte und fuhr sich über die Augen.

»Und sonst?«

»Der Wolf«, sagte Vater Imfang. »Der machte ihm Sorgen. Es wurden Schafe gerissen, oben auf der Alp.«

53

Seine Frau schüttelte unwillig den Kopf.

Wendel hatte Ziegen, dachte Kauz, keine Schafe. Und die Ziegen würden sich wehren, hat er mir einmal erklärt. Schafe würden vom Wolf gerissen, nicht Ziegen. Doch dies war nicht der Moment, mit den alten Leuten darüber zu debattieren.

»Wer schaut jetzt nach seinem Vieh?«, fragte Kauz.

»Ein tüchtige junge Frau. Eine ganz liebe. Anna heißt sie. Aus dem Berneroberland, da hatte Wendel Glück. Die meisten Sennen kommen sonst aus dem Ausland. Sie und ihr Gehilfe machen alles, oben auf der Geissalp, auch den Käse. Nicht nur für Wendel, auch für andere Bauern. Sie hüten dort oben über hundert Ziegen.«

»Und die Kühe?«

»Die sind auch auf der Alp.«

»Mit den Ziegen?«

»Nein, auf der andern Seite. Auf dem *Chämibodä*«, sie zeigte auf die Morgenseite des Tals. »Dort arbeiten den Sommer über zwei Sennen. Die meisten Bauern aus unserem Dorf sömmern die Kühe dort oben.«

»Und sonst?«, fragte Kauz weiter. Er konnte es einfach nicht lassen. Hatte er Feinde?, war er nahe daran zu fragen. Aber diese Polizistenfrage durfte er jetzt nicht stellen. »Gab es Leute, die ihm Schwierigkeiten machten? Oder Angst? Die ihn irgendwie bedrängten? So, dass er sich Sorgen machte?«

»Und sich deswegen das Leben genommen hat, meinen Sie?«, fragte Wendels Mutter zurück. »Ich weiß, Sie sind Polizist. Hat Wendel gesagt. Deshalb fragen Sie so, nicht wahr?« Aber ohne eine Antwort auf ihre Frage abzuwarten, fuhr sie fort: »Bedrängt vielleicht. Aber Angst? Ich weiß nicht. Geschimpft hat er darüber, das schon.«

»Worüber?«

»Dass ihm einer den Speicher abluchsen wollte.«

Kauz horchte auf.

»Das war doch nicht böse gemeint«, schaltete sich der alte Imfang ein.

»Wollte Wendel denn verkaufen?«

»Eben nicht«, gab Frau Imfang zur Antwort. »Auf keinen Fall. Er hat immer gesagt, er wolle den Speicher behalten. Damit wolle er nichts zu tun haben, hat er gesagt.«

»Womit?«

»Mit dieser Überbauung.«

»Ist ja nur ein Plan. Ein *Projekt*, sagen sie dazu«, fuhr der Alte dazwischen. »Mehr nicht. Geht uns eigentlich gar nichts an, Hermine.«

Seine Frau sah ihn stumm an.

»Ich kann es einfach nicht glauben«, sagte sie nach einer Weile. »Er war am Donnerstagabend nicht anders als sonst. Das haben wir schon der Polizei gesagt. Ich habe ihm noch die Sachen parat gemacht, die er für Sie in den Speicher bringen wollte. Den Heidelbeerlikör und all das, wissen Sie.«

»Ich weiß. Hausgemacht, nicht wahr?«

»Ja. Und eigener Alpkäse. Den hat er extra vom Chämibodä heruntergebracht. Er hat mir am Donnerstag aufgetragen, noch Roggenbrot, Trockenfleisch und Bier für Sie einzukaufen. Das hab ich gemacht und alles für ihn bereitgestellt.«

Kauz stutzte. Roggenbrot und Trockenfleisch war nicht dabei gewesen.

»Am Freitag in der Früh, wir waren noch im Bett, hat er die Sachen mitgenommen. Er hat am Vorabend gesagt, er würde vor dem Mähen im Speicher vorbeischauen, alles für Sie herrichten und den Schlüssel parat legen.«

Wieder trocknete sie sich die Augen.

»Er wartet auf uns«, sagte sie plötzlich.

»Wie?«, entfuhr es Kauz.

»Wendel ist in Brig aufgebahrt. Beim Bestatter. Wir könnten ihn dort sehen. Morgen, haben sie gesagt. Oder auch heute, obschon Sonntag ist, hat man uns gesagt. Aber ...«

Sie hob hilflos die Hände.

»Ich komme mit, wenn Sie wollen«, sagte Kauz rasch. »Ich möchte ihn auch noch einmal sehen.«

»Wirklich? Das wäre flott«, sagte Frau Imfang. »Äns flott«, wiederholte sie. »Valentin, der Sohn vom Nachbarhof, wissen Sie, hat angeboten, mit uns hinzufahren. Aber wir haben ihm gesagt, er soll lieber Wendels Wiesen mähen. Muss man doch, bei diesem Wetter. Damit ist uns mehr geholfen. Haben Sie ein Auto?«

»Nein. Am besten, wir fahren mit der Bahn. Sollen wir morgen fahren? Oder heute noch?«

»Lieber heute«, sagte Frau Imfang, mit einem Blick auf ihren Mann.

Der Alte nickte.

»Der Zug fährt immer zwanzig nach«, sagte sie. »Um zwanzig nach zwei, geht das?«

Kauz blickte auf seine Uhr. Sie zeigte halb eins. »Gut. Wir treffen uns um Viertel nach zwei am Bahnhof.«

Er ging ins Dorf zurück, dann in die Lange Gasse hinein. Der Speicher war noch immer mit einem rot-weißen Klebeband abgesperrt: *Police* stand darauf. Er ging weiter zur Alpenrose, legte sich aufs Bett und dachte nach.

Um zwei Uhr stand er auf und ging zum Bahnhof.

Der Zug fuhr pünktlich ein. Die zwei alten Leute sahen im Stehen noch kleiner aus als im Sitzen. Frau Imfang im schwarzen Kleid und Mantel, eine Handtasche am Arm und einen Regenschirm in der Hand, ihr Mann im Sonntagsanzug mit schwarzer Krawatte, einen speckigen, alten schwarzen Hut auf dem Kopf.

Sie stiegen ein. Im Abteil setzten sie sich Kauz gegenüber. Sie schwiegen lange.

»Alois«, hob die Frau unvermittelt an, als der Zug nach einem kurzen Halt in Niederwald wieder anfuhr.

Kauz zuckte zusammen. Er hasste es, bei seinem Vornamen angesprochen zu werden. Er konnte ihn nicht ausstehen und hütete sich, ihn preiszugeben. Er stellte sich immer mit Kauz vor, wenn er nach seinem Vornamen gefragt wurde.

Die Frau wandte den Kopf. Kauz realisierte, dass sie ihren Mann, nicht ihn, ansprach. »Alois, hast du die Adresse?«

»Nein, aber ich weiß noch, wo es ist«, erwiderte der Alte. »Vom letzten Mal.«

Frau Imfang seufzte.

Vorsichtig erkundigte sich Kauz nach dem letzten Todesfall. Wendels ältere Schwester, die einzige Tochter des Paars, war vor zwölf Jahren ganz plötzlich erkrankt und nach wenigen Tagen im Spital von Brig gestorben.

»Die Spitalärzte haben sich alle Mühe gegeben, aber sie haben einfach nicht herausfinden können, was sie hatte. Nur, dass es eine schwere Krankheit war. Sie waren drauf und dran, sie nach Bern oder Lausanne zu verlegen. Aber da war es schon zu spät.«

Sie klang nicht einmal verbittert.

»Das ist schlimm«, sagte Kauz. »Traurig. Tut mir leid.«

»Gottes Wille«, sagten die beiden Alten, wie aus einem Mund.

Antonia, so hatte Wendels Schwester geheißen, hatte vor ihrem Tod in Naters gelebt. Sie war mit einem Mann aus Brig verheiratet gewesen.

»Hatte sie Kinder?«

»Eine Tochter, Vanessa«, antwortete Frau Imfang knapp. »Aber die ist bald nach Antonias Tod ausgewandert. Nach Kanada. Wir haben sie nie mehr gesehen.«

»Hatte Wendel auch einen Bruder?«

Nein, weitere Geschwister gebe es nicht, lautete die Antwort. Es gebe noch die Schwägerin, aber die sei ein besonderer Fall. Und Vanessas Vater, ihren Schwiegersohn. Der wohne aber nicht mehr im Wallis. Und er zeige sich nie im Goms.

»Dann gibt es kaum Angehörige. Eigentlich sind Sie ganz allein, nicht wahr?«, fragte Kauz.

Beide nickten stumm.

»Nur wir zwei«, bestätigte der alte Imfang. »Ganz allein sind wir aber nicht. Wir haben unseren Glauben.«

Inschä Glöübä, das hatte Kauz im Goms schon oft gehört.

✳

Im Bestattungsinstitut Kenzelmann wurde das Trio mit gedämpfter Höflichkeit empfangen. Die Eheleute bedankten sich bei Herrn Kenzelmann, dass er sich am Sonntag extra für sie Zeit nahm. Das sei doch selbstverständlich, meinte dieser und geleitete die drei in die kleine Aufbahrungshalle. Weiße Kerzen brannten. Wendel lag, in ein weißes Hemd gekleidet, im offenen, mit Damast ausgekleideten Sarg, die Augen scheinbar friedlich geschlossen, die Hände über einem Kruzifix auf der Brust gefaltet. Kauz staunte über die Kunst des Bestatters, das blau aufgedunsene Gesicht des Erhängten so herzurichten, dass er wie ein Schlafender aussah.

Kenzelmann ließ die drei allein und Kauz zog sich in eine Ecke des Aufbahrungsraums zurück, um den Eltern am Sarg den Vortritt zu lassen. Wie er es erwartet hatte, näherten sie sich dem Leichnam ohne Scheu. Sich bekreuzigend und halblaut betend, stellten sie sich neben den Sarg. Lange standen sie so, dann streichelte die Mutter stumm die Wangen ihres Sohns und küsste ihn auf die Stirn, der Vater legte seine Hände auf die des Toten.

Im Vorraum wartete Kenzelmann. Auf einem Tischchen lagen, in ein graues Tuch eingeschlagen, das er jetzt auseinanderfaltete, die persönlichen Sachen des Toten: Militärschuhe, Stallhose und -jacke, Mütze. Auf der Hose lagen in einer transparenten Plastiktüte Wendels Armbanduhr, sein Portemonnaie, ein zerknülltes Taschentuch, ein Ledergürtel, ein Schlüsselbund und ein einzelner, größerer Schlüssel.

»Das ist der Speicherschlüssel«, stellte Frau Imfang fest. »Nehmen *Sie* den«, sagte sie, griff in die Tüte, nahm den Schlüssel heraus und streckte ihn Kauz hin. »Den zweiten haben wir bei uns zu Hause.«

Kauz nahm den *Schlussel* und steckte ihn ein.

Die Militärschuhe standen auf einem weißen Plastiksack, wie er in Hotels für gebrauchte Wäsche bereitliegt, die man gewaschen haben will.

»Was ist da drin?«, fragte Frau Imfang und nahm den Plastiksack in die Hand.

»Das sind nur …«, sagte Kenzelmann und wollte sie diskret davon abbringen, den Inhalt hier und jetzt zu sichten.

Frau Imfang ließ sich nicht abhalten, sie nahm den Sack und leerte den Inhalt auf die Stalljacke: gebrauchte Unterwäsche, Socken, Hemd. Wendels in ein Plastikbehältnis verpacktes Gebiss. Und, wiederum in einem transparenten, jedoch verschweißten Plastiksack: ein zerschnittener Kälberstrick, das eine wie das andere Ende zu einer Schlaufe verknotet.

Kauz erschrak.

Das gibts doch nicht!, dachte er. Den Strick, an dem er gehangen hatte, zu den persönlichen Sachen zu legen! Was haben sich die Leute bloß dabei gedacht?

»Entschuldigen Sie«, stammelte Kenzelmann und versuchte, den Strick unauffällig beiseitezulegen. »Das hätte nicht passieren dürfen. Das war ein Fehler.«

Doch der alte Imfang hatte die Plastiktüte schon in der Hand und sah sich den Strick an.

»Ja«, bestätigte er. »Allerdings, da ist ein Fehler passiert. Das ist nämlich keiner von unseren Stricken. Solche haben wir gar nicht. Wohl eine Verwechslung.« Er deutete mit seinem krummen Zeigefinger auf das eine Ende des Stricks, in welchem, quasi als Markenzeichen, ein roter Zwirn eingeflochten war. »Das ist keiner von unseren«, wiederholte er und legte die versiegelte Tüte mit dem zerschnittenen Strick auf das Tischchen zurück.

Kauz war sprachlos. Meint er wirklich, der Strick sei *verwechselt* worden?, dachte er.

Frau Imfang schluchzte.

Noch ehe der verdatterte Kenzelmann reagieren konnte, packte Kauz anstelle der Eltern Wendels Sachen zusammen und versorgte alles in einer großen Tragtasche aus festem schwarzem Papier, die neben dem Tischchen bereitstand.

»Ich trage das«, sagte Kauz zu den Alten. »Bis Sie mit der Besprechung fertig sind, warte ich hier auf Sie.« Er schaute Kenzelmann fragend an.

Dieser nickte, deutete auf einen der Sessel im Vorraum. Kauz setzte sich. Kenzelmann führte Wendels Eltern zum Besprechungszimmer, ließ sie eintreten und schloss die Tür.

Kauz wartete eine Weile, dann stand er auf, nahm den versiegelten Kälberstrick, steckte ihn in seine Jackentasche und setzte sich wieder. Als er sicher sein konnte, dass die Besprechung über die Einzelheiten der Bestattung im Gang war, stand er wieder auf und schlich sich noch einmal in die Aufbahrungshalle.

Auf der Rückfahrt mit dem Zug brach plötzlich ein Gewitter los. Es donnerte und blitzte, bald darauf begann es wie aus Kübeln zu schütten. Damit hatte Kauz nicht gerechnet. Im Gegenteil, beim Einsteigen in Münster hatte er sich noch gewundert, dass Frau Imfang einen Regenschirm dabeihatte.

Unauffällig studierte er das zerfurchte Gesicht der alten Frau, die wie versteinert dasaß und den Rest der Fahrt über kein Wort mehr sagte.

Wieder in Münster, verabschiedete er sich von den beiden

alten Leuten und ging zur Alpenrose. Morgen würde er sein Zimmer räumen und in Wendels Speicher ziehen.

Kauz hatte seine alte BMW vor dem bescheidenen Hotel abgestellt. Als er dort ankam, traute er seinen Augen nicht: Der Hund mit dem weißen Fleck auf der Brust lag neben seinem Motorrad, den Kopf auf den Vorderpfoten. Er stand sofort auf, als er Kauz erblickte, winselte freudig, drehte sich wie toll um sich selbst, ließ sich von Kauz tätscheln und leckte seine Hände. Diesmal brachte es Kauz nicht übers Herz, den Hund wieder wegzuschicken. Er schmuggelte ihn ins Hotelzimmer, holte sich im Restaurant eine Schüssel und setzte ihm Wasser vor. Dann stellte er ihn unter die Dusche. Das nasse Fell stank fürchterlich, sogar als Kauz mit der Hundewäsche schließlich fertig war. Er bestellte sich unten im Restaurant ein einfaches Nachtessen mit viel Fleisch und packte die Hälfte des Menüs in eine Papierserviette. Der Hund, der im Zimmer gewartet hatte, ließ sich nicht zweimal bitten. Kauz beschloss, den Hund über Nacht zu beherbergen und am nächsten Tag nach seinem Besitzer zu suchen.

Montag, 3. Juli

Kaum hatte sich Korporal Ria Ritz hinter ihr Pult gesetzt und die ersten eingegangenen E-Mails gelesen, klingelte das Telefon. Sie hob ab.

»Herr Walpen«, sagte sie. »Sie rufen wegen des Speichers an, nicht wahr? Er wurde freigegeben, die Nachricht ist soeben eingegangen. Mein Kollege hätte Sie gleich angerufen«, erklärte sie. »Ach so, Sie rufen gar nicht deshalb an. Sondern – wie bitte? Also, hören Sie, Herr Walpen. Ich dürfte Ihnen eigentlich gar nichts sagen. Aber Sie haben die Leiche gefunden und den Verstorbenen persönlich gekannt. Deshalb sage ich Ihnen jetzt im Vertrauen: Es war Selbstmord. – Wie bitte? Sie sehen das anders? Nun, das kann ich Ihnen nicht verbieten«, meinte sie unwillig. Aber dann hörte sie zu. »Gut«, sagte sie schließlich dezidiert. »Dann kommen Sie auf den Posten. Ja, sofort. – Richtig, Polizeiposten Fiesch.«

»Komischer Kauz«, sagte sie zu sich selbst, als sie den Hörer auflegte. Was ist das überhaupt für einer?

Sie griff zum Hörer und rief zu Hause an.

»Tomi«, sagte sie, als ihr Mann antwortete, »kannst du jemanden für mich googeln?«

Das war vielleicht nicht ganz astrein. Möglicherweise fiel ja schon der bloße Name ihrer Auskunftsperson unter das Amtsgeheimnis. Aber sie hatte jetzt alle Hände voll zu tun. Während Thomas alle Zeit der Welt hatte.

»Ruf mich zurück, wenn du etwas weißt. So rasch wie möglich, er wird bald hier sein.«

Dann machte sie sich an die Arbeit. Es lagen einige unerledigte Rapporte auf dem Tisch. Den über den Verkehrsunfall mit Fahrerflucht vom Freitag hatte sie noch in der gleichen Nacht abgeschlossen. Und den über den AgT in Münster auch. Der Staatsanwältin zuliebe, denn der stand am Freitag ein Wochenend-Pikettdienst bevor. Ria hatte die Fälle deshalb vom Tisch haben wollen. Lara Stockalper war eine der Staatsanwälte, mit denen Ria gern zusammenarbeitete. Da lagen auch mal ein paar Überstunden drin. Der Staatsanwältin hatte es eingeleuchtet, dass der Verkehrsunfall und der AgT von Münster zusammenhingen. Aus Rias Sicht waren die beiden Fälle gelöst: Verkehrsunfall mit schwerem Personenschaden, Fahrerflucht, Suizid des Unfallfahrers. Aber Lara Stockalper wollte die Sache einwandfrei ermittelt haben und beabsichtigte, den Kriminaltechniker ein zweites Mal nach Münster zu schicken, um auch die Spuren am militärgrünen Pick-up-Jeep auf Wendelin Imfangs Hof zu sichern. Erst wenn diese zweifelsfrei mit den am Unfallort vorgefundenen Spuren übereinstimmten, würde sie die Ermittlungen in Sachen Fahrerflucht einstellen. Ob die zweite Spurensicherung in Münster schon erfolgt war, wusste Ria nicht.

Jetzt ging es um Nullachtfünfzehn-Fälle, die aber auch erledigt werden mussten. Einbruch in ein leerstehendes Ferienhaus in Bellwald zum Beispiel. Solche Delikte waren im Goms früher eine Seltenheit gewesen, jetzt kamen sie immer häufiger vor. Dann ein paar harmlose Verkehrsdelikte. Schließlich war da noch der administrative Kram, der mit der Führung ihres kleinen Teams zusammenhing.

Es klingelte erneut. Thomas rief zurück.

»Ja?«, sagte Ria erwartungsvoll. »Was? Das gibts doch nicht! Bist du sicher? Danke, Tomi. Bis heute Abend. *Salü*.«

*

Am Nachmittag würde er den Speicher beziehen können. Obschon er das Hotelzimmer erst um elf Uhr räumen musste, packte Kauz seine Siebensachen schon um halb neun zusammen und fuhr im Schritttempo zum Speicher. Sein neuer Freund, der zugelaufene Hund, trabte neben dem Motorrad her. Beim Speicher angekommen, stellte er sein Gepäck in den leeren Ziegenstall gegenüber. Der Hund war – vielleicht von einer langen Odyssee – so erschöpft, dass er sich im Stall auf einen Rest Stroh legte und sofort einschlief. Kauz weckte ihn auf, ehe er losfuhr.

»Bleib hier«, schärfte er ihm ein und hob den Zeigefinger. »Verstehst du? Bleib hier. Warte! Ich komme zurück.«

Der Hund hob kurz den Kopf, spitzte die Ohren, blinzelte ihn an, legte den Kopf wieder hin und schlief weiter.

Der Posten Fiesch war leicht zu finden. Er lag mitten im Dorf, in einem Betonbau aus den Sechzigerjahren, groß angeschrieben: *Police*. Seltsam, dachte Kauz, *Police*. Wieso nicht Polizei? Wir sind hier doch im Goms. Er hatte sich den Posten in einem schönen Gommer Holzhaus vorgestellt. So ähnlich wie der alte Polizeiposten in Münster. Er stellte sein Motorrad ab und trat ein, sah sich um, schnupperte die Polizeipostenluft. Die Atmosphäre war wie auf irgendeinem Posten irgendeiner Kantonspolizei, und doch wieder anders. Weniger geschäftig. Gemütlicher konnte man nicht sagen. Konservativer, vielleicht.

Kauz trat an die Theke. Der aufgeweckte junge Polizist, den er zusammen mit Korporal Ritz in Münster gesehen hatte, erkannte ihn gleich.

»*Walpä, gältät?*«, sagte er und drehte sich um. »Chef!«, rief er ins andere Büro hinüber.

Korporal Ritz stand schon unter der Tür und bat Kauz ins Büro des Postenchefs.

»Nehmen Sie Platz«, sagte sie und zeigte auf einen der Stühle am Besprechungstisch. Sie machte die Bürotür zu und setzte sich. »Sie brauchen sich nicht mehr zu verstecken, Herr Walpen, ich weiß, dass Sie Polizist sind«, eröffnete sie ihm.

»Aber außer Dienst«, sagte Kauz. Präziser wollte er nicht werden. Er brauchte nicht zu fragen, wie sie es herausgefunden habe; es lag auf der Hand. Die Website der Kantonspolizei war wohl noch nicht ganz à jour gebracht worden.

»Kauz«, stellte er sich vor und reichte ihr die Hand.

Da sie beide Polizisten waren, war es selbstverständlich, dass man sich duzte, aber Kauz war klar, dass er den ersten Schritt machen musste. Schließlich war er um einiges älter. Und überdies nicht dienstlich hier, sondern als Privatperson.

»Wie bitte?«

»Ich heiße Kauz«, wiederholte er. »Und du?«

»Kauz?«, fragte sie ungläubig zurück.

»Ja. Und du?«

»Ria«, sagte sie und drückte seine Hand. »Jetzt sag mir«, fuhr sie selbstbewusst fort, »weshalb du so sicher bist, dass ein Verbrechen vorliegt und nicht ein Selbstmord. Oder soll ich dir zuerst sagen, wieso es doch Selbstmord war? Du weißt nämlich nicht alles. Es gibt ein Motiv.«

»Wirklich? Ein Motiv für den Suizid? Schieß los.«

»Aber das bleibt unter uns, klar? Ich dürfte ja eigentlich nicht … Du bist ja nicht dienstlich hier.«

»Klar doch«, sagte Kauz.

Ria zählte die Fakten auf, die Benjamin Carlen und sie erhoben hatten. Und sagte Kauz, was sie für Schlüsse gezogen hatten: Wendelin Imfang hatte mit seinem Jeep einen schweren, möglicherweise tödlich ausgehenden Unfall verursacht und Fahrerflucht begangen. Als er das Ausmaß des Unfalls realisierte, erhängte er sich in einer Art Panikreaktion. Die Spuren des Verkehrsunfalls würden noch kriminaltechnisch ausgewertet. Aber der Entscheid der Staatsanwältin sei schon gefallen; sie werde bei diesem AgT, da es sich um mit an Sicherheit grenzender Wahrscheinlichkeit um einen Suizid handle, keine weiteren Ermittlungen anordnen. Aus diesem Grund sei der Speicher ja auch freigegeben worden.

»Das vom Unfall wusste ich«, sagte Kauz.

»Woher?«

»Man erfährt allerlei, wenn man im Gommereggä die Ohren offen hält«, meinte Kauz.

»*Fiiwoll*«, lachte Ria.

»Aber dass Wendel Imfang den Unfall gebaut haben soll, wusste ich nicht«, sagte er ernst. Und ich kann es auch nicht glauben, dachte er.

»Das weiß bis jetzt niemand«, sagte sie rasch. »Und es darf auch niemand wissen. Ist ja noch nicht öffentlich. Und nicht hieb- und stichfest bewiesen. Unschuldsvermutung, du weißt schon. Die gilt, glaube ich, auch für einen Toten.«

Kauz rieb sich das Kinn. »Trotzdem, es klingt plausibel. Passt mir aber offen gestanden gar nicht in den Kram.«

»Was hab ich gesagt?«, erwiderte Ria. »Aber jetzt sag mir trotzdem, weshalb du glaubst, dass es Mord war. Oder siehst du es jetzt anders?«

»Nein. Es war Mord, da bin ich mir sicher. Nur weiß ich noch nicht, wie der mit dem Verkehrsunfall zusammenpasst. Pass auf: Erstens war die Speichertür nicht abgeschlossen«, begann Kauz. »Wenn einer sich umbringen will, sorgt er dafür, dass er nicht gestört wird. Er schließt die Tür von innen ab und lässt den Schlüssel stecken, denkst du nicht?«

»Doch, schon«, bestätigte Ria Ritz, leicht verlegen. »Es hat mich ja auch gewundert, dass wir keinen Schlüssel gefunden haben.«

»Der Schlüssel steckte in Imfangs Stallhose. Da wurde bei der Legalinspektion …«

»Geschlampt, meinst du?«, brachte Ria den Satz zu Ende.

»Etwas übersehen«, milderte Kauz ab. »Zweitens«, fuhr er fort, »wählt einer, der sich erhängen will, einen Balken oder Haken, der hoch genug über dem Boden ist. Er stellt sich auf einen Stuhl, knüpft das Seil um Hals und Haken und springt. Oder lässt sich vom Stuhl gleiten. Dann wird er sehr rasch ohnmächtig und drei Minuten später ist er tot. Du hast doch gesehen, dass die Füße des Toten nur knapp über dem Fußboden hingen, nicht wahr?«

Ria Ritz nickte.

»So aber hätte der Suizid, wenn es denn einer gewesen wäre, leicht misslingen können.«

Misslingen!, was sage ich da?, überlegte er und musste an den armen Wendel denken. Er rieb sich die Stirn.

»Der Oberbau des Speichers ist unter dem First etwa einen Meter höher als der Unterbau«, fuhr er fort. »Wenn sich Imfang wirklich auf die altmodische Art hätte erhängen wollen, wäre er nach oben gegangen und hätte sich am Firstbalken aufgehängt. Das wäre eine todsichere Sache gewesen.«

Ria Ritz zuckte zusammen.

»Entschuldige«, murmelte Kauz. »Aber ich muss kein Blatt vor den Mund nehmen, oder?«, hakte er nach.

»Nein. Schon gut. Und weiter?«

»Von den Dingen, die die Imfangs für mich Jahr für Jahr bereitstellten, fehlte etwas.«

»Was meinst du damit?«

Kauz erklärte ihr die Sache mit den Willkommensgaben. »Mich würde interessieren«, fuhr Kauz fort, »ob Wendel Imfang vor seinem Ableben davon konsumiert hat. Wenn nicht, haben sich möglicherweise die Täter daran gütlich getan. Und dieser Gedanke gefällt mir gar nicht. Eine Autopsie hätte darüber Aufschluss gegeben. Nur wurde leider keine gemacht.«

»Stimmt. Aber wieso weißt du das?«

»Ich habe den Leichnam gesehen«, sagte er bloß.

»Aha. Und ein bisschen untersucht?«, fragte sie misstrauisch.

»Genau«, bestätigte Kauz trocken. »Wer wäre bei euch im Wallis eigentlich dafür zuständig?«

Das sei so, erklärte sie ihm: Gerichtsmedizinische Autopsien würden in Lausanne oder Bern durchgeführt. Im Auftrag der Rechtsmedizin in Sitten. Aber dorthin sei der Leichnam gar nie gelangt. Die Legalinspektion könne nämlich auch vor Ort durch den Bezirksarzt vorgenommen werden. Der beantrage dann bei Verdacht oder unklarem Befund bei der Staatsanwaltschaft die rechtsmedizinische Untersuchung. Oder, wenn alles klar sei, eben auch nicht. Im Fall AgT Imfang sei turnusgemäß der Bezirksarzt von Naters zuständig gewesen. Und das sei ein schon ziemlich betagter Doktor, der demnächst in Pension gehe.

»Was hat er festgestellt?«

»Tod durch Erhängen«, sagte Ria Ritz.

Na, wunderbar!, dachte Kauz. »Und sonst?«, fragte er.

»Nichts. Deshalb wurde die Leiche ja auch zur Bestattung freigegeben.«

»Hat er denn nicht nach weiteren Verletzungen gesucht?«, fragte Kauz weiter. »Nach Kampfspuren?«

»Doch, hat er. Aber nichts Verdächtiges gefunden.«

»Ich aber schon. Eine Stelle am Hinterkopf. Genau konnte ich nicht nachschauen, dazu hätte ich den Leichnam aus dem Sarg nehmen müssen. Und die Schnürfurche am Hals schien mir auch irgendwie seltsam zu sein. Aber sicher bin ich mir nicht, der Leichnam war an Kopf und Hals geschminkt worden. Aber ich könnte mir vorstellen, dass darunter Würgemale zum Vorschein kämen.«

Ria Ritz stutzte.

»Du meinst, er ist auf den Kopf geschlagen worden? Und gewürgt? Und dann aufgehängt? Dann wären aber mehrere Täter am Werk gewesen.«

»Ich vermute gar nichts«, behauptete Kauz, aber das war gelogen. »Ich trage nur Fakten zusammen. Gehe ich richtig in der Annahme, dass in dem Fall keine Spurensicherung durchgeführt wurde? Weder an der Leiche noch im Speicher?«

»Ja, leider«, gab Ria kleinlaut zu. »Die sei nicht nötig, hat die Staatsanwältin entschieden, als das Ergebnis der Legalinspektion vorlag. Als wir ihr von den Unfallspuren an Imfangs Pick-up erzählten, fühlte sie sich erst recht bestätigt, dass es um Suizid geht. Sie hat deshalb die Kriminalisten auf die Spuren am Pick-up angesetzt, nicht auf den Leichnam und den Stall. Ob sie den Pick-up schon untersucht haben, weiß ich nicht. Auf alle Fälle schien der Staatsanwältin der AgT Imfang nicht weiter ermittlungsbedürftig.«

»Das war ein Fehler«, sagte Kauz. Vielleicht eine Spur zu direkt, denn Korporal Ritz sah etwas betreten drein. »Nun ja, Fehler passieren überall«, schwächte Kauz ab und kratzte sich verlegen am Hinterkopf. »Mir selbst ja auch. Aber jetzt musst du dafür sorgen, dass eine Autopsie gemacht wird. Oder dass der Leichnam wenigstens auf der Rechtsmedizin ordentlich untersucht wird. Und auch, dass im Speicher nach Spuren gesucht wird. Ich bin extra noch nicht hineingegangen.«

»Das kann ich nicht anordnen.«

»Aber beantragen. Ruf die Staatsanwaltschaft an. Oder deinen Chef, so wie das bei euch eben läuft. Nenn ihnen die Fakten.«

»Ist es fürs Spurensammeln nicht längst zu spät?«

»Für vieles schon, das stimmt leider. Aber nicht für alles. Hier«, sagte Kauz, zog die transparente Plastiktüte mit dem Kälberstrick aus seiner Jackentasche und legte ihn vor ihr auf den Tisch. »Immerhin, das Teil hier wurde versiegelt. Von wem, weiß ich nicht. Vielleicht vom Bestatter. Vater Imfang war sicher, dass dieser Strick nicht aus dem eigenen

Stall stammt. Ihre Stricke würden anders aussehen. Ohne diesen eingewobenen roten Zwirn. Wenn an Wendelin Imfangs Händen *keine* Faserspuren dieses Stricks zu finden sind – und die *fänden* die Kriminaltechniker, wenn er den Strick selbst in den Händen gehabt hätten –, dann ist das ein Beweisstück für die Mordthese. Dann müsste man nach DNA-Spuren des Mörders auf dem Strick suchen. Abgesehen davon dürfte sich der Kriminaltechniker für die Schlingen und die Knoten in diesem Strick interessieren. Da kann man nämlich eine ganze Menge herauslesen.«

Ria Ritz kam die Situation blamabel und gleichzeitig ein bisschen witzig vor: Da machte ein Üsserschwiizer Kriminalpolizist a.D. mit dem Gommer Namen Walpen sie auf einen möglichen Mordfall aufmerksam, bei dem sie selbst, der Bezirksarzt und die Staatsanwältin nicht den geringsten Verdacht geschöpft hatten. Wie oft haben wir wohl hier oben im Goms schon einen Mord übersehen?, fragte sie sich. Außergewöhnliche Todesfälle sind ja gar nicht mal so selten.

*

Zwei Stunden später rief Polizeikorporal Ria Ritz den Polizeidienstchef a.D. Alois Walpen, alias Kauz, auf seinem Handy an und teilte ihm mit, die Oberwalliser Staatsanwaltschaft habe verfügt, dass im AgT Imfang weiter ermittelt werde. Der Leichnam werde beim Bestatter abgeholt, auf die Rechtsmedizin in Sitten und, wenn erforderlich, für die Autopsie nach Bern überstellt.

Kauz atmete auf. Jetzt kommt es gut, dachte er.

Die Bestattung könne voraussichtlich trotzdem wie vorgesehen stattfinden, vermeldete Ria Ritz. Die Kripo übernehme den Fall. Sie selbst habe jetzt nichts mehr damit zu tun. Es könne sein, dass er als Auskunftsperson noch einmal befragt werde. Er solle sich deshalb zur Verfügung halten.

Der Speicher werde noch heute Vormittag unter die Lupe genommen, die Kriminalisten seien schon unterwegs.

»Noch etwas, Walpen«, sagte sie und schlug plötzlich einen sehr formellen Ton an: Der Kommandant verbiete ihm ausdrücklich, auf eigene Faust zu ermitteln. Wenn man die Dienste der Kripo Zürich in Anspruch nehmen wolle, werde man sich direkt an sie wenden.

Zicke!, dachte Kauz. Aber er nahm sich zusammen.

»In Ordnung«, sagte er kühl.

Er klappte sein Handy zusammen und steckte es ein. Eigentlich hatte er nichts anderes erwartet. Bei der Kripo Zürich hätte man genau gleich gehandelt. Nur der Tonfall missfiel ihm. Er erinnerte ihn an eine gewisse Frau Doktor van Hooch. Na egal, mit Ria Ritz würde er wohl ohnehin nichts mehr zu tun haben.

Mit dem Hund im Dorf unterwegs, fragte er in sämtlichen Läden, am Bahnhof, am Postschalter und auch sonst jeden Menschen, dem er auf der Straße begegnete, nach dessen Besitzer. Die Leute schauten sich das Tier an und schüttelten den Kopf. »Keine Ahnung«, kam die immer gleiche Antwort, »nie gesehen.«

Er ging in den Dorfladen, um sich mit Lebensmitteln einzudecken. Außerdem brauchte er einen Futternapf, Hundefutter und eine Leine.

Der Dorfladen war kürzlich zu einem Selbstbedienungsladen aufgemotzt worden, aber die behäbige Frau an der Kasse war dieselbe, die ihn früher persönlich bedient hatte. Sie erkannte ihn wieder – nicht mit Namen, aber am Gesicht – und sprach ihn an, als wäre er erst gestern einkaufen gekommen.

»Tragisch, das mit dem Wendel, *gältät?*«, sagte sie. »Die armen Eltern. Was passiert jetzt mit dem Speicher?«

»Wieso?«, fragte er zurück. »Was soll damit passieren?«

Es wüssten doch alle, klärte sie ihn auf, dass der Z'Blatten

Anton hinter Wendel Imfangs Speicher her sei. Aber Wendel habe partout nicht verkaufen wollen. Die Eltern würden den Speicher bestimmt nicht mehr halten können. Oder halten wollen. Es gebe ja keine Erben.

Und die Enkelin in Kanada?, dachte Kauz. Weiß man hier nichts von ihr?

»Ist der Speicher denn so wertvoll?«, fragte er.

»Der Speicher vielleicht nicht. Der ist viel zu klein, das wisst Ihr ja selber. Aber das Land drum herum.«

Sie durfte ihn nicht so ohne Weiteres duzen. Man kannte gegenseitig ja keine Namen. Das *Ihr* statt des Sie fasste Kauz als eine Form von Vertraulichkeit auf.

»Das Land? Ist doch gar nicht so viel. Höchstens ein paar Aren. Und alles Landwirtschaftszone, kein Bauland.«

»*Äbä!*«, lachte die Frau. Aber mehr war nicht aus ihr herauszubekommen. »Ihr kennt den Z'Blatten Anton nicht«, raunte sie ihm zu, ehe er mit seinen Einkäufen hinausging.

Die Sache ließ ihm keine Ruhe.

Dem Verbot des Kommandanten musste er sich fügen, so viel war klar. Aber diesen Z'Blatten musste er unbedingt kennenlernen. Ein paar Auskünfte einholen, das konnte ihm niemand verwehren. Er beschloss, am Nachmittag auf der Gemeindeverwaltung damit anzufangen. Er konnte nicht einfach die Hände in den Schoß legen, das war er Wendel schuldig. Und noch etwas war er ihm schuldig: Er hatte Jahr für Jahr angekündigt, er werde auf der Geissalp vorbeikommen.

Chumm nummä, hatte Wendel gesagt, nur zu!

Aber Kauz hatte die Wanderung, aus Bequemlichkeit oder weil das Wetter gerade nicht mitspielte, immer wieder hinausgeschoben. Die würde er jetzt nachholen.

Ehe er aus dem Laden ging, zeigte Kauz auf den Hund, der draußen wartete, und fragte die Frau, wem er gehöre.

»Keine Ahnung«, war auch dieses Mal die Antwort. »Den habe ich hier noch nie gesehen.«

Die Einkaufstasche in der Hand, den Hund neben sich – eine Leine hatten sie im Laden nicht gehabt –, ging Kauz zu Wendels Speicher. Auf der Langen Gasse klingelte es in seiner Hosentasche. Er stellte die Einkäufe auf die Straße und fischte das Handy wieder heraus.

»Hallo?«

»Herr Walpen? Walpen Alois? Kriminalpolizei Wallis, Gsponer«, meldete sich eine Männerstimme.

Den Alois wollte Kauz lieber nicht gehört haben. »Ja«, meldete er sich bloß. »Man hat mir gesagt, dass Sie kommen. Wann sind Sie in Münster?«

»Wir stehen vor dem Speicher«, lautete die Antwort.

Der Speicher war in Sichtweite. Zwei Personen standen davor. Kauz kam näher, stellte die Einkaufstasche ab und zog den *Schlussel*, den die alte Frau Imfang ihm beim Bestatter zugesteckt hatte, aus der Jackentasche.

»Alain Gsponer«, stellte sich der Mann vor. »Inspektor. Das ist Marie Matthey, Kriminaltechnikerin.«

Kauz gab beiden die Hand. Die Art, wie Inspektor Gsponer sich vorstellte – Vornamen zuerst, den Inspektor zuletzt –, ließ erkennen, dass er auf das kollegiale Du vorbereitet war, es aber nicht als Erster benutzen wollte. Natürlich wussten die beiden längst über ihn Bescheid.

»Kauz«, sagte er deshalb und gab ihnen die Hand. Dann entschuldigte er sich für einen Augenblick, ging mit dem Hund, dem Futternapf und dem Futter in den Ziegenstall. Er setzte dem Hund das Futter vor und hieß in warten.

»Wie gehen wir vor?«, fragte Gsponer, als Kauz wieder bei ihm stand.

Gsponer war lässig in Jeans und Freizeithemd gekleidet und trug etwas geckenhafte, spitz zulaufende Lederschuhe. Er hatte ein vernarbtes Gesicht, vermutlich eine Folge von starker Akne als Jugendlicher. Eine Zigarette steckte zwischen seinen Lippen. Kauz hielt ihn auf den ersten Blick für einen mit allen Wassern gewaschenen Kerl und dachte, dass er gut in das Team passen würde, das er bis letzte Woche noch geleitet hatte. Das gab ihm einen Stich ins Herz. Er war nicht nur mit Leib und Seele Polizist, er war auch mit ganzem Herzen Team- und Dienstchef gewesen. Er hatte vielleicht nicht viele private Freunde, aber er liebte seine Polizisten und setzte sich für sie ein, wo er nur konnte. Gerade deshalb war er ja entlassen worden.

»Nicht *wir*. *Ihr*«, sagte Kauz. »Ich halte mich da raus.«

Gsponer, der in diesem Zweierteam offensichtlich den Lead hatte, widersprach nicht.

Kauz drückte ihm den *Schlussel* in die Hand. Aber er kam trotzdem mit.

Gsponer öffnete, und sie gingen hinein. Mitten im Raum stehend, zeigte Kauz als Erstes auf den Haken am Deckenbalken, an dem Wendel gehangen hatte. Er öffnete sein Handy und lud die Bilder herunter, die er gemacht hatte. Gsponer warf einen Blick darauf und fragte:

»Kann ich die haben?«

Er gab Kauz seine Nummer, Kauz tippte sie ein, ein paar Sekunden später hatte Gsponer die Fotos vom hängenden Wendelin Imfang auf seinem Smartphone.

Gsponer erklärte, er sei von der Staatsanwältin mit der Ermittlung in Sachen Imfang und dem damit wohl zusammenhängenden Verkehrsunfall mit Fahrerflucht beauftragt worden.

Kauz sagte ihnen alles, was sie wissen mussten, auch das von den Willkommensgaben. Die Einkaufstasche, die Wendel in den Speicher gebracht hatte, stand noch genau dort, wo sie am Freitag gestanden hatte. Kauz teilte ihnen auch seine Beobachtungen beim Bestatter mit. Als er den Strick erwähnte, holte Marie Matthey diesen, noch immer in der Plastiktüte, aus ihrem Koffer. Sie hatte ihn auf der Fahrt nach Münster bei Ria Ritz auf dem Posten Fiesch abgeholt.

Zum Schluss zeigte Kauz ihnen die Blechbüchse auf dem Küchenregal, in welcher der Schlüssel zum Oberbau des Speichers sein sollte. Marie Matthey, jetzt in Gummihandschuhen, öffnete die Büchse und nahm den Schlüssel heraus.

Bevor er ging, wollte Kauz noch wissen, ob sie den Jeep-Pick-up auf dem Hof im Milifäld schon untersucht hätten. Um den würde man sich kümmern, wenn man hier fertig sei, war die Antwort. Also irgendwann am Nachmittag.

»Platz!«, befahl Kauz vor dem Hof auf dem Milifäld – der Hund gehorchte aufs Wort – und hieß ihn vor der Tür warten. Kauz verließ sich bereits darauf, dass er ihn verstand. Er wollte wissen, ob er noch irgendetwas für Wendelins Eltern tun könne. Die Imfangs hatten schon Besuch, als Kauz zum zweiten Mal bei ihnen anklopfte. Valentin Lagger, der Sohn vom Nachbarhof, saß bei ihnen am Tisch.

»Das ist Herr Walpen aus Zürich«, sagte Frau Imfang.

»Ich weiß«, brummte Valentin. »*Tag woll*«, fügte er hinzu und reichte ihm im Sitzen die Hand.

Kauz setzte sich zu den dreien an den Tisch.

Valentin war ein kräftiger Bursche mit rötlich blondem Haarschopf. Sein breites, offenes Gesicht mit den blauen Augen und geröteten Wangen war staubig und in seinen Haaren steckten ein paar Halme. Er kam vom Heuen. Seine großen Hände lagen schwer auf der Tischplatte. Er war wohl um die dreißig und trug einen Ehering am Finger. Seine Ruhe, seine gesunde Ausstrahlung wirkten sich in dieser traurigen Situation wohltuend aus. Frau Imfang stützte sich auf seiner breiten Schulter ab, als sie ihm eine Schale Milchkaffee vorsetzte. Sie ließ ihre Hand eine Weile dort ruhen, bis sie sich selbst setzte.

»Danke, Hermine.«

»*Wir* danken«, erwiderte Frau Imfang. »Dass du das alles

machst. Im Stall und auf der Alp. Und das Heuen. Das ist flott von dir. Äns flott.«

»*Scho güät*«, meinte Valentin. »Ist ja gar nicht so viel.«

»*Woll äppä*«, insistierte sie.

»*Äwa.*«

»*Füwoll.* Das Heuen auf alle Fälle schon.«

Das ging eine Weile hin und her, bis Valentin sich Kauz gegenüber erklärte: Im Stall gebe es nicht mehr viel zu tun, da müsse er nur ab und zu einen Blick hineinwerfen. Wendels Kühe seien auf der Alp, die Ziegen auch. Dort würden die Sennen die Arbeit machen. Etwas Zusatzarbeit gebe bloß das Heuen. Und Wendels Wiesland werde von den Minstiger Bauern gemeinsam gemäht. Jeder mache, was er eben könne.

»Ja, du aber am meisten«, sagte Frau Imfang dazwischen.

Valentin winkte ab. Wendels Wiesland bestehe aus vielen einzelnen Parzellen, weit über das Gemeindegebiet verstreut und darüber hinaus. So sei das eben im Goms, mit dem Boden seines Vaters sei es auch nicht anders. Das Heu vom Wiesland rund um den Speicher bringe man dann in Wendels Stadel an der Langen Gasse. Das sei für die Ziegen. Der größere Teil des Heus, das für die Kühe, komme hier auf dem Milifäld in die Scheune. Im Übrigen gehe er ab und zu auf die Alp. Das gehe in einem, seine eigenen Kühe seien ja auch dort oben. Ziegen habe er selber keine, aber heute Nachmittag schaue er auf der Geissalp, wie es um Wendels Ziegen stehe.

»Kann ich mitkommen?«, fragte Kauz rasch.

»*Schoo*«, meinte Valentin trocken.

Kauz fragte sich, wie es wohl mit Wendels Hof und mit seinem Speicher weitergehe. Aber er wagte es nicht, die Eltern darauf anzusprechen. Wendel war ja noch nicht einmal beerdigt. Beerdigt!, dachte er. *Obduziert* wird er, nicht beerdigt, oder auf alle Fälle rechtsmedizinisch untersucht, vielleicht gerade jetzt, in diesem Augenblick.

Valentin besprach mit Vater Imfang noch ein paar Dinge, die getan werden mussten, dann stand er auf und ging.

»Also: um vier Uhr bei Wendels Speicher«, sagte er im Gehen zu Kauz.

Als er draußen war, wandte sich Frau Imfang an Kauz.

»Eine Frau Stockalper hat angerufen«, sagte sie. »Von der Staatsanwaltschaft, wissen Sie. Der Wendel müsse opuziert werden, oder wie man dem sagt. Man hole ihn beim Bestatter ab und bringe ihn dann später wieder zurück. Wieso, hat sie nicht gesagt. Können Sie uns das sagen? Sie wissen das sicher.«

Kauz wand sich. Das sei eben so, wenn einer sich das Leben nehme. Man wolle genau wissen, woran er gestorben sei.

Das wisse man doch, wunderte sich die Frau. Er habe sich halt erhängt. Sie tupfte sich eine Träne ab. Und noch eines verstehe sie nicht: das mit Wendels Jeep. Sie hätten gar nicht gewusst, dass er hinter der Scheune stehe. Wendel habe am Donnerstagabend gesagt, er habe ihn auf der Geissalp stehen lassen. Für die Anna und ihren Gehilfen. Damit sie den Käse in die Käserei bringen und Kommissionen machen können. So habe er es oft gemacht. Jetzt stehe er aber hinter der Scheune und die Polizei müsse ihn untersuchen. Habe Frau Stockalper von der Staatsanwaltschaft gesagt. Wieso denn?

Kauz spielte den Ahnungslosen. Denn vom Verdacht, Wendel könnte den Verkehrsunfall verursacht und den Gemeindeschreiber umgefahren haben, wussten die Eltern noch nichts.

Eine Weile saßen sie zu dritt am Tisch und schwiegen.

»Der Z'Blatten Anton hat unseren Wendel auf dem Gewissen«, sagte Frau Imfang unvermittelt. Sie schaute Kauz dabei gerade ins Gesicht.

Ihr Mann schreckte zusammen. »Um Gottes willen! Was sagst du da?«

Sie schaute durch ihn hindurch.

»Ist doch so. Er hat ihn in den Tod getrieben.«

»Hermine! Das darfst du nicht sagen. Du versündigst dich!«

»Ich sag nur, wie's ist«, wiederholte sie.

»Du darfst doch vor dem Herrn Walpen nicht ...«

Da richtete die alte Frau sich auf und fuhr ihren Mann an: »Doch, ich darf! Du vielleicht nicht. Weil du Angst hast. Du kuschst vor ihm. Vor seinem Vater hast du gekuscht, dem Pius. Und jetzt kuschst du vor dem Anton. Wie die meisten im Dorf. Nur weil er einen Haufen Geld hat. Und hundert Häuser. Und ein großes Maul.«

Sie hielt inne. Ihr Mann sah sie mit weit aufgerissenen Augen an und schlug beide Hände vor den Mund.

»Es ist zum Lachen«, fuhr sie bitter fort. »Nein, zum Heulen. Anton Z'Blatten, der Gommer Napoleon!«, sagte sie, zu Kauz gewandt. »So nennen sie ihn. Ja, ja. Aber«, jetzt sah sie wieder ihren Mann an, »ich habe keine Angst. Nicht mehr. Mir kann keiner mehr Angst einjagen. Um unseren Wendel hätte ich Angst haben müssen, nicht um mich. Und jetzt ist er tot.«

Sie sackte zusammen, legte den Kopf auf die Tischplatte und barg ihr Gesicht in den Armen. Ihr Leib zitterte und bebte.

»Ist ja gut«, sagte der Alte und legte seinen Arm auf ihren Rücken. »Beruhige dich. Nimm dich zusammen. Sie sehen ja selbst«, wandte er sich an Kauz. »Es ist der Schmerz. Sie sagt sonst nicht solche Sachen.«

Plötzlich richtete sich die alte Frau wieder auf.

»Kommen Sie mit«, sagte sie. »Ich zeige Ihnen etwas.«

Sie stand auf und ging zur Tür hinaus. Im oberen Stock führte sie Kauz in ein großes getäfertes Zimmer voller Bauernmöbel: Bett, Nachttisch, Schrank, Kommode, Truhe, Tisch und Stuhl.

»Das ist sein Zimmer«, sagte sie.

Sie setzte sich auf den Stuhl, öffnete im Sitzen die Truhe und hob einen dünnen Stapel Papiere heraus. Sie legte die Blätter auf den Tisch.

»Einen Abschiedsbrief haben wir nicht gefunden. Aber das da. Hier, sehen Sie mal«, sagte sie und drückte Kauz das schmale Bündel in die Hand.

Er überflog die Papiere.

Zuunterst war ein Kaufangebot älteren Datums von Z'Blatten-Immobilien für Wendelin Imfangs Speicher und das umliegende Wiesland. Für den Speicher waren ein paar Tausend Franken geboten worden, für das Wiesland ein paar Hundert. Weiter oben lagen zwei, drei jüngere Angebote, zuoberst das allerneuste. Es stammte von Anfang Juni und nannte einen Kaufpreis in rund zwanzigfacher Höhe des allerersten, allein für den Speicher. Für das Land war der Aufpreis nochmals um ein Vielfaches höher. Wendel wäre ein gemachter Mann gewesen, ja er hätte nie mehr arbeiten müssen, wenn er auf den Verkauf eingegangen wäre. Ein paar zum Teil handschriftliche Briefe und auf Notizzettel gekritzelte Mitteilungen oder Zahlen betrafen dasselbe Geschäft. Einer der Briefe stammte von einer regionalen Bank. Ein anderer von der Gemeindeverwaltung. Dieser trug die Unterschrift des Gemeindeschreibers. Einzelne Schreiben waren nur mit Vornamen oder überhaupt nicht unterzeichnet. Der Tenor – mal sachlich, mal drängend, ja beschwörend – war durchweg der gleiche: Verkauf, Wendel, verkauf! Es wäre das Beste für dich.

»Das da hat ihn zur Verzweiflung gebracht«, behauptete die alte Frau. »Man hat ihn regelrecht unter Druck gesetzt. Er hatte finanzielle Sorgen. Und jetzt bot ihm der Z'Blatten einen solchen Haufen Geld an. Aber Wendel *wollte* gar nicht verkaufen. Er war in der Zwickmühle, das ist mir jetzt klar. Es hat ihn zur Verzweiflung gebracht, sage ich Ihnen. Immer diese Briefe. Bis er sich nicht mehr zu helfen wusste. Mobbing sagt man dem, oder nicht?«

Die Papiere waren in chronologischer Folge aufeinander-gelegt, der zugehörige Briefumschlag jeweils darunter. Für Kauz sah es so aus, als ob Wendel die Briefe zwar geöffnet und gelesen, danach aber einfach in die Truhe gelegt hätte, ohne sich weiter damit zu beschäftigen.

Frau Imfang schlug die Hände vors Gesicht und schüttelte den Kopf. Dann richtete sie sich auf und sah Kauz hilflos an.

»Wissen Sie was, Frau Imfang«, sagte Kauz ruhig und legte die Papiere auf den Tisch. »Wenn die Polizei kommt, um den Jeep zu untersuchen, dann zeigen Sie dem Inspektor diese Briefe.«

»Gut«, sagte die alte Frau, »wenn Sie es sagen.«

Sie gingen in die Stube zurück und Kauz blieb noch eine kleine Weile sitzen. Er erkundigte sich nach dem Begräbnis. Das würde am Mittwoch in Münster stattfinden. Es sei aber auch höchste Zeit. Man dürfe einen Toten doch nicht so lange warten lassen. Ein Toter gehöre unter den Boden, so bald als möglich, das sei man ihm schuldig.

Ob er noch etwas für sie tun könne, fragte Kauz.

Er solle gut auf den Speicher aufpassen, war die Antwort. Er wisse ja, wie sehr Wendel an ihm gehangen habe.

Der Hund stand sofort auf, als Kauz herauskam, trottete neben ihm her und schaute immer wieder zu ihm auf. Ganz unvertraut war Kauz der Umgang mit Hunden nicht: Seine Großeltern in Reckingen hatten einen gehabt, den hatte er als Ferienkind ins Herz geschlossen. Und als Xaver klein war, hatte Chantal unbedingt einen Spaniel gewollt. Bei der Scheidung hatte sie dann beides beansprucht und zugespro-chen bekommen: den Hund und das Kind.

Kauz staunte, wie diszipliniert sich das zugelaufene Tier verhielt. Offensichtlich hatte der Hund ihn, Kauz, als Herrn und Meister ausersehen und schien fest entschlossen, ihn von den neuen Verhältnissen zu überzeugen. Nicht nur, indem er ihm aufs Wort gehorchte, sondern auch, indem er ihm in vorauseilendem Gehorsam alles recht zu machen versuchte. Er wich, wenn sie unterwegs waren, nicht von seiner Seite, und wenn Kauz ihn irgendwo warten hieß, wartete er geduldig und begrüßte ihn nach seiner Rückkehr enthusiastisch, ganz gleich, ob Kauz ihn länger oder bloß ein paar Minuten hatte warten lassen.

Auf dem Rückweg schaute Kauz beim Gemeindehaus vorbei. Auf der Tafel beim Eingang stand, der Schalter sei erst ab 15 Uhr geöffnet.

Das passt, dachte er und ging weiter.

»Zu verkaufen. Bewilligung vorhanden«, las er an einem schönen alten Holzhaus mitten im Dorf. Plakat und Logo waren ihm vertraut, aber dass dieser prächtige Stadel zum Verkauf angeboten wurde, war ihm neu.

Er zückte sein Handy und wählte die Nummer.

»Z'Blatten Immobilien«, meldete sich eine Frauenstimme.

»Walpen«, stellte sich Kauz vor. »Ich habe gesehen, dass Sie einen Stadel an der Mittleren Gasse in Münster anbieten. Ich wollte …«

»Herr Walpen? Jaa – *va hiä?*«, fragte die Frau.

»Nein, aus Zürich«, antwortete Kauz, nicht zum ersten Mal.

»Ach so! Herr Walpen aus *Zürich?!*«, rief sie. Es klang, als freue sie sich. Als habe sie seinen Anruf erwartet. »Sie haben schon einmal angerufen, nicht wahr?« Darauf sagte Kauz nichts und die Stimme fragte weiter: »Sind Sie im Goms?«

»Ja, in Münster.«

»Dann schauen Sie doch bei uns herein. Wir zeigen Ihnen das Objekt gern.«

»Gut«, sagte Kauz. »Ist Herr Z'Blatten da?«

Die Dame bat ihn kurz zu warten. Es klickte in der Leitung. »Sie haben Glück«, sagte sie nach wenigen Augenblicken, »Herr Z'Blatten ist noch da. Wenn Sie gleich jetzt kommen können, empfängt er Sie gern.«

Z'Blatten-Immobilien residierte im Obergeschoss eines vor vielleicht dreißig Jahren von Z'Blatten senior erbauten und kürzlich von Z'Blatten junior renovierten, überdimensionierten Gebäudes im Pseudo-Chaletstil. In Wirklichkeit war es nämlich ein Betonbau, dessen Fassade mit hässlichen, orangefarben gestrichenen Holzbrettern verkleidet war. Im Erdgeschoss war ein Architekturbüro einquartiert. In den oberen Geschossen des Großraumchalets gab es luxuriöse Wohnungen mit Blick auf das Weisshorn.

Die junge Dame am Empfang bat Kauz, einen Augenblick zu warten. Kaum hatte sich Kauz gesetzt, da stand Z'Blatten auch schon vor ihm.

Anton Z'Blatten war ein quirliges Männchen mit großem Ego. Zwar stutzte er einen Augenblick, als Kauz sich in seinem nicht gerade eleganten Outfit erhob, doch dann begrüßte er ihn überschwänglich:

»*Monsieur* Walpen«, rief er, den *Monsieur* betonend, und streckte die Hand aus. Obschon klein von Gestalt, verfügte Z'Blatten über eine raumfüllende Stimme. Nicht sehr tief, aber umso penetranter. Eine Stimme, dachte Kauz sofort, wie sie einen im Restaurant oder im Eisenbahnwagon nervt, weil man genötigt wird zuzuhören, auch wenn man gar nicht will.

»*Excusez*, dass ich kürzlich nicht abkömmlich war«, entschuldigte sich Z'Blatten. Er war Mitte fünfzig, braungebrannt, sportlich-drahtige Figur, die dritten Zähne etwas allzu weiß. Die Wangen waren glatt, der Schädel kahl rasiert. Er trug jugendlich-schicke Jeans mit cognacbraunem Flechtgürtel, ein graues Leinenjackett. Der Kragen seines weißen Hemds mit dem Logo einer bekannten Luxusmarke auf der Brusttasche stand weit offen. Die Füße steckten in cognacbraunen, rahmengenähten Schuhen, die farblich perfekt zum Flechtgürtel passten.

Golfer, dachte Kauz.

Dass Z'Blatten ihn für einen anderen Walpen aus Zürich hielt, einen wichtigeren, das war Kauz schon klar gewesen, als er die Empfangsdame am Telefon gehört hatte. Aber es eilte ihm nicht damit, den Irrtum aufzuklären. Es gab im Raum Zürich ein paar bekannte und ein paar weniger bekannte, dafür aber einflussreiche Walpen. Der bekannteste war Moderator einer Talkshow beim Fernsehen. Ein anderer Präsident eines großen internationalen Sportverbands; der stand im Verdacht, durch und durch korrupt zu sein. Zu den weniger bekannten Walpen gehörte ein Physikprofessor, Prorektor an der Eidgenössischen Technischen Hochschule, zu den einflussreichen der oberste Boss einer Großbank, ein Zeitungsverleger und ein Multimillionär, der sich auch als Investor, namentlich im Hotel- und Wellnessbereich, betätigte. Mit keinem von ihnen war Kauz persönlich bekannt oder näher verwandt. Einzelne Walpen – alle stammten ursprünglich aus dem Goms – hatten es, im Gegensatz zu ihm, in der Üsserschwiiz, einige auch im Ausland ganz nach oben geschafft. Und einer dieser nach Zürich ausgewanderten Walpen musste sich für eines von Z'Blattens Objekten interessiert haben.

»Sie waren wandern, wie ich sehe«, sagte Z'Blatten mit einem Blick auf Kauz' nicht ganz staubfreie Klamotten. »Da sind Sie bei uns im Goms genau richtig. Kommen Sie«, forderte er ihn auf und lud ihn ein, sich in einen Clubsessel zu setzen. »*Café? Digestif?*«

»Danke. Nein.«

»Lieber gleich zur Sache, nicht wahr?«, meinte er jovial. »Gut, soll mir recht sein. Das Objekt, nach dem Sie sich erkundigten, ist ein echtes Bijoux. Sehen Sie es sich an«, sagte er, nahm eine Fernbedienung zur Hand und zielte damit auf einen Flachbildschirm an der Wand. Ein professionell gemachtes Video wurde abgespielt. Anhand von allerlei virtuellem Schnickschnack wurde Kauz vor Augen geführt, wie der Stadel nach dem Umbau aussehen würde. Innen wie außen Luxus der Extraklasse, stellte er fest.

»Sehr schön«, machte Kauz und lehnte sich zurück. Er versuchte den Anschein zu erwecken, nicht sonderlich beeindruckt zu sein. Im Augenblick kam ihm sein vermeintlich hochmütiger Gesichtsausdruck gut zustatten.

»Wir warten mit dem Umbau zu, bis wir einen Käufer haben. So können die individuellen Wünsche berücksichtigt werden. Aber keine Sorge, danach geht es ruckzuck. Der Umbau würde noch diesen Sommer in Angriff genommen. Wenn alles gut geht, können Sie Weihnachten dann schon in Ihrem *Gadä* feiern. Ganz sicher aber nächste Ostern.«

»Wissen Sie«, sagte Kauz betont bedächtig. »Es eilt gar nicht so. Wichtiger ist mir, dass ich das richtige Objekt finde.«

»Selbstverständlich«, beeilte sich Z'Blatten. »Verstehe, das richtige Objekt. Da kann ich Ihnen nur beipflichten.«

Er wirkte etwas aufgedreht. Für einen Augenblick fragte sich Kauz, ob er unter Drogen stand. Kokain?, dachte er. Aber er verwarf den Verdacht rasch. Das gibts im Goms praktisch nicht, sagte er sich.

Z'Blatten beugte sich zu Kauz hinüber und hielt eine Hand an den Mund, als ob er ihm ein Geheimnis verraten wolle.

»Dann hätte ich vielleicht etwas, was Sie interessieren könnte«, raunte er in vertraulichem Ton. Doch sein Raunen füllte den ganzen Raum. Er richtete sich wieder auf. »Wird aber erst in drei, vier Jahren fertig«, sagte er, fast entschuldigend.

»Kein Problem. Ich hab Zeit.«

»Sehen Sie«, sagte Z'Blatten und griff nach einer Dokumentationsmappe. Er schlug sie auf und blätterte sie in Windeseile durch. Was Kauz zu sehen bekam, verschlug ihm fast den Atem. »Um ehrlich zu sein: Wir sind erst in der Planungsphase. Aber weit fortgeschritten.« Z'Blatten sprach wie ein Maschinengewehr, in raschen Salven. »Eine Frage von einigen Monaten, dann sind die letzten Details geklärt, und wir schießen los. Verlassen Sie sich drauf: In spätestens drei, vier Jahren steht das Gommer Highland Resort mit allem Drum und Dran. Einzelne Bauten, ein paar der Villen und Eigentumswohnungen sind in zwei Jahren bezugsbereit, der Golfplatz – Sie sind doch Golfer, nicht wahr? – ist schon früher fertig. Das Spa wird ein Jahr später in Betrieb genommen, und das Gommer Grand öffnet seine Tore in spätestens vier Jahren.«

»Gommer Grand?«, staunte Kauz. »Alle Achtung!«

Z'Blatten sah, dass sein potentieller Kunde diesmal beeindruckt war. Er rieb sich die Hände.

»Wissen Sie«, erklärte er, »was dieser Ägypter in Andermatt kann, das können wir im Goms auch.« Und damit lehnte er sich selbstzufrieden in seinen Clubsessel zurück.

Gommer Napoleon!, dachte Kauz. Passt genau.

»Ich kann Ihnen eine Dokumentation im Kleinformat mitgeben«, fuhr Z'Blatten fort, zog einen Hochglanzprospekt aus der Schublade und überreichte ihn Kauz mit übertriebener Geste. »Frisch ab Presse«, verkündete er stolz. Seine Augen glänzten. »Eigentlich noch vertraulich. Sie sind der Erste, dem ich das überreichen darf. Ist natürlich kein Verkaufsprospekt, so weit sind wir noch nicht. Erst eine Projektbeschreibung für Investoren und potentielle Käufer. Früh Entschlossene können sich Rosinen herauspicken und einen Vorvertrag abschließen. Sie verstehen, dass wir diesen Prospekt nicht breit streuen, sondern nur im persönlichen Kontakt überreichen.«

Kauz spürte, dass Z'Blatten Dankbarkeit dafür erwartete, dass er ihn in den illustren Kreis von potentiellen Käufern und Investoren aufgenommen hatte.

»Nun, *Monsieur* Walpen ...«, kam Z'Blatten jetzt zur Sache. Sein Ton ließ erkennen, dass er, selbst für einen solventen Kaufinteressenten, nicht unbegrenzt Zeit hatte.

»Eine Frage hätte ich noch«, warf Kauz ein.

»Ja? Bitte?«, machte Z'Blatten und lehnte sich vor, als wäre er schon auf dem Sprung.

»Das ist Landwirtschaftszone, nicht wahr?«, fragte Kauz, ohne jeden Vorwurf in der Stimme, schlug den Prospekt auf und zeigte auf die Planübersicht von Münster, auf welchem das zukünftige Gommer Highland Resort eingezeichnet war. Um Z'Blatten nicht schon jetzt zu verärgern, schob er scheinheilig nach: »Wie werden Sie dieses Problem lösen?«

»Ach, das lassen Sie bitte meine Sorge sein, Monsieur Walpen. Wissen Sie, als Gommer Unternehmer kennt man sich in diesen Dingen aus. Man weiß genau, was möglich ist und was nicht. Und wie man damit umgeht, wenn es einmal Hindernisse gibt. Keine Sorge, das kriegen wir hin.«

»Und die Zweitwohnungsinitiative? Macht die Ihnen keine Sorgen?«

»Die Zweitwohnungsinitiative?«, lachte Z'Blatten laut heraus. »Die hat keine Chance. Nicht nur im Wallis nicht. Die fliegt beim Schweizervolk garantiert durch. Verlassen Sie sich drauf. – Aber wie wollen wir nun verbleiben?« Er lehnte sich erneut vor. »Sie sind hier in den Ferien, nicht wahr? Wie lange bleiben Sie, wenn ich fragen darf?«

»Zwei, drei Wochen. Vielleicht länger.«

»Oho! Urlaub open end? Kann sich nicht jeder leisten. Wo logieren Sie? In der *Auberge*, nehme ich an.«

»Nein, in der Alpenrose.«

Dass er ab heute in Tat und Wahrheit in Wendelin Imfangs spartanischem Speicher wohnte, wollte er ihm nicht unter die Nase reiben.

Z'Blatten fiel die Kinnlade herunter.

»In der Alpenrose?«, wiederholte er ungläubig.

Erneut musterte er Kauz' Kleidung, seine abgetretenen Schuhe, sein unrasiertes Gesicht und seinen Haarschnitt. Plötzlich schien ihm ein Licht aufzugehen.

»Was für ein Objekt suchen Sie wirklich?«, fragte er mit kaum verhohlenem Ärger. »Bewegen wir uns überhaupt im richtigen Preissegment?«

»Wohl eher nicht«, gestand Kauz.

»Wissen Sie was«, sagte Z'Blatten und schoss aus seinem Sessel auf. Sein Blick flog zum Beistelltischchen neben dem Clubsessel, in dem Kauz gesessen hatte. Er schien den Hochglanzprospekt wieder an sich nehmen zu wollen, aber Kauz hatte den wohlweislich in die Jackentasche gesteckt. »Versuchen Sie es beim Schreiner Imoberdorf. Der macht schlichte, preisgünstige Umbauten. – Auch Mietobjekte. Die kann sich jeder leisten«, schob er nach. Damit komplimentierte er ihn aus seinem Büro und warf die Tür hinter ihm ins Schloss.

Anstatt auf die Straße zu gehen, läutete Kauz beim Architekturbüro im Erdgeschoss.

Rödelmann & *Partner Architekten* stand an der Tür.

Er hatte keine Ahnung, ob er an der richtigen Adresse war – auf dem Prospekt wurde kein Architekturbüro genannt –, aber er wollte es versuchen. Ein sehr junges Mädchen öffnete die Tür.

Auf den ersten Blick sah das Büro nicht wie die Arbeitsstätte von Architekten aus, eher wie ein Beratungs- und Verkaufsbüro. Vielleicht handelte es sich um die Zweigstelle eines großen Architekturbüros aus dem Unterland.

Er verlangte Herrn Rödelmann zu sprechen.

Ein elegant nach Architektenmanier in schwarze Jeans und schwarzes Hemd gekleideter Herr erschien.

»Keel«, stellte er sich vor und blieb vor ihm stehen.

Ach so, der Partner, dachte Kauz. Oder einer der Partner.

»Mein Kompliment zu diesem Projekt«, ließ er seinen Versuchsballon steigen, zog den Prospekt aus seiner Jackentasche und faltete ihn auseinander.

Herr Keel erbleichte.

»Wo haben Sie das her?«, fragte er perplex. Dann realisierte er seinen Fauxpas und sagte lächelnd: »Wissen Sie, das ist noch nicht ganz spruchreif. Erst ein Projekt. Eine Studie eigentlich. Aber danke für das Kompliment. Ja, es wird eine gute Sache. Wir geben uns große Mühe. Schön, dass es Ihnen gefällt. Mich wundert bloß«, sagte er, quasi entschuldigend, »dass Herr Z'Blatten es Ihnen schon ausgehändigt hat. Wir wollten das Projekt eigentlich erst in zwei, drei Monaten im kleinen, handverlesenen Kreis vorstellen, wenn alles ..., wenn alle Eckdaten definiert sind.«

»Die Finanzierung, meinen Sie?«

»Oh, nein. Die Finanzierung ist gesichert. Nein, der ganze Behördenkram, wissen Sie. Notariat. Grundbuch. Vorentscheide, Baubewilligungen von Kanton und Gemeinde. Auflagen von Heimat-, Natur- und Landschaftsschutz. Wenn Sie selbst Bauherr sind, wissen Sie ja, wovon ich rede. Sind Sie Eigenheimbesitzer?«

»Nein, noch nicht. Aber ich möchte liebend gern einer werden«, sagte Kauz. Er wandte sich zum Gehen. »Entschuldigen Sie, dass ich unangemeldet einfach so hereinplatzte. Ich wollte wirklich nur ...«

Er klopfte mit dem Zeigefinger auf den wieder zusammengefalteten Prospekt, steckte ihn ein und reckte den Daumen, als wolle er dem Projekt viel Erfolg wünschen.

Es blieb noch Zeit für den Besuch auf der Gemeindeverwaltung. Kauz beschloss, den Hund diesmal mit hineinzunehmen. Auch das ging mit dem wundersamen Tier problemlos. Langsam imponierte ihm dieser Hund. Drinnen händigte man ihm ohne Weiteres den Ortsplan aus, mit allen von ihm gewünschten Details. An der Theke stehend, legte er den Plan vor sich hin und umkreiste mit dem Zeigefinger den Bereich zwischen Kantonsstraße, Minstigerbach und Bahngleise. *Salzmattä*, war der Flurname.

»Hier ist das Gommer Highland Resort geplant, oder?«, fragte er arglos die Frau hinter dem Schalter.

Sie zuckte zusammen.

»Darüber ... weiß ich nicht Bescheid«, sagte sie, als sie sich gefasst hatte. »Da ist der Gemeindeschreiber zuständig.«

»Kann ich kurz mit ihm reden?«, fragte Kauz.

»Leider nein. Herr Trapper ist ... ist heute nicht im Büro.«

»Wann kann ich mit ihm reden?«

»In der nächsten Zeit gar nicht. Er ist ... er ist krank. Sie müssten sich an seinen Stellvertreter wenden. In der Nachbargemeinde.«

Da Ria ihm im Vertrauen gesagt hatte, um wen es sich beim Unfallopfer von der Furkastraße handelte, den Gemeindeschreiber von Münster nämlich, konnte er den im Gommereggä aufgeschnappten Vornamen einsortieren: Hubert Trapper hieß der Gemeindeschreiber.

Kauz mimte den Naiven. »Ich mache jedes Jahr in diesem Speicher hier Ferien, wissen Sie«, erklärte er der Frau treuherzig und zeigte auf Wendel Imfangs Parzelle. »Darum interessiert mich das natürlich.«

Die Frau beugte sich über den Plan.

»Ach so, in Wendel Imfangs Speicher«, sagte sie, als sie die Parzelle identifiziert hatte. »Ja, das ist aber ein Problem.«

»Ich glaube auch. Aber wieso?«

»Nur so«, wich die junge Frau aus. Dann schien ihr einzufallen, was das Problem war: »Er ist kürzlich verstorben.«

»Das weiß ich. Eine tragische Geschichte, nicht wahr? Er war halt kein einfacher Mensch«, klopfte Kauz auf den Busch, »ein richtiger Querkopf.«

»Allerdings«, bestätigte die Frau.

Sie erschrak erneut, wohl in der Furcht, ein Amtsgeheimnis verletzt zu haben.

»Er machte der Gemeinde oft Schwierigkeiten, nicht wahr?«

»Darüber darf ich Ihnen leider keine Auskunft geben.«

Das war für Kauz Auskunft genug. »Kein Problem«, beruhigte er die Frau. »Ich hätte gar nicht fragen sollen. Danke für den Ortsplan.«

Er ging zum Speicher. Der Hund folgte ihm widerspruchslos, ja geradezu freudig. Das Kripo-Team hatte seine Arbeit inzwischen erledigt, der Schlüssel war am zuvor vereinbarten Ort deponiert. Kauz ließ den Hund durch den Speicher streunen. Dann stieg er mit ihm in den Oberbau hinauf.

Im Schlafzimmer gab es ein Fensterbrett, an dem man lesen, schreiben oder in die Weite schauen konnte. Er setzte sich ans Fenster, der Hund legte sich zu seinen Füßen auf den Bretterboden. Er breitete den Ortsplan und den Hochglanzprospekt des Gommer Highland Resorts vor sich aus und schaute auf das Wiesland hinaus.

Wendel Imfangs Speicher auf der einen, Ziegenstall und Stadel auf der andern Seite der Langen Gasse waren klein, die zugehörige Landparzelle auch nicht gerade riesig. Sie war schmal, aber lang gezogen und reichte, anders als die noch kleineren Nachbarparzellen, bis zum Bahngleis hinunter. Sie bildete also einen Korridor mitten durch das geplante Resort. Das Bauvorhaben war ohne den Erwerb von Imfangs Land gar nicht umsetzbar. Einmal abgesehen davon, dass für die Realisierung des Projekts das gesamte Wiesland in Bauland umgezont werden musste. Z'Blatten schien sich seiner Sache sehr sicher zu sein. Sonst wäre er beim Planen wohl kaum so forsch vorgegangen. Zweifellos hatten dafür schon einige Scheine den Besitzer gewechselt. Andere, beispielsweise der Architekt, schienen zu wissen, dass dem Projekt noch Hindernisse im Weg standen.

Kauz versuchte sich vorzustellen, wie sich die Überbauung auf das Dorf und die Landschaft auswirken würde. Auf dem Prospekt sah das Resort auf den ersten Blick nicht einmal übel aus: etwa zwei Dutzend Bauten unterschiedlicher Größe im Chaletstil, bei den kleineren musste es sich um Einzelvillen für Gutbetuchte handeln, bei den größeren um solche mit luxuriösen Eigentumswohnungen. Die Häuser schienen wohlproportioniert zu sein, waren aber alle deutlich größer als die bestehenden alten Häuser im Dorf. Das Gommer Grand mit dem angegliederten Spa schien punkto Dimensionen gar mit der Pfarrkirche konkurrieren zu wollen. Mit einer virtuellen Luftaufnahme des Resorts machte einen der Prospekt glauben, die ganze Überbauung sei nichts anderes als eine organische Erweiterung des Dorfes, bestehend aus lauter Holzbauten nach Gommerart. Nur das Gommer Grand hatte eine Fassade aus Stahl und Glas, ein futuristisch anmutender turmartiger Bau von beträchtlicher Höhe. – Kauz wurde allein bei der Vorstellung schon ganz anders. – Auf dem Hochglanzprospekt war der Hotelturm als quasi luftiger, durchsichtiger Bau entworfen, eine geschickte Verschleierung seiner wahren Dimensionen. Die alten Ställe, Stadel und Speicher an der Langen Gasse waren in das Projekt mit einbezogen. Ganz im Stil der Maiensässhotels, wie es sie in der Schweiz andernorts gab. Ein paar von Wendels Nachbarn waren Auswärtige, die an der Langen Gasse einen umgebauten Stadel oder Speicher ohne zugehöriges Land besaßen. Denen würde durch das Bauvorhaben die Aussicht für immer versperrt. Die würden mit Sicherheit Einsprache gegen die Baueingabe erheben. Es sei denn, Z'Blatten würde sie großzügig entschädigen …

Kauz fragte sich, ob alle bäuerlichen Nachbarn Wendels ihren Boden tatsächlich schon an Z'Blatten verkauft hatten. Wenn ja, dann hätte die Realisierung des Projekts von Anfang nur noch an Wendelin Imfangs Bereitschaft gehangen, Speicher und Landparzelle zu verkaufen.

Kauz nahm sich den Prospekt vor und studierte die ausführliche Beschreibung. Zur »Optimierung von Landschaft und Aussicht«, hieß es darin, würde das Gelände diesseits der Gleise aufgeschüttet. Die Bahngleise dagegen würden ab Bahnhof mitsamt den Leitungsmasten tiefer gelegt, galerieartig überdacht oder eingetunnelt und begrünt, sodass freie Sicht auf das Weisshorn gewährleistet sei. Jenseits der Bahngleise bis zur Rhone hinunter würde das Gelände um das Flugfeld herum landschaftsarchitektonisch umgestaltet und entlang des Flusses, talauf- und talabwärts, teilweise trockengelegt. Unter Schonung der wunderbaren Auenlandschaft selbstverständlich würde hier der Golfplatz entstehen. Je nach Ausrichtung des Parcours hätte der Golfer stets entweder das Weisshorn oder den nicht minder imposanten Galenstock vor Augen und das Rauschen der jungen Rhone – im Goms *der Rotten* genannt – im Ohr, so lehrte einen der Prospekt.

Kauz hätte langsam einen Schluck aus der Flasche mit Drahtbügelverschluss brauchen können. Doch er zwang sich, die Beschreibung zu Ende zu lesen.

Das gesamte Projekt würde strengen ökologischen Grundsätzen gehorchen und ganz im Sinne von Natur-, Landschafts- und Heimatschutz umgesetzt, fuhr der Prospekt fort. Die bestehenden Gommer Holzbauten würden mit Respekt und Sorgfalt umgebaut und in das Resort integriert. Nur ganz nebenbei wurde im Werbetext darauf hingewiesen, dass ein Ausbau des nahen Flugfelds in Zukunft durchaus denkbar sei. So würden dereinst Privatjets für die anspruchsvolle Kundschaft in Münster landen können. Als zarte Vision wurde schließlich die bergbahntechnische Erschließung einiger umliegender Berggipfel skizziert. So könne das obere und mittlere Goms, längst als Wander- und Langlaufparadies beliebt, auch zu einer Destination des alpinen Skitourismus werden. Im klein gedruckten Impressum war nicht Z'Blatten-Immobilien, sondern ein Konsortium Gommer Highland Resort GmbH aufgeführt. Als geschäftsführende Stelle figurierte ein Büro an genau der Adresse in Münster, die Kauz kurz vorher besucht hatte.

*

Während der holprigen Fahrt in Valentin Laggers großem geländegängigen Kombi erfuhr Kauz alles, was er über Z'Blatten hatte wissen wollen. Und noch viel mehr. Valentin, anfangs einsilbig, wurde gesprächiger, je länger die Fahrt dauerte. Auf den letzten Kilometern konnte er sein Mitteilungsbedürfnis kaum mehr in Zaum halten.

Z'Blatten polarisiere wie kein anderer, so lautete Valentins Fazit. Niemand möge den herrsch- und selbstsüchtigen Giftzwerg. Aber es gebe einige, die sich trotzdem von ihm gängeln ließen. Wer ihm zu Diensten sei, der könne, je nach Z'Blattens Laune, großzügig entschädigt werden. Manchmal bleibe die Entschädigung aber auch aus, da sei Z'Blatten unberechenbar. Viele – Gewerbetreibende und Arbeitnehmer, Amts- und Würdenträger und Angestellte im öffentlichen Dienst – seien von ihm abhängig. Oder bildeten sich ein, es zu sein. Nicht nur in Münster, nein, im ganzen Goms. Z'Blattens Einfluss nehme mit zunehmender Distanz von Münster zwar ab, aber selbst in Biel und Niederwald gebe es welche, die nach seiner Pfeife tanzten. Z'Blatten habe das vom Vater übernommene Geschäft zu einem Imperium ausgebaut und alle paar Jahre einen Konkurrenten geschluckt, sodass er im Goms jetzt praktisch eine Monopolstellung habe. Er kaufe alle alten Ställe, Stadel und Speicher auf, die im Goms noch zu haben seien, und baue sie zu Luxusobjekten aus.

Einige im Goms würden ihn bewundern, andere hassen. Die meisten aber fürchteten ihn und wagten nicht, gegen ihn aufzumucken, wenn er an einer Gemeindeversammlung das Wort ergreife. Er sei bekannt dafür, dass er einen öffentlich zurechtweisen und mit höhnischen Sprüchen bloßstellen könne. Nur eine Minderheit der Minstiger lasse sich nicht einschüchtern. Wendelin Imfang habe zu dieser Minderheit gehört. Auch der Dorfarzt Doktor Kalbermatten. Ebenso die Gemeindepräsidentin Josy Werlen und zwei Gemeinderäte. Aber die würden leider bei der bevorstehenden Gemeinderatswahl nicht mehr antreten. Denn Z'Blatten werde alles daransetzen, ihm genehme Leute als Kandidaten aufzustellen und in den Gemeinderat zu drücken. Solche, die sein Großprojekt nicht nur abnicken, sondern auch dem Stimmvolk schmackhaft machen würden.

»Und der Gemeindeschreiber?«, fragte Kauz.

»Der? Der Trapper Hubert? Der frisst dem Z'Blatten doch aus der Hand. Er hat ihm ja seinen Posten zu verdanken.«

Trapper sei kein Minstiger. Überhaupt kein Gommer, sondern ein Auswärtiger, einer aus Visp. Vor zehn Jahren sei der alte Gemeindeschreiber von Münster unerwartet gestorben. Man habe einen neuen suchen müssen, weil man es verpasst hatte, einen jungen aufzubauen. Wie immer in solchen Situationen – wenn im Goms eine Arztpraxis leer stand, wenn eine Pfarrei-, Lehrer- oder Geometerstelle vakant war – habe Z'Blatten im Hintergrund die Strippen gezogen und in kürzester Frist Anwärter für den Posten aus dem Hut gezaubert. Meistens Auswärtige: Ärzte aus Tschechien, Priester aus Polen, Lehrer und Geometer aus dem Berner Oberland oder aus St. Moritz. Den jeweiligen Lückenbüßer habe man dann in der Not noch so gern genommen.

»Was Z'Blatten an Trapper hat, ist ja klar«, empörte sich Valentin. »Der hält ihm den Rücken frei. Trapper ist in der Visper Stadtverwaltung groß geworden und kennt sich in allen politischen und juristischen Gepflogenheiten des Wallis aus.« Auch in allen möglichen Ränkespielen sei er mit allen Wassern gewaschen. Er pflege zwar den Ruf eines korrekten Beamten, dem Normalbürger gegenüber bestehe er auch strikt auf der Einhaltung aller Vorschriften. »Wenn es aber um Z'Blattens Anliegen geht, da wird er plötzlich sehr elastisch.« Auf einmal seien Vorschriften, Bau- und

Zonenreglemente nicht mehr unverrückbar, sondern großzügig auslegbar. »Zwar ist der Gemeinderat für Baubewilligungen zuständig. Aber Trapper versteht es bestens, den von Z'Blattens Wünschen zu überzeugen. So ist zum Beispiel die Bewilligung für einen Neubau von Z'Blatten-Immobilien sang- und klanglos erteilt worden, der traufständig statt giebelständig im Dorf steht, also quer zu allen anderen Häusern. Das steht eigentlich nur der Kirche zu. Eine Bausünde ohnegleichen, eine wahre Faust aufs Auge«, empörte sich Valentin weiter. »Obschon er das Gegenteil behauptet, interessiert sich Z'Blatten doch einen Dreck für das Ortsbild. Im Übrigen ist es Trapper, der als Gemeindeschreiber die Beschlüsse des Gemeinderats zu Papier bringt. Ihm ist es doch ein Leichtes, dem etwas unterzujubeln, was nicht mehr genau seinen Beschlüssen entspricht.« Und wenn es ausnahmsweise nicht nach Z'Blattens Wunsch ausgehe, sei er ein Meister darin, sich schamlos über Einschränkungen und Auflagen hinwegzusetzen, foutiere sich um Bau- und Gefahrenzonen, Grenzabstände und Wegerechte. Er baue höher als erlaubt, verwende andere Materialien als die deklarierten und umgehe Umweltschutzvorschriften. Nie so massiv, dass es sofort bemerkt würde, sondern immer schön scheibchenweise. Wenn das Gebäude erst einmal stehe, wage es keiner, den Rückbau oder gar Abriss zu verlangen. Falls doch, mache Trapper dem Rekurrenten das Leben schwer und sorge dafür, dass der Rekurs durch alle Instanzen hindurch abgewiesen werde. Wenn die Einsprache ausnahmsweise doch einmal durchkäme, dann mache Trapper im Namen der betroffenen Gemeinde Münster geltend, dass man einen Abriss oder Rückbau für unverhältnismäßig halte, plädiere aber für eine saftige Busse. Die falle dann aber gar nicht besonders saftig aus. Z'Blatten könne sie jedenfalls allemal verkraften und reibe sich noch dazu die Hände.

»Ich sage dir eins«, sagte Valentin schließlich. »Wenn Trapper den Unfall nicht überlebt oder einen Hirnschaden davonträgt, dann hat Z'Blatten mit seinem großkotzigen Projekt ein Problem.«

In einer Kurve des Forstwegs hielt er seinen Kombi an. Sie stiegen aus und Kauz ließ den Hund aus dem Fahrzeug springen. Freudig aufgeregt lief er los, kehrte aber immer wieder zu Kauz zurück. Langsam musste er wohl wirklich über einen Namen nachdenken.

»Und noch etwas: Trapper schaut manchmal zu tief ins Glas«, redete Valentin nun weiter, als ob er nun alles auspacken und endgültig reinen Tisch machen wolle. Das kannte Kauz aus seiner täglichen Arbeit. Es wunderte ihn trotzdem, denn Valentin wusste ja nicht, dass er Kriminalpolizist war.

»Trapper ist ein Arbeitstier, manchmal ist er schon um sechs Uhr morgens auf der Gemeindekanzlei. Aber alle paar Wochen stürzt er ab. Ich wäre nicht überrascht, wenn er besoffen auf der Furkastrasse herumgetorkelt wäre, als er überfahren wurde. – Ab hier gehts zu Fuß weiter«, wechselte er das Thema. »Wendel fährt mit seinem Jeep jeweils ganz hinauf, aber mein Kombi ist dafür zu groß. Du hast hoffentlich gute Schuhe an.«

Darauf war Kauz nicht vorbereitet.

»Ist es weit?«, fragte er. Er spürte den Ausflug vom Samstag noch in den Beinen.

»Nein«, antwortete Valentin. »Bloß ein paar Schritte.«

Eine Viertelstunde später waren sie auf der Geissalp. Da stand eine kleine Alphütte, ein Brunnentrog, ein großer Unterstand für die Ziegen, ein kleiner für die drei Säue, ein noch kleinerer für den Hund.

Ein prächtiger Berner Sennenhund gab Laut, als sie näher kamen. Aber er rannte nicht auf sie zu, sondern blieb vor seiner Hütte stehen. Kauz' neuer Begleiter näherte sich ihm mit wedelndem Schwanz, dann beschnupperten sich die Hunde gegenseitig. Bald tollten sie auf dem Gelände rund um die Alphütte herum. Eine kleine, etwas mollige Frau, deren Alter schwer zu schätzen war, kam heraus. Sie trug Gummistiefel, Tramperhosen mit vielen Taschen und ein kariertes Bauernhemd. Auf dem Kopf trug sie eine Baseballmütze der New York Yankees, die nicht so recht zu ihrer ganzen Erscheinung passen wollte. »Könntet ihr den Hund an die Leine nehmen?!«, rief sie.

»Tut mir leid«, rief Kauz zurück, »ich habe keine! Aber keine Sorgen, er macht nichts. Er will nur spielen.«

Da die Hunde tatsächlich nur spielten und nicht etwa Ziegen hetzten, schien sich die Frau zu beruhigen. Sie kam näher. Sie hatte ein offenes Gesicht mit roten Wangen.

Berner Rosen, assoziierte Kauz. Er sah ihr die Frohnatur förmlich an. Doch jetzt hatte sie traurige Augen.

Ohne die beiden Männer zu kennen, erriet sie offenbar, dass sie wegen Wendel kamen. Die Nachricht von seinem Tod war längst bis zu ihr gedrungen.

»Ich heiße Anna«, sagte sie im Berneroberländer Dialekt. Sie gab den Männern die Hand, beide stellten sich mit Vornamen vor.

»Traurig, das mit dem Wendel«, sagte Valentin.

»Ja«, sagte Anna und fuhr sich mit dem Handrücken über die Augen.

Sie setzten sich auf drei abgesägte Baumstrünke, die als Hocker an dem einfachen Tisch vor der Sennhütte standen. Die Aussicht war von dieser Stelle nicht überwältigend. Dafür war man abgeschirmt und hatte seine Ruhe.

»Wollt ihr Milch?«, fragte Anna.

»Gern.«

Sie brachte drei Becher, gefüllt mit Ziegenmilch. Für Kauz war sie gewöhnungsbedürftig, aber er trank den Becher leer und wischte sich den Mund ab.

»Gut, nicht wahr?«

»Herrlich«, log er. »Sag mal, hast du ihn gut gekannt?«

»Klar. Ich komme seit Jahren im Sommer auf die Geissalp.«

»Und war er ein guter Chef?«, wollte Kauz wissen.

»Ich habe nicht nur einen. Ich bin für mehr als hundert Ziegen verantwortlich, von fünf verschiedenen Bauern aus dem Mittelgoms«, erwiderte sie. »Aber Wendel kam am häufigsten herauf. Er war mehr ein Freund als ein Chef.«

»Dann hast du einen Freund verloren. Ich auch«, sagte Kauz leise.

Sie sah ihn überrascht an.

Er erzählte Anna, woher er Wendel kannte.

»Tut mir leid«, sagte sie und streichelte kurz seine Hand. »Wieso kommt ihr hier herauf?«, fragte sie dann. »Ich weiß ja, wegen Wendel, aber ...«

»Ich möchte bloß sehen, wie es um seine Ziegen steht«, antwortete Valentin. »Auf dem Chämibodä schaue ich nach seinen Kühen.«

»Das ist gut«, sagte Anna. »Danke, dass du das machst. Den Ziegen gehts übrigens gut, keine Sorge«, lachte sie.

»Und ich komme, weil ich es Wendel versprochen habe. Leider zu spät«, gestand Kauz. Er erklärte ihr kurz die Geschichte.

Valentin fragte, ob sie Kauz die kleine Ziegenkäserei zeigen könne.

»Ja ... Ja, sicher«, sagte sie nach kurzem Zögern und stand vom Tisch auf.

Im vorderen Teil des gemauerten Unterbaus der Alphütte wurde die Ziegenmilch verarbeitet. Anna erklärte Kauz den Vorgang. Im hinteren, kellerartigen und kühlen Teil wurde der fertige Käse eingelagert. Anna zeigte auf die Regale. Die reifen Laibe wurden früher oder später ins Tal gebracht und in der Biokäserei und den Dorfläden verkauft.

»Machst du das alles alleine?«, fragte Valentin.

»Nein, ich hab einen Gehilfen, den Maksym.«

»Maksym? Was ist denn das für einer?«, wollte Valentin wissen.

»Ein lieber, williger, aber etwas benachteiligter Kerl«, sagte Anna schmunzelnd. »Aus der Ukraine.« Sie sei froh, ihm diesen Sommerjob ermöglichen zu können. Sie dürfe ihre Gehilfen nämlich selber auslesen und anstellen.

»Wo ist er jetzt?«, fragte Valentin.

»Weiter oben im Gelände, er schaut gerade nach den Ziegen«, sagte Anna. Meistens helfe er ihr bei den Arbeiten auf der Geissalp, manchmal aber auch Wendel beim Mähen, beim Einhagen oder auf dem Hof im Milifäld.

Wo sie denn wohne und schlafe, wollte Kauz wissen.

»Da oben.« Sie zeigte auf den Oberbau der Hütte.

»Dürfen wir schauen?« Kauz war neugierig geworden.

Das schien Anna in Verlegenheit zu bringen. Sie führte die beiden um die Hütte herum, die am Hang stand. Der Eingang zum Oberbau war von hinten zugänglich. Anna stieß die Tür auf, blieb aber im Türrahmen stehen. Kauz' Hund kam herbeigerannt und wollte hineindrängen. Kauz hielt ihn zurück. Es sei leider nicht aufgeräumt, entschuldigte sich Anna. Kauz warf einen Blick hinein. Im Gegensatz zur Käserei unten, die zwar spartanisch eingerichtet, aber blitzsauber und geradezu pingelig aufgeräumt war, herrschte im Oberbau Chaos. Kauz sah schmutzige Schuhe und Stiefel, hingeworfene Kleidungsstücke, aufgerissene Lebensmittel- und andere Packungen herumliegen, leere und halbvolle Rucksäcke und Taschen herumstehen. Das Bett, wenn man es so nennen wollte, war ungemacht. Es gab einen Holzherd, der wohl gleichzeitig Heizung war.

Sie setzten sich draußen wieder an den Tisch. Valentin fachsimpelte mit Anna eine Weile über Ziegenhaltung und Ziegenkäserei. Kauz hörte interessiert zu.

»Wisst ihr etwas über Wendels Jeep?«, fragte Anna unvermittelt. »Den Pick-up. Den bräuchte ich nämlich.«

»Wendels Pick-up? Nein. Wieso?«

»Er sollte eigentlich hier sein.«

Kauz horchte auf.

»Der Pick-up sollte hier sein?«, fragte er.

»Ja. Ich brauche ihn für einen Transport.«

»Fährst du selber?«

»Klar. Und Maksym auch.«

Dass Wendel seinen Pick-up gelegentlich auf der Geissalp stehen ließ, wenn ein Transport oder eine größere Besorgung anstand, wusste Kauz. Dann packte er jeweils sein Moped auf die Ladefläche und fuhr mit diesem wieder zu Tal. Wenn der Transport gemacht war, chauffierte Anna den Pick-up auf den Hof, und Wendel fuhr mit ihr wieder auf die Alp hinauf.

Aus einer Ahnung heraus fragte Kauz: »Bleibt Wendel manchmal über Nacht hier? Und fährt dann erst am nächsten Morgen wieder runter?«

Alle drei sprachen in der Gegenwartsform, wenn sie von Wendel sprachen. Er war noch nicht Vergangenheit.

»Manchmal«, bestätigte Anna. Sie schlug die Augen nieder. »Nicht oft.«

»Am letzten Donnerstag?«

»Ob er hier übernachtet hat? Nein«, sagte Anna. »Wieso fragst du? Bist du von der Polizei?« Sie sah ihn mit Unschuldsmiene an, und es war nicht klar, ob sie einen Scherz machen wollte.

Kauz gab keine Antwort.

Am letzten Donnerstag, gab Anna preis, ohne dass er weiter fragte, sei Wendel zwar mit dem Pick-up hier heraufgefahren, aber er habe ihn stehen lassen und sei mit dem Moped wieder hinuntergefahren. Sie hätte am Freitag Käse in die Biokäserei bringen und Einkäufe machen sollen. Der Käse sei immer noch hier im Keller und der Einkauf sei noch nicht gemacht. Jetzt werde es allmählich Zeit dafür. Ihr fehlten ein paar Dinge des täglichen Bedarfs.

»Was war am Freitag?«, fragte er Kauz.

Am Freitag sei der Pick-up nicht mehr da gewesen. Jetzt wolle sie wissen, wo er sei und wann sie ihn wieder benützen könne.

Valentin versprach, er werde der Sache nachgehen. Morgen oder übermorgen habe sie ihren Pick-up. Entweder den von Wendel oder leihweise einen andern.

Kauz fiel ein, dass sich die Kriminalisten gerade jetzt um den Pick-up kümmerten oder schon damit fertig waren.

»Wo hat Wendel den Pick-up abgestellt?«, erkundigte er sich.

»Da, wo er es immer tut.«

Anna stand auf, ging ein paar Schritte vor und zeigte auf einen halbwegs geebneten, erdigen Abstellplatz, etwa fünfzig Meter entfernt. Dieser war vom Tisch aus nicht sichtbar, von der Alphütte aus erst recht nicht. »Dort hinten«, sagte sie.

»Steckte der Zündschlüssel? Oder hattest du den?«

»Wendel lässt ihn immer stecken.«

»Dann ist vielleicht jemand damit weggefahren?«

In Kauz' Kopf hatte es längst zu arbeiten begonnen.

»Scheint so, ja«, sagte Anna nachdenklich. Es klang, als habe sie sich darüber noch keine Gedanken gemacht.

»Wer?«, fragte Kauz. Die Frage klang etwas scharf.

»Ich weiß es nicht«, sagte Anna. »Hier oben gibts doch keine Autodiebe. Habe ich jedenfalls immer gedacht«, fügte sie hinzu. Es klang, als wäre sie über die Welt enttäuscht.

Ist sie ein so einfaches Gemüt, fragte sich Kauz, oder tut sie nur so?

*

Als Ria am Abend nach Hause kam, stand ihre Mutter in der Küche, und Thomas alberte mit seiner Tochter in der Wohnung herum. Er kurvte um den Esstisch und jagte Emma

vor sich her. Vor Vergnügen kreischend, flüchtete die Drei-
jährige in den Korridor, direkt in die Arme ihrer Mutter. Ria
hob ihre Tochter hoch und drückte sie an sich. Dann stellte
sie sie auf den Boden und beugte sich zu Thomas herunter,
der angerollt kam, und küsste ihn auf den Mund. Es gab
ihr immer noch einen Stich, wenn sie ihren Mann im Rollstuhl auf sich zurollen sah. Beim Betreten ihrer Wohnung
überkam sie, nur für Augenblicke, immer mal wieder der
Gedanke, es sei alles nur ein böser Traum und gleich werde
Thomas in voller Größe und mit federnden Schritten auf sie
zukommen und sie umarmen. Thomas fiel es offenbar leichter als ihr, sich mit seinem Schicksal abzufinden. Aber vielleicht sah es auch nur so aus. Auf jeden Fall klagte er nie.
Er bat, wenn es sein musste, ungeniert um Hilfe, aber im
Großen und Ganzen war er in der Lage, für sich selbst zu
sorgen. Im Erdgeschoss eines Mehrfamilienhauses in Fiesch
war in der Zeit, die Thomas im Paraplegikerzentrum Nottwil verbrachte, eine rollstuhlgängige Wohnung eingerichtet
worden. Die Invalidenversicherung hatte sich nicht lumpen
lassen, und sowohl Thomas' wie Rias Eltern hatten tief in
die Tasche gegriffen. In der Garage stand ein behinderten-
gerecht umgebauter Familienwagen und ein *Handbike*, mit
dem Thomas auf den alten Flugfeldern von Münster und
Ulrichen seinen neuen Ausgleichssport betrieb. Er hatte
sich vorgenommen, im nächsten Winter auf den Loipen des
Obergoms im Paraplegikerschlitten langlaufen zu gehen, so
wie andere Querschnittsgelähmte auch. Ria war stolz auf ihn.
Nur als er verkündete, irgendwann werde er auch wieder
den Gleitschirm benützen, war sie – halb empört, halb ihn
Angst – in Tränen ausgebrochen. Er hatte diese Idee seither
nie mehr aufgegriffen.

»So, *Meggä*, Feierabend?«, fragte Rias Mutter und trocknete sich die Hände an der Schürze. Sie hatte das Nachtessen
vorbereitet. Ria wusste, dass sie sich gleich ins obere Stock-

werk, wo sie seit ein paar Monaten mit dem Vater wohnte, zurückziehen werde. Ihre Mutter hatte schnell begriffen, dass ihre Gegenwart nicht rund um die Uhr erwünscht war und dass die junge Familie auch ein Eigenleben hatte.

»Ja, Feierabend. Und du, Mama?«, fragte Ria zurück.

»Wie mans nimmt«, sagte ihre Mutter und verdrehte die Augen. Das bedeutete, dass der nicht ganz pflegeleichte Herr Papa im oberen Stock wohl auch noch Erwartungen hatte.

»Danke, Mama«, sagte Ria, mit einem Blick in die Küche.

»*Scho güät*«, sagte ihre Mutter, küsste die kleine Emma auf die Stirn und ging aus der Wohnung. Die dreiköpfige Familie setzte sich zu Tisch.

»Hast du noch weiter recherchiert?«, fragte Ria, als sie den Tisch abgeräumt hatte. »Wegen diesem Walpen?«

»Ja. Er *ist* nicht, er *war* Dienstchef Leib und Leben bei der Kapo Zürich. Das Arbeitsverhältnis wurde im gegenseitigen Einvernehmen aufgelöst, wie es so schön heißt. Das stand in einer Mitteilung der Personalabteilung an das Korps. Gefeuert, mit andern Worten.«

»Hat er etwas ausgefressen?«

»Sieht nicht danach aus«, antwortete Thomas, »ich habe jedenfalls nichts gefunden. Nur, dass er per sofort freigestellt wurde. Ziemlich deprimierend, findest du nicht?«

»Was ist deprimierend? Für wen?«

»Für ihn. Er hat zwar das Know-how, aber er darf es nicht einsetzen. Er ist eine flügellahme Ente.«

»Stimmt«, sagte Ria.

»Genau wie ich«, meinte Thomas grinsend.

Ria fand seine Bemerkung gar nicht lustig.

Thomas Abgottspon war Computertüftler und findiger Internetsurfer aus Passion. Es hatte einmal ganz so ausgesehen, als ob er diese Leidenschaft zu seinem Beruf machen könnte. Ursprünglich gelernter Informatiker, hatte er ein Wirtschafts- und Jurastudium begonnen und, den Bachelor in der Tasche, ein längeres juristisches Praktikum auf einem Notariat in Brig absolviert.

Da hatte er die um zwei Jahre ältere Polizistin Ria Ritz kennengelernt. Als sie schwanger wurde, hatten sie geheiratet. Ria hatte ihren Familiennamen behalten wollen. Für ihn war das kein Problem gewesen, aber in der Verwandtschaft hatte es zu reden gegeben. Erst recht, dass die kleine Tochter dann auch noch Emma Ritz und nicht Abgottspon hieß.

Nach dem Praktikum hatte er das Studium fahren lassen. Als Familienvater in spe konnte er es sich nicht mehr leisten. Er nahm eine Stelle in einer Computerbude an, in der er gut verdiente. Zwei Jahre später bewarb er sich um eine Stelle als ziviler IT-Experte bei der Kantonspolizei. Mit seinem Know-how und dem wirtschafts- und rechtswissenschaftlichen Bachelor in der Tasche hätte er die Stelle bekommen, und vielleicht wäre er sogar in der Sektion Internet- und Wirtschaftskriminalität oder digitale Forensik aufgestiegen. Die Arbeit hätte seinen Fähigkeiten und ganz sicher seinen Interessen entsprochen. Ihm hätte es auch gefallen, mit seiner Frau zusammen im selben Korps zu arbeiten. Ihr dagegen weniger. Thomas' Arbeitsort wäre nämlich zwingend Sitten gewesen. Ria aber wäre nie und nimmer nach Sitten gezogen. Ihr Traum war es gewesen, von Fiesch ins Elternhaus nach Niederwald zu ziehen. Das hatte zu einer handfesten Krise in der Ehe Abgottspon-Ritz geführt.

Mit dem Gleitschirmunfall war dieses Problem dann mit einem Mal vom Tisch gewesen. Thomas Abgottspons Traumkarriere als ziviler IT-Experte bei der Polizei freilich auch. Ria Ritz' Elternhaus in Niederwald stand jetzt leer, nun waren ihre Eltern zu der jungen Familie nach Fiesch gezogen, um sie zu unterstützen.

*

Kauz legte sein Handy auf den Küchentisch. Es waren weitere Nachrichten von seinen Polizistenkollegen eingetroffen. Es herrsche Unruhe im Polizeikorps. Die Sache mit seiner Entlassung sei für das Kommando noch nicht ausgestanden. Man werde ihn auf dem Laufenden halten. Dass seine Kolleginnen und Kollegen an ihn dachten, freute ihn zwar, doch er hatte nicht das Bedürfnis, auf dem Laufenden gehalten zu werden. Im Augenblick hatte er andere Sorgen.

Er stand in Shorts und Unterhemd am Herd und briet in einer kleinen Bratpfanne zwei Hamburgerpads und Speck, in einer zweiten erhitzte er Brötchenhälften und Käsescheiben. Chantal hätte ihm den Proletarier-Look, wie sie nannte, niemals durchgelassen. Er hatte ein Bier neben sich stehen und rülpste vor sich hin.

Eigentlich war Kauz ein ganz passabler Koch. Chantal hatte gar nicht kochen können, das war sein Job gewesen. Er bereitete sich mindestens zwei-, dreimal die Woche eine ordentliche Mahlzeit zu. Und es war auch schon vorgekommen, dass er bei sich zu Hause Gäste bewirtete. Kürzlich hatte er ein paar Kollegen, zwei Frauen und drei Männer, eingeladen. Die fünf hatten sein Riesbächler Weinsüppchen und das Kappeler Schweinsfilet im Wirzmantel in höchsten Tönen gelobt. Seine Vorliebe galt der einheimischen Küche. Die französische und natürlich die italienische ließ er auch gelten, aber für Sushi konnte er sich nicht begeistern. Er war Weintrinker und ein leidlicher Kenner der Schweizer Weine. Die aus den Nachbarländern schätzte er auch, aber solche aus Kalifornien und Australien würde er weder kaufen noch sich im Restaurant ausschenken lassen. Er hatte es jedes Mal als willkommene Herausforderung betrachtet, in der einfachen Küche von Wendel Imfangs Speicher anständig zu kochen. Er habe ja Zeit, sagte er sich immer. Und jetzt stand er da, briet einen Cheeseburger, den er als Notration und zum Einfrieren gekauft hatte, soff Bier aus der Dose und rülpste!

Zwar genierte er sich vor sich selber ein bisschen, aber er hatte heute ganz einfach keine Lust mehr, sich anzustrengen oder zusammenzunehmen. Es war ein langer Tag gewesen.

Die Brötchenhälften lagen schon auf dem Teller, darüber platzierte er die gebratenen Fleischplätzchen und den geschmolzenen Käse. Die übrigen Zutaten fehlten. Und Wein hatte er noch keinen eingekauft.

Der Hund hatte seinen Napf geleert und lag in einer Ecke, wo Kauz ihm mit einem Haufen Zeitungen ein provisorisches Hundebett eingerichtet hatte.

Kauz setzte sich an den Holztisch in der Küche, ließ ein zweites Bier zischen und spülte sein Nachtessen hinunter. Er setzte sich so, dass er das Fenster mit Blick aufs Weisshorn vor sich hatte. So musste er nicht dorthin schauen, wo Wendel gehangen hatte. Aber die Stelle hinter sich zu wissen, fühlte sich fast noch unheimlicher an. Es lief ihm kalt den Rücken hinunter.

Das hatte er nicht erwartet. Er meinte, gegen solche Empfindlichkeiten immun zu sein. War er zu früh in den Speicher eingezogen?

Der Cheeseburger lag ihm schwer auf. Er holte sich die Glasflasche mit dem Drahtbügelverschluss vom Regal. Heidelbeerlikör sei gut für Magen und Gemüt, hatte Wendel gesagt. Kauz nahm einen großen Schluck, direkt aus der Flasche.

»Puh«, machte er, »starker Stoff«, und schüttelte sich. Er spürte das Brennen in der Kehle, dann die wohltuende Wärme im Bauch. Schon begann er sich genüsslich zu räkeln – da schauderte ihn plötzlich wieder.

Wendel ist immer noch hier, dachte er.

Und schon griff er nach dem dritten und letzten Bier, das von Wendels Sixpack übrig war, riss die Dose auf und trank. Dann steckte er sich einen Zigarillo an – er war das Zeug nicht mehr gewohnt, ihm wurde leicht übel davon – und paffte den Rauch in alle Richtungen, wie um den Raum vom *Tootälä* zu befreien, aber es half nichts. Er stand auf, stellte das Geschirr in den Steintrog und griff sich den Schlüssel für den Oberbau aus der Blechbüchse. Er nahm den Wassernapf, schnippte mit dem Finger – der Hund stand sofort auf –, trat auf die Gasse hinaus, schloss die untere Speichertür hinter sich zu und stieg über die Außentreppe nach oben. Drinnen stellte er den Wassernapf auf den Boden, wies dem Hund eine Ecke in seiner Schlafkammer zu, zog sich aus und schlüpfte zwischen die groben Leintücher. Das Federbett warf er, da der Abend immer noch warm war, auf die zweite Bettstatt. Erst als er schon lag, merkte er, dass er sich weder gewaschen noch die Zähne geputzt hatte. Im Oberbau gab es natürlich kein fließendes Wasser, aber keine zehn Pferde hätten ihn jetzt mehr nach unten gebracht. Es war bald zehn Uhr, aber noch längst nicht dunkel. Vom Bett aus sah Kauz durch das kleine Fenster genau aufs Weisshorn.

Verdammtes Weisshorn!, dachte er. Immer dieses Weisshorn. Im Goms in aller Munde. Fast wie in Zermatt und auf der ganzen Welt das Matterhorn. Wenn dieser Blick aufs Weisshorn nicht wäre, gäbe es kein Projekt Gommer Highland Resort, dachte er. Dann wäre Wendel vielleicht noch am Leben.

Er spürte, dass er beschwipst war.

Er dachte über den Tod von Wendel nach.

Bald wären die Spuren ausgewertet, und dann würde sich zeigen: Der AgT Wendelin Imfang war kein Suizid, sondern ein Tötungsdelikt. Darauf würde er Gift nehmen.

Doch wer steckte dahinter?

Die Sache mit Wendels Landparzelle, die dem ganzen Projekt Gommer Highland Resort im Weg stand, ging ihm nicht aus dem Sinn. Zwar war es mehr als an den Haaren herbeigezogen, dass Z'Blatten etwas mit Wendels Tod zu tun haben sollte. Z'Blatten wollte das Land, nicht den Mann. Und vom toten Wendel bekam er es genauso wenig wie vom lebenden. Aber irgendeinen Zusammenhang gab es. Es roch ganz einfach danach.

Wäre er mit dem Fall betraut, so würde er den Staatsanwalt so lange beknien, bis er die Ermittlungen in diese Richtung ausdehnte. Aber darauf konnte er hier keinen Einfluss nehmen. Sein Eindruck war, dass die Walliser Ermittlungsmaschinerie in die Gänge gekommen war und dass sie gut lief.

Aber halt, da war ja noch die Sache mit der Fahrerflucht! Wenn es stimmte, dass die Spuren auf der Straße, an der Steinmauer und am Unfallopfer selbst mit denen an Wendels Jeep-Pick-up übereinstimmten, dann hatte Wendel am Ende tatsächlich einen Menschen über den Haufen gefahren, ehe er umgebracht wurde.

War er *deswegen* getötet worden? Weil er den Gemeindeschreiber angefahren hatte? Dann wäre der Unfall auf der Furkastrasse nicht das Motiv für einen Suizid, sondern das Motiv für einen Mord gewesen.

Ich hätte kein Bier mehr trinken sollen, dachte er, nicht auf den Likör. Denn seine Gedanken begannen wirr zu kreisen. Was ihm jetzt fehlte, war ein Gesprächspartner. Hätte er einen, so würde er mit ihm zusammen nochmals von vorne beginnen, und zwar mit den bloßen Fakten.

Also von vorne, dachte Kauz. Und nur die Fakten.

Fakt eins: Am Freitag, den dreißigsten Juni in der Früh wird auf der Furkastrasse in Münster ein Fußgänger angefahren und schwer verletzt. Der Unfallfahrer flüchtet.

Fakt zwei: Beim Unfallopfer handelt es sich um den Gemeindeschreiber von Münster, Hubert Trapper.

Fakt drei: Wendel Imfang hängt am selben Tag um siebzehn Uhr tot an einem Strick in seinem Speicher. Wie lange er schon tot ist, lässt sich nicht mehr eruieren, weil bei der Legalinspektion geschlampt wurde.

Fakt vier: Im Speicher stehen Willkommensgaben, die

Wendelin Imfangs Mutter am Vortag eingekauft und auf dem Hof im Milifäld bereitgestellt hatte.

Fakt fünf: Von diesen Sachen fehlen Brot, Trockenfleisch und drei Büchsen Bier.

Fakt sechs: Später am selben Tag findet die Polizei Imfangs Jeep-Pick-up. An diesem sind Spuren festzustellen, die vom Unfall auf der Furkastrasse herrühren könnten.

Fakt sieben: Anton Z'Blatten plant in der Landwirtschaftszone von Münster ein Luxusresort.

Fakt acht: Dieses Vorhaben lässt sich nur umsetzen, wenn er Wendel Imfangs Landparzelle erwerben kann. Und wenn das Wiesland in Bauland umgezont wird.

Fakt neun: Wendel Imfang will sein Land nicht verkaufen.

Fakt zehn: Wendel Imfang hängt am Freitag, den dreißigsten Juni tot an einem Strick in seinem Speicher.

Fakt elf: ...

Kauz spürte noch, wie ihn eine feuchte Hundeschnauze anstupste, dann schlief er unter den endlos kreisenden Gedanken ein.

Dienstag, 4. Juli

Tags darauf machte Kauz anstelle der vergessenen Abend- eine ausführliche Morgentoilette. Von der Küche abgetrennt, war im Unterbau ein WC mit Lavabo, Durchlauferhitzer und Spiegelschränkchen eingebaut. Der Wasserschlauch war ausziehbar und zur Not über einem Holzrost als Dusche verwendbar. Kauz setzte den an eine Campinggasflasche angeschlossenen Durchlauferhitzer in Betrieb, rasierte sich, shampoonierte über dem Rost den Kopf und duschte sich ab.

Dann ging er, den Hund an seiner Seite, durch die Lange Gasse zum Bäcker.

Von der Kirche ertönte ein Geläut. Diesmal erkannte er das Totengeläut sofort. Für wen läutet es?, fragte er sich.

»*Güätä Tag*«, begrüßte ihn die Frau, die das Brot verkaufte.

Sie unterbrach das Gespräch mit einer Kundin, die im Laden stand und mit der sie am *doorffä* war.

Er verlangte eine *Paillasse*.

»*Iär, schtimmt das?*«, fragte die Verkäuferin, als sie ihm das Brot reichte und sein Geld nahm.

»Was?«, fragte er zurück.

»Dass der Wendel schuld ist an Trapper Huberts Tod.«

»Ist er denn gestorben?«

»*Woll äppä.*« Ob er das Totengeläut nicht höre?

Jawohl, führte die Frau aus, der Gemeindeschreiber Trapper Hubert sei gestern Nachmittag im Inselspital Bern gestorben. Man habe ihn nicht mehr retten können.

Wieso Wendel an seinem Tod schuld sein solle, fragte Kauz. Natürlich wusste er die Antwort. Er war verblüfft, wie rasch sich Nachrichten – und natürlich auch Gerüchte – in diesem Tal verbreiteten.

Er habe doch den Unfall auf der Furkastrasse verursacht, tratschten die Frauen, mehr untereinander als mit ihm. Die Frage, die sie ihm eingangs gestellt hatte, war also rein rhetorisch gewesen. Aber vielleicht hatten sie sich von ihm weitere Einzelheiten erhofft. Zweifellos wussten sie, wer er war und wo er wohnte.

Kauz stellte sich ahnungslos. Woher man denn wisse, dass Wendel den Unfall verursacht habe, fragte er.

Gestern sei die Polizei auf dem Milifäld gewesen. Sie hätten Wendels Eltern ausgefragt und dann den Jeep mitgenommen. Der sei vorne kaputt gewesen. Das könne der Biderbost Kari bestätigen, der habe beim Aufladen zugesehen.

»Mitgenommen?«, fragte Kauz. Sein Erstaunen war echt.

Ja, ein Lastwagen sei vorgefahren, habe den Jeep aufgeladen und sei damit nach Brig gefahren. Oder nach Sitten.

Donnerwetter!, dachte Kauz. Wenn das stimmt, dann geht es der Spurensicherung aber nicht bloß um die Unfallspuren. Dann haben die am oder im Pick-up noch ganz anderes gefunden.

Die Frauen tuschelten weiter. In dem Fall sei der Wendel ja nicht nur ein Selbstmörder, flüsterte die eine, sondern – so schrecklich es auch auszusprechen sei – auch noch ein *Mörder*. Die andere schlug sich entsetzt die Hände vors Gesicht.

»*Jessäs!*«, entfuhr es ihr.

Kauz verließ den Laden, ging in den Speicher zurück und machte sich ein währschaftes Frühstück. Er schnitt von der frischen *Paillasse* und vom Alpkäse ab, den er von Wendel bekommen hatte.

Merkwürdig, dachte er, während er aß: Brot, Trocken-fleisch und Bier wurden aus der Einkaufstasche genommen. Der Käse aber wurde dringelassen. Was hat das zu bedeuten? Dann ließ er die Frage fallen. Die mussten jetzt andere be-antworten.

Er beschloss, diesen Tag zum Wandertag zu machen, um den Kopf auszulüften. Er durfte nicht die ganz Zeit an den ungelösten Mordfall denken. Morgen war Wendels Begräb-nis, dann würde er in Münster bleiben. Aber heute musste er weg. Laut Wetterprognose auf seinem Smartphone stand wieder ein heißer Tag bevor, er würde also auf dem Rotten- und dem Waldweg statt auf dem Höhenweg wandern, auf der Schattenseite des Tals. Er füllte seinen kleinen Wander-rucksack mit dem Nötigsten, ging zum Bahnhof und löste eine und eine halbe Fahrkarte nach Oberwald.

Fast den ganzen Tag war er mit dem Hund unterwegs. Er scheute sich, dem Tier einen Namen zu geben, denn obschon kein Mensch den Hund je gesehen hatte, rechnete er immer noch damit, dass urplötzlich ein Besitzer auftauchen und ihn zurückverlangen werde. Er wollte es sich nicht recht einge-stehen, aber der Gedanke tat ihm weh. Unterwegs brachte er dem Hund bei, auf Pfiff sofort zu ihm zu kommen. Auf dem Rückweg verließ er bei Geschinen den Wanderweg und marschierte über einen Feldweg nach Münster zurück.

Als er das Dorf schon vor sich sah, kam auf dem Feld-weg ein Traktor auf ihn zugefahren. Der Bauer fuhr wohl für einen letzten Schnitt nochmals aufs Feld oder er war auf dem Weg zurück auf seinen Hof. Seitlich am Traktor war der Mäher montiert. Nicht ausgefahren, sondern hochgeklappt. Trotzdem würde es auf dem Feldweg etwas eng werden. Kauz hielt an und trat zur Seite. Er fasste den Bauern auf dem sich rasch nähernden Traktor ins Auge, bereit, ihm zu-zuwinken. Vielleicht saß ja Valentin am Steuer.

Es war aber nicht Valentin, sondern ein Dunkelhaariger

mit missmutigem, um nicht zu sagen bösem Blick. Er machte keine Anstalten, seine Fahrt zu verlangsamen, um an Kauz vorbeizumanövrieren. Im Gegenteil, er gab Gas.

Ist der Kerl wahnsinnig?, dachte Kauz.

Er war versucht, an seine Schläfe zu tippen. Dann ließ er es aber mit einem Kopfschütteln bewenden. Er dachte nichts anderes, als dass der Traktorfahrer im letzten Moment doch noch abbremsen würde. Doch der ließ den Motor aufheulen und raste auf Kauz zu.

Ihm blieb nichts anderes übrig, als sich mit einem Satz rückwärts in Sicherheit zu bringen. Sonst wäre er vom Mäher erfasst worden. Er fiel rücklings in die Wiese.

Er rappelte sich auf und schüttelte wütend die Faust.

Da ging der Teufel erst richtig los. Der Bauer hatte offenbar im Rückspiegel seine Geste gesehen. Er trat auf die Bremse, brachte den Traktor – der Kies unter seinen Rädern stob in alle Richtungen – zum Stehen und kletterte vom Fahrzeug hinunter. Wutentbrannt stürmte er auf Kauz zu.

Kauz traute seinen Augen und Ohren kaum.

»Verdammte Saubande«, schrie der Bauer nämlich los. »Was glaubt ihr eigentlich?!« Das war nicht Höflichkeitsform, sondern Mehrzahl, obschon Kauz allein war. »Meint ihr, *wir* müssten *euch* ausweichen?! Nein, *ihr* müsst *uns* ausweichen, verdammt nochmal. Das ist *unser* Land, nicht eures! Wir arbeiten darauf! Wir leben davon! Ihr spaziert bloß über unsere Felder, trampelt das Gras nieder und lasst euren Dreck liegen! Da!«, schrie er und warf Kauz eine zerquetschte leere Getränkedose vor die Füße. »*Wir* müssen das Zeug tagtäglich einsammeln, damit unsere Kühe nicht daran verrecken! Und den Dreck von euren Saukötern auch!« Und damit warf er auch noch ein prallgefülltes orangefarbenes Hundekotsäckchen auf den Feldweg. Es zerplatzte vor Kauz' Füßen. Der Wüterich hatte es wohl auf seinem Traktor mitgeführt, um es bei der ersten besten Gelegenheit loszuwerden. Diese Gelegenheit schien ihm jetzt gekommen. Das Gesicht des Bauern war rot angelaufen. In heiligem Zorn schrie er auf Kauz ein, der Frust eines ganzen noch bevorstehenden Touristensommers schien aus ihm herauszubrechen.

Kauz befürchtete, der Mann könnte jeden Augenblick handgreiflich werden. Sein Begleithund war in Panik davongerannt, als der tobende Bauer näher gekommen war, und duckte sich, in sicherer Distanz, verängstigt in den Graben neben dem Fußweg.

»Jetzt macht aber einen Punkt!«, schrie Kauz zurück. Er zwang sich, bei der Höflichkeitsform zu bleiben, wählte aber die Ihr, statt der Sie-Form. »Ihr hättet mich beinahe über den Haufen gefahren! Ich bin stillgestanden, sogar zur Seite getreten, damit Ihr vorbeikommt. Das habt Ihr doch ganz genau gesehen!«

»Mir doch egal. Fahrt ab! Wir brauchen euch nicht! Von euch haben wir die Nase voll.«

»Nun mal langsam«, sagte Kauz. Mit lauter Stimme zwar, aber diesmal ohne zu schreien, um den Mann nicht zusätzlich zu reizen. »Eigentlich habe ich von all den Dingen, die Ihr aufgezählt habt, doch gar nichts getan. Oder?«

Da explodierte der Bauer erst recht: »Aber die Faust geschüttelt«, schrie er Kauz an. »Und den Kopf!!, *huärä värdammtä Siäch!! Abhöwwä* habe ich gesagt! *Arschlechär! Schaafsecklä!* Verschwindet!«

Er kam drohend einen Schritt näher.

Jetzt reichte es Kauz.

»*Häb doch d Schnurä, düü rabiaate Ggalööri, värflüächtä!*«, schrie er in seinem besten Wallisertiitsch zurück. Plötzlich fielen ihm ein paar Wörter ein, die sein Vater jeweils gebraucht hatte, wenn er richtig zornig war. »*Schpinnsch de düü, deräwäg ga sirachä! Sälbär abhöwwä!*«, doppelte er nach. »*Hüärä värdammtä Schnüüfer, durggwiggstä!*«

Er war sich nicht sicher, ob die Worte, die ihm da wieder

einfielen, die richtige Kraft hatten. Oder ob sie zu milde oder viel zu grob waren. Immerhin, sein Kontrahent stutzte und machte einen Schritt zurück. Es verschlug ihm buchstäblich die Sprache. Er verstand die Welt nicht mehr. Aber natürlich wollte er nicht klein beigeben. Stumm schlug er mit der Linken in seine rechte Ellenbeuge und ließ den rechen Unterarm vorschnellen, wie um Kauz wegzukatapultieren. Dann drehte er sich um und stampfte unter wilden Verwünschungen zu seinem Traktor zurück. Jetzt endlich kam der Hund aus seiner Deckung heraus und bellte mutig hinter dem Bauern her.

Du bist mir ein Held!, dachte Kauz. Aber du wirst deine Erfahrung mit solchen Grobianen gemacht haben, nicht wahr?

Mittwoch, 5. Juli

Es war für Kauz selbstverständlich, an Wendels Begräbnis dabei zu sein. Auch wenn er als Auswärtiger auffallen würde. Erst recht als Kirchenfremder, der sich in den Ritualen nicht auskannte. Er war nicht katholisch erzogen worden, auch in diesem Punkt hatte sich Mutter dem Vater gegenüber behauptet.

Kurz vor zehn Uhr stand Kauz vor der Kirche. Am Vorabend hatte man in der Friedhofskapelle von Wendel Abschied nehmen können. Dort war er jetzt noch aufgebahrt. Um zehn Uhr, als das große Geläut einsetzte, wurde der Sarg in die Kirche getragen und vor dem Altar aufgestellt. Die Trauergäste gingen langsam in die Kirche. Auch Kauz ging hinein. Wie jedes Mal, wenn er die Pfarrkirche von Münster betrat, war er ergriffen. Der fünfhundertjährige Hochaltar war etwas vom Schönsten, was er je in einer Kirche gesehen hatte. Heute kamen noch Schmerz und Trauer um Wendel dazu. Beim Orgelspiel kamen ihm die Tränen.

Während der Messe hielt sich Kauz ganz im Hintergrund. Als die Feier vorbei war, blieben die Angehörigen – es waren nur drei Personen – in der vordersten Reihe sitzen. Die Trauergemeinde zog an ihnen vorbei, um ihnen ihr Beileid auszusprechen, und begab sich anschließend durch das Kirchenportal nach draußen. Kauz blieb neben der hintersten Bankreihe stehen. So konnte er die Gesichter der Trauergäste, die an ihm vorbeizogen, sehen.

Ist Wendels Mörder dabei?, fragte er sich.

Die Kirchbänke waren fast bis auf den letzten Platz besetzt gewesen. Kauz hatte gedacht, es würden nur wenige kommen, weil allgemein angenommen wurde, Wendel sei ein Selbstmörder. Erst recht, weil sich vielleicht das Gerücht verbreitet hatte, er sei für den Tod des Gemeindeschreibers verantwortlich und also *ä Möörder*.

Aber es waren viele gekommen, um von Wendel Abschied zu nehmen. Valentin Lagger war unter den Trauergästen, in Begleitung einer jungen Frau, die seine Verlobte oder Frau, und eines stattlichen Mannes, der sein Vater sein musste. Auch der Wüterich vom Vortag hatte in der Kirche gesessen und ging jetzt an der Seite einer sympathisch aussehenden Frau an Kauz vorbei hinaus. Der offenbar nachhaltig wütende Kerl sah ihn verdutzt an und stieß zuerst seine Frau und dann den Mann, der auf der anderen Seite neben ihm ging, mit dem Ellenbogen an. Er wollte wohl wissen, wer Kauz sei, aber die Angestupsten zuckten mit den Schultern. Drei weitere robuste Männer, in denen Kauz Bauern vermutete, zwei von ihnen in Begleitung einer Frau, waren unter den Trauergästen. Damit waren wohl alle Minstiger Bauern hier versammelt. Der Posthalter war da. Auch ein paar Handwerker aus dem Dorf, die Kauz kannte, weil sie die eine oder andere Reparatur im Speicher ausgeführt hatten: der Schreiner Imoberdorf, der Wendels Speicher einst ausgebaut hatte und den Z'Blatten ihm so freundlich ans Herz gelegt hatte, der Elektriker und der Sanitärinstallateur. Kauz erkannte die Frau vom Dorfladen, zusammen mit ein paar anderen Frauen, die er schon im Dorf gesehen hatte. Selbst Z'Blatten, der Gommer Napoleon, war da. Dieser sah über Kauz hinweg. Seine Sekretärin oder Empfangsdame und auch die junge Frau von der Gemeindeverwaltung hatte an der Feier teilgenommen. Den Architekten Keel sah Kauz nicht, aber der war ja auch kein Hiesiger. Schließlich entdeckte Kauz die Sennin Anna, die sich wie er im Hintergrund gehalten hatte und sich jetzt aus der Kirche stahl. Neben den Eltern Imfang, die als Letzte durch das Kirchenportal nach draußen gingen, sah Kauz eine verschroben wirkende, runzlige, schwarz gekleidete Frau, die er noch nie gesehen hatte. In ihrer Nähe ein Mann, der etwas aus dem Rahmen fiel. Er trug einen dunklen Anzug mit Weste, Fliege und goldene Manschettenknöpfe. Vor der Kirche sprach er ein paar Worte mit den Eltern Imfang und mit der ganz in Schwarz gekleideten Alten und drückte ihnen die Hand. Dann ging er auf eine Frau zu, die in der Nähe stand. Kauz erkannte die sportliche Wanderin, die ihn bei der Berggasthausruine auf dem Kummerberg angesprochen hatte. Doch die wandte sich ab, drehte dem distinguierten Herrn den Rücken zu und wechselte ein paar Worte mit einer Frau, die in der Nähe stand. Zwei Alte hatten den Vorgang beobachtet und tuschelten. Die Art und Weise, wie sie sich Blicke zuwarfen und missbilligend die Brauen hochzogen, schien eher etwas über den Mann auszusagen als über die Reaktion der Frau.

Kauz hatte die Kirche mittlerweile verlassen und stand neben Valentin Lagger. Von ihm wollte er wissen, wer der Herr sei, der bei der Frau abgeblitzt war und sich jetzt verkrümelte. Valentin kannte ihn nicht.

»Und wer ist die Frau, die ihm den Rücken zukehrt?«

»Josy Werlen, unsere Gemeindepräsidentin«, flüsterte Valentin. »Eine ganz gute. Wir sind stolz auf sie.«

»Ist sie allein hier?«

»Ja«, raunte Valentin, die Hand vor dem Mund. »Ihr Mann ist letztes Jahr gestorben, das war unser Bezirksgeometer. Ihre zwei Töchter sind nicht da.«

Die Menschen blieben vor der Kirche versammelt stehen. Ohne dass ein Zeichen gegeben oder eine Aufforderung ausgesprochen wurde, brach ein Teil der Menge irgendwann auf und begab sich in den Landgasthof Zur Sonne. Die übrigen

Trauergäste gingen nach Hause. Es war Mittagessenszeit. Wer im Speisesaal des Gasthofs landete, wurde zur *Grebtä*, dem Leidmahl, eingeladen.

Kauz setzte sich zu Valentin Lagger und dessen Vater, neben den Schreiner Imoberdorf. Am anderen Ende des Tisches saß die Gemeindepräsidentin, Josy Werlen. Sie erkannte ihn und nickte ihm freundlich zu. Es freute Kauz, jetzt ein Minstiger Gesicht mehr zu kennen. Anton Z'Blatten nahm nicht am Leidmahl teil, der unbekannte Auswärtige auch nicht. Man tauschte am Tisch Erinnerungen an Wendel aus und sprach über diese oder jene Minstiger Begebenheit. Bevor er ging, setzte sich Kauz noch eine Weile zu Wendels Eltern. Die weißhaarige Alte ganz in Schwarz war nicht mehr bei ihnen.

Kauz verabschiedete sich und ging auf dem Weg zum Speicher in die Margaretenkapelle mitten im Dorf. Dort war er ganz allein und zündete für Wendel nochmals eine Kerze an. Sein höchst persönliches Abschiedsritual.

Als er beim Speicher eintraf, sah er etwas Kleines, Helles auf der Türschwelle liegen. Er kam näher: Da lag ein Briefumschlag. Darauf eine tote Wühlmaus, die wohl ausgerechnet vor seiner Speichertür verendet war. Er zog den Umschlag unter der Maus hervor, öffnete die Tür und ging hinein. Der Hund begrüßte ihn freudig. Kauz kraulte seinen Kopf und setzte sich an den Küchentisch. Dann riss er den Umschlag auf. Darin lag, zweimal gefaltet, ein kariertes Blatt Papier. Er faltete es auseinander.

Bonne voyage
Grüezi

stand mit blauem Filzstift auf dem weißen Papier. Kauz lächelte. Wer immer diesen Gruß geschrieben hatte, er oder sie war im Französischen nicht ganz sattelfest. Er tippte auf einen Deutschsprachigen, für den die Reise eben ein Femininum war. Er ließ das Blatt auf dem Tisch liegen, ging noch einmal vor den Speicher, fasste die tote Maus am Schwanz, hob sie behutsam auf, trug sie neben dem Speicher vorbei auf die Wiese und legte sie dort ins Gras. Dann ging er wieder hinein und wusch sich am Schüttstein die Hände.

Witzig, dachte er. Da wünscht dir jemand eine gute Reise und begrüßt dich anschließend. Falsche Reihenfolge.

Doch dann fiel es ihm wie Schuppen von den Augen: Das war keine Begrüßung, im Gegenteil. Da wünschte jemand einem *Grüezi* gute Reise.

Klar: Ob er wollte oder nicht, er gehörte zu den *Grüezeni.* Zu den Grüezi-Sagern, wie man im Goms die Deutschschweizer mit einer Mischung aus Nachsicht und Spott bezeichnete.

Und das war weder ein freundlicher Gruß noch ein gut gemeinter Wunsch. Das war die dringende Aufforderung, zu gehen: Verschwinde!, sollte das heißen.

Donnerstag, 6. Juli

Es drängte sich auf, nach der Geissalp auch den Chämibodä zu besuchen, wo Wendels Kühe sömmerten. Diesmal wollte sich Kauz aber nicht von Valentin hinauffahren lassen. Der Chämibodä lag, im Gegensatz zur Geissalp, an einer markierten Wanderroute. Von Münster aus war man in weniger als zwei Stunden oben. Er studierte die Wanderkarte, suchte sich einen Weg, der ihn zuerst bis zum *Blaawseewji* – dem Blauseelein – hinauf- und dann in einem weiten Bogen auf den Chämibodä hinunterführen sollte. Er schätzte, dass er dafür vier bis fünf Stunden brauchen würde, rüstete sich entsprechend mit Proviant aus, packte Windjacke und Fernglas ein und zog mit seinem Kumpanen los.

Zwei junge Frauen steckten die Köpfe zusammen und tuschelten, als er im Dorf an ihnen vorbeiging. Die eine erkannte er sofort wieder: Z'Blattens Empfangsdame. Die andere war das junge Mädchen aus dem Architekturbüro. Ihm schien fast, sie machten sich über ihn lustig. Oder über seine Wanderkluft, die sicher nicht dem letzten Schrei entsprach.

Es war Mittag längst vorbei, als er oberhalb des *Blaawseewji* ankam, das jenseits der obersten Krete, tief unter ihm, in einer Senke lag. Er war auf dem Weg, der viel steiler anstieg, als er es erwartet hatte, keiner Menschenseele begegnet. Beim Aufstieg hatte er unsäglich geschwitzt und fast seinen ganzen Tee ausgetrunken. Erschöpft ließ er sich auf einem Felsbrocken nieder. Der Hund hechelte und legte sich platt auf den Boden. Kauz packte sein Picknickbrötchen aus und die Hundesnacks, die er im Rucksack mitgetragen hatte, und schaute auf den tiefblauen kleinen See hinunter. Grüne Matten, mit bunten Bergblumen besprengt, bildeten sein Bett. Bemooste Felsen, wie von Riesenhand auf die Matten geworfen, lagen darum herum.

Es blieb ihm keine Zeit, den Anblick lange zu genießen. Eben hatte noch die Sonne geschienen, jetzt verschwand sie und Wind kam auf. Ihn fror plötzlich, er schlüpfte in seine Windjacke. In der Ferne hörte er Donnergrollen, und schon fielen schwere Regentropfen. Unsicher, wie die vorgesehene Route verlief, faltete er, zum Schutz vor dem Wind hinter dem Felsen kauernd, seine Wanderkarte auseinander. Das hätte er besser bleiben lassen; ein heftiger Windstoß riss ihm die Karte aus der Hand. Er sah sie davonflattern. Jenseits des kleinen Sees verlor er sie aus den Augen.

Er zog sein Fernglas aus dem Rucksack und suchte die Gegend auf der andern Seite des *Blaawseewji* ab. Nach einigem Suchen entdeckte er die Wanderkarte. Sie hing an einem Felsen und flatterte wie ein verletzter Vogel. Kauz versuchte, den Hund zu animieren, die Karte zu holen, aber diesmal verstand er nicht, was Kauz wollte. Ihm selbst schien es zu riskant, wegen der Karte hinunterzusteigen.

Stattdessen sah er sich nach den rot-weißen Wegmarkierungen um. Zu seinem Glück sah er eine, etwa fünfzig Meter entfernt, und machte sich schleunigst auf den Weg. Die Richtung war ihm klar, er wusste, wo die Chämibodäalp lag. Aber den genauen Weg hatte er sich nicht eingeprägt. Er hatte bloß in Erinnerung, dass er mehr oder weniger parallel zu einem Bach verlief, auf den er nächstens treffen musste. Noch war es nicht so weit. Der Wind heulte, Wolken türmten sich auf, der Himmel verdunkelte sich. Nebelschwaden rasten aus dem Tal auf ihn zu, und plötzlich waren sie wieder weg, vom Wind zerrissen. Dafür wurden von der anderen

Seite her Wolken über die Krete in den Talkessel gedrückt, in dem er sich jetzt befand. Kauz zögerte einen Augenblick, dann holte er doch die Kamera aus dem Rucksack und versuchte, die dramatische Gewitterstimmung einzufangen. Doch mit einem Mal war er buchstäblich in Teufels Küche: Es blitzte mal vor und mal hinter ihm und krachte fürchterlich. Er zuckte zusammen, der Hund noch viel mehr, und beide duckten sich unwillkürlich. Schleunigst versorgte er die Kamera wieder. Von allen Seiten her, so kam es ihm vor, peitschte der Regen. Kauz fühlte sich umzingelt. Ihm wurde angst und bange. Er hatte keine Ahnung, wie er sich verhalten musste. Er wusste bloß, dass man sich bei Gewitter nicht unter einen Baum stellen durfte. Aber sonst: hinlegen? Hinter einen Felsbrocken kauern? Er beschloss, so rasch wie möglich weiterzugehen. Er atmete auf, als er nach einer Viertelstunde den Wildbach vor sich sah. Die Blitze zuckten jetzt weiter im Osten, der Donner grollte irgendwo über dem Nufenen. Aber es goss wie aus Kübeln. Da er keine weiteren Wegmarkierungen mehr ausmachen konnte, folgte Kauz dem Lauf des Bachs.

Das hätte ihn beinahe ins Verderben geführt: Urplötzlich blieb der Hund, der immer ein paar Schritte voraustrabte, am oberen Ende einer glitschigen Felswand stehen, über die der Bach als Wasserfall hinunterstürzte. Kauz schwindelte, als er in die Tiefe blickte. Er schwankte und musste sich setzen. Auf dem Hosenboden rutschte er rückwärts, von der Felskante weg. Er sah ein, dass er entweder den ganzen Weg zurückgehen – auf die Gefahr hin, dass er sich verirren würde – oder linker Hand in die Höhe steigen musste, vom Bachbett weg, denn dort oben musste der Wanderweg sein. Auf alle Fälle kletterte der Hund spontan in diese Richtung. Kauz stützte sich auf Felsen und Steinen, manchmal auch auf der bloßen Erde ab, klammerte sich an Grasbüschel oder was immer er zu fassen bekam und stieg, stellenweise auf allen vieren, durch das glitschig-nasse, weglose Gelände nach oben. Der Hund kletterte stets voraus, kehrte aufgeregt zu ihm zurück und kletterte atemlos wieder hoch. Nach einer gefühlten Ewigkeit des Kletterns, Klammerns und Kraxelns blieb Kauz außer Atem sitzen. Plötzlich war er sich nicht mehr sicher, ob er, ohne es zu merken, den Wanderweg bereits überquert und sich verstiegen hatte. Wenn, dann musste er jetzt wieder nach unten. In Richtung des Wildbachs. Dort, wo es brodelte und rauschte. Ihm graute.

Als der Wind für einen Moment nachließ, hörte er von irgendwoher ein Rufen.

»Aufwärts!«, rief eine Stimme. »Hier ist der Weg! Kommen Sie! Steigen Sie weiter auf!«

Er drehte sich um und sah nach oben.

Eine Gestalt in blauer Windjacke, die Kapuze hochgezogen, stand vielleicht fünfzig Meter weiter oben und winkte.

Kauz rappelte sich hoch und kraxelte der Gestalt entgegen.

»Ach so, *Sie* sind das«, sagte die Frau, als er den Weg erreicht hatte. »Habs mir noch halb gedacht«, schmunzelte sie. »Ich fürchtete schon, Sie wollten wieder absteigen. Aber der Hund hätte sie sicher nach oben geführt, nicht wahr?«

»Da bin ich mir nicht so sicher«, meinte Kauz.

Jetzt erkannte Kauz unter der Kapuze die Frau, die ihn auf dem Kummerberg angesprochen und die er auf Wendels Begräbnis gesehen hatte: die Gemeindepräsidentin Josy Werlen, Valentin hatte ihm ihren Namen genannt.

»Danke, Frau Werlen«, sagte er. »Sie haben mich aus einer misslichen Lage gerettet.«

»Haben Sie mich denn nicht gesehen, oben beim Blauseelein? Ich habe gewinkt wie eine Verrückte.«

Josy Werlen, die passionierte Berggängerin, hatte auf der Krete gegenüber Rast gemacht und, als sie durchs Fernglas schaute, mitbekommen, wie seine Wanderkarte davongeflogen war. Sie habe gleich gemerkt, dass er nicht ortskundig sei und dass er in Schwierigkeiten geraten könnte. Er sei nicht der Erste, der in diesem Hexenkessel vom Weg abkomme.

»Gott sei Dank ist nichts passiert«, sagte sie. »Aber dieses Unwetter hat auch mich überrascht, das muss ich zugeben.«

Kauz wunderte sich, dass die Gemeindepräsidentin von Münster Zeit fand, mitten unter der Woche wandern zu gehen.

Als habe sie seine Gedanken erraten, sagte sie: »Eigentlich ist der Sonntag mein Wandertag, wissen Sie. Aber wenn ich Zeit dafür finde, gehe ich donnerstags manchmal auch. Ich habe mir vorgenommen, alle Wanderwege auf unserem Gemeindegebiet im Lauf des Sommers abzuwandern. Sie wollen auf den Chämibodä, oder?«, fragte sie unvermittelt. »Und dann hinunter nach Münster. Haben Sie sich in Ihrem Speicher eingelebt? Ich meine, ähm, ist alles – in Ordnung?«

»Ganz wohl ist es mir offen gestanden nicht.«

»Das glaube ich. Wird wohl noch ein Weilchen so bleiben. Aber es war eine würdige Begräbnisfeier gestern. Finden Sie nicht?«

»Doch, das war es.«

Sie tauschten ein paar Worte über den verstorbenen Wendelin Imfang. Dann packte Kauz die Gelegenheit beim Schopf und fragte, wer der Herr im eleganten Outfit gewesen sei, den man beim Begräbnis in der Nähe der alten Eltern Imfang gesehen habe.

Offenbar wusste sie sofort, von wem er sprach.

»Den kenne ich nicht«, behauptete sie.

Ach ja?, dachte Kauz. Er erinnerte sich genau, wie sie dem Mann den Rücken zugedreht und ihn hatte abblitzen lassen.

»Aber er scheint die Eltern Imfang zu kennen.«

»Schon möglich«, sagte sie. Ihr zuvor offenes Gesicht war plötzlich verschlossen.

»Es gab noch einen weiteren Todesfall im Dorf, nicht wahr?«

»Ja, einen ebenso tragischen. Sie meinen den Gemeindeschreiber, nicht wahr?«

»Weiß man …?«, hob Kauz zu fragen an.

»Nein«, antwortete die Gemeindepräsidentin rasch. »Man weiß nichts Näheres. Aber es ist ein arger Verlust für das ganze Dorf. Und für mich als Gemeindepräsidentin ganz besonders, das können Sie sich ja vorstellen.«

Kauz spürte, dass sie nicht über Trapper reden wollte. Und er wollte die Frau nicht in die Mangel nehmen. Sie waren mittlerweile auf dem Chämibodä angekommen. Ein großer Kombi stand vor der Alphütte.

»Ich marschiere weiter«, sagte Josy Werlen. »Aber Sie sehen ziemlich erschöpft aus, Herr Walpen. Ruhen Sie sich besser etwas aus und lassen Sie sich nachher von Valentin hinunterfahren«, riet sie und deutete auf die Alphütte.

»Mache ich«, sagte Kauz.

Es überraschte ihn schon nicht mehr, dass die Frau seinen Namen kannte und offenbar wusste, dass er mit Valentin Lagger bekannt war.

»Passen Sie auf sich auf!«, sagte sie mit großer Herzlichkeit und drückte ihm die Hand.

Kauz beschloss, drinnen kein Sterbenswörtchen von seinem beschämenden Abenteuer zu erzählen. Er hatte keine Lust, sich als Bergbanausen auslachen zu lassen.

Er stieß die Tür auf und trat ein. Der Hund zwängte sich hinein, noch ehe Kauz ihm befehlen konnte, draußen zu warten. Vier Männer und eine Frau saßen am Tisch, Valentin Lagger mitten unter ihnen. Er schien nicht sonderlich überrascht zu sein, Kauz zu sehen.

»Nass geworden«, stellte er fest. Es klang weder besorgt noch spöttisch. »Setz dich. Nimm einen Becher Milch.«

Da es Kuhmilch war, sagte Kauz nicht Nein.

Man reichte ihm dazu ein Stück Brot, Alpkäse und Speck.

»Und ihr?«, fragte Kauz. »Macht ihr Pause?«

»*Schoo*«, sagte Valentin.

Er stellte ihm seine Tischgenossen vor: Daniela und Wolfgang seien die Sennen aus Deutschland, schon den vierten Sommer auf dieser Alp. Dann saß da Alexej, ein kleiner, fröhlicher Mann, der auf dieser oder jener Alp im Goms aushalf, wenn es einmal besonders viel zu tun gab. Valentin zeigte auf den vierten, der lässig hinter dem Tisch saß, den Kopf an die hölzerne Rückwand gelehnt, und in seinen großen Händen gelangweilt eine Regenmütze hin und her drehte.

»Deinen Namen habe ich vergessen.«

»Bohdan«, sagte dieser, ohne seine Haltung zu verändern, und sah Valentin ausdruckslos an.

»Arbeitest du auch hier? Hab dich noch nie gesehen.«

»Nein. Bin Besuch. Urlaub. Schwaiz scheenes Land.«

»So, so, Urlaub. Auf dem Chämibodä? Was du nicht sagst«, sagte Valentin, als wolle er ihn auf den Arm nehmen. Er vermutete offenbar, der Mann sei auf Schwarzarbeitssuche.

»Ja«, sagte Bohdan. »Bei Alexej. Ist Cousin.«

Valentin lehnte sich zu Kauz hinüber und sagte hinter vorgehaltener Hand, immer noch im Frotzelton: »Ich glaube, da gibt's irgendwo ein Nest.«

Damit spielte er auf die zahlreichen Osteuropäer an – Polen, Ukrainier, Rumänen –, die man als Gehilfen auf den Alpen anstellte. Auch Maksym, Annas Gehilfe auf der Geissalp, war ja ein Ukrainer.

»Wie bist du überhaupt hier heraufgekommen?«, wollte Valentin von Bohdan wissen. »Zu Fuß?«

»Nein, mit Auto«, lautete die Antwort.

»So, so«, machte Valentin. Mit Auto war wohl der verlotterte Toyota gemeint, den Kauz hinter der Alphütte hatte stehen sehen. Auf jeder Alp gab es irgendein Fahrzeug, einen Pick-up oder kleinen Lastwagen, für Transporte und für Fahrten ins Tal.

»Autostopp.«

Alexej hatte zugehört, jetzt schaltete er sich ein.

»Bohdan bleibt nicht lange. Geht bald wieder«, sagte er.

»Ja, Bohdan?«

Bohdan sah ihn gleichgültig an.

Irgendwann hörte es zu regnen auf, Wolfgang stand auf. »Zeit fürs Melken«, sagte er, gab den andern einen Wink und ging nach draußen, Daniela und Alexej rappelten sich auf und folgten ihm. Wenig später standen auch Valentin und Kauz auf und gingen hinaus. Genau wie Anna auf der Geissalp, machte Wolfgang mit Kauz einen Rundgang, zeigte ihm die Gebäulichkeiten und Einrichtungen der Chämibodäalp, erklärte den Unterschied zwischen Berg- und Alpkäse und erzählte überhaupt von ihrem Tagwerk und den Freuden und Leiden der Sennen. Valentin begleitete die beiden auf dem Rundgang.

»Bekommt ihr ab und zu Besuch hier oben?«, erkundigte sich Valentin, als sie über die Alpweiden gingen. Er spielt wohl auf den Besucher Bohdan an.

»Nein, sonst nur vom Gemeindeschreiber«, lachte Wolfgang. »Ich sollte ja nicht lachen, jetzt, wo er tot ist. Aber es war wirklich ein Witz.«

»Was?«, fragte Valentin.

»Dass Trapper extra hier auf die Alp hochfuhr. Nur um unsere Papiere und die unserer Zusennen und Zuhirten zu kontrollieren. So was von pingelig.«

Kauz wurde hellhörig. Seit wann war ein Gemeindeschreiber für so etwas zuständig? Das war doch Polizeiarbeit.

»Wann war das?«, mischte er sich ein.

»Letzte Woche. Zwei oder drei Tage, bevor er verunfallte.«

»Hatte er etwas zu beanstanden?«

»Nein, natürlich nicht. Er sah bald, dass alles in Ordnung war. Aber es war wirklich lächerlich: Eine Ausfragerei, fast wie im Film. *Die Schweizermacher* hieß der, nicht wahr? So ähnlich lief es ab.«

In Kauz' Kopf begann es zu arbeiten.

Etwas war faul an der Sache. Was wollte Trapper von den Sennen? Ging es wirklich um eine Kontrolle?

Als ob Wolfgang seine Gedanken gelesen hätte, sagte er zu Valentin: »Im Nachhinein hatten wir den Eindruck, es gehe ihm gar nicht um diese Kontrollen, sondern er habe etwas Bestimmtes von uns gewollt.«

»Was?«, fragte jetzt Kauz.

»Keine Ahnung. Vielleicht kam es uns auch nur so vor.«

Als sie vom Alprundgang zurückkamen, sah Kauz nochmals bei den Melkern vorbei, Daniela und Alexej, und sagte Adieu. Bohdan war nicht mehr zu sehen.

Auf der Fahrt nach Münster fröstelte Kauz.

Ein heißes Bad wäre ihm jetzt willkommen gewesen. Er würde sich mit einer kurzen warmen Dusche begnügen müssen, deren Strahl alles andere als kräftig war. Egal, er war froh, dass er die abenteuerliche Wanderung gut überstanden hatte und dass Valentin ihn zum Speicher fuhr.

Unterwegs machte Valentin einen kurzen Abstecher zu seinem eigenen Hof. Er musste wohl noch etwas holen.

»Darf ich mir unterdessen den Stall ansehen?«, fragte Kauz.

»Sicher. Nur zu.«

Kauz stieg aus, öffnete die Heckklappe des Kombis und ließ den Hund herausspringen.

Die Laggers besaßen etwa drei Dutzend Kühe. Der leere Stall war denn auch um einiges größer als der von Wendel. Kauz ging durch den Stall und sah sich interessiert um. Maschinen, Gerätschaften und Werkzeug standen gereinigt an ihrem Platz, waren gegen die Wand gelehnt oder hingen ordentlich an ihrem Haken oder einer Stange. Noch bei der Stalltür stehend, stach ihm die Stelle ins Auge, an welcher die Kälberstricke hingen. Er ging näher und nahm einen der Stricke in die Hand. Kauz stutzte: Am Ende des Stricks war ein roter Zwirn eingearbeitet. Bei allen andern Stricken, die dort hingen, auch.

Wenig später kam Valentin aus dem Haus. Er fuhr Kauz an die Lange Gasse, ließ ihn aussteigen und fuhr weiter.

»Danke fürs Mitnehmen«, rief Kauz ihm hinterher.

Er fühlte sich viel zu schlapp, um sich ein Abendessen zu kochen. Aber Hunger hatte er trotzdem. Also zog er frische Klamotten an und ging ins Dorf. Den erschöpften Hund ließ er im Speicher schlafen. Kauz fand, er habe es verdient, heute richtig zuzuschlagen, und beschloss, für einmal die *Auberge* zu besuchen. Da er nicht reserviert hatte, platzierte man ihn in dem piekfeinen Restaurant an einem kleinen Tisch in der Ecke. Das kostspielige Dreigangmenü war trotzdem vorzüglich, der Wein auch. Um zehn Uhr abends war er wieder draußen.

Auf dem Dorfplatz sah er einen Aushang, den er bisher nicht beachtet hatte. Er kündigte eine Informationsveranstaltung über das Projekt Gommer Highland Resort – Überbauung Salzmatte, hieß es in Klammern – am Montag im Gemeindesaal an.

Donnerwetter!, dachte Kauz. Ist das Flucht nach vorn, weil sich Z'Blatten mit der vorzeitigen Herausgabe des Hochglanzprospekts selbst ein Ei gelegt hat? So oder so, da gehe ich hin.

Ihm fielen beinahe die Augen zu, als er durch die Lange Gasse ging. Es war ein gehaltvoller Wein gewesen.

Als er beim Speicher eintraf, war er schlagartig wieder wach.

Weißer Umschlag, toter Vogel, stellte er fest.

Dieses Mal war der Text mit violettem Stift geschrieben.

Verreis,
Üsser-Walpen

Den Üsser-Walpen fand er zwar originell, aber den Brief empfand er entschieden nicht mehr als freundlich. Jetzt gab es nichts mehr zu deuten: Jemand legte ihm die Abreise definitiv nahe. Wer immer es war, der Schreiber oder die Schreiberin wollten ihn vertreiben. Aus Wendels Speicher vertreiben? Oder ganz aus Münster?, das war die Frage. Sollte er es als Drohung auffassen? Einen Straftatbestand stellte das Deponieren eines solchen Papiers noch nicht dar. Auch zusammen mit dem toten Vogel nicht. Aber er konnte sich ja trotzdem überlegen, mit den beiden Zetteln auf den Posten Fiesch zu gehen. Und sei es nur, um mit Ria Ritz darüber einen Schwatz abzuhalten. Die Frau war eigentlich gar nicht unsympathisch. Trotz der zickigen Bemerkung, die nach Frau Doktor van Hooch geklungen hatte.

Freitag, 7. Juli

Am nächsten Morgen hatte er die Idee schon wieder verworfen. Er würde nicht auf den Posten Fiesch fahren. Die Sache war nicht der Rede wert. Jemand erlaubte sich einen dummen Scherz, mehr war da nicht dran. Umso weniger wollte er sich davon die Ferien verderben lassen.

Er frühstückte ausgiebig. Bei seiner dritten Tasse Kaffee überlegte er, was er unternehmen wollte. Für einen Moment war er versucht, an Hubert Trappers Begräbnis teilzunehmen, das heute in Münster stattfand. Aber es wäre reine Neugier gewesen, verbunden mit einer minimalen Chance, vielleicht etwas zu sehen oder zu hören, was ihn in irgendeiner Art weiterbringen würde. Er ließ den Gedanken fallen.

Eine anstrengende Wanderung kam nach dem gestrigen Abenteuer nicht infrage. Kauz schwankte zwischen einem Ausflug aufs Eggishorn und einer Fahrt ins Binntal. Der Blick auf den Aletschgletscher hätte ihn gereizt, aber er scheute die Touristenschar in der Bergbahn. Die touristische Hochsaison würde mit dem heutigen Tag definitiv anbrechen.

Am Ende des Nachmittags war Kauz mehr als zufrieden. Der Ausflug ins Binntal war genau die richtige Wahl gewesen. Mit Bahn und Postauto war er nach Binn gefahren. Mehr spazierend als wandernd war er durch das malerisch wilde Tal gestreift. Er war bei Weitem nicht der Einzige gewesen. Familien mit Kindern, die einen Bergkristall zu finden hofften, waren im Tal unterwegs gewesen. Aber gestört hatte es ihn nicht.

Für den Rückweg hatte er sich Ernen vorgenommen. Vor mehr als vierzig Jahren war er das letzte Mal dort gewesen, als er bei Onkel und Tante Sommerferien verbrachte. Er würde sich im Restaurant des Hotels Schiner, das auch draußen auf dem Dorfplatz auftischte, ein Bier und vielleicht einen Wurstsalat genehmigen.

Aber was war hier passiert? Der weite Platz war früher von Kies und Staub bedeckt gewesen. Männer hatten abends darauf gekegelt, er hatte als Zwölfjähriger selbst die Kegel aufstellen dürfen. Jetzt war der Platz geteert und voller Leute. Postautos und andere Busse standen im Dorf, Kadetten regelten den Verkehr. Eine Invasion von Besuchern war im Gang. Manche gingen an Stöcken oder Krücken. Zwei, drei Rollatoren waren zu sehen. Aber das war kein gewöhnlicher Altersausflug, dazu waren die Ausflügler zu fein angezogen. Viele standen beisammen, plauderten und schienen auf etwas zu warten.

Kauz nahm an einem großen, noch leeren Tisch vor dem Gasthof Platz. Die Serviererin brachte sofort einen Wassernapf für den Hund und stellte ihn unter den Tisch. Wenig später setzte sich ein älterer, gepflegt gekleideter Herr zu ihm.

»Bleiben Sie ruhig, mein Herr«, sagte er.

Kauz sah ihn verdutzt an.

»Wissen Sie, der Tisch ist eigentlich für unsere Gesellschaft reserviert«, erklärte er freundlich.

Jetzt erst sah Kauz, dass ein Reservierungstäfelchen auf dem gedeckten Tisch stand. Und dass alle andern Tische ringsum mehr oder weniger besetzt waren. Freie Plätze an kleineren Tischen gab es gar keine.

»Oh, Verzeihung«, sagte Kauz und stand auf. »Das habe ich gar nicht bemerkt.«

»Nein, nein. Bleiben Sie ruhig«, wiederholte der Herr in feinem Hochdeutsch. »Sie werden sonst nämlich keinen Platz mehr finden. Jedenfalls nicht, bevor es anfängt. Wissen Sie, meine Frau ist heute verhindert, Sie können ihren Platz haben. Wirklich«, betonte er, da Kauz immer noch stand. »Setzen Sie sich wieder. Sie gehen doch auch ins Konzert, nicht wahr?«

»Wie? Nein. Was für ein Konzert?«

»Ach so«, lachte der Herr jetzt. »Sie sind gar kein Konzertbesucher? Na, macht nichts, Sie dürfen trotzdem bleiben. Gestatten«, sagte er und erhob sich. »Mannerfelt«, stellte er sich vor, reichte Kauz die Hand und deutete eine Verbeugung an. Kauz, der notgedrungen ebenfalls halbwegs aufstand, nannte seinen Namen. »Sehr erfreut, Herr Walpen«, sagte Mannerfelt und setzte sich wieder.

Kauz wäre am liebsten getürmt. Er hatte keine Lust darauf, jetzt mit einem norddeutschen Touristen, einem Aristokraten obendrein, Konversation zu machen. Aber er nahm sich zusammen und fragte stattdessen nach dem Konzert.

Mannerfelt wunderte sich leicht, dass Kauz nicht Bescheid wusste. Dann erklärte er ihm das Musikfestival von Ernen. Heute werde in der Kirche ein Klavierrezital gegeben. Bach, Chopin und Liszt. Ob er gern mitkommen würde? Er habe eine Karte übrig, seine Frau sei wie gesagt verhindert.

Das gehe leider nicht, sagte Kauz, er habe seinen Hund dabei.

»Einen Hund?«, fragte Herr Mannerfelt erstaunt. »Wo denn? Ach hier«, rief er und bückte sich unter den Tisch. »Was für ein wohlerzogenes Tier. Wie heißt er?«

»Max«, sagte Kauz. Er hatte schon die längste Zeit darüber nachgedacht, wie er den Hund nennen sollte, wenn er ihn denn behielte. Max schien irgendwie zu passen: Der Hund hatte ein lustiges, manchmal freches Gesicht, obschon er sich bisher eher von einer scheuen Seite gezeigt hatte. In seinem schwarzen Fell mit dem winzigen weißen Fleck auf der Brust sah er ganz einfach nach Max aus.

»Max«, sagte Mannerfelt. »Darf ich?«, fragte er und streichelte über Kopf und Rücken des Tieres. »Den lassen Sie einfach hier warten. Das Konzert dauert ja nicht ewig, wissen Sie. Ich kenne die Serviererin, die passt schon auf ihn auf.«

Kauz zierte sich. Er war klassische Konzertbesuche nicht gewohnt. Er sei nicht gerade konzertwürdig gekleidet, versuchte er sich ein weiteres Mal herauszureden.

»Ach, das macht doch nichts, Herr Walpen. Sie werden sehen, viele kommen in Wander- oder Freizeitkleidung. Die Jüngeren sowieso. Sehen Sie«, sagte er lachend und zeigte mit dem Arm weit ausholend über den Platz, »hier sind ja erst mal nur die Veteranen versammelt. Kommen Sie mit ins Konzert, es wäre mir eine Ehre. Wissen Sie, die Schweiz und namentlich das Goms macht mir viel Freude. Da darf ich auch einmal einem Schweizer eine Freude machen. Zumal einem Gommer.«

Er sei aber kein Gommer, sagte Kauz.

»Wie bitte, kein Gommer? Kein Reckinger? Und heißen Walpen? Das müssen Sie mir erklären.«

Das tat Kauz. Dass Mannerfelt Gommer sagte, nicht Gomser, und dass er wusste, woher die Walpen stammten, wunderte ihn. Der Mann kannte sich offensichtlich aus.

»Lieber Herr Walpen«, lachte Mannerfelt. »Auch wenn Sie bloß Züricher sind, Sie sind herzlich eingeladen.«

Dafür sagt er Züricher statt Zürcher, dachte Kauz, wie alle Deutschen. Er schmunzelte.

Kauz bedankte sich für die Einladung, die er gern annehme. Er fühlte sich plötzlich mit Herrn Mannerfelt gar nicht mehr so unwohl.

Mittlerweile waren die anderen Teilnehmer der Konzert- und Tafelrunde eingetroffen, begrüßten Mannerfelt und Kauz und setzten sich zu Tisch. Offenbar kannten sich die

Leute von früheren Anlässen her. Es gab ein Palaver über vergangene und bevorstehende Konzerte, über Ernen, das Goms und das Wetter. Beim Goms und dem Wetter konnte Kauz gut mithalten.

Mannerfelt nötigte ihn regelrecht dazu, am Abendessen teilzunehmen. Die Mahlzeit seiner Frau sei sowieso vorbestellt und bezahlt. Er hatte ihn den neu eintreffenden Gästen vorgestellt, jedenfalls denen, die in unmittelbarer Nähe saßen. Die Namen derer, die am anderen Tischende Platz nahmen, raunte er Kauz jeweils ins Ohr.

»Der schwarz gekleidete Herr dort drüben, das ist Herr Rödelmann.«

»Der Architekt?«

»Oh, den kennen Sie?«

»Nicht persönlich. Nur dem Namen nach.«

»Nun ja, ist ja auch eine bekannte Größe. Hauptsitz in Basel, Niederlassungen im In- und Ausland. Sind Sie selber Architekt, Herr Walpen?«

Kauz schüttelte den Kopf. Er sagte seinem Gastgeber, woher er den Namen Rödelmann kannte.

»Ich weiß von dem Projekt«, sagte Mannerfelt und legte seine Stirn in Falten. »Ich dachte, nein, hoffte immer, da werde nichts draus. Ich sags Ihnen ganz offen, Herr Walpen: Nichts gegen Rödelmann, das ist ein hervorragender Mann. Absolut integer, ist ja auch gar nicht der Initiant dieser unseligen Idee. Aber dieses Projekt gefällt mir gar nicht. Ich finde, einem noch einigermaßen unverdorbenen Hochtal wie dem Goms sollte man so etwas nicht antun. Wenn ich könnte«, und damit neigte er seinen Kopf zu Kauz herüber, damit ihn nicht alle hören konnten, und sagte hinter vorgehaltener Hand: »Wenn ich könnte, würde ich etwas dagegen unternehmen. Aber ich darf ja nicht. Ich bin hier nur Gast, also halte ich mich schön raus.«

Kauz wollte wissen, wer der distinguiert gekleidete Herr

neben Rödelmann sei. Er hatte sofort den Mann erkannt, der an Wendels Begräbnis etwas aus dem Rahmen gefallen war. Er trug, im Gegensatz zu Rödelmann, der mit verkniffenem, permanent beleidigtem Gesichtsausdruck dasaß, ein konstantes Lächeln zur Schau.

»Das ist – ach, jetzt ist mir der Name entfallen. Wissen Sie, mein zweiundachtzigjähriges Gehirn wird allmählich löchrig. Er ist ein deutscher Unternehmer, der auch im Wallis tätig ist. In den verschiedensten Branchen. Ziemlich erfolgreich, nach allem, was man hört. So, jetzt hab ich's wieder: Underberg heißt er. Man sagt, er habe für Rödelmann den Auftrag für das Gommer Highland Resort an Land gezogen. Da dürfte ein hübsches Sümmchen dabei herausschauen.«

»Unterberg, mhm«, wiederholte Kauz, um sich den Namen einzuprägen. Was in aller Welt hat ein Mann aus dem Dunstkreis dieses Projekts an Wendels Begräbnis verloren?, fragte er sich. Wollte er sich bei Wendels Eltern einschmeicheln? Um sie auf die Seite der Befürworter zu ziehen? Hatte ihn die Gemeindepräsidentin deshalb abblitzen lassen? Aber wieso behauptete sie dann, ihn nicht zu kennen?

»Deswegen, ich meine wegen dieser Geschäftsbeziehung, sitzt er wohl hier«, hörte er Mannerfelt sagen. »Manche Geschäftsleute revanchieren sich bei ihren Partnern mit der Einladung für eines dieser Konzerte. Inklusive Abendessen natürlich. Gilt als exquisites Kundengeschenk.«

»Jetzt weiß ich Ihre Einladung erst recht zu schätzen«, lachte Kauz.

»Ach, kommen Sie, Herr Walpen. Das war nicht so gemeint.«

»Herr Mannerfelt, eine Frage«, nahm Kauz den Faden wieder auf: »Sie scheinen das Goms gut zu kennen. Wie kommt das?«

»Ich wohne hier«, sagte Mannerfelt. »Nicht immer, aber immer öfter.« Er lachte über seinen kleinen Scherz. »Wir kommen seit fünfzig Jahren hierher, mein lieber Walpen. Seit zwanzig Jahren vier Wochen im Sommer, zwei Wochen im Herbst und dann nochmals drei im Winter.«

Fast bereute Kauz, gefragt zu haben, denn jetzt gab es kein Halten mehr. Herr Mannerfelt begann zu erzählen und wollte gar nicht mehr damit aufhören: Er sei nach dem Krieg vom Roten Kreuz als Kriegswaise in die Schweiz geschickt worden, damit man ihn hier, unterernährt wie er war, aufpäpple. Es habe ihn nach Ernen verschlagen, zur Familie Ritz, die er, als er älter wurde, immer wieder besucht habe. Als er selber Familienvater geworden sei, sei er mit Kind und Kegel hierher in die Sommerferien gefahren, mit der Eisenbahn natürlich, Fahrkarte dritter Klasse, damals noch. Eine zweitägige Reise sei das gewesen, als Proviant habe man ein Wurstbrot dabeigehabt. Das seien noch Zeiten gewesen. Die Suonen seien damals im Wallis, auch im Goms, alle in Betrieb gewesen und die Bauern hätten das Gras noch mit der Sense gemäht, Schritt um Schritt. Das Heu hätten sie auf dem Heuwagen, vom Pferd gezogen, in die Scheune gefahren. Oder vom Berg herab auf dem Buckel in den Gaden getragen.

Ich weiß, dachte Kauz. Aber er sagte es nicht, denn er wollte seinem Gastgeber den Wissensvorsprung nicht streitig machen.

Herr Mannerfelt deutete an, ihm sei das Schicksal hold gewesen. Kauz hörte heraus, dass er eine Ladenkette oder ein Versandgeschäft gegründet und damit ein Vermögen gemacht habe, aber Mannerfelt brüstete sich nicht damit und gab auf Fragen, die darauf abzielten, abwiegelnd und ausweichend Antwort. Er habe der Schweiz, dem Goms, und Ernen im Besonderen, viel zu verdanken, deshalb wolle er auch ein bisschen was zurückgeben.

Kauz wurde klar, dass an diesem Tisch wohl die Gönner und Sponsoren des Festivals saßen und dass Mannerfelt unter ihnen eine herausragende Stellung einnahm. Einer der Besucher hatte ihn mit Herr Baron angesprochen.

»Einen Asbach, Herr Walpen?«, fragte Mannerfelt nach dem Essen. »Einen Weinbrand, meine ich? Ach, was sage ich: einen Cognac sagt man hier, wie?«

Kauz lehnte dankend ab, Mannerfelt bestellte sich einen.

»Wo im Goms wohnen Sie, Herr Mannerfelt?«, fragte Kauz.

»Im Untergoms«, antwortete Mannerfelt vage.

Gibts dort ein Schloss?, hätte Kauz am liebsten gefragt.

»In einem Gommer Stall«, gab Mannerfelt preis.

»Umgebaut?«

»Ja, sicher, Herr Walpen«, lächelte Mannerfelt. »Umgebaut.«

»Z'Blatten-Immobilien?« Kauz konnte sich die Frage nicht verklemmen.

»Nein. Nichts gegen diesen Herrn, aber wir mögen keine Dutzendware. Nein, nein, von einem Schreiner ausgebaut. Imoberdorf heißt er. Ein Obergommer Handwerker. Versteht sein Metier, das kann ich Ihnen sagen.«

»Blick aufs Weisshorn?«

Das musste Kauz ganz einfach noch wissen.

Mannerfelt lachte laut heraus. »Sie stellen Fragen, aber wirklich! Nein, auf den Galenstock.«

Jetzt schloss Kauz den Herrn Mannerfelt schon fast ins Herz.

»Aber jetzt, mein lieber Walpen«, sagte Mannerfelt, kippte den Rest seines Cognacs und stand auf, »gehen wir zur Kirche hinüber. Die Kirchturmuhr hat drei viertel acht geschlagen.«

Er rief die Serviererin herbei und bat sie, auf den Hund seines Gastes aufzupassen.

»Max, warte hier!«, sagte Kauz und hob den Zeigefinger. Max spitzte die Ohren und legte den Kopf zur Seite, dann legte er sich auf den Boden.

Es hatte etwas Paradoxes an sich, dass Kauz als Kirchenfremder fast alle Kirchen und Kapellen im Goms kannte. In Zürich kannte er nur das Gross- und das Fraumünster und den Sankt Peter. Im Goms dagegen ging er in jede einzelne Kirche, jedes Kirchlein und jede Kapelle, an der er auf einer Wanderung vorbeikam. Die einen gefielen ihm gut, die anderen weniger. Die allerschönste war in seinen Augen die Pfarrkirche von Münster. Sowohl innen, mit dem sagenhaft schönen Hochaltar, wie außen, von nah und von fern. Die Kirche von Ernen kam allerdings sehr nahe an die von Münster heran. Heute war sie zum Konzertsaal umgestaltet worden, ein enormer schwarzer Flügel stand vor dem Altar.

Mit Chantal hatte er hin und wieder die Oper besucht, als *Aida, Carmen* oder *Die Zauberflöte* gegeben wurde. Und ein paar Mal war er an einem Neujahrskonzert des Tonhalleorchesters gewesen. Aber das wars auch schon. Er fühlte sich nun ein wenig überfordert. Würde es ihm überhaupt gefallen? Fände er die Musik nicht langweilig? Er war anderes gewöhnt, alten Jazz nämlich. Er hatte ein feines Gehör, war aber, was klassische Musik anging, nicht sonderlich gebildet. Werke von Bach vermochte er immer sofort zu erkennen, er konnte sie sogar von solchen anderer Barockmeister unterscheiden. Weshalb, wusste er selbst nicht. Wahrscheinlich, weil die Musik schlicht genial war. Chopin war ihm natürlich ein Begriff, aber Liszt, den kannte er nur dem Namen nach.

Würde er einschlafen? Im falschen Moment klatschen?

Die Sorge war unbegründet. Die Musik, die er von dem chinesischen Pianisten zu hören bekam, war unbeschreiblich schön.

Bei der Bach-Suite empfand er eine eigenartige Ruhe und Klarheit in Brust und Herz. Dennoch hatte sie in seinen Ohren echten Swing. Und Chopin war wirklich vom Feinsten. Fast zum Weinen, tat richtig weh ums Herz. Er empfand bei den ätherischen Klängen, vor allem in den Nocturnes, eine riesige Sehnsucht. Kein Wunder, dass ein pfiffiger Werbetexter ins Programmheft geschrieben hatte, mit Chopin komme man bei den Frauen besonders gut an. Da war sicher etwas dran. Er kreuzte sich in der Broschüre die Nocturnes und Balladen an, die ihm ganz besonders gefallen hatten. Die musste er sich unbedingt herunterladen.

In der Pause ging Kauz seine eigenen Wege. Das Publikum strömte ins Freie und verteilte sich über den Friedhof und rund um die Kirche. Allenthalben wurde vom Pianisten und von dem grandiosen Ausblick ins Tal geschwärmt. Man zirkulierte langsam über den Friedhof, fast wie auf einer Kurpromenade, grüßte nach hier und nach dort, blieb stehen und schlenderte wieder weiter. Kauz realisierte, dass das Konzert offensichtlich auch ein Anlass war, an dem man sehen und gesehen werden wollte.

Er ließ sich in dem trägen Menschenstrom treiben. Der schwemmte ihn in die Nähe der Herren Rödelmann und Unterberg, die beim Grabkreuz einer vor hundert Jahren verstorbenen Frau standen.

»... ein unerwartetes Problem«, sagte einer der beiden.

»Das wird nicht einfach werden«, meinte der andere.

»Wir arbeiten dran. Wir müssen nur ...«

Sprechen die beiden vom Gommer Highland Resort?, fragte sich Kauz. In diesem Augenblick sah er Josy Werlen, die Gemeindepräsidentin von Münster, am Arm eines Mannes über den Friedhof schlendern. Die schlanke Frau mit den wachen blauen Augen trug heute ein schlichtes schwarzes Kleid – nur gut knielang, aber die sonnengebräunten Waden ließen sich auch durchaus sehen, fand Kauz – und als einzigen Schmuck eine feine Halskette. Als sie Rödelmann und Unterberg erblickte, blieb sie stehen, zog ihren Begleiter in die andere Richtung, lächelte ihn entschuldigend an und steuerte in die Richtung, in der sich die Toiletten befanden.

Genau wie bei Wendels Begräbnis, dachte Kauz. Die kann mir doch nicht weismachen, dass sie den Mann nicht kennt.

Nach einer Viertelstunde strömten alle wieder in die Kirche.

Das Liszt-Rezital riss Kauz förmlich vom Stuhl. Das war eine Wucht! Der Pianist war ein Herrgott. Nein, ein Teufelskerl. Wie war so etwas möglich? Wie kriegte einer das bloß hin? Mit nur zwei Händen?! Und alles auswendig!

Kauz steckte das Programmheft ein, als das Konzert zu Ende war. Zu Hause im Speicher würde er es genau studieren, vielleicht lag ja noch der eine oder andere Konzertbesuch in Ernen drin. Mannerfelt hatte gesagt, das Festival dauere noch einen ganzen Monat.

Er schüttelte seinem Gönner die Hand, bedankte sich für das Nachtessen und das Konzert, wünschte Mannerfelts Frau gute Besserung und ihm einen guten Heimweg. Mannerfelt klopfte ihm zum Abschied väterlich auf die Schulter.

Kauz holte den brav wartenden Hund ab, nahm den Extrabus, der die Konzertbesucher nach Hause brachte, und fuhr nach Münster.

Es lag kein Brief auf der Schwelle. Und auch kein totes Tier. Der Spuk war vorbei.

Samstag, 8. Juli

K auz wollte noch einmal beim alten Ehepaar Imfang vorbeischauen, um von ihnen zu hören, wie sie mit allem
fertigwurden und ob sie irgendeine Unterstützung brauchten.

Er trug seine Spiegelreflex bei sich und fotografierte auf
seinem Spaziergang durchs Dorf einzelne ortstypische Lärchenholzbauten: Wohnhäuser, Ställe, Stadel und Speicher.
Dabei nahm er nicht nur das Gebäude als Ganzes ins Visier,
sondern hielt auch Details fest, die ihm ins Auge stachen:
Türen, Fensterrahmen und -läden, Giebel, Geländer und
Treppen.

Vor dem Bauernhof auf dem Milifäld, neben der Haustür
des Wohnteils, stand einsam eine Ziege. Es sah aus, also ob
sie ins Haus hineinwolle. Max schnüffelte interessiert an der
Nase des Tiers und dieses ließ es ohne Weiteres zu.

Kauz kraulte die Ziege am Kopf. »Was machst du hier?«

Er klingelte. Frau Imfang öffnete.

»Äns flott, dass Sie kommen, Herr Walpen. Nein, du darfst
nicht hinein«, sagte sie zur Ziege, die hineindrängte, und
schubste sie von der Tür weg. »Du wartest hier. – Wir haben
Besuch«, sagte sie leise zu Kauz, »aber er geht bald.«

»Valentin?«

»Nein«, flüsterte sie, »meine Schwägerin.«

Kauz hieß Max im Windfang warten. Frau Imfang stieß
die Stubentür auf und sprach die alte Frau an, die auf der

Eckbank neben ihrem Mann saß. »Olga, das ist Herr Walpen aus Zürich.«

Die weißhaarige, schwarz gekleidete Frau mit dem verrunzelten Gesicht sah ihn böse an. Es war die Frau, die beim Begräbnis neben den alten Imfangs gesessen hatte.

»Was will der hier?«, fragte sie.

»Er hat den Wendel gekannt. Er war sein Freund. Jetzt wohnt er in seinem Speicher.«

»Dort kann man nicht wohnen!«, keifte die Alte. »Auf dem Speicher liegt ein Fluch. Der Wendel hat dort drinnen gehangen. Ermordet!«

Frau Imfang sah Kauz um Verständnis bittend an. Sie verdrehte die Augen und berührte kurz ihre Schläfe, um anzudeuten, dass Olga im Kopf nicht ganz richtig sei.

»Nicht ermordet, Olga. Er hat sich selber das Leben genommen, Gott vergebe ihm.« Sie bekreuzigte sich.

»Nein, sie haben *ihm* das Leben genommen. Der Teufel soll sie holen.«

Sie begann, in dem Rucksack zu kramen, den sie auf der Eckbank abgestellt hatte. Sie hörte gar nicht mehr auf damit, freilich ohne etwas aus dem Sack zu nehmen.

»Du solltest jetzt gehen, Olga.«

Die alte Frau stand auf und zwängte sich hinter dem Tisch hervor. Sie trug schwarze Strümpfe und alte, lederne Bergschuhe. So wie man sie vor fünfzig Jahren getragen hatte. Sie schnallte sich den Rucksack auf den Rücken und ging ohne ein weiteres Wort zur Stube hinaus.

»Sie ist seit Wendels Tod ganz durcheinander«, sagte Frau Imfang. »Nicht wahr, Alois?«

Der alte Imfang nickte. Er sprach kaum je, und wenn, dann nicht mehr als einen Satz. Kauz hatte sich schon gefragt, ob der alte Herr vielleicht dement sei. Die schwarze Frau musste seine Schwester sein. Sie sei etwas eigen, erklärte Frau Imfang entschuldigend.

Kauz blickte zum Stubenfenster hinaus. Er sah die Frau mit dem Rucksack auf dem Rücken weggehen. Die Ziege, die vor der Haustür auf sie gewartet hatte, lief neben ihr her.

»Ich weiß schon«, fuhr Frau Imfang fort, »dass man meine Schwägerin im Dorf für ein böses und streitsüchtiges Weib hält. Manche sagen ihr sogar böse Kräfte nach.« Sie vermied entschieden das Wort Hexe, doch ihre Andeutungen gingen in diese Richtung. »Aber das ist nicht wahr. So ist sie gar nicht. Sie ist einfach nur eine verschrobene Person.« Im Winter wohne sie hier auf dem Hof. Sie habe ganz zuoberst eine eigene Kammer. Sobald der Schnee weg sei und es wärmer werde, ziehe sie mit ihren Siebensachen im Rucksack und mit ihrer Ziege in die *Oberbine* hinauf. Dort bleibe sie dann den ganzen Sommer über. Wendel habe um den kleinen Weiler herum Wiesland gepachtet. Wenn er dort oben das Gras mähe, habe er als Einziger mit ihr Kontakt, denn in die *Oberbine* gehe sonst keiner. Eigentlich sei Wendel überhaupt der Einzige gewesen, der sich mit seiner Tante verstand. Er selber habe ja auch nicht viele Freunde gehabt. Er, Herr Walpen, sei einer der wenigen. »Als Kind ist der Wendel Olgas Ein und Alles gewesen. Kein Wunder, dass sie jetzt so verstört ist. Sie wird mit dem Verlust einfach nicht fertig.«

Sie selber würden ja auch kaum fertig damit. Vor allem, seit es im Dorf heiße, Wendel sei nicht nur ein Selbstmörder, sondern auch ein Mörder. Weil er den Gemeindeschreiber überfahren habe. »Der hat dem Wendel zwar das Leben schwer gemacht, und der Wendel hätte allen Grund gehabt, ihm einmal eins auszuwischen. Aber dass er den Trapper Hubert absichtlich überfahren hat, das glaub ich nie und nimmer.«

»Ich glaube das auch nicht«, versicherte Kauz. »Und ob er diesen Unfall überhaupt verursacht hat, ist ja noch gar nicht erwiesen.«.

»Aber wer denn sonst?«, fragte Frau Imfang. Wo man doch an seinem Jeep die Unfallspuren gefunden habe.

Tja, wer denn sonst?, dachte Kauz.

Er erkundigte sich, ob sie irgendeine Hilfe bräuchten. Ob er etwas für sie besorgen oder ihnen mit dem Papierkram helfen könne.

Da hätten sie Glück, meinte Frau Imfang. Ihr Schwiegersohn, Vanessas Vater, kümmere sich um diese Dinge. Er sei extra vorbeigekommen, obschon er gar nicht im Goms wohne und obschon er doch eigentlich gar nicht müsste, und habe alles mit ihnen besprochen.

»Das ist flott von ihm, äns flott, finden Sie nicht?«

»Doch«, bestätigte Kauz, »sehr flott.«

»Eben. Nur Josy sieht das anders.«

»Die Gemeindepräsidentin? Wieso?«, fragte Kauz.

»Einfach so. Sie sagte, wir sollten besser jemand anderen um Hilfe bitten, nicht ihn. Man dürfe nicht jedem trauen. Aber sehen Sie selbst: Er hilft uns mit all dem Kram, von dem wir nichts verstehen. Wir sind froh darum. Äns froh.«

Sie ging zum geschnitzten Buffet und zog einen großen Notizblock hervor. Darauf waren fein säuberlich Pendenzen aufgelistet, mit Kästchen zum Abhaken versehen, sodass die alten Leute sofort sahen, was schon erledigt war und was noch gemacht werden musste. Frau Imfang blätterte ein paar der Seiten um, Kauz konnte erkennen, dass es um Danksagungen, um Wendels Bank- und Versicherungsangelegenheiten und Ähnliches ging.

Er ließ sich eine Tasse Kaffee aufdrängen, dann verabschiedete er sich und beschloss, an diesem Tag einmal richtig auszuspannen. Er ging in den Speicher, packte Badezeug und ein Buch in seinen Rucksack und spazierte mit Max zum See in die Rottenebene hinunter.

Kauz war nicht der Einzige, der an diesem hochsommerlich heißen Samstag Abkühlung suchte. Die Segelflieger profitierten von idealer Thermik. Im Süden hing der Himmel voller Gleitsegler. Der vor Jahren geschaffene künstliche See war von Jahr zu Jahr schöner anzusehen, das Wasser sauber und klar, die Bäume und Sträucher auf der einen Uferseite konnte man schon fast ein Wäldchen nennen. Es gab kleine Inseln im See und einen Spazierweg rundherum. Es herrschte reger Badebetrieb, manche paddelten im Gummiboot übers Wasser. Wer sich abkühlen wollte, kam bei dem eiskalten Gletscherwasser, das den See speiste, voll auf die Rechnung. Sonnenanbeter räkelten sich, Verliebte flanierten, Familien picknickten am Ufer, Kinder spielten und kreischten. Auf diese Schwimmbadatmosphäre war Kauz nicht gefasst gewesen. Er suchte sich ein ruhiges Plätzchen, zog Hemd und Hose aus, legte sich auf sein Badetuch und nahm das Buch zur Hand. Zwischendurch warf er für Max Stecken ins Wasser, die dieser eifrig apportierte, bis er genug hatte. Nach zwei Stunden hatte auch Kauz genug, stand auf, kleidete sich an und spazierte um den See herum.

»Hallo«, rief eine Frauenstimme, als er sich dem Ausgangspunkt näherte. »Man trifft sich. Die Welt ist klein hier oben, nicht wahr?«

Ria Ritz lag im Badeanzug in einem Campingliegestuhl, die Sonnenbrille auf der Nase, und winkte.

»Dienstlich unterwegs?«, frotzelte sie.

»Immer«, witzelte Kauz zurück. »Sogar mit Diensthund, wie du siehst.« Er erklärte Ria, wie er zu dem Hund gekommen war.

»Jedenfalls ein aufgeweckter, hübscher Kerl. Drink gefällig?«, fragte sie und griff in die Kühlbox, die neben ihr stand.

»Gern«, sagte er und kam näher.

Sie streckte ihm zwei Fläschchen entgegen, eines mit Mineralwasser, das andere mit gespritztem Apfelsaft. Er nahm den Apfelsaft, sah sich um und setzte sich auf einen großen Uferstein in ihrer Nähe. Er hätte sich gern nach dem Stand der Dinge in Sachen AgT Imfang erkundigt. Doch das durfte er nicht. Stattdessen plauderten sie eine Weile über dies und das.

»Schön hier, nicht wahr?«, sagte Ria.

Die Art, wie sie es sagte, wirkte auf Kauz leicht kokettierend. Aber dafür war er gänzlich unempfänglich. Er hatte mit Frauen ein für alle Mal abgeschlossen, als es mit Chantal vorbei war. Diese Entscheidung machte ihn zwar noch mehr zum Eigenbrötler, aber im Großen und Ganzen fühlte er sich damit wohl. Natürlich gab es Augenblicke, in denen er das Bedürfnis nach Nähe, nach Wärme, nach körperlicher Liebe und überhaupt nach Liebe spürte. Aber im Rückblick hatte ihm das Thema Liebe, und vor allem das Thema Sex, mehr Stress und Enttäuschung als sonst etwas beschert. In dieser Hinsicht lebte er jetzt ein Leben des Verzichts. Wie ein Mönch, sagte er sich manchmal. Aber das Leben war entschieden einfacher, im Umgang mit Frauen sogar völlig unkompliziert geworden, seit er wusste, dass er keiner mehr gefallen, dass er keine mehr anbaggern oder verführen musste. Völlig egal war es ihm natürlich immer noch nicht, ob er einer Frau gefiel. Aber er musste nichts mehr dafür tun. Und nicht mehr darauf reagieren. Vor allem aber musste er keine Abfuhren mehr kassieren und keine Kränkungen verarbeiten. Außerdem war diese Frau sowieso zu jung für ihn. Chantal war fünf Jahre älter gewesen, und auch seine früheren Freundinnen waren nie jünger gewesen als er selbst.

»Ja«, sagte er. »Sehr schön hier. Bist du allein da?«

»Nicht ganz«, sagte sie. »Dort drüben sitzt meine Mutter.«

Sie zeigte mit dem Kopf auf eine Stelle in Kauz' Rücken.

Ihre Mutter?, dachte Kauz. Seit wann geht frau denn mit der Mutter ins Schwimmbad?

Er drehte sich um. Er sah eine Frau in seinem Alter, oder nicht viel älter, vom Typ her eine Bäuerin. Zu ihren Füßen spielte ein Kind.

»Und mit Emma«, sagte Ria. »Meiner Tochter.«

Aha, dachte Kauz. Alleinerziehende Mutter. Na ja. Er legte die neuen Informationen ungerührt ab. Was machte es schon für einen Unterschied, ob Ria Ritz ein Kind hatte oder nicht? Ob sie alleinerziehend war oder nicht? War doch sowieso einerlei.

»Ihr kommt also extra von Fiesch hier herauf zum Baden?«, wollte Kauz jetzt wissen. »Gibts in Fiesch denn kein Schwimmbad?«

»Doch. Aber mein Mann treibt hier oben Sport.«

Aha, dachte Kauz. Ihr Mann. Na, egal.

»Dort kommt er. Tomii!«, rief sie und winkte mit beiden Armen. Kauz drehte sich erneut um, aber da war niemand. Er sah bloß einen Rollstuhlsportler mit dem *Handbike* in ihre Richtung fahren. Er kurbelte wie wild, kam näher und hielt, schweißtriefend und atemlos, direkt vor Ria an. Sie stand auf und ging zu ihm hin.

»Das ist der Polizist aus Zürich, den du für mich gegoogelt hast«, sagte sie. Sie sah Kauz dabei um Nachsicht bittend mit schräg gelegtem Kopf an. »Und das ist mein Mann Thomas.«

»Freut mich, Walpen«, sagte Kauz. Er bemühte sich, den Schock beim Anblick von Rias Ehemann im Rollstuhl zu verbergen.

»Abgottspon«, erwiderte Thomas, noch außer Atem.

Sie schüttelten sich die Hände.

»Jetzt tut nicht so formell«, schaltete sich Ria ein.

Die zwei Männer gaben sich nochmals die Hand, um das Du zu besiegeln. Thomas fuhr mit dem *Handbike* neben Ria, fixierte das Gefährt, zog sein Sport-Shirt aus, trocknete seinen muskulösen Oberkörper und streifte ein frisches Hemd über. Dann ließ er sich von Ria etwas zu trinken geben. Man tauschte ein paar Belanglosigkeiten aus, quasi um sich abzutasten. Süßmost und Mineralwasser waren bald ausgetrunken, Thomas bat Ria um zwei Dosen Bier. Die zwei Männer prosteten sich zu. Dann stellte Thomas ganz direkt ein paar persönliche Fragen, die Kauz genauso direkt beantwortete. Kauz wollte umgekehrt von Thomas einiges wissen. Er fühlte sich mit dem jungen Mann auf Anhieb wohl. Ria hörte zu, ohne zu unterbrechen. Sie schien darüber zu staunen, wie rasch Männer Vertrauen zueinander fassen konnten.

»Der AgT Münster nimmt eine Wende«, sagte sie zu Kauz, als eine Pause entstand. Sie legte den Zeigefinger an ihre Lippen, um anzudeuten, dass dies eine vertrauliche Mitteilung war. »Du hattest recht, es war kein Suizid. Die Spurenlage sei eindeutig, so viel habe ich aus Gsponer herausbekommen. Mehr weiß ich nicht. Es besteht also Mordverdacht. Die Polizei wird ein Communiqué herausgeben. Wenn es nicht in der Sonntagspresse erscheint, dann spätestens Anfang der Woche. Der Pick-up wurde auch untersucht. Offenbar deutet alles darauf hin, dass jemand anders als – du weißt schon, wer – am Steuer saß.« So weit ging ihre Verschwiegenheit dann doch, dass sie in der Öffentlichkeit keine Namen nannte. »Ich kann mir vorstellen, dass es auch für uns noch zu tun gibt.«

»Für wen?«, fragte Thomas, der die ganze Unterhaltung mitgehört hatte. »Meinst du für die Gendarmerie? Oder für deine Mannschaft?«

»Für uns in Fiesch, ja. Wenn man etwas aus der einheimischen Bevölkerung herauskriegen will, werden manchmal wir lokalen Agenten für Befragungen eingesetzt. Uns gegenüber reden die Leute hier oben eher als gegenüber einem Inspektor der Kriminalpolizei aus Brig.«

»Ich hätte ein, zwei Ideen, in welche Richtung man ermitteln müsste«, sagte Kauz.

»Halt bloß die Klappe, Kauz«, rief Ria und hielt sich mit beiden Händen die Ohren zu. »Davon will ich gar nichts hören. Wenn ich noch einmal mit einer Idee von dir komme, reißt mir der Kommandant den Kopf ab. Lass unsere Leute die Arbeit machen.«

»Schon gut«, lachte Kauz.

Ganz konnte er Rias Bockigkeit nicht nachvollziehen. Doch insistieren wollte er nicht, zumindest ihr gegenüber nicht. Aber irgendeinen Weg musste es doch geben, wie er die Staatsanwaltschaft oder die Kripo auf die Spur Gommer Highland Resort lenken konnte. Vielleicht musste er einfach warten, bis Zeugenaufrufe an die Bevölkerung ergingen. Dann konnte er sich als gewöhnlicher Bürger mit seinen Beobachtungen und seinem Verdacht melden.

Man blieb noch eine ganze Weile zu dritt sitzen, dann verabschiedete sich Kauz von den beiden und spazierte nachdenklich nach Münster zurück.

An der Stelle, wo er den Zusammenstoß mit dem cholerischen Bauern gehabt hatte, beschlich ihn ein mulmiges Gefühl. Aber diesmal war weit und breit kein Traktor zu sehen. Heuwetter war allemal, der Wüterich musste also sonst wo an der Arbeit sein.

Am Dorfrand herrschte dafür ein anderer Aufruhr. Einem Bauern waren ein paar Rinder ausgebüxt. Kauz fragte sich, warum sie nicht auf der Alp waren. Der Bauer hatte einen zündroten Kopf und versuchte, einen Stock schwingend, vergeblich, die Tiere in die vorgesehene Richtung zu treiben. Er war etwas unbeweglich, allem Anschein nach hatte er ein Hüftproblem. Die Rinder scherten immer wieder aus und trampelten vom Feldweg, der hier in die Dorfstraße überging, in private Grundstücke und Vorgärten hinein. An diesem Ende des Dorfes standen ein paar zu Ferienhäusern umgebaute Ställe.

Aus einem dieser Ferienhäuser kam ein Mann in Freizeitkleidung und Sandalen herausgerannt. Er schrie zetermordio, denn eine der Kühe hatte doch tatsächlich vor seinem Haus einen Fladen fallen lassen. Um den umgebauten Stall zog sich auf drei Seiten eine sauber geschnittene Hecke, das umfasste Grundstück bestand aber nicht etwa aus einem bepflanzten

Garten, sondern aus einem wie mit der Nagelschere gestutzten Rasen. Darauf standen unter einem Sonnenschirm zwei Liegestühle, genau parallel ausgerichtet. Vor dem Stall stand auf einen mit Betonsteinen belegten Parkplatz ein Sportcabriolet mit weißen Ledersitzen.

Ein paar Gaffer hatten sich am Wegrand versammelt.

»Die Viecher sollen abhauen!«, rief der Mann erzürnt. Dass er ein *Grüezi* war, konnte man von Weitem hören. An wen er sein Geschrei richtete, war allerdings unklar. Er brüllte einfach in die Landschaft hinaus. »Die scheißen meinen Rasen voll, verdammt nochmal. Es ist jedes Jahr dasselbe! Sagt dem Trottel, er solle besser auf seine Herde aufpassen. Das ist nämlich *mein* Grund und Boden!«, schrie er aus vollem Hals. »*Mein* Grund und Boden! Meiner, meiner, meiner!«, wiederholte er. »Da hat keine Kuh etwas verloren! Wird's bald?! Los, weg mit den Viechern!«

Der Bauer tat sein Möglichstes, aber es gelang ihm nicht, seine Rinder beisammenzuhalten und vorwärtszutreiben. Offenbar fehlte hier die Leitkuh. Auch unter Bauern, dachte Kauz, gibt es halt geschickte und ungeschickte. Dieser hier war offensichtlich ziemlich überfordert. Kauz kam näher, breitete die Arme aus und trieb die Kühe auf der einen Seite des Feldwegs vorwärts, der Bauer auf der andern. Als Kind hatte er im Goms mehr als einmal den Alpaufzug begleiten dürfen. Und auch Max tat genau das Richtige, er rannte, ohne zu kläffen, hin und her und hielt die kleine Herde so beisammen. Nun scherten die Rinder nicht mehr aus und gemeinsam hatten sie die Tiere bald dort, wo der Bauer sie haben wollte.

Der Gigolo im Freizeitlook stand immer noch vor seinem Ferienhaus und rief Schimpf und Schande hinter dem Bauern und hinter Kauz her.

Da haben wir jetzt das Gegenstück zum Wüterich auf dem Traktor, dachte Kauz. Lässt sich einen Stall zum Hüsli umbauen, hübsch mit Gartenhecke darum herum, an schönster Lage, unmittelbar an der Landwirtschaftszone, damit der Blick auf das Weisshorn ja frei bleibt. Und gerät wegen eines Kuhfladens auf seinem Grund und Boden aus der Fassung. So machte man sich als Üsserschwiizer hier natürlich keine Freunde. Kauz sympathisierte auf einmal mit dem Wüterich. Was hat dieser Füdlibürger hier verloren?, dachte er. Abfahren soll er! Verschwinden!, wenn ihn die Bauern, die Kühe und die Landwirtschaft stören. Nachdenklich und ein wenig amüsiert über seine eigene innere Kehrtwende ging er weiter.

Erst als er schon vor dem Speicher stand, sah er den Umschlag. Eine zusammengerollte Blindschleiche lag darauf. Er musste sie anstupsen, um sicher zu sein, dass sie tot war. Er nahm den Umschlag und ging hinein. Drinnen setzte er sich an den Tisch und riss ihn auf.

† *Guter Rat:* †

† *Fahr ab! Für immer!* †

†

So lautete die Botschaft. Die Worte waren mit dickem rotem Filzstift geschrieben, die Kreuze mit schwarzem gezeichnet.

Jetzt reichts, dachte Kauz.

Die ganze Geschichte kam ihm reichlich makaber vor. Er wusste bloß nicht, ob er sich wirklich bedroht fühlen müsse.

Kauz vermutete, dass man ihn beobachtete. Wer immer diese Botschaften für ihn deponierte, wusste, wann er den Speicher verließ, ob er mit dem Zug wegfuhr und sich auf eine Wanderung begab, ob er weit weg beim Baden war oder länger beim Nachtessen saß. Das erlaubte ihm oder ihr, in dieser Zeitspanne zum Speicher zu gehen und den Briefumschlag samt Tierkadaver vor die Speichertür zu legen.

Er beschloss, dem Schreiberling morgen Abend aufzulauern. Dem würde er ein Schnippchen schlagen.

Sonntag, 9. Juli

Für den Sonntag hatte er sich vorgenommen, jemandem einen Besuch abzustatten, der ihm vielleicht weiterhelfen würde. Er holte die neu erstandene Wanderkarte hervor und suchte mit dem Finger die Gegend ab, in der sich der Weiler Oberbine befinden musste. Er war rasch gefunden, er lag eine gute Stunde Fußmarsch vom Speicher entfernt.

Kauz spazierte mit Max Richtung Dorf. Es sollte aussehen, als würde er nur Gassi gehen und komme gleich wieder zurück. Als er einigermaßen sicher sein konnte, dass ihn niemand beobachtete – das ganze Dorf schien in der Kirche beim Gottesdienst zu sein –, ging er zum Bahnhof und stieg in den Zug, der eben einfuhr. Er stieg aber bereits an der nächsten Haltestelle wieder aus. Vom Bahnhof des Nachbardorfs war der Aufstieg zur Oberbine etwa gleich lang wie vom Speicher aus. Er blickte den Berg hinauf.

Es gab am Sonnenhang mehrere Weiler, bestehend aus typischen Gommer Stadeln und Ställen. Darunter waren solche, die praktisch zerfielen, andere waren gut erhalten, einzelne zu Wochenendhäuschen ausgebaut. Die meisten dieser Weiler lagen knapp unterhalb des Waldes. Die drei Binen lagen weiter oben am Berg. Unnerbine, Oberbine und Üsserbine standen im bewaldeten Teil der Bergflanke, jeder einzelne der drei kleinen Weiler auf einer Lichtung, umgeben von Wiesland. Die Hänge waren steil, sie mussten mit dem Motorhandmäher gemäht werden. Hier, auf der Voralp, machten Hirten und Vieh in früheren Zeiten Zwischenstation, ehe es ganz auf die Alp ging.

Jenseits des Dorfs stieg Kauz durch einen Lawinenhang hoch. Er war der prallen Sonne ausgesetzt, die baumlose Halde bot keinen Schatten. Der Weg führte durch ein Meer von Weidenröschen. Aus der Ferne hatte es ausgesehen, als wäre der Lawinenhang mit einem purpurnen Teppich ausgelegt.

Kauz stieg höher, über den Höhenweg hinaus. Nach einer Dreiviertelstunde kam er am Weiler Unnerbine vorbei. Fünf, sechs Ställe und Stadel auf einer Lichtung, alle zu Wochenend- und Ferienhäusern ausgebaut. Der Weg führte wieder in den Wald hinein. Nach einer weiteren halben Stunde machte Kauz auf einer ganz kleinen Lichtung Rast. Er setzte sich auf einen Baumstrunk und sah ins Tal hinunter. Max legte sich neben ihn ins Gras. Lärchen und Fichten säumten die Lichtung. Junge Exemplare mit hellgrünen Schösslingen zwischen alten, knorrigen Bäumen. Eine uralte, riesige moosbewachsene Lärche wuchs schräg in den Himmel empor. Flechten und Moos spannten sich über Felsbrocken und von Wind und Wetter gefällten Baumstämmen. Darauf wuchsen gelbe, rote, weiße und blaue Blümchen, es sah aus, als ob auf den Felsen bunt bestickte grüne Kissen lägen. Es duftete nach Gras, nach Heu, nach Boden. Wenn er genau hinschaute, entdeckte er Nester von kleinen gelben Pfifferlingen aus dem Waldboden leuchten. Heidelbeerstauden bedeckten ganze Flächen, die Früchte waren schon fast blau. Wenn Kauz sich umdrehte und bergauf gegen den Wald schaute, bot sich ihm ein wunderlicher Anblick: Wurzelstrünke, Baumstämme, Äste und Felsbrocken bildeten lebendige Formen. Gnome sahen ihn an. Trolle grinsten. Kobolde duckten sich hinter Felsbrocken. Ihm war, er sehe Elfen über die zauberhafte Lichtung tanzen. Von weit her tönten Kirchenglocken.

Kauz hätte stundenlang hier sitzen mögen.

Ein magischer Ort, dachte er. Das muss ein Kraftort sein. Dabei glaubte er sonst gar nicht an solche Dinge. Er nahm seine Kamera zur Hand und machte sich daran, die verwunschene Stimmung einzufangen. Er fotografierte nicht nur das Ganze, sondern widmete sich auch ausgiebig einzelnen Farnen, Blättern und Blüten und der zerfurchten Rinde der uralten Lärche.

Dann stand er auf und ging durch den Lärchenwald weiter. Jetzt stellte er fest, dass er nur etwa hundert Meter von der Oberbine entfernt Rast gemacht hatte. Er trat auf die große Lichtung und sah fünf unterschiedlich große Holzbauten, drei Ställe und zwei Stadel. Die Blockhäuser waren in den Hang hineingebaut, der Unterbau war zu einem guten Teil gemauert. Die beiden Stadel waren am Zerfallen, eines der Schindeldächer war löchrig, das andere ganz eingestürzt. Die drei Ställe waren einmal mit geringem Aufwand ausgebaut und bewohnbar gemacht worden. Zwei standen leer, die Stalltüren waren verriegelt, die Läden geschlossen. Lediglich im letzten, etwas abseitsstehenden Stall stand die Stalltür und im Oberbau ein Fensterflügel offen. Aus der Brunnenröhre über dem Trog vor dem Stall plätscherte Wasser. Nicht weit davon weidete allein eine Ziege. Hier musste Wendels Tante Olga hausen.

Kauz ging zum Stall und spähte durch die offen stehende Tür hinein. Es sah ganz so aus, als wäre der Stall einzig für die eine Ziege im Gebrauch.

»*Ischt da äswer?*«, rief eine gehässige Stimme.

Kauz trat einen Schritt zurück und schaute nach oben. Olga lehnte sich zum Fenster heraus.

»*Güätä Tag, Frau Olga!*«, rief er. Er hatte das Gefühl, das sei die richtige Anrede. *Frau Imfang* hätte nicht richtig geklungen.

»*Niggs Fröww*«, tönte es zurück. Das Fenster wurde zugeschlagen. Das wars dann wohl, dachte Kauz. Doch schon hörte er auf der Hinterseite des Gebäudes eine Türangel quietschen.

Dann kam die Alte in Schwarz um die Stallecke und pflanzte sich vor ihm auf. Sie trug jetzt eine Brille mit einem zerbrochenen Glas. Das andere war lange nicht mehr geputzt worden. Kauz wusste nicht, ob sie ihn wiedererkannte.

Was er da wolle, fragte sie giftig.

Die Ziege kam dahergerannt und blieb neben ihr stehen. Max neben ihm. Er hatte die Ziege ja schon einmal beschnuppert, sie schien keine Angst vor dem Hund zu haben. Im Gegenteil, sie begann spielerisch ein bisschen mit ihm zu kämpfen, stieß sachte mit den Hörnern nach ihm, während Max aufgeregt, aber freudig hin und her rannte.

»Über Wendel reden«, sagte Kauz.

Ja, ja, er sei *am Wändel schis Gschpani,* das wisse sie schon. Aber der Wendel sei jetzt tot, tönte es zurück.

»Eben«, sagte Kauz. »Ermordet worden.«

Das zeigte Wirkung, Olga stutzte.

Alle sagten, er habe sich das Leben genommen, meinte sie.

Ja, erwiderte Kauz, aber das sei nicht wahr. Sie habe recht gehabt: Er sei ermordet worden. Aber woher *sie* es wisse, dass er ermordet wurde?

»*Keert*«, war die Antwort. Gehört habe sie es.

»Von wem?«, hakte Kauz nach.

Das sage sie nicht, antwortete Olga und kniff die Lippen zusammen. Kauz fragte sich, wie er ihre Antwort – *keert* – verstehen müsse. Wendels Mutter hatte angedeutet, sie sei nicht ganz richtig im Kopf. Hörte sie Stimmen?

»Wendel hat mir von Euch erzählt«, sagte er. Das stimmte zwar nicht. Aber Wendels Mutter hatte von ihm und seiner Tante Olga gesprochen.

Was Wendel gesagt habe, wollte Olga wissen.

Dass er sie jeweils hier auf der Oberbine besucht habe. Schon als Kind. Dass sie zusammen Heidelbeeren gepflückt hätten. Und Ziegen gemolken. Dass sie ihn im Brunnentrog habe *ggätschä* lassen und solche Dinge. Und dass sie seine liebste Tante gewesen sei.

»*Hokkäd*«, sagte sie jetzt und zeigte auf die Bank vor dem Stall. Sie setzten sich. Die Ziege stupste die Frau an und leckte ihre Hand.

»*Scho güät, Olga*«, sagte die Alte und kraulte ihren Kopf.

»Heißt die Ziege auch Olga?«, wunderte sich Kauz.

»*Natürli.*«

Kauz fragte, ob er die Ziege fotografieren dürfe. Ihm gefiel ihr Charakterkopf und die Form ihrer Hörner.

Ob er denn noch nie eine Ziege gesehen habe, wollte Olga wissen. Kopfschüttelnd willigte sie ein.

Was der Wendel für einer gewesen sei, fragte Kauz, als er die Kamera wieder versorgt hatte.

»*Ä güätä Botsch*«, meinte sie, aber er habe nicht viele Freunde gehabt. Wie sie selber auch nicht. Sie begann über Wendel zu reden. Nicht schwärmerisch. In einfachen, nüchternen Sätzen. Als sie genug erzählt hatte, stand sie auf und ging ohne weitere Worte weg. Die Ziege wich nicht von ihrer Seite. Kauz folgte ihr. Sie ging zu der Stelle, an welcher er selber zuvor gerastet hatte. An den Kraftort. Dort setzte sie sich auf den Baumstrunk, auf dem er gesessen hatte. Kauz setzte sich auf einen Stein, etwas entfernt.

Sie schwiegen lange.

Hier sei sie jeweils mit Wendel gesessen, sagte sie nach einer Weile. Kauz wollte etwas erwidern, doch sie hob die Hand zum Zeichen, dass er schweigen solle.

»*Schscht*«, machte sie. »*Keeret Iär?*«

Kauz hörte ein Lüftchen wehen. Hummeln summten. Aber er war sich nicht sicher, ob er das hörte, was sie hörte. Sie schien intensiv zu lauschen.

»*So*«, sagte sie schließlich und stand wieder auf. Als ob nun irgendetwas beantwortet, geklärt oder erledigt wäre.

Sie ging, die Ziege neben sich, zu ihrem Stall zurück.

Dort hieß sie Kauz auf der Bank warten und ging in den Oberbau. Zurück kam sie mit einem kleinen Stoffbeutel. Und mit einem Happen Speck, den sie Max hinstreckte. Max schnupperte an ihrer Hand, dann schnappte er sich den köstlichen Leckerbissen und schleckte sich ausgiebig das Maul.

»*Ja ja. Güätä Hund*«, sagte sie, als Max sich erwartungsvoll vor sie hinsetzte, und tätschelte seinen Kopf. Aber mehr gab sie ihm nicht zu fressen.

»*Da*«, sagte sie und reichte Kauz den Beutel. »*Schmekkäd.*«

Kauz roch an dem Beutel, er duftete intensiv nach Kräutern, Harz, Fichten- und Lärchennadeln.

Das müsse er in einem Weihrauchgefäß anzünden und damit den Speicher reinigen. Bei offenen Fenstern, damit der Wendel ganz hinauskönne. Sonst werde er, Kauz, sich dort nie wohl fühlen. Ob er einen Teller Suppe möchte, fragte sie ihn abrupt.

Da sage er nicht Nein, antwortete Kauz.

Sie führte ihn in den Oberbau hinauf, eine einfache Holzstube mit Holzherd, Tisch und Bett. Er bedeutete Max, draußen zu warten. Das war gut so, denn auf dem Bett lag zusammengerollt eine schwarze Katze. Die Stube war vollgestopft mit Waren, Sachen und Sächelchen, wirkte aber dennoch irgendwie wohnlich. Auf einem Regal standen massenhaft kleinere und größere Blechdosen, Einmachgläser und andere geschlossene, aber auch offene Behältnisse, auf einem zweiten lagen kleine Säcke, Beutel und Tüten. Darin waren, soweit Kauz es erkennen konnte, Dutzende verschiedenster Kräuter, Blüten, Blätter, Nadeln, Wurzeln, Rinden und Pilze enthalten. Aus diesem Sammelsurium musste Olga die Reinigungsmixtur für den Speicher gemischt haben.

Die Suppe dampfte auf dem Holzherd. Ein winzig kleines Feuerchen brannte darin. Olga füllte zwei Näpfe und stellte beide auf den Tisch. Dann schnitt sie eine Scheibe Roggenbrot von einem Laib ab, der auf einem dritten Holzregal lag, und brach sie entzwei. Sie legte die Brotscheibenhälften und zwei blecherne Löffel auf den Tisch.

»*Güätä*«, sagte sie, ohne Kauz anzusehen, blickte vor sich auf den Tisch und begann zu essen.

»*Güätä*«, erwiderte Kauz.

Er betrachtete das zerfurchte Gesicht der alten Frau. Es erinnerte ihn an die Rinde der Lärche, die er am Kraftort fotografiert hatte, und es juckte ihn in den Fingern, auch dieses Gesicht zu fotografieren. Aber er ließ die Kamera im Rucksack. Eines Tages, wenn er mit Landschaften, Bäumen und Tieren genügend fotografische Erfahrung gesammelt hatte, würde er sich vielleicht auch an menschliche Gesichter wagen.

Was das für eine Suppe sei, wollte er wissen, sie schmecke köstlich.

»*Chrütersuppä.*«

Kauz aß das Roggenbrot und löffelte den Suppennapf leer. Jetzt musste er einen neuen Versuch unternehmen.

»Wer hat Wendel umgebracht?«, fragte er.

Die alte Frau sah ihn lange an.

Er könne ja Anna fragen, sagte sie dann.

»Anna?«, staunte Kauz. »Auf der Geissalp?«

Ja, die, bestätigte Olga und zeigte vom Tisch aus in die Richtung, wo die Geissalp lag. Aber jetzt sei sie müde.

Kauz stand auf.

Die Alte zog die Schuhe aus, schubste sachte die Katze zur Seite und legte sich, ohne ihn zu verabschieden, aufs Bett.

Kauz ging nach draußen.

Die Ziege weidete jetzt wieder unweit des Stalls. Sie kümmerte sich nicht um Kauz und seinen Hund.

Kauz überlegte, ob er noch auf die Geissalp hochsteigen solle. Sehr weit weg konnte sie nicht sein. Doch selbst wenn sie auf der Luftlinie bloß einen Kilometer entfernt wäre, konnte es gut sein, dass der Weg dorthin über die drei- oder vierfache Distanz ging. Er hatte die Wanderkarte zwar studiert, aber wegen der einfach zu findenden Route zu den *Binen* nicht mitgenommen. Er beschloss, seinen zweiten Besuch auf der Geissalp zu verschieben, und stieg ins Tal hinunter, Max immer ein paar Schritte voraus.

Wieder im Speicher, führte Kauz die Reinigung des Unterbaus aus. Ein Weihrauchgefäß hatte er nicht, und so behalf er sich mit einer weiten Tasse, in die er das Harz-, Nadel- und Kräutergemisch schüttete. Zu seiner Verwunderung hielt die Tasse stand, als er es anzündete. Es entwickelte einen intensiv duftenden Rauch.

Den Rest des Nachmittags verbrachte er damit, die bis anhin geschossenen Bilder auf dem Display seiner Kamera zu betrachten. Das Bearbeiten der Bilder am Computer musste warten, bis er wieder zu Hause war. Die meisten löschte er, mit ein paar wenigen war er zufrieden. Die schaurige Gewitterstimmung oberhalb des Chämibodä war sogar ganz hervorragend eingefangen. Das Spiel mit Licht und Schatten begann ihn mehr und mehr zu interessieren. Licht und Schatten – damit beschäftigte er sich als Kriminalpolizist doch eh. Schwarz und Weiß. Gut und Böse. Täter und Opfer. Schattige Winkel ausleuchten, Licht ins Dunkel bringen. Hatte ihn das gepragt?

Im Beruf sicher. Aber im Privatleben? Nein, da herrschten die Grautöne vor. Vielleicht mit Ausnahme der ersten dreizehn Jahre, als sein Vater noch gelebt hatte. Seine Erinnerungen an die Kinder- und Jugendjahre waren voller Leben, nicht zuletzt diejenigen an die alljährlichen Ferien im Goms. Wenn er sich Szenen oder Ereignisse vorstellte, sah er allerdings nostalgische Schwarzweiß-, nicht Farbbilder vor seinem inneren Auge. Vielleicht einfach deshalb, weil er die Fotografien vor sich sah, die sein Vater gemacht hatte. Und das waren eben Schwarzweißbilder gewesen.

Sollte er zur Farbfotografie wechseln? Nein. Er würde versuchen, das Licht einzufangen. Das Licht, und alles, was Schatten warf. Nicht Farben, sondern Formen und Konturen. Kontraste. Oberflächen und Tiefen.

Er sicherte die Bilder, die ihm gelungen schienen, setzte sich mit der Kamera vor den Speicher, pfiff Max herbei und befahl: »Sitz!«

Gehorsam setzte sich der Hund, hielt den Kopf schief, spitzte die Ohren und schaute ihn erwartungsvoll an. Kauz knipste einige Hundeporträts.

Dann ging er hinein, stellte sich unter die primitive Dusche, rieb sich trocken, zog ein Stadthemd an und schlüpfte in seine Halbschuhe. Er überlegte hin und her, ob er Max mitnehmen oder im Speicher zurücklassen solle. Es schien ihm klüger zu sein, ohne ihn zu gehen. So sperrte er ihn im Speicher ein und machte sich allein auf den Weg. Gut sichtbar trug er das Programmheft vom Musikfestival Ernen in der Hand.

»*Güättän Abänd*«, sagte er zu der alten Frau, die sich am Rollator durch die Gasse bewegte.

»*Salü*«, zum Halbwüchsigen, der etwas gelangweilt mit sich selber auf der Gasse Fußball spielte.

»*Bonsoir*«, erwiderte er den Gruß einer jungen Mutter. Sie schob einen Kinderwagen vor sich her und lachte ihn an.

»*Güätä!*«, wünschte er der Familie, die im Vorgärtchen beim Abendbrot saß.

Er war zufrieden, dass ihm kein einziges *Grüezi* entschlüpfte.

Er stellte sich an der Bushaltestelle auf, an welcher die Musikfreunde auf den Transport nach Ernen warteten. Nach dem Konzert würde der Busfahrer die Konzertbesucher wieder in ihre Feriendomizile zurückfahren. Erst gegen elf Uhr nachts würden sie in Münster zurück sein. Für den Drohbriefschreiber mehr als genug Zeit, seine Botschaft zu deponieren. Der Bus fuhr vor, hielt an, und Kauz stieg ein. Wie schon am Vormittag, stieg er beim nächsten Halt wieder aus.

Dem Rottenweg entlang spazierte er zurück.

Auf halber Strecke zwischen Dorfrand und *Brigge* blieb er neben einer Ruhebank am Wegrand stehen und drehte sich langsam zweimal um sich selbst. Das Tal war weit an dieser Stelle. Auf der Abendseite grüßte Reckingen, dahinter das Weisshorn. Zu seiner Linken rauschte der Rotten, die Sandbänke gesäumt von dicht stehenden Erlen und Weiden. Zur Rechten öffnete sich das wilde Blinnental. An dessen Ende zeigte sich ein schneebedeckter Gipfel. Auf der Morgenseite thronte neben der Furka der Galenstock über dem Goms. Die weiß getünchte Kirche von Münster stand mitten im Dorf und leuchtete im Abendlicht. Ein Bild für Götter, dachte Kauz. Wie würde das alles aussehen, sollte das Gommer Highland Resort eines Tages stehen?

Doch er musste weiter. Er ging nach Münster hinauf, dem Speicher näherte er sich freilich aus anderer Richtung als sonst.

Die Lange Gasse war menschenleer.

Es kann eine Geduldsprobe werden, dachte er. Er hatte vorsorglich einen Hocker in den Ziegenstall gestellt und seine Jacke bereitgelegt. Er brachte sich in Position, beobachtete durch den Türspalt vom Innern des Ziegenstalls aus Gasse und Speicher. Irgendwie amüsierte es ihn, dass er als ausrangierter Dienstchef Leib und Leben der Zürcher Kantonspolizei wieder dort gelandet war, wo er einst als junger Kriminalpolizist angefangen hatte: beim Observieren.

Als es dunkler wurde, also erst lange nach neun, näherten sich zwei Personen dem Speicher. Zwei tratschende Frauen, die zügig an seinem Beobachtungsposten vorbeigingen. Dann geschah lange nichts, die Gasse war wie ausgestorben.

Es war schon fast dunkel, als jemand vom Dorfzentrum

her durch die Lange Gasse geschlendert kam. Als dieser Jemand schon fast beim Stall war, konnte Kauz erkennen, dass es ein nicht sehr groß gewachsener Mann war. Er blieb genau vor dem Speicher stehen, sah sich kurz nach allen Seiten um und griff in eine Plastiktüte, die er bei sich trug.

Er fuhr zusammen, als Kauz aus dem Ziegenstall geschossen kam, und wollte abhauen. Aber Kauz war schon bei ihm und drehte ihm den Arm auf den Rücken. Immerhin, dachte er, das kann ich noch. Jetzt merkte er, dass der Mann noch sehr jung war, fast noch ein Knabe.

»Ei, ei, ei«, machte Kauz. »Was treibst denn du da?«

Er drehte ihn um seine eigene Achse, sodass er ihm, wäre es nicht schon dunkel gewesen, ins Gesicht hätte sehen können.

»Aua«, schrie der Bursche. »*Laa mi la gaa!*«

Kauz schien, er fange nächstens zu weinen an. Da legte er seinen Arm um den Nacken des Jungen und zog ihn zu sich her. Er nahm ihn nicht wirklich in den Schwitzkasten, aber fast. So, wie er früher seinen Sohn Xaver an sich gezogen hatte, wenn der getobt hatte. Wenn er ihn festhalten musste, um ihm den Meister zu zeigen. Und so wie es auch sein eigener Vater mit ihm getan hatte.

Ein paar Augenblicke stand er so mitten auf der Gasse, dann zog er den Burschen, ohne den Griff um den Nacken zu lockern, vor die Speichertür.

»So, mein Lieber …«, sagte er zu dem jungen Mann.

Drinnen würde das Bürschchen auspacken müssen. Kauz griff mit der freien Hand in die Hosentasche, um den *Schlussel* hervorzuziehen.

Er nahm noch die Bewegung in seinem Rücken wahr.

Reflexartig duckte er sich, im gleichen Augenblick riss sich der Bursche los.

Er spürte den Schlag, einen kurzen, heftigen Schmerz.
Dann wurde es dunkel.

»Da liegt einer«, war das Erste, was er wieder hörte.

»Er blutet am Kopf«, sagte eine Stimme.

»Wie ein Schwein«, bestätigte eine andere.

»Es soll jemand die Ambulanz rufen«, meinte eine dritte.

Kauz begriff nur ganz allmählich, was um ihn herum geschah. Er richtete sich auf, aber die Umstehenden ließen ihn nicht aufstehen, geschweige denn weggehen. Sie nötigten ihn, sich auf den Schemel zu setzen, den jemand durch die offene Tür des Ziegenstalls entdeckt und geholt hatte.

»Was ist passiert?«, wollten alle wissen.

Ja, was war eigentlich passiert?, fragte sich Kauz.

Das Ambulanzfahrzeug fuhr vor. Die Rettungssanitäter untersuchten ihn und stellten fest, er müsse nicht ins Spital gefahren werden. Man werde ihn zum Dorfarzt bringen.

Ein paar Minuten später lag er schon auf dem Schragen in Doktor Kalbermattens Praxis. Der mächtige Doktor drückte ihm die Hand, fragte, was passiert sei, und untersuchte, da Kauz nichts zu sagen wusste, die klaffende Wunde am Kopf.

»*Ich müäss biäzä*«, stellte er fest. Er müsse die Wunde nähen.

Jetzt dämmerte Kauz, was passiert war.

»Nein, bitte nicht«, sagte er.

Der Arzt wunderte sich ein bisschen über diese Angstreaktion und erklärte ruhig, es werde nicht wehtun. Er werde eine Spritze setzen, sodass er fast nichts spüre.

Aber Kauz erklärte ihm, weshalb er nicht genäht werden wollte. Außerdem verlangte er, dass der Doktor die Wunde weder reinigen noch desinfizieren solle. Es widerstrebte Kalbermatten zwar, aber er musste die Begründung akzeptieren und willigte schließlich ein. Unter der Voraussetzung, dass er die Wunde wenigstens ordentlich verbinden dürfe, damit die Blutung stoppe, dass er vorsorglich ein Antibiotikum und eine Tetanusspritze verabreiche und dass Kauz dann morgen zum *Biäzä* wiederkomme. Kauz versprach es und spazierte mit dem notdürftig einbandagierten Kopf zum Speicher.

Höchste Zeit, Max herauszulassen, dachte er.

Der Hund hatte mehrere Stunden im Speicher ausharren müssen. Doch als er die Speichertür öffnete, kam ihm kein Hund entgegen.

Was war da los? Er sah sich im Speicher um, blickte unter den Tisch und suchte in der Toilette und der Dusche: kein Max. Da sah er, dass das Küchenfenster offen stand – der Hund war abgehauen. Hatte er das Fenster zu schließen vergessen? Er konnte sich nicht erinnern. Er ging hinaus, lief – nur notdürftig verarztet, wie er war – durch die Lange Gasse bis ins Dorf und auf Umwegen wieder zurück. Immerzu rief er nach Max, aber kein Hund kam ihm hechelnd entgegengerannt.

Kauz tröstete sich mit dem Gedanken, dass er am nächsten Tag vor dem Speicher neben dem Motorrad sitzen würde, wie schon einmal.

Montag, 10. Juli

Kauz hatte sich für die Nacht wohlweislich gar nicht ausgezogen. Mehrmals war er mit brummendem Schädel
aufgestanden und hatte nachgeschaut, ob Max zurück war.
Doch auch am nächsten Morgen war weit und breit kein
Max zu sehen. Aber Kauz musste los. Er behielt die Kleider
vom Vortag an, steckte die drei Drohbriefe ein, stülpte eine
leichte Wandermütze über den Kopfverband und ging in aller Herrgottsfrühe zum Bahnhof.

Er löste eine Fahrkarte nach Sitten und stieg in den Zug.
Unterwegs rief er das Spital an und vereinbarte einen Sofort-
termin auf der Rechtsmedizin. Dann wählte er den Polizeiposten Fiesch und kündigte Ria Ritz an, er werde am frühen
Nachmittag vorbeikommen, um Anzeige wegen Körperverletzung zu erstatten.

Ria war schockiert. »Was ist denn passiert?«

»Das sage ich dir auf dem Posten«, antwortete Kauz, »jetzt
muss ich mich sputen.«

Punkt zehn Uhr meldete er sich im Spital Sitten. Er erklärte dem Doktor der Rechtsmedizin, was passiert war und
worum es ihm ging. Diesmal verhehlte er nicht, dass er Polizist war. Aber er sei als Geschädigter hier, nicht als Beamter.

Doktor Bivinelli, einem gut gelaunten Tessiner, schien es
nichts auszumachen, statt einer Leiche ausnahmsweise einmal einen Lebenden zu untersuchen.

»Das kommt gar nicht so selten vor«, erklärte er seinem

Examinanden. Ein Patient war Kauz ja nicht. Der Arzt behandelte ihn nicht, er untersuchte ihn bloß. Aber das nach allen Regeln der Kunst. Er vermass die Wunde millimetergenau, fotografierte sie, nahm die Wundränder unter die Lupe, suchte nach Fasern und Splittern, machte Abstriche und entnahm Blut- und Gewebeproben. Er untersuchte die Kleider, die Kauz auf dem Leib trug, dann den ganzen Kauz, mit Haut und Haar. Schließlich legte er ihm wieder einen Verband an und schickte ihn zum Abschluss zum Röntgen. Er wollte wissen, ob seine Schädelknochen noch ganz waren.

»Schicken Sie den Bericht an meinen Arzt?«, fragte Kauz.

»Nein, das läuft bei uns anders«, lachte Bivinelli. »Der Bericht geht direkt an den Staatsanwalt.«

Umso besser, dachte Kauz.

»Aber vergessen Sie vor lauter Strafverfolgungseifer nicht, die Wunde noch nähen zu lassen«, ermahnte ihn der Rechtsmediziner. »Und nehmen Sie es mit der Ruhe. Eine leichte Hirnerschütterung haben Sie nämlich auch. Doktor Kalbermatten hat es Ihnen bestimmt gesagt.«

Bestimmt, dachte Kauz. Nur habe ich es vergessen. Oder gar nicht aufgenommen.

Damit war Kauz entlassen. Er ließ seinen Schädel röntgen, dann ging er zum Bahnhof. Dort summte sein Handy, eine sms eines Zürcher Polizeikollegen poppte auf: »Lies die Zeitung, Kauz.«

Er ging zum Kiosk und kaufte das Wochenblatt.

»Es rumort in der Zürcher Kriminalpolizei«, lautete der Titel. Er las den Artikel, als er im Zug saß. Frau Doktor van Hooch, die Polizeikommandantin, kam darin denkbar schlecht weg: Die Mannschaft sei unzufrieden und mucke auf. Die hektische Reorganisation des Korps, die dubiose Beschaffung einer millionenteuren Software und die zweifelhafte Entlassung eines Dienstchefs werde derzeit von höchster Stelle unter die Lupe genommen.

Kommt reichlich spät, dachte Kauz. Doch eine gewisse Genugtuung bewirkte der Artikel schon. Aber richtig freuen konnte er sich nicht. Da gab es zu viele Dinge, die ihm Sorgen bereiteten. In Fiesch hatte er die Zeitung fertig gelesen und stieg aus.

»Du meine Güte«, rief Ria, als sie Kauz mit seinem Kopfverband sah. »Was machst denn du für Sachen? So ein Pechvogel.«

»Im Gegenteil«, widersprach Kauz. »Ein Glückspilz.«

Ria sah ihn verdutzt an.

»Obschon ...«

»Ja?«

Kauz erzählte ihr, dass sein Hund verschwunden war.

»Das tut mir leid«, sagte Ria. »Aber was meintest du mit dem Glückspilz?«

Seit zehn Tagen studierte Kauz am Tod Wendel Imfangs herum. Ihm gingen alle möglichen Gedanken über den Tathergang und die Täterschaft durch den Kopf. Die allermeisten musste er für sich behalten, weil er weder Polizei noch Staatsanwaltschaft dreinreden noch sonst wie in die Quere kommen durfte. Umgekehrt hatten weder Walliser Polizei noch Staatsanwaltschaft Anlass gehabt, seine Meinung einzuholen. Aber jetzt war es mit einem Mal anders: Er war bedroht, überfallen und verletzt worden. Er war Geschädigter und erstattete Anzeige wegen Drohung und Körperverletzung. Die Polizei *musste* die Anzeige entgegennehmen, die Staatsanwaltschaft *musste* ihn anhören. Nun durfte, nein, *musste* er alle seine Beobachtungen und Vermutungen auspacken, ohne dass der Eindruck einer Einmischung aufkommen konnte. Im Gegenteil, wenn er jetzt redete, war das Kooperation.

»Ein Glücksfall, verstehst du jetzt?«, schloss Kauz.

»Ganz und gar«, lachte Ria. »Dann pack mal aus.«

Sie zückte ihren Block. Kauz legte die Drohschreiben, die

er erhalten hatte, auf ihren Schreibtisch. Sie nahm seine Anzeige auf.

Nach einer Stunde, in der auch noch eine Tasse Kaffee und ein Schwatz Platz gefunden hatten, saß Kauz wieder im Zug. Er fuhr nach Münster und ging geradewegs in Doktor Kalbermattens Praxis, um sich endlich die Kopfwunde nähen zu lassen.

Er bat den Doktor um einen extra dicken Kopfverband. Denn heute Abend würde die Informationsveranstaltung über das Projekt Gommer Highland Resort stattfinden. Da konnte so ein Verband nur von Vorteil sein.

Vor der Veranstaltung ging er noch einmal in den Speicher, um eine Kleinigkeit zu essen. Insgeheim hoffte er, dass Max vor der Tür sitzen werde. Aber umsonst.

Der Gemeindesaal war bis auf den letzten Platz besetzt. Ein paar Einwohner drängten sich hinter die letzten Stuhlreihen, um wenigstens stehend zuhören zu können.

Kauz kam als einer der Letzten herein. Er benutzte den vorderen Eingang, damit ihn alle sahen. Ein Gemurmel erhob sich, als er eintrat. Er hörte ein paar Kommentare, schnappte Dinge wie *ds Wändels Schpüchär, Üsserschwüzer* und *Zürich* auf. Als jemand *Dachschadä* flüsterte, gab es ein Gekicher. Er glaubte auch, den Ausdruck *Tschuggär* zu hören. Die Leute wussten also, wer er war, woher er kam, wo er jetzt wohnte und offenbar, dass er Polizist war. Das war ihm gerade recht. Bis anhin hatte er Wert darauf gelegt, möglichst inkognito zu bleiben. Er wollte in den Ferien seine Ruhe haben. Aber seit er von Unbekannten bedroht, zum Teufel gewünscht, überfallen und niedergeschlagen worden war, wusste er, dass ihn Anonymität nicht schützte. Nicht mehr. Das war eine Illusion. Im Gegenteil: Er musste sich möglichst sichtbar machen. In seiner gegenwärtigen Situation bot eine gewisse Öffentlichkeit den besten Schutz.

Ein junger Mann stand auf und bot Kauz seinen Stuhl an. Kauz dankte und setzte sich.

Die Gemeindepräsidentin Josy Werlen erhob sich. Sie erblickte Kauz. Betroffen hob sie mit fragendem Blick die Hände. Kauz antwortete mit einer beschwichtigenden Geste. Nicht der Rede wert, sollte das heißen. Jedermann hatte die kurze Interaktion mitbekommen. Nach Kauz' Einschätzung gab ihm das einen zusätzlichen Schutz.

Nun eröffnete die Gemeindepräsidentin die Sitzung. Dies sei, so betonte sie, eine rein informative Veranstaltung, keine Gemeindeversammlung. Es würden heute Abend keine Beschlüsse gefasst. Der Gemeinderat sei zwar wegen des wichtigen Themas vollzählig anwesend, werde sich aber jeder Stellungnahme enthalten. Er äußere sich dann zur gegebenen Zeit zum vorgestellten Projekt. Die Teilnehmer seien aber frei, Fragen zu stellen und ihre Meinung zu äußern. Damit übergab sie Anton Z'Blatten das Wort.

Z'Blatten war in Hochform.

Münster und das ganze Goms sei dem Untergang geweiht, so hob er an. *Wenn* – er pausierte –, ja *wenn* nicht bald etwas Mutiges gegen die Abwanderung und den Niedergang der lokalen Wirtschaft getan werde. Was es jetzt brauche, seien Visionen, Wille, Wucht. Mit Wucht müsse man die Visionen umsetzen, wenn der Wille dafür einmal da sei. Kreativität, nicht Kosmetik sei angesagt. Gestaltung, nicht Gejammer. Formung sei gefragt, nicht Formalismus. Jawohl, *formen* müsse man dieses Tal, mit Liebe und Verstand formen. Statt sich von kleinkariertem Kram kleinkriegen zu lassen. Die Vorliebe Z'Blattens für den Stabreim war unüberhörbar.

Zupacken müsse man, nicht Zaudern und Zagen.

Der Alpentourismus müsse ganz neu erfunden werden. Was man heute noch hätschele und pflege, sei ein Auslaufmodell.

Das Goms müsse vorangehen, Münster an vorderster Front.

Mit der großen Kelle müsse man anrichten, von allem Anfang an. Nicht mit dem Löffelchen. Sonst habe man gegen die Konkurrenz keine Chance.

»Klotzen, nicht kleckern«, rief er.

Kauz kannte die Redewendung. Aus dem Militärdienst, es war der Lieblingsspruch eines Panzerobersten gewesen. Ihm schien, der Herr Z'Blatten verliere allmählich die Bodenhaftung.

Das Gommer Highland Resort sei das Herzstück eines neuen Tourismusmodells. Jawohl: des *Gommer* Modells. Das Gommer Modell werde Schule machen. Das Wallis, die ganze Schweiz, nein, alle Alpenländer würden auf Münster blicken.

»Sogar Andermatt«, witzelte Z'Blatten.

Ein kurzer Lacher des Publikums war ihm sicher.

»Und Vals erst recht.«

Hier blieb die Reaktion aus. War Vals zu weit weg?, fragte sich Kauz. Kannte man hier die großspurigen Valser Pläne nicht?

»Zur Sache!«, rief jemand.

Ob so viel Unverfrorenheit hielten die Zuhörer den Atem an.

»Sag ich ja!«, parierte Z'Blatten gekonnt. »Genau darum geht es: um die Sache. Um nichts anderes.«

Er gab noch ein paar weitere Gemeinplätze von sich, damit ja nicht der Eindruck entstand, er habe sich dem frechen Zwischenrufer gebeugt. Dann holte er zu einer Geste aus und rief:

»Bitte sehr, der Architekt hat das Wort.«

Herr Keel, schwarze Hose, schwarzer Veston, schwarzes Hemd, bedankte sich im Namen von Rödelmann & Partner Architekten bei Herrn Z'Blatten für den ehrenvollen Auftrag, ein solch anspruchsvolles Projekt entwerfen zu dürfen. Er entschuldigte Herrn Rödelmann, der zur Zeit in Singapur weile, und bat die Zuhörer, mit ihm als Partner vorliebzunehmen.

Keel ließ eine Powerpoint-Show vom Stapel, die dem Hochglanzprospekt entsprach, welcher in Wendels Speicher auf dem Fensterbrett lag. Kauz war jetzt sicher, dass das Konsortium mit der heutigen Veranstaltung die Flucht nach vorn antrat, nachdem Z'Blatten den Prospekt vorzeitig herausgerückt hatte.

Die Reaktionen auf die Show waren geteilt. Die einen murmelten angesichts der geschleckten Bilder Ah! und Oh!, die andern tuschelten missbilligend und schüttelten den Kopf. Keel nahm sich ausführlich Zeit, das Projekt *en détail* vorzustellen.

Z'Blatten wurde ungeduldig.

Irgendwann schnitt er Keel das Wort ab.

»Danke, Herr Keel. Herzlichen Dank für die Präsentation.« Und zum Publikum gewandt: »Habe ich zu viel versprochen? Habe ich für die Minstiger die Besten der Besten engagiert? Ja oder nein?« Die Reaktion aus dem Publikum war nicht ganz wie erwünscht. Z'Blatten erkannte die Gefahr und rief: »Ein Applaus für die Präsentation!«

Da konnte das Publikum nicht anders als klatschen. Die Präsentation war in der Tat nicht übel gewesen.

Nun meldeten sich Stimmen aus dem Publikum.

Doktor Kalbermatten erhob sich als Erster. Das hatte jedermann erwartet. Man lauschte respektvoll. Er war sozusagen das Gewissen von Münster. Er bedankte sich bei Z'Blatten und beim Gemeinderat für die Gelegenheit, zu einer wichtigen Sache Stellung nehmen zu können. Dann äußerte er – immer die in der vordersten Reihe sitzende Gemeindepräsidentin samt Gemeinderat ansprechend, und nicht etwa Z'Blatten – seine große Sorge darüber, dass Münster und das

Goms seine Identität verlieren könnte, würde das Projekt in dieser Form ausgeführt. Er sprach nur wenige Minuten, bedächtig, mit sonorer Stimme, in gemessenen Worten. Er brachte all die Vorbehalte an, die auch Kauz eingefallen waren. Und noch ein paar mehr.

Danach herrschte Stille, bis einer aus der Z'Blatten-Fraktion mit Vehemenz für das Projekt eintrat.

Daraufhin meldete sich ein Gegner zu Wort.

So ging es eine ganze Weile weiter. Die Argumente waren hüben und drüben immer wieder die gleichen. Die Pro und Contra hielten sich in etwa die Waage.

Die unvermeidliche Frage nach der Umzonung von Landwirtschafts- in Bauland wurde von Z'Blatten mit dem Hinweis abgeschmettert, das sei eine Frage, die in einer eigens hierfür einzuberufenden Gemeindeversammlung behandelt und beschlossen werde, jetzt gehe es bloß um das Projekt an sich.

Meister der vollendeten Tatsachen, dachte Kauz. So hatte Valentin gesagt. In der Tat: Wenn das Projekt als solches einmal gutgeheißen würde, dann konnte die Bevölkerung gar nicht mehr anders, als auch der Umzonung zuzustimmen.

Ob Einsprachen zu befürchten seien, wollte einer wissen.

Das war für Z'Blatten ein willkommenes Stichwort.

»Kann schon sein. Und wisst ihr, von wem? Von den Üsserschwiizer Zweitwohnungsbesitzern an der Langen Gasse. Und wisst ihr, warum? Weil sie die Aussicht aufs Weisshorn behalten wollen! Ich frage euch: Gehört ihnen das Weisshorn? Haben sie die Aussicht gepachtet? Nein! Haben sie sonst etwas für uns, für euch Minstiger oder für Münster getan? Nein! Steuern zahlen sie hier fast keine. Aber sie meinen, sie könnten uns diktieren, wie wir bauen sollen. Schlimmer noch, aus purem Eigennutz wollen sie uns am Bauen *hindern*. Und werben für die Zweit-woh-nungs-initiative!«

Dieses Stichwort, staccato ausgesprochen, löste Gelächter, Gekicher und Getuschel aus. So als ob Z'Blatten einen Witz zum Besten gegeben hätte: die Zweitwohnungsinitiative!, hahaha!

»Damit sie die alleinigen Zweitwohnungsbesitzer bleiben. So ticken diese grünen Brüder nämlich. Bauverhinderer sind das, nichts anderes. Pure, eigennützige Bauverhinderer! *Voilà!*«

Ein Zuhörer schoss auf.

»Genau!«, rief er. »Recht hast du, Anton!« Er wandte sich ans Publikum und wiederholte: »Recht hat der Anton! Die haben uns gerade noch gefehlt. Die haben uns nichts zu sagen. Gar nichts, verdammt nochmal! Verschwinden sollen sie, abhauen!«

Kauz sah sich nach dem Rufer um: Es war der Wüterich, der ihn auf dem Feldweg beinahe über den Haufen gefahren hatte.

Z'Blatten bemerkte trocken, das freue ihn aber sehr, dass der Fritz für einmal auf seiner Seite stehe.

Schon setzte der sich wieder.

Dafür stand ein anderer auf: Valentin Lagger.

Es sei nicht in Ordnung, wie Anton und Fritz über ihre Üsserschwiizer Gäste herzögen. Die hätten hier auch ihre Rechte, und die meisten von ihnen seien anständige und rücksichtsvolle Besucher. Sie gehörten zum Goms. Da schwebe Anton Z'Blatten offenbar anderes vor: Welche Interessenten er denn mit seinem Projekt anziehen wolle? Etwa Gommer? Walliser? Nein! Nur gutbetuchte Ausländer würden es sich leisten können, in sein Resort einzuchecken. Exklusivgäste in Pelzmänteln, mit Goldketten um Hals und Handgelenke. Wie in St. Moritz, das Bild kenne man ja. Die Vorstellung sei ihm ein Gräuel. Mit denen würde Fritz noch seine blauen Wunder erleben. Wenn solche Leute hier einmal den Ton angeben würden, dann sei nämlich fertig lustig. Das müsse man unbedingt verhindern.

Z'Blatten schlug augenblicklich zurück: »Welche Sorte Gäste willst denn *du* im Goms? Nacktwanderer vielleicht?« Eine Lachsalve scholl durch den Saal. »Körnlipicker aus Zürich und Basel?«, giftelte Z'Blatten weiter. »Lauter Veganer? Warum nicht gleich Hippies? Liebe, nette, schmuddelige Leute, die Hanf anpflanzen und so richtig viel Geld bringen.«

Damit hatte er erneut eine Anzahl Lacher auf seiner Seite. Über die Tatsache, dass Vater und Sohn Lagger sich für die biologische Landwirtschaft einsetzten, witzelten viele, das hatte Kauz schon mehr als einmal festgestellt. »Reiß deinen grünen Schnabel nicht zu weit auf, mein Lieber!«, rief Z'Blatten.

Vielen begann der Schlagabtausch jetzt zu weit zu gehen. Man tuschelte und schüttelte den Kopf.

Die Versammlung drohte aus dem Ruder zu laufen.

Die Gemeindepräsidentin erhob sich, sprach ein paar harmonisierende Sätze, sodass niemand das Gesicht zu verlieren brauchte, dankte Z'Blatten und dem Architekten für ihre interessanten Ausführungen und allen Anwesenden für ihre engagierten Voten. Sie schloss die Veranstaltung mit den Worten:

»Es ist schon spät. Gehen wir alle schlafen. *Än güäti Nacht.*«

»Schlafen?!«, rief Z'Blatten in den Saal hinaus. Das sei etwas für Kinder. Er brauche keinen Schlaf. Er gehe jetzt in die *Auberge*. Dort würde er eine Runde Champagner ausgeben. Zur Feier des Tages. Es seien alle eingeladen, die noch nicht schlafen wollten.

Kauz wollte sich die Gelegenheit nicht entgehen lassen, Z'Blatten noch einmal aus der Nähe zu beobachten. Er beschloss, seiner Einladung in die *Auberge* Folge zu leisten. Er würde jedoch nicht von Anfang an dabei sein, sondern erst nach einer guten halben Stunde auftauchen, um sich besser im Hintergrund halten zu können.

Daraus wurde nichts. Nach einem nächtlichen Spaziergang durchs Dorf ging er in die *Auberge*. Er realisierte sofort, dass er in eine geschlossene Gesellschaft geraten war. Z'Blattens Gefolgsleute, eine reine Männergesellschaft, waren mehr oder weniger unter sich. Es war eine feuchtfröhliche Runde im Gang, in welcher Z'Blatten das große Wort führte und die er mit Champagner freihielt. Zu seiner Beruhigung stellte Kauz fest, dass es höchstens etwa zwanzig Gäste waren.

Es setzte ein Grinsen, ein Gekicher und Getuschel ab, als er eintrat, das bald in punktuelles Grölen ausartete. Die Atmosphäre war Kauz unangenehm, aber vertraut: Er kannte sie aus dem Militärdienst.

Einer kam auf ihn zu und drückte ihm einen Champagnerkelch in die Hand, quasi als Willkommensgruß.

»*Santé* dem Großinvestor!«, rief jemand. Die Runde lachte. Offenbar hatte sich sein Besuch bei Z'Blatten-Immobilien herumgesprochen.

»Er soll bloß aufpassen, dass er nicht noch einmal den Kopf anstößt«, rief ein anderer. Die Gesellschaft johlte.

»Man darf sich eben nicht zu weit aus dem Fenster lehnen«, doppelte einer nach. Die Meute grölte.

»Lasst ihn, er ist müde«, schaltete sich wieder einer ein. »Sieht auf alle Fälle so aus.« Die Männer wieherten.

Es war das erste Mal, dass im Goms jemand auf seinen Eulenblick anspielte. Hier fiel er sonst nicht auf, man war in der Region die schrägsten und urchigsten Gesichter gewohnt.

»Ja, lasst ihn!«, rief Z'Blatten. Das war ein Machtwort, augenblicklich war Ruhe. »Er ist mein Gast.« Er hob sein Glas und prostete Kauz über ein paar Köpfe hinweg zu. »*Santé!*«, sagte er. »Ich hoffe, es ist nichts Schlimmes«, fügte er an, ohne eine Miene zu verziehen, und zeigte auf Kauz' Kopfverband.

Kauz winkte ab wie schon im Gemeindesaal: eine Bagatelle.

Dann begann Z'Blatten wieder über das Gommer Modell zu schwadronieren und die große Kelle zu propagieren. Die einen hörten ihm zu, andere diskutierten untereinander. Mal wurde gefrotzelt, mal wurde versucht, ernsthaft zu reden. Einzelne suchten das Gespräch mit Kauz. Er machte gute Miene zum bösen Spiel und hielt mit dem einen oder anderen Spruch dagegen. Er versuchte sich als einen darzustellen, der sich schlicht und einfach für das Goms interessierte. Das fiel ihm nicht schwer, denn genau so war es ja.

Er hütete sich, das ganze Gommer Highland Projekt wegen dieser besoffenen Runde innerlich als Schnapsidee abzutun. Dazu war die Sache viel zu ernst.

Nach einer Anstandsfrist bedankte er sich bei Z'Blatten für den Champagner und ging.

Dienstag, 11. Juli

Als er nach dem Aufstehen zum Fenster seiner Schlafkammer hinausguckte, sah Kauz Valentin beim Mähen.
Er war mit Wendels Motormäher an der Arbeit. Den großen
Traktor einzusetzen lohnte sich für die kleine Parzelle offenbar nicht. Das Gras stand schon ordentlich hoch. Kauz fiel
ein, dass Wendel an seinem Todestag die Wiese hatte mähen
wollen – so hatten die Eltern gesagt –, und seither war das
Gras ungemäht geblieben. Kauz wusste, dass Valentin auch
andere, größere Parzellen Wendels gemäht und das Heu in
die Scheune auf dem Milifäld eingebracht hatte. Den Rest
von Wendels Wiesen mähten andere Minstiger Bauern.

Kauz wusch sich unten am Trog, frühstückte, setzte sich
dann auf das Brett, das an der Vorderwand des Speichers als
Sitzbank diente, und schaute Valentin zu. Andere schuften
zu sehen, während er selbst ausruhte, fühlte sich irgendwie
mies an. Er tröstete sich mit dem Gedanken, dass er Valentin
kaum eine Hilfe wäre. Und er hatte einen überzeugenden,
gut sichtbaren Dispens: seinen Kopfverband. Als Valentin
fertig war und sich anschickte, den Handmäher zu versorgen,
winkte Kauz ihm zu.

»Salü!«, rief er. »Durst?« Er lehnte den Kopf zurück und
führte den Daumen zum Mund.

»Schoo«, rief Valentin, winkte zurück und nickte.

Die Sonne stand schon recht hoch am Himmel. Das war
wohl nicht die erste Parzelle, die Valentin heute gemäht hatte.

»Na dann, komm.«

Valentin kam näher und wischte sich den Schweiß von der Stirn.

»Danke, dass du das für Wendel machst«, sagte Kauz.

»*Scho güät*«, machte Valentin.

»Ein Bier?«, fragte Kauz.

»Lieber nicht. Erst am Feierabend.«

»Apfelsaft?«

»Gern, aber gespritzt.«

Kauz ging hinein und holte zwei kühle Apfelschorlen, die er im Kühlschrank hatte. Als er wieder herauskam, saß Lagger senior neben Valentin auf der Bank, ein stattlicher Mann mit Sommersprossen. Er musste früher ein Rotschopf gewesen sein, heute war sein lichtes Haar von undefinierbarer Farbe.

»*Güätä Tag*«, sagte der ältere Lagger und gab ihm die Hand. Kauz spürte einen kräftigen Druck. »Wollte nur kurz vorbeischauen. Sehen, ob der Junior mich braucht. *Walpä, gältät?*« Vater Lagger schien sich an ihre Begegnung an Wendels Begräbnis zu erinnern; miteinander gesprochen hatten sie damals nicht viel. »Valentin hat mir von Euch erzählt.«

Kauz schwankte, ob er sich besser gleich mit Vornamen vorstellen und damit das Du anbieten solle. Die Gommer waren in dieser Hinsicht unkompliziert. Aber er beschloss, nicht vorzupreschen. Er schätzte, dass Vater Lagger mindestens zehn Jahre älter war als er selbst.

Er gab jedem eine Apfelschorle, ging in den Speicher zurück und holte sich selbst auch eine. Die Dosen zischten.

»Zum Wohl«, sagte er.

»*Gsundheit*«, erwiderte Valentin, »du kannst es brauchen. Tut es weh?«, fragte er mit einem Blick auf Kauz' Kopf.

»Nein, nicht mehr.«

»*Santé*«, sagte Lagger senior und setzte die Dose an. »Nicht zu glauben, was Euch da passiert ist. Weiß man eigentlich, wer es war?«

»Nein.« Es hat sich also herumgesprochen, dass ich angegriffen wurde, dachte er. »Vielleicht ein Betrunkener.«

»Ja, ja«, meinte der ältere Lagger. »Der Alkohol. Der richtet viel Schaden an. Aber trotzdem, es ist allerhand.« Er betrachtete aufs Neue Kauz' Kopfverband und schüttelte den Kopf.

Die beiden Lagger waren zweifellos richtige *Chrampfär*. Aber einmal am *doorffä*, schienen sie alle Zeit der Welt zu haben. Sie plauderten eine Weile über Kauz' Verletzung, das Wetter und das Heuen. Dann über dies und das, um sich ein bisschen zu beschnuppern. Schließlich über Gott und die Welt. Der ältere Lagger sagte nicht sehr viel. Er hörte aber aufmerksam zu, wenn Kauz etwas sagte. Es kam Kauz vor, als wolle er ihm auf den Zahn fühlen. Allmählich glaubte er zu spüren, dass Lagger senior ihm gegenüber keine Vorbehalte hatte. Vermutlich hatte Valentin ihm ohnehin das meiste weitererzählt, worüber Kauz mit ihm gesprochen hatte.

»Du warst gestern ja auch an der Veranstaltung, Valentin«, stellte Kauz fest. »Der Z'Blatten ist dir ja ordentlich an den Karren gefahren.«

»*Schoo*«, sagte Valentin lakonisch. »Ganz Gommer Napoleon«, lachte er. Dann wurde er ernst. »In meinen Augen ist der ein gefährlicher Mensch.«

Kauz horchte auf.

»Sehen Sie das auch so?«, fragte er den Senior, um ihn stärker ins Gespräch mit einzubeziehen. Kauz erwartete ein karges *Ja, schoo* oder ein *Nëi, nit ganz so absolüt*. Zu seiner Verwunderung setzt der ältere Lagger zu einem regelrechten Plädoyer an.

»Ein gefährlicher Mensch?«, holte er aus. »Kommt drauf an. Für Leib und Leben gefährlich? Nein, das nicht. Nicht direkt. Das da«, sagte er und zeigte auf Kauz' Kopfverband, »hat er bestimmt nicht auf dem Gewissen.«

Auch nicht als Auftraggeber?, dachte Kauz. Aber er behielt die Frage für sich.

»Ich kenne ihn, seit der auf der Welt ist. Er kann aggressiv werden, beleidigend. Sehr sogar. Im Schulalter hat er sich mit andern Knaben gebalgt, so wie alle. Aber seit er erwachsen ist, wurde er, soweit ich weiß, nie handgreiflich. Er ist zwar kein friedliebender Mensch, aber ich glaube, er würde niemandem ein Haar krümmen. In diesem Sinn ist er kein gefährlicher Mensch.« Er hielt einen Atemzug lang inne. »Aber fürs Goms ist er gefährlich, das schon. Z'Blatten sagt, ihm sei es das größte Anliegen, die Abwanderung aufzuhalten. Das nehme ich ihm sogar ab. Er hätte selber ja am meisten unter der Abwanderung zu leiden. Weil er in einem leeren Goms nämlich kein Geld mehr verdienen könnte. Er hat auch einiges gegen die Abwanderung getan, das stimmt. Vielleicht zu viel. Und mit den falschen Mitteln. Manchmal mit unlauteren. Der Zweck heiligt aber nicht die Mittel. Finde ich. In diesem Sinn ist Z'Blatten für das Goms ein gefährlicher Mensch: Er hat Macht und Einfluss, und die setzt er für seine Zwecke ein, nicht für die Erhaltung der Werte, auf die es wirklich ankommt. Schon gar nicht für die Erhaltung des Goms. Ich glaube fast, er würde, um die Abwanderung aufzuhalten, auch die Zerstörung des Goms in Kauf nehmen. Das ist doch widersinnig.«

»Wieso lässt man ihn denn schalten und walten, wie er will?«, warf Kauz ein.

»Weil bei uns im Goms, und überhaupt im Wallis, das Recht am Verludern ist.«

Kauz stutzte. Das waren deutliche Worte.

Lagger schwieg wieder und sah zu Boden. Bedächtig fuhr er fort: »Hier gilt das Recht des Stärkeren, Herr Walpen, nicht das in Verfassung und Gesetz festgeschriebene Recht.«

Er sah Kauz direkt ins Gesicht. »Das ist nicht gut. Finde ich. Nicht gut für uns Menschen. Nicht gut für unsere Kultur. Nicht gut für die Natur.«

Er klang vollkommen sachlich und nüchtern. Es schwang weder Pathos noch missionarischer Eifer in seinen Worten mit.

»Woher kommt das, dass das Recht verludert?«, fragte Kauz.

»Daher, dass es in unserem Kanton keine kontrollierende Instanz gibt, wie es sich in einer Demokratie eigentlich gehörte. Keine gesunde Opposition, die den Mächtigen auf die Finger klopft, wenn es sein muss. Deshalb können sie nach Gutdünken schalten und walten. Diejenigen, die den Mut dazu hätten, schließen sich nicht zusammen, um den allzu Mächtigen entgegenzutreten. Bei euch in der Üsserschwiiz funktioniert das vielleicht, bei uns – ich schäme mich ein bisschen, es zu sagen – bei uns leider nicht. Wir sind ein Volk von Kuschern. Wir machen höchstens die Faust im Sack. Dem Walliser ist es angeboren, oder sagen wir: über Jahrhunderte anerzogen worden, der Obrigkeit zu gehorchen. Ja nicht aufzumucken. Weder gegen Ratsherren noch Gutsherren noch Fabrikherren, schon gar nicht gegen Dom- und Pfarrherren. In ihrer neuzeitlichen Form sind diese verschiedenen Herren die Bosse der großen Parteien, der Banken und Konzerne. Und andere Bonzen. Es wird gekuscht, vertuscht, manipuliert und intrigiert. Es herrscht Filz und Vetternwirtschaft. Der Filz reicht in alle Ämter und Behörden, bis in die Räte und in die Gerichte hinein. Sogar bis in die Presse. Stets geht es um Macht und Prestige. Das Geld regiert.«

»Aber viele Missstände im Wallis sind doch aufgedeckt worden«, wandte Kauz zur Ehrenrettung seiner Wahlheimat ein.

»Stimmt. Es gibt Ausnahmen. Das ist ermutigend.«

»Sogar ausgewachsene Skandale«, doppelte Kauz nach. Ihm schien, er müsse für Goms und Wallis Partei ergreifen.

»Eben«, parierte Vater Lagger. »Aber immer erst, wenn der Schaden schon angerichtet war. Wenn sich die Affäre beim schlechtesten Willen nicht mehr unter den Teppich kehren ließ. Wenn die Pleite offensichtlich, der Bankrott unausweichlich wurde. Und nur ganz selten hatte die Aufdeckung für die Übeltäter auch Konsequenzen.«

Kauz sagte nichts mehr.

»Es ist paradox: Die Mächtigen in unserem Kanton nennen sich konservativ«, fuhr Lagger fort. »Aber was konservieren sie denn? Was bewahren sie wirklich? Den katholischen Glauben vielleicht. Das soll mir recht sein. Auch wenn sie, wie mir scheint, bloß die Form bewahren, nicht den Inhalt. Auf alle Fälle ist ihr Handeln nicht unbedingt von christlicher Nächstenliebe und Ehrfurcht vor dem Leben getragen. Finde ich. Nein, was sie bewahren, ist das: ihren Reichtum, ihren Einfluss, ihre Macht. Und immer zum Nachteil der Schwächeren. Dazu zähle ich die Natur: zu den Schwächeren. Wahre Konservative sollten sich aber für die Erhaltung der Natur, für die Wahrung der Würde von Mensch und Tier einsetzen. Finde ich«, wiederholte er zum Schluss.

Das *Finde ich* klang in Kauz' Ohren jedes Mal so, als wolle er seinen starken Worten etwas von ihrem Gewicht nehmen.

»Setzt ihr euch nicht dem Vorwurf aus, ihr würdet euch gegen den Fortschritt stemmen? Ihr würdet der Abwanderung Vorschub leisten?«

»Doch, dieser Vorwurf kommt immer. Aber wir stemmen uns nicht gegen den Fortschritt. Wir haben wahrscheinlich den fortschrittlichsten Bauernhof, die modernsten Techniken und Landwirtschaftsmaschinen im ganzen Goms«, lachte Lagger. »Wir stemmen uns auch gar nicht gegen das Bauen. Nur gegen die Schändung der Natur, gegen die Zerstörung unserer Landschaft und gegen die Verschandelung unserer Dörfer.«

Kauz nickte stumm. »Sagen Sie«, fragte er dann: »Hat Z'Blatten eigentlich Frau und Kinder?«

»Nein, aber vier Reitpferde. Und mit denen geht er vorbildlich um«, sagte Lagger. Es klang nicht einmal ironisch.

Vielleicht liegt es daran, dachte Kauz. Vielleicht fehlt ihm ganz einfach die Motivation, sich um die kommenden Generationen zu sorgen. Wozu in aller Welt scheffelt er aber dann all das Geld? Will er sich mit dem Gommer Highland Resort ein Denkmal setzen?

»Aber jetzt müssen wir wieder an die Arbeit«, sagte der Jüngere, klopfte sich auf die Schenkel und stand auf.

*

Für die Anhörung war Kauz nach Fiesch bestellt worden. Aus praktischen Gründen, und um dem Geschädigten Walpen, der eine Gehirnerschütterung erlitten habe, keine lange Reise zuzumuten, hatte die Staatsanwältin verfügt, dass die Anhörung nicht auf der Staatsanwaltschaft in Visp, sondern auf dem Polizeiposten Fiesch stattfinden würde.

Es wurde eine denkwürdige Veranstaltung.

Neben Kauz, der mit seinem dicken Kopfverband dasaß, waren zugegen: die Staatsanwältin Lara Stockalper, der Kriminalinspektor Alain Gsponer in Begleitung der Kriminaltechnikerin Marie Matthey sowie, mit spezieller Erlaubnis des Polizeikommandanten, die uniformierten Agenten Ritz und Carlen, Letzterer als Protokollführer.

Gleich zu Beginn machte die Staatsanwältin, welche die Sitzung leitete, allen Anwesenden in betont amtlicher Sprache klar, dass es hier um die Anhörung des Geschädigten Alois Walpen aus Zürich gehe. Dabei verbiss sie sich mühsam das Lachen und sah der Reihe nach Ria Ritz, Alain Gsponer und Kauz an.

Alle nickten mit ernstem Gesicht.

Der Geschädigte habe Anzeige gegen Unbekannt wegen Drohung und Körperverletzung erstattet. Es gebe Anhaltspunkte dafür, dass die Delikte zum Nachteil des Geschädigten Alois Walpen mit dem pendenten außergewöhnlichen Todesfall von Münster in Zusammenhang stehe. Im AgT Wendelin Imfang bestehe aufgrund des Spurenbilds heute Mordverdacht. Der Geschädigte Alois Walpen sei durch puren Zufall – an dieser Stelle hob die Staatsanwältin den Blick und fixierte zuerst Ria Ritz, dann Gsponer und Kauz – durch puren Zufall auf eine mögliche Spur im Mordfall Wendelin Imfang gestoßen. Das gehe aus der von ihm eingereichten Anzeige hervor. Es sei deshalb nicht auszuschließen, dass die Täterschaft für beide Delikte, nämlich einerseits Mordfall Wendelin Imfang und andererseits Drohung sowie Köperverletzung gegen Alois Walpen, in den gleichen Kreisen zu suchen sei. Aus diesem Grund werde Kriminalinspektor Alain Gsponer, welcher bereits im Mordfall Wendelin Imfang ermittle, auch mit der Ermittlung in Sachen Drohung und Körperverletzung gegen Alois Walpen beauftragt. Die Anwesenheit von Polizeikorporal Ria Ritz sei erwünscht, weil sie in den ersten zwei Fällen zur Erstintervention am Tatort beziehungsweise zum Unfallort ausgerückt sei und im dritten Fall die Anzeige entgegengenommen habe. Polizeiaspirant Benjamin Carlen werde mit der Protokollführung beauftragt. Es komme allen Beteiligten zustatten, dass Carlen als Obergommer mit Personen und Verhältnissen im Obergoms besser vertraut sei als alle übrigen Anwesenden.

»Habe ich mich klar genug ausgedrückt?«, fragte die Staatsanwältin und blickte in die Runde. Lara Stockalper war für eine Staatsanwältin noch blutjung. Sie war gertenschlank und trug eine Brille. Obschon die Brille ein topmodisches Design hatte, gab sie ihr etwas Altkluges.

Alle nickten.

»Gut«, sagte sie. »Das war fürs Protokoll. Damit es keine

Scherereien mit dem Polizeikommando und der Oberstaatsanwaltschaft gibt. Wegen Einmischung einer fremden Macht«, lachte sie und zwinkerte Kauz zu. »Dann können wir jetzt normal weiterreden.«

Sie lehnte sich zurück.

»Wie wärs mit einem Kaffee?«, fragte Ria.

»Sicher, gern«, meinte Gsponer.

Benjamin stand auf und holte Kaffee für alle.

»Jetzt schieß los, Alain«, forderte Lara Stockalper den Inspektor auf, als alle ihre Kaffeetasse vor sich hatten. »Was ist der Stand der Ermittlung im AgT Imfang?«

»*Mordfall* Imfang«, präzisierte Gsponer.

Der Rechtsmediziner in Sitten habe zwar eine Schnürfurche am Hals des Toten gefunden. Sogar deren zwei. Daneben seien aber auch Würgemale festgestellt worden. Im weitern eine Verletzung am Hinterkopf, die von einem Schlag mit einem harten, wahrscheinlich metallenen Gegenstand herrühre.

Kauz griff reflexartig an seinen Kopfverband.

An den Händen des Toten seien Faserspuren des Stricks gefunden worden, fuhr Gsponer fort, aber nur an den Fingerspitzen. Imfang habe den Strick also nicht selbst in die Hände genommen, sondern habe versucht, sich vom Strick, der ihm um den Hals gelegt wurde, zu befreien. Wendelin Imfang sei demnach von der Täterschaft auf den Kopf geschlagen, gewürgt, mit dem Strick stranguliert und danach erhängt worden, rekapitulierte Gsponer. Der Tod sei durch Asphyxie, also durch Ersticken, eingetreten. Als er erhängt wurde, sei er noch am Leben, aber fast sicher schon bewusstlos gewesen.

Es gab ein verhaltenes Aufatmen in der Runde: Wendelin Imfang hatte wenigstens keinen langen, qualvollen Todeskampf erleiden müssen.

Gsponer wandte sich an Marie Matthey: »*Ton tour.*«

Die Knotenanalyse habe ergeben, dass Imfang den Knoten

im Strick kaum selber geknüpft habe, führte die Kriminaltechnikerin auf Französisch aus. Imfang sei Rechtshänder, der Knoten aber aller Wahrscheinlichkeit nach von einem Linkshänder geknüpft worden. Außerdem sei es kein typischer Selbstmörderknoten gewesen. Am Deckenbalkenhaken seien keine Fingerabdrücke des Toten gefunden worden. Allerdings auch keine fremden. Man müsse davon ausgehen, dass die Täterschaft im Speicher Handschuhe getragen habe. Der Strick werde selbstverständlich trotzdem auf DNA-Spuren untersucht. Das Resultat stehe noch aus. Unter den Fingernägeln des Toten seien abgesehen von den Faserspuren des Stricks auch textile Fasern und Hautpartikel gefunden worden, die nicht von ihm selbst stammten. Alles deute darauf hin, dass er sich gegen die Täterschaft zur Wehr gesetzt habe.

»Ein eindeutiges Spurenbild«, fasste Gsponer zusammen. Kein Suizid, sondern Tötungsdelikt. Mord, mit anderen Worten.

»Dass wir den Fall zuerst als Suizid abgehakt haben, das muss ich auf meine Kappe nehmen«, sagte die Staatsanwältin zu Kauz. »Das war ein grober Fehler. Ihnen haben wir es zu verdanken, dass wir im Nachhinein die Weiche richtig gestellt haben.«

Ria Ritz warf ein, sie selbst könne sich auch nicht rühmen, sehr professionell vorgegangen zu sein. Sie habe sich zu früh festgelegt und das Ergebnis der Legalinspektion deshalb nicht kritisch hinterfragt.

Kauz nickte bloß. Er wollte diesen Aspekt der Sache nicht aufgebauscht haben.

»Und weiter?«, fuhr die Staatsanwältin mit der Bestandsaufnahme fort. »Wie steht es mit dem Verkehrsunfall mit Fahrerflucht? Wie weit seid ihr dort?«

Erstens, führte Gsponer aus, habe die rechtsmedizinische Untersuchung des Schwerverletzten Hubert Trapper ergeben, dass dieser zum Zeitpunkt des Unfalls sturzbetrunken gewesen sei. Über zweieinhalb Promille. Die Verletzungen und das Spurenbild an den Kleidern des später Verstorbenen hätten ergeben, dass Trapper tatsächlich vom olivegrünen Pick-up des Wendelin Imfang angefahren und verletzt worden sei. Diese Verletzungen hätten drei Tage später zum Tod geführt.

»Und?«

Jetzt wird's spannend, dachte Kauz.

Vieles deute darauf hin, fuhr Gsponer fort, dass nicht Imfang, sondern eine Drittperson am Steuer des Pick-ups gesessen habe. Er übergab das Wort wieder der Technikerin. Es seien mehrere Fingerabdrücke am Lenkrad gefunden worden, die nicht von Imfang stammten, erklärte Marie Matthey. Diese stimmten überein mit Fingerabdrücken auf einer leeren, zerquetschten Bierdose, die man unter dem Fahrersitz des Pick-ups gefunden habe. Die Dose stamme nachweislich aus dem Sixpack in Imfangs Speicher. Außer der Bierdose seien auf der Gummifußmatte im Pick-up zwei Zigarettenkippen gefunden worden. Imfang sei, soweit man wisse, Nichtraucher gewesen. Diese Zigarettenkippen würden auch auf DNA-Spuren untersucht.

Die Zigarettenkippe!, fiel es Kauz ein.

Im Weiteren habe man im Pick-up Roggenbrotkrumen und eine aufgerissene Trockenfleischverpackung gefunden, sagte Marie Matthey. Und eine Langläufermütze, die nicht Imfang gehört habe.

Es bestehe somit der Verdacht, fasste Gsponer zusammen, dass ein und dieselbe Täterschaft für das Tötungsdelikt an Wendelin Imfang und für den Unfall mit Todesfolgen für Hubert Trapper auf der Furkastrasse verantwortlich sei. Ob es sich dabei um eine oder um mehrere Personen handle, sei noch nicht sicher.

Gsponer pausierte. Er wollte Gelegenheit geben, Fragen zu stellen.

»Was weiß man über den Todeszeitpunkt?«, fragte Ria Ritz.

Da sei bei der Legalinspektion vielleicht doch nicht so geschlampt worden, sagte Gsponer. Der Bezirksarzt habe nämlich die Rektaltemperatur des Toten gemessen. Daraus habe man errechnen können, dass der Tod sicher nicht erst am Mittag oder gar am Nachmittag des Todestags eingetreten sei, sondern am Vormittag, vielleicht sogar schon am frühen Morgen. Imfang sei aller Wahrscheinlichkeit nach kurz vor oder nicht sehr lange nach dem Verkehrsunfall gestorben. Die Arbeitshypothese laute, dass die Täterschaft zuerst Wendelin Imfang ermordet und kurze Zeit später, vielleicht in alkoholisiertem Zustand, den tödlichen Verkehrsunfall verursacht habe.

»Unfall oder Absicht?«, fragte Ria Ritz.

»Dazu haben wir noch keine Hypothese«, sagte Gsponer.

»Gut, das ist der Stand der Dinge«, stellte die Staatsanwältin fest. »Und jetzt zu Ihnen, Herr Walpen. Wir sind ja hier, um zu entscheiden, in welcher Richtung in Ihrem Fall ermittelt werden soll. Sagen Sie uns bitte alles, was Sie wissen, was Sie vermuten und was Ihnen Ihre Intuition sagt.«

Kauz fasste kurz die Sache mit den Drohbriefen zusammen. Dann sagte er, was er über das Gommer Highland Resort herausgefunden hatte: dass das Resort zum allergrößten Teil in der Landwirtschaftszone liege, dass Z'Blatten ihm aber gesagt habe, das stelle kein ernsthaftes Hindernis dar.

Die zwei Gommer am Tisch, Ria und Carlen, wechselten Blicke und zogen die Brauen hoch.

Ein viel größeres Problem sei für Z'Blatten ein anderes, fuhr Kauz fort, aber davon habe er natürlich nichts gesagt: dass nämlich Wendelin Imfangs Grundstück für das Bauvorhaben von entscheidender Bedeutung war. Dass Imfang sich aber standhaft geweigert habe, Speicher und Wiesland zu verkaufen.

»Damit verunmöglichte Imfang praktisch die Realisierung des Projekts«, schloss Kauz.

»Mich wundert bloß«, meinte Ria, »dass Z'Blatten das Vorhaben dann so zügig vorangetrieben hat. Und sogar schon einen Werbeprospekt hat drucken lassen. Wo er doch noch nicht einmal das erforderliche Bauland besitzt.«

»Es ist ja nicht einmal Bauland«, warf Benjamin ein. »Es ist Wiesland. Und bestimmt hätte Z'Blatten dem armen Imfang nur den Preis von Wiesland zahlen wollen. Dann hätte er die Umzonung durchgeboxt, und der Wert des Grundstücks wäre mit einem Mal auf das Fünfzigfache gestiegen.«

»Nun«, führte Kauz weiter aus, »sein Angebot für das Land betrug anfangs tatsächlich nur ein paar Franken. Aber kürzlich bot er ihm eine hohe Summe für das Grundstück an der Langen Gasse, Stall und Wiesland zusammengenommen. Imfang ging trotzdem nicht darauf ein.«

Er berichtete von den Papieren, die Mutter Imfang ihm gezeigt hatte. Gsponer bestätigte, dass er die Papiere auch gesehen habe.

»Aus irgendeinem Grund war sich Z'Blatten offenbar sicher, dass er zu dem Grundstück kommen würde«, sagte Ria.

Kauz gab ihr recht.

»Dabei müssen wir es vorläufig bleiben lassen«, stellte die Staatsanwältin fest. »Und weiter, Herr Walpen? Was noch?«

Kauz berichtete von seinem Besuch mit Valentin Lagger auf der Geissalp und darüber, dass die Sennin Anna am Morgen von Imfangs Todestag dessen Pick-up vermisst habe, den er am Vortag auf der Alp habe stehen lassen. Dann vom Zusammenstoß mit dem wütenden Bauern auf dem Feldweg. Er erwähnte die sonderbaren Befragungen der Sennen und Hirten auf dem Chämibodä durch den Gemeindeschreiber Trapper wenige Tage vor seinem Unfall. Dann seinen eigenen Abstecher in Valentin Laggers Stall, wo er Kälberstricke mit eingearbeitetem rotem Zwirn gesehen habe.

»Der Valentin ist in Ordnung«, schaltete sich Benjamin ein. »Für den lege ich die Hand ins Feuer.«

Ria gab ihm einen Wink: Er solle nicht dreinreden.

Kauz erwähnte den Unternehmer Unterberg, den er an Wendels Begräbnis und später in Begleitung von Architekt Rödelmann am Konzert in Ernen gesehen hatte. Schließlich berichtete er über seinen Besuch bei Wendelins Tante Olga auf der Oberbine. Er zitierte ihre Aussage, sie habe gehört – *keert* –, dass Wendel ermordet wurde. Und dass man die Sennin Anna fragen solle, wer es getan habe.

»Olga hört Stimmen«, wusste Benjamin zu berichten. Er tippte sich mit dem Finger an die Schläfe. »Echt krank, versteht ihr? Verrückt. Sie läuft mit einer Ziege neben sich in der Weltgeschichte herum. Und sagen tut sie noch viel, wenn der Tag lang ist. *Ä ggschtupfti Chruchtälä*«, lautete seine Einschätzung.

»Du kommst später dran«, wies ihn die Staatsanwältin in die Schranken. »Nachher ist Zeit für Fragen und Ergänzungen. Noch etwas, Herr Walpen?«, fragte sie Kauz.

»Das wars.«

»Was glauben denn Sie, wer Sie bedroht und niedergeschlagen haben könnte?«

»Jemand, dem ich in die Quere kam. Vielleicht jemand, der ahnte, dass ich nicht an einen Suizid Wendelin Imfangs glaube. Jemand, der merkte, dass ich mich für das damals noch vertrauliche Projekt Gommer Highland Resort interessierte.«

»Wenn Sie damit andeuten wollen«, sagte die Staatsanwältin, »dass die Ermittlung in Richtung Z'Blatten gehen müsste, dann muss ich die Oberstaatsanwaltschaft einschalten. Das wäre mir eine Nummer zu groß.«

»Verstehe. Dann ist da noch der Bauer mit dem Zornesausbruch. Der könnte es auf mich abgesehen haben. Ich weiß nicht, wie er heißt.«

»Pfefferle heißt er«, meldete sich Benjamin wieder. Die Blicke der beiden Frauen nahm er nicht wahr. »Pfefferle Fritz.

Fritz, *där Güggäl*. Jeder kennt ihn und seine Wutausbrüche. Er hat Wiesland im ganzen oberen Goms. Darum ist er überall an der Arbeit. *Än Chrampfär.*«

Där Güggäl, dachte Kauz, der Gockel, das muss sein Spitzname sein. Im Goms hatte fast jeder und jede einen Spitznamen. So wie er selbst ja auch. Der Spitzname war für die Bezeichnung einer Person meist wichtiger als der Vor- und der Familienname. Denn Walpen, vielleicht auch Pfefferle, hießen viele. Alois und Fritz auch. *Güggäl* gab es vermutlich nur einen.

»Ich habe selber noch etwas«, sagte die Staatsanwältin. »Der Untersuchungsbericht des Rechtsmediziners ist eingetroffen. Wollen Sie ihn lesen? Oder darf ich …«, sie sah ihn fragend an.

»Nur zu«, sagte Kauz.

»Das sei kein Tötungsversuch gewesen, lautete sein Schluss. Oder wenn, dann ein absolut untauglicher. Solche Verletzungen seien typisch für Raufhändel. Die Verletzung sei durch den Schlag mit einen Stück Holz, wahrscheinlich einem Holzscheit, entstanden. Gilt nicht als schwere Körperverletzung. Aber trotzdem, Körperverletzung war es. Jedenfalls mehr als eine Tätlichkeit. Wir haben also jedes Recht, sogar die Pflicht, das weiter zu verfolgen. Aber so wie es aussieht, wollte Ihnen jemand einen Denkzettel verpassen. Nicht Sie umbringen.«

»Das ist beruhigend«, sagte Kauz und grinste. »Allerdings wurde auch Wendel Imfang zuerst mit einem harten Gegenstand auf den Kopf geschlagen – und anschließend ermordet.«

»Das stimmt«, sagte die Staatsanwältin. »Wir nehmen die Attacke ja auch nicht auf die leichte Schulter. Alain wird sich der Sache annehmen. Aber jetzt machen wir Pause«, bestimmte sie. »Nachher übernimmt Alain Gsponer. Ich höre nur zu und entscheide am Schluss, in welche Richtung ermittelt wird.«

Gsponer ging sofort nach draußen, die Zigarettenpackung

schon in der Hand. Alle andern standen auf und vertraten sich die Füße. Die Sitzung hatte schon über eine Stunde gedauert. Es war klar, dass es nur vordergründig um die Drohung und die Attacke auf Kauz ging, in Wirklichkeit aber vor allem um den Mordfall Imfang. Staatsanwältin und Kriminalinspektor wollten die Erkenntnisse des Kriminalpolizisten a. D. Alois Walpen verwenden, sie brauchten dazu aber einen Grund, mit ihm zusammenarbeiten zu können. Den hatten sie jetzt.

»Brainstorming!«, so rief Gsponer die Teilnehmer nach der Pause zusammen. »Jeder darf seinen Senf dazugeben. Auch du, Beni«, lachte er. »Im Ernst: Wir tragen zusammen, was wir sicher wissen. Und die Fragen, auf die wir noch keine Antwort haben. Danach soll jeder seine Ideen und Ahnungen einbringen. Intuition ist genauso gefragt wie Verstand.«

Kauz fand, Inspektor Gsponer leite die Sitzung höchst professionell, nicht zu locker und nicht zu straff. Als alle ihren Input gegeben und ihre Fragen gestellt hatten – viel Neues kam dabei nicht heraus –, definierte die Staatsanwältin die Richtung der Ermittlungen und Gsponer bestimmte, wer was zu tun hatte.

Korporal Ritz fasste den Auftrag, Anna auf der Geissalp und Olga auf der Oberbine zu befragen. Wenn möglich in Zivil, nicht in Uniform. Aspirant Carlen, als Obergommer, solle sie dabei begleiten. Marie Matthey werde weiter der Frage nachgehen, wie die Spuren an Imfangs Leiche, am Strick, an den Zigarettenkippen und an den übrigen im Pick-up gefundenen Dingen zusammenpassten und wem sie zugeordnet werden könnten. Auch die Drohbriefe, die Kauz erhalten habe, müssten kriminaltechnisch untersucht werden. Er selber, Gsponer, werde die Eltern Imfang ein weiteres Mal befragen. Und den Druckversuchen nachgehen, mit denen Wendelin zum Verkauf seines Grundstücks gedrängt wurde. Er werde sich Fritz, *där Güggel*, vornehmen und Valentin Lagger befragen. Außerdem gehe er dem Verdacht auf Amtsmissbrauch durch den verstorbenen Gemeindeschreiber Trapper nach. Dazu werde er auch die Gemeindepräsidentin Josy Werlen befragen. Vielleicht ergäbe sich ja ein Hinweis darauf, dass Trapper wegen seiner verdächtigen Befragung der Sennen auf dem Chämibodä habe sterben müssen.

Die Staatsanwältin entschied, dass weder gegen den Unternehmer Unterberg noch gegen den Gommer Napoleon, Anton Z'Blatten, etwas vorlag, was die Eröffnung einer Strafuntersuchung rechtfertigen würde. Da müsse man sehr zurückhaltend vorgehen, denn das habe ohne Zweifel politische Dimensionen. Sie werde aber beim Oberstaatsanwalt das Terrain vorbereiten für den Fall, dass es so weit kommen sollte. Außerdem werde sie in Absprache mit der Kripo die Presse orientieren. Man sei jetzt auch auf die Hilfe der Bevölkerung angewiesen.

Gsponer kündigte an, dass er noch in dieser Woche eine nächste Sitzung der polizeilichen Ermittler einberufen werde, um alle auf den neusten Stand zu bringen. In diesem besonderen Fall gehörten auch die beiden uniformierten Agenten Ritz und Carlen zum Ermittlerteam.

Damit war die Anhörung beendet.

Bevor er ging, zog Kauz Marie Matthey beiseite und steckte ihr die Zigarettenkippe zu, die er seit dem Tag seiner Ankunft im Goms, in ein Papiertaschentuch eingewickelt, in seinem Portemonnaie herumtrug. Er informierte sie über das Wie und das Wo und meinte, er müsse es ihr überlassen, ob sie dieses Material verwenden könne.

Abends in der Küche stehend, versuchte sich Kauz ganz aufs Kochen zu konzentrieren. Bedächtig schnitt er die zwei Paprikahälften, eine rote und ein gelbe, die er zuvor mit dem Sparschäler geschält hatte, in linsengroße Würfel. Es war eine beinahe meditative Tätigkeit. Alle paar Augenblicke legte er, ohne aus dem Rhythmus zu geraten, das Messer nieder und rührte im Risotto, der bereits auf dem Herd stand und vor sich hin simmerte. Die bunten Würfelchen briet er in der Bratpfanne sorgfältig in etwas Olivenöl an und stellte sie beiseite. Die Hälfte davon würde er in den halb fertigen Risotto geben und eine Weile mitköcheln, die andere Hälfte noch knackig über das fertige Gericht geben. Die Zucchini würfelte er etwas größer, briet die Würfel separat an, würzte sie ausgiebig mit italienischen Kräutern und stellte sie ebenfalls beiseite, um sie unter den Reis zu heben, kurz bevor er den Parmesan dazugab. Auch ein paar der grün-weißen Zuchiniwürfel gehörten aufgespart und vor dem Servieren über den Risotto gestreut.

Der Gemüserisotto gelang perfekt.

Er war auch fürs Auge eine Freude. Kauz war mit sich zufrieden: Endlich kochte er wieder anständig. Er öffnete eine Flasche Merlot und goss sich ein Glas ein. Dann setzte er sich mit dem Essen an den Küchentisch und versuchte, den Abend zu genießen.

Denn eigentlich hätte er sich im Speicher jetzt wohl fühlen können. Er empfand keinen Schauer mehr im Rücken, wenn er in der Küche saß. Ob das dem Reinigungsritual mit Olga Imfangs Kräutermischung zuzuschreiben war, konnte er nicht sagen. Bestimmt hätte er sich jetzt wohl gefühlt – wenn nur Max ihm nicht so gefehlt hätte. Was hätte er dafür gegeben, den zutraulichen, aufgeweckten Kerl jetzt bei sich zu haben. Kauz war sich mittlerweile fast sicher, dass der Hund seine Witterung aufgenommen hatte und ihm zur Posthaltestelle gefolgt war, nachdem er durch das offene Küchenfenster aus dem Speicher gesprungen war. Danach musste er, weil Kauz in den Konzertbus gestiegen war, die Witterung verloren haben. Hatte ihn jemand herumstreunen sehen und mitgenommen?

Kauz versuchte, auf andere Gedanken zu kommen.

Seit Wendels Tod war ihm, wenn er im Speicher war, nicht sonderlich nach Musikhören zumute gewesen. Ganz im Gegensatz zu anderen Jahren. Jetzt installierte er endlich die Miniboxen, die er von zu Hause mitgebracht hatte, und verband sie mit seinem Smartphone. Darauf hatte er den Großteil seiner Discothek überspielt. Er entschied sich für Blues, ließ Billie Holiday eine geraume Weile singen. Als das Album durch war, klickte er Chopins Nocturnes an, die er sich nach dem Konzert in Ernen über eine App heruntergeladen hatte. Die spielte er jetzt ab. Eines der Nocturnes davon wieder und wieder, denn es war von so unerhörter Schönheit, dass ihm die Tränen kamen.

Ob er wollte oder nicht, er musste dabei an die Menschen denken, die er im Leben verloren hatte: den Vater durch dessen frühen Tod; Freundinnen, die er begehrt, aber nie bekommen hatte, und solche, die ihn verlassen hatten; die Familie, die Ehefrau und vielleicht den Sohn; jüngst auch die Arbeitsstelle samt seinen Arbeitskollegen und damit das Ansehen, das mit dem Beruf einherging; seinen Freund Wendel; und jetzt auch noch seinen Hund.

Was ist mit mir los?, dachte er. Ist es die Musik?

Er schenkte sich ein weiteres Glas Merlot ein, holte seine Kamera und betrachtete die Aufnahmen, die er von Max gemacht hatte: das freundliche Gesicht, die schwarze, feuchte Schnauze, den zur Seite geneigten Kopf, den weißen Fleck auf der Brust, die gespitzten Ohren. Und diese Augen, dieser treuherzige Blick!

Ach was, ich habe den *Cafard*, das ist es, konstatierte er und trank noch mehr Wein. Dann blendete er die Musik aus, ging nach oben, verkroch sich in seine Schlafkammer, schlüpfte ins Bett und zog das Leintuch über den Kopf.

Mittwoch, 12. Juli

Verkatert wachte er auf. Nicht schwer verkatert, aber ein bisschen. Er rieb sich die Augen, setzte sich an den Rand seiner Bettstatt, dann ans Fensterbrett und schaute zum Fenster hinaus ins Grüne: Rotten, Wiesen, Lärchenwälder, Weisshorn, alles noch da. Es ging ihm schon besser.

Noch zwei, drei Tage, dann wären seine zwei Ferienwochen eigentlich vorbei gewesen. Aber er hatte keine Eile, nach Zürich zurückzukehren. Mächtig viel Erholung hatten seine Ferien bis jetzt ja nicht gebracht. Und der Speicher war frei, er stehe ihm nach Belieben zur Verfügung, hatten die Eltern Imfang gesagt. Also beschloss er, seinen Gommer Sommer noch etwas auszudehnen. Ein, zwei Wochen würde er noch bleiben. Vielleicht auch drei. Warum auch nicht? Es wäre ihm ohnehin nicht wohl dabei, abzureisen, ehe der Mord an Wendel aufgeklärt war.

Er ging nach unten und duschte kalt. Dann marschierte er ins Dorf, kaufte sich frisches Brot und eine Zeitung. Die las er nach dem Frühstück zu seiner zweiten Tasse Kaffee.

Die Nachricht über den Mord an Wendel war prominent aufgemacht: »Posthum aufgedeckt: Mord, nicht Selbstmord in Münster«, hieß die Schlagzeile. Mit Namensnennung und Geburtsdatum wurde vom Tod des Wendelin Imfang am dreißigsten Juni in Münster berichtet. Man habe ursprünglich von einem Selbstmord ausgehen müssen, jetzt hätten die Ermittlungen ergeben, dass Imfang von Unbekannten stranguliert worden war. In einem Kästchen waren Fotos von zwei Beweisstücken abgebildet, mit genauer Beschreibung der Gegenstände, nämlich des zerschnittenen Stricks und der aufgefundenen Langläufermütze. Die Polizei erbitte sich von der Bevölkerung Hinweise auf die Herkunft dieser Gegenstände. Die Überschrift eines separaten Textfelds lautete: »Dieselben Täter? Tod auf der Furkastrasse«. Der Name Hubert Trappers wurde nicht genannt. Hingegen wurde das Unfallfahrzeug gezeigt. Der Text sagte, der abgebildete Pick-up der Marke Jeep gehöre dem Mordopfer Wendelin Imfang, er habe diesen aber an jenem Tag nicht selbst gelenkt. Es wurden Hinweise dazu erbeten, wer dieses Fahrzeug am frühen Morgen des dreißigsten Juni gefahren haben könnte. Es sei nicht ausgeschlossen, dass es sich dabei um dieselbe Täterschaft wie im Mordfall Imfang handle.

Es wird ein Gerede geben im Dorf, dachte Kauz. Vielleicht gibt es eine zweite Beileidswelle, jetzt, wo es klar ist, dass Wendel weder ein Selbstmörder noch ein Mörder ist.

*

Gegen Mittag fuhr Korporal Ria Ritz mit Aspirant Benjamin Carlen in ihrem Familienauto nach Münster und dann die Forststrasse hoch. Beni freute sich diebisch auf diese *undercover action.* Undercover, war sie ja nicht gerade, da fast jeder im Obergoms ihn kannte. Aber er war zivil unterwegs und durfte, wenn es sein musste, seinen Polizeiausweis zücken. Auch wenn es erst ein provisorischer war, einer für Gendarmerieaspiranten.

Er sagte Ria, wo sie das Fahrzeug abstellen musste. Die Fußdistanz bis zur Geissalp legte er im Läufertempo zurück. Ria bemühte sich, mit ihm Schritt zu halten.

Der Hund bellte, als sie oben ankamen.

»Bist du Anna?«, fragte Ria die Frau, die aus der Alphütte kam.

»Die bin ich«, sagte Anna frohgemut.

»Wir sind von der Polizei Goms«, sagte Ria.

»Oh!« Anna erschrak. »Von der Polizei?«

»Ja. Ich heiße Ria. Ria Ritz. Das ist Benjamin Carlen. Hier ist mein Ausweis.«

Auch Carlen hielt ihr seinen unter die Nase.

Anna warf einen kurzen Blick darauf. Verlegen nahm sie ihre Baseballmütze ab, als ob es sich nicht gehörte, sie in Gegenwart der Polizei auf dem Kopf zu tragen, und drehte sie in den Händen hin und her.

Ria wollte nicht mit der Tür ins Haus fallen. Sie blickte sich um: Hier Alphütte, darin die kleine Ziegenkäserei mit Käsekeller, dort der Ziegen- und Schweineunterstand, vielleicht hundert Ziegen, die gemolken, wahrscheinlich kilometerweise Zäune, die kontrolliert werden mussten. Hier gebe es bestimmt viel Arbeit, stellte sie fest. Ob noch mehr Leute auf der Alp arbeiteten, fragte sie.

Ja, ihr Gehilfe, sagte Anna.

Ob sie ihn holen könne? Sie wollten auch mit ihm reden.

»Klar«, sagte Anna, ohne zu zögern.

»Maksym!«, rief sie gellend über die Alpenweiden hinweg, mit beiden Händen vor dem Mund einen Trichter formend. »Die Polizei ist da! Komm her!«

Es dauerte nicht lange, da kam Maksym in Gummistiefeln über die Weide gestapft. Er war ein kleiner junger Mann mit belämmerter Miene, bleichem Pickelgesicht und fettigen Haaren.

Ria fragte, ob man sich an den Tisch vor der Hütte setzen könne. Zu viert nahmen sie, jeder auf einem Baumstrunk, an den vier Tischseiten Platz.

»Wir kommen wegen Wendelin Imfang«, sagte Ria.

»Ja, klar«, sagte Anna, »das dachte ich.«

Ria sah beiden nacheinander ins Gesicht. Dass Imfang tot war, wussten sie ja längst, aber war die Nachricht von seiner Ermordung schon hier oben angekommen?

»Er wurde ermordet.«

»Wie?! Ermordet?«, fragte Anna fassungslos.

Maksym sah Ria mit weit aufgerissenen Augen an.

In diesem Augenblick kam ein hochgewachsener, kahlköpfiger Wanderer mit langen Schritten über die Weide herunter. Die Sonne schien ihm direkt ins Gesicht, er schirmte seine Augen mit der Hand ab, als er kurz zu ihnen hinüberblickte.

»Grützi«, sagte er zu den am Tisch Sitzenden.

»*Güätän Abänd*«, erwiderten Ria und Beni unisono und nickten ihm zu. Mittag war vorbei, also war das der angemessene Gruß, auch wenn die Sonne noch hoch am Himmel stand.

»Typisch Üsserschwiizer«, lästerte Beni halblaut. »Geht in Turnschuhen z'*Bäärg*. Die Sorte stirbt offenbar nicht aus.«

»Das ist kein Üsserschwiizer«, sagte Ria. »Er sagte *Grützi*, nicht *Grüezi*. Das ist ein richtiger Ausländer«, lachte sie.

Der Wanderer winkte zurück und ging zügig weiter.

»Wusset ihr, dass Wendel ermordet wurde?«, setzte Ria nach der Unterbrechung wieder ein.

»Es war doch Selbstmord«, sagte Anna, wie in Trance.

»Nein, es war kein Selbstmord, Anna. Er wurde getötet.«

»Aber …?«, stammelte sie. »Wie wurde er getötet?«

Darauf gab Korporal Ritz keine Antwort.

»Wir brauchen eure Hilfe«, sagte sie stattdessen. »Ihr müsst uns helfen, den Mörder zu finden. Verstehst du?« Damit wandte sie sich wieder an Anna, denn sie war auf der Alp offensichtlich die Chefin.

Eine Befragungsspezialistin war Korporal Ritz nicht. Aber sie dachte, dass im Augenblick die direkte, undiplomatische Art das Richtige sei.

»Ja, ich verstehe«, sagte Anna verdattert. »Aber wie kann ich helfen? Ich weiß doch nicht, was passiert ist.«

Ria wollte von ihr wissen, was sich am Tag vor dem Mord auf der Alp abspielte. Sie erfuhr mehr oder weniger das, was Kauz schon berichtet hatte. Nämlich, dass Wendel Imfang am Donnerstagabend mit dem Pick-up hierhergefahren sei. Er habe diesen, wie früher auch schon, abgestellt und sei mit dem Mofa ins Tal gefahren. Am nächsten Morgen sei der Pick-up nicht mehr dort gestanden.

»Jemand hat mit Wendels Pick-up einen Mann überfahren«, sagte Ria. »Er wurde schwer verletzt und ist dann gestorben. Deshalb müssen wir wissen, wer mit dem Pick-up weggefahren ist. Was könnt ihr dazu sagen?«

Nichts, sagte Anna. Außer, dass Valentin Lagger ihr seinen kleinen Suzuki ausgeliehen habe. Mit dem könne sie jetzt die Transporte machen. Ria und Beni hatten dieses Fahrzeug beim Aufstieg auf dem Abstellplatz stehen sehen.

Auch Maksym behauptete, keine Ahnung davon zu haben, wer den Pick-up entwendet habe. Und mit Wendel habe er nicht viel zu tun gehabt, der habe immer alles mit Anna besprochen. Sie sei hier die Chefin auf dem Platz.

Die Unterhaltung blieb unergiebig.

Ria forderte Anna auf, ein paar Schritte mit ihr allein zu machen. In einem Bogen gingen sie auf die Hinterseite der Hütte. Dort, wo der Eingang für den Wohnteil war. Ria bat, eintreten zu dürfen. Aber Anna zierte sich. Es sei nicht aufgeräumt, sie schäme sich, den Wohn- und Schlafraum zu zeigen. Stattdessen setzten sie sich auf die dreistufige Treppe.

Ria sprach mit Anna von Frau zu Frau. Nach einer halben Stunde hatte sie erfahren, was sie geahnt hatte: Wenn Wendel bei Gelegenheit über Nacht auf der Alp blieb, so sei es schon vorgekommen, dass er in ihrem Bett schlief. Eine Liebschaft sei es nicht gewesen, aber ab und zu habe sie halt mit ihm geschlafen.

»Warum denn?«, fragte Ria. »Wenn du ihn doch gar nicht liebst.«

»Ihm zuliebe«, sagte Anna und senkte den Blick. »Weil er es eben wollte. Man kann doch nicht immer Nein sagen.«

Plötzlich kamen Anna die Tränen.

»Bist du schwanger?«, fragte Ria, aus purer Intuition heraus.

Anna blickte überrascht auf. Dann nickte sie und begann heftig zu schluchzen.

Ria saß eine Weile schweigend neben ihr, die Hand auf ihren Unterarm gelegt. Dann nahm sie den Faden wieder auf und ließ nicht locker, bis sie die Dinge erfahren hatte, die sie wissen musste.

»Kennst du Olga?«, fragte Ria, als sie wieder bei den Männern am Tisch saßen.

»Wendels Tante?«, fragte Anna zurück. »Selbstverständlich. Sie kommt oft zu Besuch, wenn Wendel da ist. Manchmal auch, wenn er nicht da ist. Sicher alle vierzehn Tage einmal. *Kam*, nicht kommt«, verbesserte sie sich. »Als Wendel noch am Leben war.«

»Von der Oberbine auf die Geissalp? Sie ist doch eine alte Frau. Wie weit ist das denn?«

»Ziemlich weit, das stimmt«, sagte Anna. »Das dauert mehr als eine Stunde. Ja, sie ist alt. Aber gut auf den Beinen. Wollt ihr zu ihr?«

Beni warf Ria einen Blick zu.

»Vielleicht«, sagte Ria und stand auf.

»Das mit dem Fußmarsch von über einer Stunde stimmt nicht«, sagte Beni, als sie im Auto saßen. »Wenn man dem markierten Wanderweg folgt oder die Alp- und dann die Forststraße nimmt, dann dauert es so lange. Weil man halb ins Tal ab- und dann wieder aufsteigt. Aber wenn man die Abkürzung kennt, ist man in einer Viertelstunde auf der Oberbine. Geht ja alles abwärts. Bergauf, von der Oberbine auf die Geissalp, dauert es eine halbe Stunde.«

»Das wusste ich nicht«, sagte Ria. »Ich frage mich, ob Anna

den Weg auch nicht kennt oder ob sie einen anderen Grund hatte, uns die Abkürzung zu verschweigen. Wollte sie uns abhalten, hinzugehen? Vielleicht hat sie gar nicht gemerkt, dass wir mit dem Auto da waren, und dachte, wir wollten zu Fuß auf die Oberbine.«

Ria Ritz schaute auf die Uhr.

»Los«, sagte sie. »Fahren wir zu Olga.«

*

Kauz hatte es sich eben vor dem Speicher gemütlich gemacht, da summte sein Handy. Er schaute auf das Display: Gsponer.

»Ja, Alain?«

»Die Attacke auf dich ist geklärt. Der Täter ist identifiziert.«

»Wer war es?«

»*Där Güggel.* Fritz Pfefferle.«

»Hat *er* die Drohbriefe geschrieben?«

»Nein, damit hatte er nichts zu tun. Oder fast nichts.«

»Was soll das heißen?«

»Es ist etwas kompliziert. Am besten, wir sitzen kurz zusammen. Der Täter möchte sich bei dir entschuldigen.«

»Wie bitte?«, sagte Kauz. »Höre ich richtig: *entschuldigen?* Dafür, dass er mich halbtot geschlagen hat?«

»Ja. Wärst du bereit, ihn zu treffen? Er erklärt dir alles. Du entscheidest dann, ob die Anzeige bestehen bleibt oder ob du sie zurückziehst. Sagen wir um fünfzehn Uhr im Gommereggä? Dann sind kaum Gäste dort.«

Kauz stimmte zu und ging auf die verabredete Zeit in den Gommereggä.

Er hatte kaum je einen so zerknirschten Täter angetroffen. Fritz Pfefferle, genannt *där Güggäl,* erschien in Begleitung von Inspektor Gsponer in der Gaststube. Ohne Begleitung hätte er es wohl nicht geschafft, so sehr schämte er sich. Als

Erstes entschuldigte er sich tausendmal für seinen Wutausbruch auf dem Feld. Er habe manchmal einfach sein Temperament nicht unter Kontrolle.

Während er sprach, drehte er unaufhörlich sein Taschentuch zwischen den Fingern. Es war ein geradezu rührendes Bild.

Nun, das sei ja eigentlich schon vergessen, behauptete Kauz. Aber deswegen sei er wohl nicht hierhergekommen. Er habe ihn ja auch noch halbtot geschlagen. Ob das denn nötig gewesen sei, nachdem er ihn schon zusammengeschissen habe.

Pfefferle warf einen Blick auf Kauz' Kopf. Den Kopfverband hatte Kauz ablegen können, es klebte einzig noch ein Pflaster auf der rasierten Stelle mit der zugenähten Wunde.

Das sei eben so …, erklärte *där Güggäl*. Er rang nach Worten.

Er habe überhaupt nicht im Sinn gehabt, dem Feriengast, mit dem er auf dem Feld *Chrizz* gehabt habe, eins auf den Deckel zu geben. Tatsächlich habe er gar nicht gewusst, wem er da mit dem Holzscheit den Kopf vermöbelt habe. Das sei ein Missverständnis gewesen, aber das habe er erst zusammen mit dem Inspektor herausgefunden. Ihm habe er die Tat ja auch sofort gestanden.

Kauz begriff kaum, was Pfefferle sagte.

Es sei nämlich so …, sagte dieser abermals.

Fritz Pfefferle, genannt *Güggäl*, und seine Frau hatten drei Kinder. Eine Tochter von neunzehn, einen Sohn von siebzehn und einen von fünfzehn Jahren. Der jüngste, Damian, der tagsüber wie seine Geschwister beim Heuen half, war in der letzten Zeit dadurch aufgefallen, dass er sich gegen Abend oder sogar nachts davonschlich. Die Eltern waren beunruhigt und fragten sich, was er jeweils mache. Als sie ihn deswegen stellten, drückte er sich um eine Antwort oder tischte irgendwelche Ausreden auf. Erst recht stutzig wurden die Eltern, als der Junge auf einmal ein Handy in der Hand hielt, etwas, was er sich sehnlichst gewünscht hatte, weil er auch einmal gamen wollte wie alle anderen Jungen. Aber die Eltern hatten ihm den Wunsch bislang nicht erfüllen können. Woher er das habe, wollten sie wissen. Geschenkt bekommen, sagte er bloß. Als der Bursche sich am Sonntag spätabends erneut davonschlich, folgte ihm der Vater. Er wollte wissen, was sein *Botsch* da trieb. Von Weitem sah er, wie der Junge in die Lange Gasse und zu Wendels Speicher ging. Plötzlich stand ein Mann neben ihm, legte den Arm um seine Schulter und zog ihn an sich. Da sah *där Güggäl* rot. Er nahm ein Holzscheit von der Scheiterbeige an einer Stallwand und schlich auf leisen Sohlen näher. Der Mann zog seinen Sohn zur Tür des Speichers – und dass dieser an Feriengäste vermietet wurde, wusste man – und sagte zu ihm, er sei ein Lieber, oder etwas Ähnliches.

So mein Lieber!, hab ich zu ihm gesagt, erinnerte sich Kauz sofort. Er hat es richtig gehört, dachte er. Nur nicht richtig verstanden.

Da meinte der Vater zu wissen, wie sich sein Sohn das Handy verdient hatte. Dem musste er einen Riegel vorschieben. Für den vermeintlichen Knabenschänder setzte es Prügel mit dem Holzscheit, für den *Botsch* ein paar Ohrfeigen.

Erst das Verhör von Damian durch den Inspektor öffnete Fritz Pfefferle die Augen. Der Bursche sagte, jemand habe ihn gefragt, ob er ein Handy zum Gamen möchte. Er bekomme eines, er brauche dafür nur bei einem Streich mitzuspielen. Der Streich bestehe darin, dem Mann, der in Wendels Speicher wohne, einen Brief hinzulegen. Der Mann dürfe Damian aber auf keinen Fall sehen. Er müsse ihn beobachten und den Brief erst hinlegen, wenn der wegginge und auch eine Weile wegbliebe. Zu den Briefen müsse er ein totes Tier legen, jedes Mal ein etwas größeres: eine Maus, einen Vogel, eine Schlange, einen Fisch, vielleicht eine Katze, wenn per

Zufall eine überfahren würde. Der Mann, dem der Streich galte, habe nämlich Angst vor toten Tieren. Fünf Briefe hätte er hinlegen müssen. Sie seien verschlossen und mit einem ablösbaren Kleber nummeriert gewesen. Das Handy habe er erhalten, nachdem er den zweiten Brief deponiert hatte.

»Von wem?«, fragte Kauz den Vater.

»Das wissen wir noch nicht«, antwortete Gsponer an seiner Stelle. »Von einer Frau, sagt er. Aber er kenne sie nicht. Sie sei nicht aus Münster. Aber trotzdem habe sie ihm gezeigt, wo er die Briefe und die toten Tiere hinlegen müsse.«

Damit verabschiedete sich Gsponer. Er habe in der Gegend noch anderes zu tun, sagte er zu Kauz und kniff ein Auge zu.

Kauz schlug Pfefferle vor, einen Kaffee zu trinken. Für ein Feierabendbier war es noch zu früh.

»Kauz«, sagte Kauz und streckte die Hand aus.

Über Fritzens Gesicht huschte ein ungläubiges Lächeln.

»Kauz? *Güggäl*«, sagte er und ergriff Kauz' Hand.

Kauz fragte, ob er wisse, was ein Füdlibürger sei. Fritz zuckte mit den Schultern. Kauz erzählte ihm die Geschichte vom Zürcher Hüslibesitzer am Dorfrand von Münster, der wegen eines Kuhfladens ein Riesengeschrei machte. Gemeinsam regten sie sich über den *Tubäl* auf. Es tat richtig gut.

»Zahlen!«, rief Kauz.

Aber Fritz sagte, der Kaffee gehe auf ihn. Er legte auch noch ein ordentliches Trinkgeld auf den Tisch. Dann wollte er wissen, was jetzt weiter passiere.

Nichts, sagte Kauz, die Sache sei für ihn erledigt. Er, der *Güggäl*, habe sich ja entschuldigt. Er werde seine Anzeige zurückziehen.

»*Hüäräflott*«, sagte Fritz. Ihm falle ein großer Stein vom Herzen. Er habe schon befürchtet, er müsse *in d Chischtä.*

»*Värgäältsgott*«, sagte er und schüttelte Kauz die Hand.

Kauz ging in den Speicher, setzte sich an den Tisch in der Küche und rief, es war noch nicht ganz Feierabend, die

Staatsanwältin Lara Stockalper an. Er ziehe seine Anzeige wegen Körperverletzung zurück, teilte er ihr mit. Diejenige wegen Drohung aber nicht. Dann nahm er sein Smartphone zur Hand, tippte den Musikplayer an, drehte die Miniboxen auf und füllte den Speicher mit Musik. Diesmal wieder mit dem vertrauten alten Jazz. Für sein Empfinden passten die traditionellen Klänge ganz gut zu seinem Nachtessen. Er raffelte die Kartoffeln, die er übrig hatte, machte sich eine Rösti und briet sich Spiegeleier mit Speck. Den Hund vermisste er immer noch, aber der *Cafard* vom Vortag war vorbei.

Freitag, 14. Juli

Der nächste Rapport fand zwei Tage später statt, kurz vor Feierabend und ausnahmsweise auf dem alten Polizeiposten in Münster. Der Raum hatte getäferte Wände und wirkte wie eine gemütliche Stube. Inspektor Gsponer, der zwei Tage zuvor die Eltern Imfang befragt und an diesem Tag in Münster anderweitig ermittelt hatte, hatte wie angekündigt auch Korporal Ritz mit Aspirant Carlen zu dieser kurzfristig anberaumten Sitzung aufgeboten.

Gsponer informierte als Erstes darüber, dass die Attacke auf Kauz aufgeklärt sei – Ria Ritz und Benjamin Carlen machten große Augen –, und gab eine Zusammenfassung der Ermittlungen rund um Pfefferle und seinen halbwüchsigen Sohn.

Die beiden Uniformierten reagierten auf die Verwechslungsgeschichte zuerst ungläubig, dann erleichtert und ein bisschen belustigt. Vor allem, weil sie offenbar zu einem unerwarteten Happy End zwischen Kauz und Pfefferle geführt hatte.

»Dann werdet ihr jetzt dicke Freunde, *där Güggel* und du?«, fragte Beni.

»Kann schon sein«, lachte Kauz.

Als Nächstes ließ Gsponer Ria Ritz und Benjamin Carlen die Ergebnisse ihrer Befragung der Sennin Anna und von Wendelin Imfangs Tante Olga rapportieren.

Neue Erkenntnisse über Imfangs Pick-up hätte man nicht

gewinnen können, lautete ihr Bericht. Die Mitteilung, dass Anna von Wendelin Imfang schwanger sei, ließ Gsponer und Kauz aufhorchen. Von allen Ermittlungsergebnissen interessierte sie dieses am meisten.

Olga Imfang, die sie später noch am selben Tag besucht hätten, sei dabei geblieben, dass sie *keert* habe, Wendel sei ermordet worden. Von wem sie das gehört habe, sage sie nicht. Und wer Wendel umgebracht habe, wisse sie nicht. Dass man Anna fragen solle, davon habe sie nichts mehr gesagt. Sie habe bloß gesagt, Anna sei eine rechtschaffene Person, über sie könne sie nichts Nachteiliges sagen.

»Sonst noch was?«, fragte Gsponer.

Olga habe ihnen Roggenbrot und *Chriitärsuppä* aufgetischt, erzählt Ria lächelnd. Das sei schon unerwartet gekommen.

»Das macht sie doch immer«, ergänzte Benjamin.

»Wie?«, staunte Kauz. »Sie tischt jedem *Chriitärsuppä* auf?«

»Nein, nicht jedem. Es ist so«, präzisierte Beni: »Zuerst jagt sie jeden davon, der vor ihrem *Gadä* auftaucht. Wenn man dann aber, anstatt aggressiv zu werden, ein paar freundliche Worte an sie richtet, lädt sie einen zu Roggenbrot und *Chriitärsuppä* ein.«

»Wusste sie etwas von Annas Schwangerschaft?«, fragte Gsponer weiter.

»Gesagt hat sie nichts«, sagte Ria. »Und direkt danach gefragt haben wir natürlich nicht. War ja eine vertrauliche Information, die aus einer Befragung stammte.«

»Klar«, sagte Gsponer und beendete damit das Kapitel.

Dann berichtete er über seine eigenen Ermittlungen. Die Eltern Imfang habe er früh am gestrigen Morgen aufgesucht und ihnen mitgeteilt, dass ihr Sohn nicht Selbstmord begangen habe, sondern ermordet wurde. Das glaube sie nicht, habe die Mutter erwidert.

»Wie hast du sie überzeugt?«, fragte Kauz.

»Ich habe ihr gesagt, es stehe in der Zeitung«, lachte Gsponer.

Er habe die Zeitung aufgeschlagen, die er extra mitgebracht hatte. Die alte Frau habe die Meldung, die im Wesentlichen aus dem polizeilichen Communiqué bestand, aufmerksam gelesen, habe ihm dann ins Gesicht geschaut und gesagt, in dem Fall habe er recht. Es sei genauso, wie er gesagt habe, denn es stehe schwarz auf weiß in der Zeitung: Wendel sei ermordet worden.

Die Nachricht habe sie erschüttert und gleichzeitig erleichtert. Frau Imfang habe sofort den Schluss gezogen, in dem Fall sei Z'Blatten der Mörder. Ihr Mann habe auf diesen Verdacht entsetzt reagiert und habe ihr das Wort verbieten wollen. Die Sichtung der Kaufofferten und zugehörigen Briefe habe lediglich bestätigt, dass Wendelin Imfang von verschiedenen Seiten zum Verkauf seiner Grundstücke an der Langen Gasse gedrängt wurde. Namentlich auch von Hubert Trapper, der damit tatsächlich seine Stellung missbraucht habe. Er hätte sich in dieser Sache als Gemeindeschreiber strikt neutral verhalten müssen, habe aber wiederholt im Interesse von Z'Blatten bei Imfang interveniert. Wie weit und in welcher Form er Druck auf ihn ausgeübt habe, sei noch nicht im Detail bekannt. Im Übrigen habe Trapper tatsächlich auf zwei verschiedenen Alpen Sennen, Hirten und Aushilfen besucht, unter dem Vorwand, er müsse ihre Papiere kontrollieren. Er habe sich dabei allem Anschein nach auf Osteuropäer konzentriert. Was er damit bezweckt habe, sei zur Zeit noch völlig unklar. Es rieche allerdings stark nach Nötigung. Ob und allenfalls wozu er diese Leute habe gefügig machen wollen, bleibe vorderhand ein Rätsel. Er werde in dieser Sache auch die Fremdenpolizei zuziehen. Valentin Lagger hatte die Zeitung bereits gelesen, als er ihn befragte. Lagger habe sofort erklärt, die Machart des Stricks entspreche der seiner eigenen Stricke. Diese Stricke seien ziemlich verbreitet, die gebe es zum Beispiel auch auf dem Chämibodä. Es gebe Bauern, die hätten andere Stricke. Und wieder andere hätten in ihrem Stall ein ganzes Arsenal von verschiedenen Stricken. Welche die Imfangs in ihrem Stall verwendeten, das könne er nicht sagen.

Jetzt kam Gsponer auf den neusten Stand der Spurenauswertung in Imfangs Speicher und an dessen Pick-up zu sprechen.

»Wir müssen davon ausgehen«, fasste er zusammen, »dass zwei Personen, deren Fingerabdrücke wir haben, am Freitag, den dreißigsten Juni frühmorgens Wendelin Imfang in seinem Speicher aufgesucht oder ihn dort abgepasst haben. Die Zigarettenkippe«, und damit wandte er sich an Kauz, »die du zwischen Ziegenstall und Stadel gefunden hattest, entspricht tatsächlich der gleichen Marke und weist die gleichen DNA-Spuren auf wie die, die auf der Gummifußmatte von Wendelin Imfangs Pick-up lag. Die Fingerabdrücke auf den beiden Kippen sind identisch mit denen, die wir am Lenkrad sowie an einer leeren Bierdose unter dem Fahrersitz gefunden haben.«

Kauz nickte befriedigt. Ganze Arbeit, dachte er.

»Wir nehmen deshalb an«, fuhr Gsponer fort, »dass eine unbekannte Täterschaft, bestehend aus zwei oder mehr Personen, Imfangs Pick-up auf der Geissalp entwendete, damit zu seinem Speicher oder in dessen Nähe fuhr und Imfang im Speicher ermordete. Vor oder nach der Tat kollidierte die gleiche Täterschaft am Steuer von Imfangs Pick-up auf der Furkastrasse mit dem schwer alkoholisierten Gemeindeschreiber Hubert Trapper und fuhr ohne anzuhalten weiter. Später am Tag stellten die Täter den Pick-up auf Imfangs Hof ab und setzten die Flucht zu Fuß fort. Die Tatsache, dass sie den Pick-up auf dem Hof im Milifäld zurückließen und nicht wieder auf die Geissalp oder anderswohin fuhren, legt den Verdacht nahe, dass sie den Unfall dem zu diesem Zeitpunkt vermutlich schon toten Wendelin Imfang in die Schuhe schieben wollten. Und die Tatsache, dass dieses Täuschungsmanöver nicht sehr professionell umgesetzt wurde – sonst hätten die Täter die fraglichen Dinge aus dem Fahrzeug entfernt und hätten auch keine Fingerabdrücke hinterlassen –, könnte dafür sprechen, dass sie zu diesem Zeitpunkt selber alkoholisiert waren. Durch den Konsum von insgesamt drei Dosen Bier in möglicherweise sehr kurzer Zeit.«

Kauz nickte zustimmend.

»Jetzt zu den möglichen Motiven. Raubmord liegt nicht vor, es wurde – außer Bier, Brot und Trockenfleisch – nichts entwendet. Wir wissen aber, dass Wendelin Imfang das Hindernis Nummer eins für das Projekt Gommer Highland Resort darstellte. Nur, sein Tod räumt dieses Hindernis gar nicht aus dem Weg. Imfang ist alleinstehend und kinderlos, Geschwister hat er keine mehr. Das Grundstück fällt mit seinem Tod an die Eltern zurück, die es ihm vor Jahren überschrieben haben. Ob die Eltern es je an Z'Blatten verkaufen würden, ist mehr als ungewiss. Wenn sie sterben, fällt das Erbe an die Enkelin Vanessa, die seit Jahren in Kanada lebt. Bleibt die Möglichkeit, dass es sich beim Mord an Imfang um eine Straf- oder Racheaktion handelte. Doch wer wollte sich an ihm rächen, wer wollte ihn bestrafen und wofür?«

Niemand wusste eine Antwort.

»Da tappen wir im Dunkeln«, lautete Gsponers Fazit. »Eine neue Erkenntnis ist, dass Wendel seine Sennin Anna schwängerte. Könnte das für irgendjemanden ein Motiv sein, ihn umzubringen? Was meinst du, Ria?«

»Für Anna sicher nicht. Eine schwangere Frau bringt nicht den Vater ihres werdenden Kindes um. Nur das Umgekehrte kommt vor: dass ein Mann die schwangere Freundin oder Geliebte umbringt.«

»Da hast du recht. Aber was, wenn Imfang von einem anderen Mann als Nebenbuhler betrachtet wurde?«

»Das wäre allerdings denkbar.«

»Hat Anna einen Mann oder einen Freund?«

»Nicht dass ich wüsste. Ihr Helfer Maksym, ein schmächtiges Bürschchen, wohl eher nicht. Aber man weiß ja nie.«

»Dem gehen wir noch nach«, sagte Gsponer. »Und was ist mit Olga Imfang? Könnte sie irgendetwas mit dem Tod ihres Neffen zu tun haben? Ich weiß, es klingt abwegig. Aber wir müssen an alles denken.«

»Wendelin Imfang war eine ihrer ganz wenigen Bezugspersonen. Vielleicht der liebste Mensch, den sie hatte. Als Mörderin kommt sie nicht infrage, es wäre ihr auch rein physisch nicht möglich, einen Mann umzubringen. Und als Anstifterin auch nicht.«

»Auch nicht aus Enttäuschung?«, fragte Gsponer. »Sie denkt ja offenbar nicht immer ganz rational. Könnte es nicht sein, dass ihr Neffe sie auf irgendeine Art und Weise enttäuschte?«

»Doch, das könnte sein«, lenkte Ria ein.

»Zum Beispiel wegen der schwangeren Anna?«

»Von der Schwangerschaft scheint Olga ja gar nichts gewusst zu haben. Außer, sie hätte uns dieses Wissen bewusst verschwiegen.«

»Eben«, sagte Gsponer.

Er überlegte eine Weile, dann eröffnete er ein neues Kapitel: »Jetzt gibt es noch den andern Todesfall, den von Hubert Trapper. Wir wissen nicht, ob es sich um einen Unfall handelte – immerhin war Trapper schwer alkoholisiert, möglicherweise torkelte er vor das Fahrzeug – oder ob er absichtlich überfahren wurde. Diese beiden Ereignisse, der Mord an Imfang und der Unfalltod von Trapper, hängen insofern zusammen, als ein und dasselbe Fahrzeug, nämlich Imfangs Pick-up, dabei involviert war. Trapper wurde von diesem Pick-up angefahren, das steht fest. Andererseits fanden sich im Pick-up Fingerabdrücke und Gegenstände – zur Erinnerung: zwei leere Bierdosen, eine aufgerissene Trockenfleischverpackung und eine Langläufermütze –, die mit hoher Wahrscheinlichkeit von der Täterschaft im Mordfall Imfang stammen. Die Frage ist: Wer hatte ein Motiv, Trapper zu töten?«

»Z'Blatten wohl kaum«, schaltete sich Kauz ein. Er erzählte, was er von Valentin Lagger über die Beziehung zwischen Trapper und Z'Blatten gehört hatte.

»Das stimmt alles«, bestätigte Carlen. »Jeder im Obergoms weiß, dass Trapper und Z'Blatten ein Gespann bilden, aber niemand sagt etwas. Das ist ein Tabu.«

»Wer also sonst? Da es sich mit hoher Wahrscheinlichkeit um dieselbe Täterschaft handelt, stellt sich die Frage: Wer hatte ein Motiv, sowohl Imfang wie Trapper zu töten? Vielleicht doch Z'Blatten?«, gab sich Gsponer im Frageton selber Antwort. »Weil er Trapper als Mitwisser aus dem Weg räumen wollte?«

»Aber wieso«, ergriff Kauz das Wort, »würde sich Z'Blatten die Mühe machen, Imfangs Pick-up auf der Geissalp oben zu entwenden? Und noch etwas: Würde es zu Z'Blatten passen, dass er sich in Wendels Speicher an Brot, Trockenfleisch und Bier bediente? Wohl kaum. Das Ganze riecht …«

»Nach Auftragsmord?«, fiel ihm Gsponer ins Wort.

»Du sagst es.«

»Berufskiller«, schwadronierte Benjamin Carlen, »die sich nach getaner Arbeit an Brot, Trockenfleisch und Bier gütlich tun? Wieso nicht auch am Heidelbeerlikör?«

»Der ist ziemlich dickflüssig, sie dachten wohl, es sei Sirup«, erklärte Kauz.

»Ach so. Aber wieso ließen sie den Käse stehen? Wo sie doch Hunger hatten?«

»Gute Frage«, sagte Kauz. »Die habe ich mir auch schon gestellt. Was denkst denn du?«

»Laktoseallergie«, witzelte Beni.

»Spaß beiseite«, schaltete sich Gsponer ein. »Wenn es ein Auftragsmord wäre, dann wäre Z'Blatten auf einmal wieder im Visier.«

»Oh, lá, lá«, machte Benjamin. »Das wäre aber allerhand.« Ria Ritz musste ihrem vorlauten Aspiranten wieder einmal einen Puff versetzen.

»Damit das klar ist«, sagte Gsponer streng. »Das ist alles geheim. Capito, Beni?«

»Alles klar.«

»Die Frage, was Z'Blatten von Imfangs Tod profitieren würde, steht natürlich immer noch im Raum. Auch, oder erst recht, wenn es sich um einen Auftragsmord handeln sollte. Alles in allem liegen viel zu wenig konkrete Verdachtsmomente gegen ihn vor. Im Grunde genommen eigentlich gar keine.«

Kauz gab ihm innerlich recht. Obschon es ihn wurmte.

Gsponer machte eine kurze Pause, ehe er weiterfuhr.

»Schließlich haben wir noch die Drohung gegen den Zürcher Feriengast Walpen«, stellte er fest, sah Kauz an und kniff ein Auge zu. »Was wir wissen, ist, dass der junge Damian Pfefferle behauptet, er sei von einer ihm unbekannten Frau mit dem Deponieren der Drohbriefe beauftragt worden. Das Ganze sei ihm als Streich verkauft worden, den man einem Feriengast spielen wolle. Als Lohn sei ihm von dieser Frau ein Handy zum Gamen geschenkt worden. Dieses Handy haben wir konfisziert, aber es führte uns einstweilen nicht weiter. Es wird noch weiter von unseren Computerexperten untersucht. Aber wer ist diese Frau? Handelte sie aus eigenem Antrieb? Und wenn ja, warum? Oder wurde sie selber von jemandem zu dieser Sache angestiftet? Die Drohbriefe, auch die zwei, die der Bursche noch nicht deponiert hatte, haben wir analysiert. Das Papier stammt von einem gewöhnlichen A4-Abreißblock. Die benutzten Filzstifte werden in jedem Büro verwendet. Unsere Graphologen sind der Überzeugung, dass die Texte von einer erwachsenen Person geschrieben wurden, die Kinderschrift, Französisch- und Orthografiefehler lediglich vortäuschte.«

»Was stand in den zwei restlichen Briefen?«, fragte Kauz.

»Willst du es wirklich wissen?«, grinste Gsponer. »Es ist nichts Freundliches.«

»Sag schon.«

»›Wer nicht höhren will, muss fühlen‹ – beachte die Rechtschreibung –, stand auf dem vierten. ›Zum letzten Mal: verpiss dich!‹, auf dem fünften.«

Gsponer rieb sich das Kinn.

»Wer hatte solches Interesse daran, dich zu vertreiben? Wir wissen, dass du Z'Blatten in die Quere gekommen bist. Du hast ihn darauf angesprochen, dass das Gommer Highland Resort in der Landwirtschaftszone liegen würde. Dass du dich auf dem Architekturbüro Rödelmann & Partner und auf der Gemeindekanzlei nach dem Projekt erkundigtest und die Tatsache, dass du in Imfangs Speicher wohnst, all das ist Z'Blatten zweifellos längst bekannt. Z'Blatten muss mittlerweile also wissen, dass du weißt, welches der Schwachpunkt des Projekts ist, nämlich Imfangs Grundstück. Ob er dich deswegen vertreiben wollte?«

Könnte schon sein, dachte Kauz und hob die Schultern.

»Dann müssen wir uns vielleicht Z'Blattens Sekretärin vornehmen«, schloss Gsponer. »Wir bleiben dran.«

Inspektor Gsponer beendete die Sitzung. Und damit auch die Zusammenarbeit mit den uniformierten Agenten der Gendarmerie, wie er die beiden Kantonspolizisten amtlich korrekt bezeichnete. Er bedankte sich für ihre Unterstützung und drückte beiden die Hand.

Benjamin war sichtlich enttäuscht. Ihm hätte es gefallen, noch mehr Ermittlungsarbeit in einem Mordfall zu leisten.

»Dein Mann ist doch ein findiger Internetsurfer«, sagte Kauz zu Ria, als sie auf dem Dorfplatz standen. »Glaubst du, er würde auch für mich jemanden googeln? Ich habe nur mein Smartphone dabei, das ist mir zu langsam.«

»Bestimmt. Weißt du was? Komm heute Abend zu uns. Da kannst du ihn gleich selber fragen.«

»Ach, ich weiß nicht. Du möchtest doch bestimmt mit deiner Familie ...«

»Keine Widerrede. Das ist kein Mehraufwand. Meine Familie sehe ich ja so oder so. Und manchmal tut etwas Abwechslung ganz gut. Mama macht *Cholera*. Und Tomi mag dich, da ...«

»*Cholera?*«, rief Kauz. »Wirklich? Habe ich seit meiner Kindheit nicht mehr gegessen. Meine Großmutter machte die immer.«

»Siehst du? Ein Grund mehr, dass du uns besuchst.«

Auf dem Heimweg ging Kauz in den Dorfladen und kaufte eine Flasche Cornalin. Im Speicher stellte er sich unter die Dusche, dann zog er frische Klamotten an und fuhr mit seiner alten BMW nach Fiesch.

Der Wohnblock, in dessen rollstuhlgängigem Erdgeschoss die Familie Abgottspon-Ritz wohnte, war nach Rias Beschreibung problemlos zu finden.

Kauz wurde hereingebeten und überreichte die Flasche Wein. Ein bisschen Mehraufwand wurde schon betrieben, schien ihm. Denn ein Apéro mit Heida, Käsehäppchen und mit Rohschinken umwickelten Grissini gehörte wohl nicht unbedingt zum Alltag der Familie. Thomas freute sich offensichtlich über den Besuch. Emma reagierte zuerst scheu und verkroch sich in Rias Schoß. Nach kurzer Zeit drehte sie aber auf, zog eine kleine Show ab und landete schließlich auf Kauz' Knien. Mama Ritz, die die Cholera gebacken hatte, ließ sich nicht blicken. Sie wohne im oberen Stock, erklärte Ria, und kümmere sich um den Vater.

Die Cholera schmeckte vorzüglich. Kauz griff bei der Gommer Spezialität, einer mit Käse, Kartoffeln, Äpfeln, Zwiebeln und Lauch gefüllten Pastete, herzhaft zu.

Nach Tisch ließ Ria die beiden Männer allein. Thomas rollte in sein Arbeitszimmer, und Kauz konnte ihm seinen Wunsch vorlegen.

»Es muss irgendwo einen Unternehmer mit Namen Unterberg geben. Er ist Deutscher, hat aber offenbar auch einen Geschäftssitz im Wallis. Vielleicht in Brig, aber sicher bin ich mir nicht. Was er genau macht, weiß ich auch nicht. Er soll ein Geschäftspartner des Architekturbüros Rödelmann & Partner sein. Mich würde interessieren, wie er mit der Gommer Highland Resort GmbH verbandelt ist.«

Thomas fuhr seinen Computer hoch und begann zu surfen.

»Unterberg, sagst du? Finde ich auf Anhieb nicht. Der Name steht zwar im Telefonbuch, aber im Wallis gibt es keinen und einen Unternehmer mit dem Namen Unterberg finde ich auch sonst nirgends.«

Kauz kratzte sich am Kopf.

»Und wenn du unter Rödelmann & Partner suchst? Oder Gommer Highland Resort GmbH?«

Thomas recherchierte weiter.

»Nichts«, lautete sein Bescheid nach einer Viertelstunde. »Kein Unterberg und auch keinerlei Links zu einem Unterberg.«

»Ich habe ihn aber selber gesehen. Er saß mit mir an einem Tisch, vor einem Konzert am Musikfestival Ernen. An der Seite von Architekt Rödelmann. Mannerfelt hat ihn mir à distance vorgestellt.«

»Mannerfelt?«, fragte Thomas überrascht. »Kennst du den?«

»Ich habe ihn vor einer Woche kennengelernt.«

»Darauf kannst du dir was einbilden. Er ist im Goms allseits geschätzt, aber nur die wenigsten kennen ihn persönlich. Er sponsert in fast jedem Dorf irgendein Projekt. Heimat-, Denkmal- und Naturschutzprojekte. Und Kulturelles natürlich, Musik, bildende Künste ... Er hält sich aber diskret im Hintergrund. Ein sympathischer Herr, aber leider nicht mehr der Jüngste. Ewig bleibt er uns nicht erhalten.«

»Zweiundachtzig ist er, hat er gesagt. Sein Gedächtnis werde etwas löcherig. Moment! Ich glaube fast, er war sich nicht ganz sicher, wie der Mann, den ich suche, heißt. Vielleicht hat er sich ja im Namen getäuscht.«

»Was machen wir da? Kannst du Mannerfelt kontaktieren?«

»Ich werde es versuchen. Irgendwie habe ich das Gefühl, der Herr Unterberg alias Weiß-nicht-wie könnte uns weiterhelfen.«

»Im Mordfall Imfang?«

»Vielleicht. Was meinst du, *Meggä?*«, sagte Kauz, an Ria gerichtet, die eben den Kopf zur Tür hereinstreckte.

»*Meggä?!*« Sie lachte schallend auf. »Du sagst *Meggä* zu mir!?«

Mit *Meggä*, Mädchen, pflegte Vater Walpen seine Tochter, Eliane, die Schwester von Kauz, anzusprechen. Kauz hatte es gefallen, und manchmal hatte er sie auch so genannt, obschon die Anrede eigentlich den Eltern, in ihrem Fall dem Vater, vorbehalten war. Ria gegenüber hatte Kauz mehr väterliche und brüderliche Gefühle als andere, deshalb war ihm die *Meggä* wohl herausgerutscht.

»Dann bist du für mich *där Chüzz*«, sagte Ria.

»Gut«, lachte Kauz, »du darfst mich *Chüzz* nennen, *Meggä*.«

Ihm fiel ein, dass bisher kaum ein Gommer ihn Kauz genannt hatte. Entweder hatten sie ihn einfach mit *düü* angesprochen oder mit *Iär* oder überhaupt nicht. Nun gut, nach seinen Feststellungen sprachen sich die Gommer sowieso nur selten beim Namen an. Sie begrüßten einander mit *Güätä Tag* oder *Salü*, auch wenn sie sich beim Namen kannten. So oder so, irgendwie kam den Gommern der Name Kauz nicht leicht über die Lippen. Er machte sich darauf gefasst, im Goms früher oder später auch von andern *där Chüzz* oder *ds Chüzzji* genannt zu werden.

»Weißt du was, *Chüzz?*«, sagte Thomas. »Du fragst bei Mannerfelt nach, wie der Mann heißt. Und ich nehme die Firma Rödelmann & Partner und die Gommer Highland Resort GmbH unter die Lupe. Irgendwie werden wir dann schon fündig.«

»Morgen bin ich aber unterwegs«, schränkte Kauz ein. »Ich gehe wandern. Aber am späteren Nachmittag bin ich zurück.«

»In Ordnung«, sagte Thomas. »Dann habe ich ja Zeit.«

»Wohin geht die Wanderung?«, wollte Ria wissen.

»Zur Bockhornhütte.«

»Ach, wie schön. Dort blühen jetzt die Alpenrosen. Und die Teufelskralle! Nimmst du mich mit?«, fragte sie ungeniert. »Morgen beginnt mein freies Wochenende.«

»Aber gern«, sagte Kauz sofort. Das Alleinwandern machte ihm zwar keine Mühe, aber einmal in Begleitung zu gehen war ihm sehr willkommen. Trotzdem schaute er mit fragendem Blick zu Thomas.

»Nur zu«, sagte dieser. »Mir solls recht sein. Mama begleitet mich sicher mit der Kleinen noch einmal zum See.«

»Wie wird das Wetter?«, fragte Ria.

»Sonnig. Mit einzelnen Gewittern«, sagte Thomas. »Seht euch also vor.«

»Du auch«, erwiderte Ria.

Samstag, 15. Juli

Zu Beginn wanderten sie gemächlich zum Gommer Höhenweg empor. Diesem folgten sie ein Stück weit, verließen ihn aber bald und stiegen steil in die Höhe. Ria kannte den Weg, Kauz konnte ihr getrost die Führung überlassen. Es ging über schmale Fußpfade durch den schattigen Wald, über Lichtungen und Waldweiden, durch felsige Abschnitte, Bächen entlang oder über diese hinweg. Unterwegs zeigte Ria auf unzählige Pflanzen, von denen Kauz nur wenige kannte. Sie zeigte hier auf Arnika und Augentrost, dort auf Bärwurz, Hauswurz, Nelkenwurz, hüben auf Immergrünes Felsenblümchen und auf Frühlingsenzian, drüben auf Alpenklee, Knabenkraut und Zweiblatt. Sie kannte alle Blumen, buchstäblich von A bis Z.

Daneben aber redeten sie über Gott und die Welt. Weil Kauz sie danach fragte, sprach Ria beim Aufstieg darüber, wie es ihr mit ihrem querschnittsgelähmten Mann ging. Kauz, weil Ria das nun wissen wollte, wie er sein Leben als Altgeselle – denn Junggeselle wolle er sich nicht mehr nennen – lebte. Sie fragte ihn, ob er Kinder habe. Ja, sagte er, einen Sohn von achtundzwanzig Jahren. Er habe Drogenprobleme gehabt und sei stellenlos. Wahrscheinlich sei er, Kauz, kein besonders guter Vater gewesen. Und auch kein besonders guter Ehemann. Gerade in der letzten Zeit habe sich die Beziehung zu Xaver etwas verbessert. Er überlege sich, ob er ihn für ein paar Tage ins Goms einladen solle.

»Tu das«, sagte Ria.

Kauz kam es eigenartig vor, wie leicht ihm das Reden fiel, wenn er sich dabei in stetem Schritt und in nicht zu raschem Tempo bewegte.

Nach rund drei Stunden kamen sie bei der Bockhornhütte an. Tatsächlich, die Alpenrosen blühten. Immerhin, die kannte Kauz. Die Teufelskralle hatte er bestimmt auch schon gesehen, aber noch nie bewusst angeschaut.

Sie setzten sich auf die Terrasse und blickten, die Berner Alpen im Rücken, auf das Goms hinunter und auf die Walliser Viertausender hinüber. Es war Mittag geworden, sie ließen sich einen Walliserteller bringen. Kauz trank ein Bier, Ria ein Apfelschorle. Später verspürte Kauz Lust auf einen Gipfeltrunk. Nicht einen Durstlöscher diesmal, nein, einen kräftigen. Er rief die Serviererin und fragte, ob sie einen Digestif habe.

»Jede Menge«, lachte die Frau. »Enzian, Alpenbitter, Fernet oder Underberg, was möchtest du?«

»Underberg?«, stutzte Kauz. »Gut, bring mir bitte einen Underberg. Nimmst du auch einen, Ria?«

Ria wollte keinen. Die Serviererin brachte das Fläschchen. Kauz studierte die papierene Verpackung.

»Entschuldige, ich muss kurz deinen Mann anrufen«, sagte er plötzlich.

»Tomi? Jetzt? Wieso denn?«

»Er recherchiert etwas für mich. Aber er wird nicht weiterkommen, wenn ich ihm nicht einen Tipp gebe. Ist mir eben jetzt eingefallen.«

»Nur zu. Aber ich weiß nicht, ob du hier oben Netz hast.«

Kauz versuchte es, er zückte sein Handy. Die Verbindung war schwach, aber sie kam zustande.

»Hallo Thomas, ich bins, *där Chüzz*. Bist du am Surfen? Kein Erfolg? Wundert mich nicht. Versuch es bitte mit Underberg – mit schwachem d – statt Unterberg. Gut, ja, ich warte. – Wie? Schon geschehen? Auch nicht? Es gibt keinen einzigen Underberg in der Schweiz? Gut, dann mach bitte Folgendes: Googele sämtliche deutschen Spirituosen, die du findest, und schau, ob da ein Eigenname dabei ist. Genau: Asbach, Schladerer, Jägermeister, das meine ich. Wenn du darunter einen Namen findest, der mit einem Geschäftspartner von Rödelmann & Partner übereinstimmt, dann haben wir die Person, die ich suche. Danke. Bis später, tschüss.«

Nun musste er sich Ria erklären, die zugehört hatte.

Er erzählte ihr von der Begegnung am Sponsorentisch des Musikfestivals von Ernen. Dass Mannerfelt den Namen von Rödelmanns Tischnachbarn nicht sofort wusste, dass ihm etwas später dann aber der Name Underberg eingefallen war. Dass Mannerfelt sich selber als etwas vergesslich bezeichnete und offenbar ein Liebhaber deutscher Spirituosen war. Kauz erinnerte sich, dass er einen Asbach bestellt hatte. Vielleicht hatte er den Namen des Gesuchten mit einer deutschen Spirituose assoziiert, aber dann den falschen Spirituosennamen mit ihm verknüpft. Einerlei, wenn Thomas einen Unternehmer fände, dessen Name wie der eines deutschen Aperitifs oder Digestifs klang, dann hätten sie vermutlich die gesuchte Person gefunden.

»Tut mir leid, dass ich dich mit etwas Beruflichem belästige. Ist ja dein freies Wochenende.«

»Es muss dir nicht leidtun. Ich muss dir nämlich etwas beichten: Ich habe auch noch etwas Berufliches vor.«

Gestern sei kurz vor Feierabend eine Meldung eingegangen: An einer Jagdhütte, die in dieser Jahreszeit unbelegt sei, stehe ein kleines Fenster offen. Aufmerksame Berggänger hätten das festgestellt, hätten aber, da ein Gewitter im Anzug war, nicht genauer nachgeschaut. Vielleicht sei nichts dran, vielleicht sei aber eingebrochen worden. Solche Einbrüche seien schon fast an der Tagesordnung, erst vor zwei Wochen habe sie einen Rapport über den Einbruch in ein

Ferienhaus in Bellwald erstellen müssen. Die Jagdhütte, um die es jetzt gehe, liege praktisch am Weg, da habe sie gedacht ...

»Ria, Ria. Ich glaub es nicht: Du arbeitest noch auf einer Bergwanderung? An einem freien Tag!«

»Ich kanns auch bleiben lassen. Ist nichts Dringendes. Aber da ich wusste, dass ich heute in der Gegend bin, habe ich noch niemanden losgeschickt. Wenns dir lieber ist, biete ich die mobile Patrouille auf.«

»Ach was. Du sagst ja, die Hütte liegt an unserem Weg. Dann lass uns mal hingehen und das Fenster schließen«, lachte Kauz. »Bitte zahlen!«

Die Serviererin kam sofort, und wenige Minuten später waren sie unterwegs. Sie stiegen zügig ab, bald spürte es Kauz in den Knien und ächzte ein bisschen.

Auf halbem Weg machte Ria Rast. Sie blieben auf einer sanften Erhebung stehen.

»Du kennst dich ja schon recht gut aus, oder?«

Sie sahen ins Goms hinab, links unten war Münster zu sehen, in der Ferne der Kummerberg, auf dem er die Gemeindepräsidentin von Münster zum ersten Mal getroffen hatte. Mehr oder weniger zu ihren Füßen lag Reckingen, dahinter öffnete sich das Blinnental.

»Dort drüben, etwa auf unserer Höhe, liegt die Geissalp«, sagte Ria und zeigte westwärts, Richtung Aletschgebiet, ins Gelände hinaus. »Da unten die Oberbine, die kennst du ja auch. Noch etwas weiter unten die Unnerbine, die siehst du jetzt nicht, die liegt im Wald. Und da drüben«, sie zeigte nach links, »die Üsserbine. Dazwischen, einen Katzensprung von der Oberbine entfernt, im Wald, steht die *Aalt Hittä*. Mit einem kleinen Abstecher beim Abstieg nach Münster kommen wir an ihr vorbei.«

»Kein Problem«, machte Kauz und biss auf die Zähne. An seine revoltierenden Knie wollte er jetzt gar nicht denken.

Nach einer knappen halben Stunde waren sie auf der Oberbine. Sie hatten nicht im Sinn, bei Olga Imfang vorbeizuschauen, aber als sie in Sichtweite ihres Stalls waren, geschah etwas Unerwartetes: Ein collieartiger, fast schwarzer Hund kam auf sie zugerannt. Zuerst bellte er wütend, dann erkannte er Kauz, im gleichen Augenblick, wie dieser ihn erkannte: Max! Das war Max! Kauz konnte es kaum fassen.

Herr und Hund begrüßten sich freudig.

»Ist das deiner?«, fragte Ria erstaunt. »Ach so«, ging ihr dann ein Licht auf. »Beni hatte sich noch gewundert, dass Olga einen Hund hat. Tut mir leid, dass ich nichts davon gesagt habe.«

Sie gingen zusammen zu Olgas Stall. Die Sache war rasch geklärt: An dem Sonntag, an dem er abends attackiert wurde, hatte er mit Max den Ausflug auf die Oberbine gemacht. Max hatte von Olga einen Happen Speck, er selber *Chriitersuppä* aufgetischt und obendrein das Kräutersäcklein geschenkt bekommen, mit dem er dann Wendels Speicher ausräucherte. Bevor er sich auf die Lauer legte, hatte er Max im Speicher eingesperrt, doch dieser war, als Kauz nicht mehr zurückkam, durchs Küchenfenster abgehauen. Kauz hatte es zu schließen vergessen. Vermutlich hatte der Hund Kauz' Witterung aufgenommen, diese dann aber bei der Bushaltestelle verloren. Max hatte dann allem Anschein nach die Spur zurückverfolgt, die sie am Nachmittag auf ihrer Wanderung gelegt hatten. Olga hatte ihn wieder mit Speck verköstigt, und das war für Max Grund genug gewesen, einstweilen auf der Oberbine zu bleiben.

Für Olga war die Sache nicht der Rede wert. Es habe den Hund halt zu ihr gezogen, meinte sie. Sie erklärte, sie habe das Kerlchen schon erkannt. Sie habe sich gedacht, dass er dann irgendwann wieder abziehen werde. Und sonst hätte sie ihn schon noch zu Kauz gebracht, wenn sie das nächste Mal Bruder und Schwägerin auf dem Milifäld besucht hätte.

Kauz war ihr kein bisschen böse. Nein, er war überglücklich.

Keine Viertelstunde später standen sie vor der *Aaltä Hittä*. Diese war vor hundert Jahren auf einer hübschen Lichtung mit Blick ins Tal gebaut worden. Damals hatte sie wohl noch *Niiwi Hittä* geheißen. An der Vorderfront der Hütte stand eine aus einem entzweigesägten Baumstamm gezimmerte Sitzbank, neben der Hütte ein aus einem Baumstamm geschnitzter Brunnentrog. Aus der hölzernen Röhre plätscherte Wasser. Kauz bückte sich über die Röhre und nahm einen Schluck. Die Hüttentür und die beiden Läden an der Vorderseite der Hütte waren geschlossen. Sie gingen um den eingeschossigen Holzbau herum. Die Seitenwände des Blockhauses waren fensterlos, aber auf der Rückseite, die wegen zahlreicher, nahe an der Hütte stehender Bäume schwieriger zugänglich war, gab es ein kleines quadratisches Fenster. Der Fensterladen war entriegelt, aber angelehnt. Ria klaubte ein Papiertaschentuch hervor und zog den Fensterladen auf. Das Fenster dahinter stand handbreit offen. Entweder hatte man es zu schließen vergessen oder offen stehen lassen, um die Hütte zu belüften. Oder es war aufgebrochen worden. Ein weiterer Blick genügte: Da gab es Einbruchspuren.

Immer noch mit dem Taschentuch stieß Ria das Fenster nach innen auf. Sie stellte sich auf die Zehenspitzen und streckte vorsichtig den Kopf durch die Öffnung.

»Hallo«, rief sie in die Hütte hinein. Dann zog sie den Kopf wieder zurück. »Was machen wir?«, fragte sie Kauz.

Kauz machte eine Kopfbewegung und ging mit Max um die Hütte herum, wieder auf die Vorderseite. Vor der Hüttentür blieb Kauz stehen. Max streunte aufgeregt umher und schnupperte die Umgebung der Hütte ab. Kauz suchte nach Einbruchspuren. Erst als er sich etwas vorbeugte und den Bereich von Türschloss und Türklinke näher untersuchte, sah er, dass die Tür aufgebrochen worden war. Allerdings nicht von außen, denn das hätte er sofort gesehen, sondern von innen.

Ria stand neben ihm und sah es nun ebenfalls.

»Ich weiß nicht recht«, sagte Kauz und kratzte sich mit gespielter Verlegenheit am Kopf, »ist das jetzt mein Job oder deiner?«

Ria wollte nach der Türklinke greifen. Aber Kauz stieß die Tür, die nicht ganz ins Schloss gefallen war, mit dem Fuß auf. Max stand jetzt neben ihm und fing zu bellen an. Ein unangenehmer Geruch schlug ihnen entgegen. Es war nahezu finster in der Hütte, nur ein klein wenig Licht fiel von der entfernteren Wand durch das aufgebrochene Fenster, das sie von außen gesehen hatten.

Ria trat in die Hütte, wendete sich nach rechts, um eines der Fenster zu öffnen, und stieß von innen die Läden auf. Nun fiel endlich Licht herein – und alles, was dann kam, geschah wie in ein und demselben Moment: Kauz sah an der rechten Hüttenwand eine aus rohen Brettern gezimmerte Pritsche. Darauf eine zerwühlte Wolldecke, mitten im Raum stand ein offener Rucksack. Max, noch immer unter der Hüttentür stehend, kläffte in die Hütte hinein, blieb aber wie von Geisterhand zurückgehalten auf der Schwelle stehen. Rias gellender Schrei ließ Kauz herumfahren. Ria, die Hand vor dem Mund, blickte entsetzt zu einem Holztisch mit Eckbank. Dort saß ein Riese am Tisch. Er starrte, den Kopf nach hinten an die Holzwand gelehnt, mit offenem Mund und leeren Augen in ihre Richtung. Ein Anblick wie aus einem Horrorfilm! Die rechte Hand war noch in den aufgerissenen Hemdkragen verkrallt, als wolle er sich Luft verschaffen. Die linke, die verkrampft auf der Tischplatte lag, umklammerte ein aufgeklapptes Handy. Vor ihm lag umgekippt ein leerer Wasserkrug.

»Du bescherst uns lauter Tote, *Chüzz*«, sagte Ria, als sie sich wieder gefasst hatte. Dass sie den Mann weder anzusprechen noch wach zu rütteln brauchten, war beiden sofort klar.

»Tut mir ja selber leid«, gab Kauz zurück.

Ria nahm ihr Handy zur Hand, trat vor die Hütte, prüfte, ob sie am Netz war, und alarmierte die Polizeizentrale in Sitten.

Kauz warf einen Blick auf den Toten und dessen Kleidung. Er hatte auffallend große Hände und Füße. Er trug keine richtigen Bergschuhe, sondern riesige Sportschuhe. Eine Windjacke war über die Stuhllehne geworfen. Jetzt sah Kauz auch die eingetrocknete Lache auf dem Fußboden neben der Pritsche. Ob es Erbrochenes war oder aus welcher anderen Körperöffnung des Mannes das Eingetrocknete stammte, konnte er nicht ausmachen. Auf einem Schemel neben der Pritsche stand ein Flachmann mit geöffnetem Schraubverschluss. Der Mann hatte wohl aus dem Flachmann getrunken, vielleicht weil er sich unwohl fühlte. Er hatte sich wohl auf der Pritsche hin und her gewälzt, ehe er sich zum Tisch hinüberschleppte, den Wasserkrug leerte und das Handy zu benützen versuchte.

Kauz ging schleunigst an die frische Luft. Max stand immer noch wie angewurzelt auf der Türschwelle und bellte. Nur mit Mühe gelang es Kauz, ihn wegzuziehen und die Tür zu schließen.

»Kommen sie?«, fragte er, als er bei Ria war.

»Ja.«

»Alle?«

»Klar, das ganze Karussell«, bestätigte Ria. »Ich habe darauf bestanden. Dieser Schnitzer passiert mir kein zweites Mal.« Sie versorgte ihr Handy und sah Kauz an. »Übrigens glaube ich, dass ich den Mann schon einmal gesehen habe. Jedenfalls einen, der die gleiche Kleidung trug.«

»Wirklich?«, fragte Kauz. »Wann? Wo?«

Nur ganz kurz streifte auch ihn eine Art Déjà-vu, als habe er den Mann schon einmal gesehen. Aber er konnte keine konkrete Erinnerung abrufen. Er wusste ja, wie seltsam verändert Tote aussehen konnten. Der Tote erinnerte ihn vielleicht an eine andere Leiche, nicht an einen Lebendigen.

»Auf der Geissalp«, sagte Ria. »Ein Wanderer. Er war auf dem Abstieg, als wir mit Anna sprachen.«

»Ein Wanderer, der eine Hütte aufbricht«, stellte Kauz fest. »Anstatt ins Gasthaus zu gehen. Nicht sehr nobel.«

»Vielleicht fühlte er sich krank und suchte dringend Unterschlupf. Er muss ja gar nicht zwingend der Einbrecher sein. Vielleicht war die Hüttentür früher aufgebrochen worden und stand offen. Möglicherweise war er herzkrank, wollte sich ausruhen und erlitt dann drinnen einen Herzinfarkt. Oder er hatte eine Gallenkolik, eine Blutung, was weiß ich. Jedenfalls hat er ziemlich gelitten, so wie es aussieht.« Sie plapperte drauflos, als müsse sie etwas loswerden. Dann schwieg sie eine Weile. »Oder glaubst du, dass es Selbstmord war? Hat er Medikamente geschluckt? Hast du eine Packung gesehen? Es gibt ja nichts, was es nicht gibt. Manche Selbstmörder suchen sich einen extra romantischen Ort aus, um sich umzubringen. Ein schickes Hotelzimmer zum Beispiel. Wieso dann nicht eine Jagdhütte? Allerdings war die Hüttentür ja nicht abgeschlossen«, sinnierte sie weiter. Sie sprach mehr zu sich selbst als zu Kauz. »Also doch eher eine akute Krankheit …« Sie schwieg eine Weile. »Oder war es Mord?«, fragte sie dann abrupt.

»Keine Ahnung«, antwortete Kauz, als ob ihn die Sache nichts anginge. »Gegen einen Mord spricht die Wahrscheinlichkeit«, witzelte er. »Oder wie häufig sind Mordfälle im Goms? Wären zwei in zwei Wochen nicht etwas viel?«

Ria sah ihn an und schüttelte den Kopf.

»Entschuldige. War bloß ein Scherz. Polizistenhumor.«

Es war zwei Uhr nachmittags. Es konnte gut und gern zwei oder auch drei Stunden dauern, bis die ganze Truppe – Kriminalpolizei, Kriminaltechniker, Rechtsmediziner und

Staatsanwalt – über die Forststrasse hierhergefahren war. Sie setzten sich etwa dreißig Schritte von der Hütte entfernt auf einen großen Stein. Max lag Kauz zu Füßen. Nachdem Kauz die Hüttentür zugezogen und den Hund von der *Aaltä Hittä* weggeführt hatte, hatte sich seine Aufregung gelegt.

»Das Handy des Toten lag aufgeklappt in seiner Hand«, stellte Kauz fest. »Das hast du auch gesehen, oder?«

Ria nickte.

»Er muss versucht haben, Hilfe anzufordern. Auch Selbstmörder rufen manchmal um Hilfe, wenn sie die Wirkung des Gifts spüren und ihre Tat bereuen. Aber wie hätte er Hilfe bekommen sollen, so weit weg von jedem Arzt oder Spital?«

Ria nickte wieder und wiegte den Kopf.

»Wenn er jemanden erreicht hätte, wären wir bestimmt alarmiert worden. In den letzten zwei, drei Tagen ist im Goms aber kein Polizeinotruf abgesetzt worden.«

»Dann ist es wohl beim Versuch geblieben. Das wird man wissen, wenn man das Handy untersucht.«

Ria erhob sich, ging ein paar Schritte, zückte wieder ihr Telefon und rief zu Hause an. Sie sagte, es werde etwas später werden. Thomas roch sofort, dass etwas nicht stimmte. Aber Ria wollte jetzt nicht reden.

Irgendwie schlugen sie die Zeit tot, bis sie um halb fünf den Motor eines Geländewagens hörten. Inspektor Alain Gsponer und die Kiminaltechnikerin Marie Matthey aus Brig hatten sich von einem Fahrzeug von Forst Goms fast vor die Hütte chauffieren lassen. Der Fahrer blieb im Fahrzeug sitzen.

Noch ehe sie sich die Hände schütteln konnten, hörte man einen Helikopter dröhnen. Er kreiste kurz über der Lichtung, dann setzte er behutsam auf. Es gab einen gewaltigen Windstoß. Als die Rotoren stillstanden, entstiegen die Staatsanwältin Lara Stockalper und der Rechtsmediziner Doktor Bivinelli dem Helikopter der Rescue Air.

»Immer am Wochenende, Herr Walpen«, sagte die Staatsanwältin. »Könnten Sie Ihre Leichen nicht für einmal schon am Mittwoch finden?«

Alain Gsponer hatte einen ähnlichen Spruch parat.

»Das ist *ihre* Leiche«, erwiderte Kauz und machte eine gespielt galante Geste in Richtung Ria, »nicht meine.«

Marie Matthey fotografierte den Leichenfundort außen und innen und sicherte die Spuren nach allen Regeln der Kunst. Um das aufgebrochene Fenster und um die Tür kümmerte sie sich genauso wie um alle Habseligkeiten des Toten. Der Rechtsmediziner untersuchte den Leichnam in der Hütte und ordnete an, dass er zur Bestimmung der Todesursache nach Sitten transportiert werde. Je nachdem werde er dann zur Obduktion nach Bern überführt.

Die Staatsanwältin sagte, sie werde alles Notwendige veranlassen. Der Helikopterpilot werde sagen, ob man den Leichnam gleich mittransportieren könne.

Ria und Kauz wurden, noch während die Untersuchungen vor Ort in Gang war, verabschiedet. Zu Fuß stiegen sie nach Münster ab. Ria fragte Kauz, ob er noch mit Thomas reden wolle. Dann wäre er zum Nachtessen eingeladen. Doch Kauz wollte lieber allein sein. Die Underberggeschichte könne bis morgen warten, meinte er.

Er ging in den Speicher. Von außergewöhnlichen Ferientodesfällen hatte er die Nase voll. Der neue AgT ging ihn nichts mehr an. Das war Sache der Walliser Polizei.

Er war einzig an der Aufklärung von Wendels Tod interessiert. Und an Max. Er hatte ihn wieder! Das entschädigte ihn bei Weitem für den Anblick der gruseligen Männerleiche.

»Du bist mir einer«, rüffelte er den Hund liebevoll. »Ein Streuner bist du. Einfach abhauen! Und wegen eines Stückchens Speck untreu werden. Schäm dich!«, sagte er, fasste ihn bei den Ohren und knuddelte seinen Kopf.

Montag, 17. Juli

Kauz war noch schläfrig, als Thomas Abgottspon anrief. Er habe den Mann gefunden, meldete er. Es war nicht zu überhören, dass er auf das Suchergebnis stolz war.

Es sei alles andere als einfach gewesen. Es gebe nämlich eine ganze Reihe von deutschen Spirituosennamen, die entweder Eigennamen enthalten oder wie Eigennamen klingen. Wenn man Wein- und Sektnamen dazunehme, seien es noch viel mehr. Von Asbach über Dettling, Henkell, Schladerer, Söhnlein und, und, und. Beim Steinhäger sei er fündig geworden. Es gebe nur wenige Steinhäger, aber einer davon habe eine Verbindung zum Wallis: Ray Steinhäger. Das müsse der Mann sein, den er suche.

Ray Steinhäger! Kauz war auf einmal hellwach.

Es sei zwar nicht leicht, den Mann beruflich zu verorten, erklärte Thomas, er sei geschäftlich vor allem in Deutschland, aber auch im Wallis tätig. Es gebe auch tatsächlich eine Verbindung zum Architekturbüro Rödelmann & Partner in Basel und sogar zum Konsortium Gommer Highland Resort GmbH. Nicht über einen offiziellen Link oder auf einer Website. Aber er habe im Internet in alten Artikeln von Handelszeitungen gestöbert und sei auf eine Notiz gestoßen, in welcher es hieß, der Unternehmer Ray Steinhäger habe das von Anton Z'Blatten gegründete Konsortium Gommer Highland Resort GmbH in Münster und das Architekturbüro Rödelmann & Partner in Basel zusammengeführt.

Und – man höre und staune! – er habe dem Konsortium russische Investoren vermittelt.

»Du bist gut, Thomas! Danke«, sagte Kauz. »Das bringt uns bestimmt weiter. Ich weiß zwar noch gar nicht, ob und wie ich den Mann kontaktieren könnte. Nicht einmal, was ich von ihm wissen möchte. Aber vielleicht ergibt sich das, wenn du noch mehr über ihn herausfindest. Könntest du ...«

»Aber sicher«, sagte Thomas zu, noch ehe Kauz seine Frage gestellt hatte. »Gib mir einfach zwei, drei Tage Zeit.«

Kauz rieb sich die Hände. Er hatte eine Ahnung, dass Ray Steinhäger ein nützlicher Informant sein könnte. Vielleicht eine Art Türöffner zum wahren Anton Z'Blatten.

Aber fürs Erste musste er das Thomas überlassen, denn gegen Mittag würde Xaver in Münster ankommen. Kauz hatte Rias Rat befolgt und seinen Sohn noch am Samstagabend angerufen, kaum dass er von der Wanderung und dem grässlichen Leichenfund zurück gewesen war. Nicht zuletzt auch, um auf andere Gedanken zu kommen.

Xaver hatte sich über seinen Anruf gefreut und die Einladung sofort angenommen. Er habe sowieso nichts anderes zu tun, hatte er gesagt. Kauz holte ihn am Mittag am Bahnhof ab. Er hatte sich mittlerweile eine Hundeleine gekauft, und Max hatte das Beifußgehen sofort verstanden, ohne auch nur einmal zu zerren. Er musste also schon früher an eine Leine gewöhnt gewesen sein.

»Ist das deiner?«, staunte Xaver, als Max an ihm schnupperte. »Seit wann hast du denn einen Hund?«

»Er ist mir zugelaufen.«

»Das gibts doch nicht! Wie heißt er?«

»Max.«

»Ein lustiger Kerl, der gefällt mir.«

So unkompliziert hatte sich Kauz die erste Begegnung mit seinem Sohn nach so langer Zeit nicht vorgestellt. Dankbar tätschelte er Max den Kopf.

Als Erstes lud er Xaver auf eine extragroße Portion Raclette in den Chäsgadä ein. Den Johannisberg ließ er weg, er wusste nicht, wie es aktuell um den Suchtmittelkonsum seines Sohnes stand. Dann zeigte er ihm Wendels Speicher.

»Da wohnst du?«, fragte Xaver. »Cool.«

Xaver hatte schon immer das einfache Leben dem Luxus vorgezogen. Eine Zeit lang hatte er – vielleicht nicht nur, um das Establishment, sondern auch um den Vater zu provozieren – zur Zürcher Hausbesetzerszene gehört. Doch das war vorbei. Dass er das Schlafzimmer mit seinem Vater teilen musste, schien ihm nichts auszumachen. Er hatte ja sein eigenes Bett.

»Jöh«, machte er, als er im eingezäunten Teil der Wiese vor dem Speicher ein paar junge Rinder entdeckte, die nicht auf der Alp waren. Er ging zu ihnen hin und ließ sich Hand und Arm ablecken. Zufrieden stellte Kauz fest, dass sein Sohn die Liebe zu den Tieren behalten hatte. Er beschloss, morgen mit ihm auf die Geiss- oder die Chämibodäalp zu wandern. Für heute Nachmittag hatte er anderes vor.

Er ging mit ihm zum Bahnhof und wartete auf den Zug nach Fiesch. Dort nahmen sie die Gondelbahn aufs Eggishorn und wanderten zum Rand des Aletschgletschers. Es war keine lange Wanderung, aber Kauz staunte trotzdem ein bisschen, dass sein Sohn sie ohne Weiteres bewältigte. Er hatte befürchtet, er sei körperlich sehr unfit. Es stellte sich aber heraus, dass Xaver seit einem Dreivierteljahr clean war. Offenbar hatte die letzte Behandlung doch Erfolg gezeitigt, nachdem mehrere frühere gescheitert waren. Xaver sagte, sein einziges Problem sei, dass er keine Arbeit finde. Und dass er keine Freundin habe. Er war ausgebildeter Elektromonteur, aber sein Drogenkonsum hatte seine Bemühungen um einen geregelten Berufsalltag zunichtegemacht. Jetzt wollte man ihn nicht anstellen, weil er zu wenige zusammenhängende Berufsjahre vorweisen konnte, ebendiese konnte er sich aber nicht erarbeiten, weil man ihn gar nicht erst anstellen wollte. Er hatte natürlich auch berufsferne Jobs gesucht, auch temporäre, war damit aber auch nicht weitergekommen. Was ihn besonders wurmte, war, dass man ihn nicht einmal als Hilfstierpfleger nehmen wollte. Er hatte es im Zoo versucht, war dort aber erwartungsgemäß abgeblitzt. Auch auf einem Ponyhof und in einer Therapieeinrichtung, auf der man mit Großtieren arbeitete, hatte es nicht geklappt.

»Wie geht's deiner Mutter?«, fragte Kauz, als sie auf dem Wanderpfad unterwegs waren.

»Chantal? Gut, glaube ich. Wieso fragst du?«

»Nur so. Triffst du sie manchmal?«

»Manchmal, ja«, bestätigte Xaver. Damit war das Thema fürs Erste beendet. Kauz fühlte sich hilflos. Er war offenbar unfähig, mit seinem Sohn ein persönliches Gespräch zu führen.

Eigenartig, dachte er. Mit Ria ging es gestern doch ganz gut.

Kauz spürte von Xaver weder Ablehnung noch Feindseligkeit, aber ein Gespräch wollte trotzdem nicht gelingen. War es das, wenn man sagte, dass Menschen sich auseinanderlebten? Hatte er sich nicht nur mit Chantal, sondern auch mit seinem Sohn auseinandergelebt? Oder hatten sie vielleicht gar nie richtig zusammengelebt?

Kauz zeigte auf eine Alpenblume, die er wiederzuerkennen glaubte.

»Sieh mal, eine Alpennelke«, sagte er.

Xaver blieb stehen und sah sich das rosa Blümchen an.

»Aha«, sagte er. Es klang nicht einmal provokativ, als er fragte: »Seit wann interessierst du dich denn für Blumen?«

»Ach, weißt du«, erwiderte Kauz, »das ist eine Alterserscheinung.«

Als sie zurück waren, gab es ein Abendessen nach Xavers Gusto: Kalbskoteletts mit Salbeibutter, gedämpfter Tomate und Bratkartoffeln. Als Vorspeise musste Xaver allerdings den frischen Salat hinnehmen. Er langte herzhaft zu, ohne das Essen groß zu kommentieren. Er war es von früher her gewöhnt, dass sein Vater kochte. Kauz bot weder Bier noch Wein an, und Xaver verlangte auch nicht danach. Sie tranken alkoholfreien sauren Most.

»Das war gut. Danke fürs Essen«, sagte Xaver, als sie fertig waren, und räumte den Tisch ab. Kauz staunte.

»Weißt du überhaupt, dass man mich gefeuert hat?«, fragte er, als sie wieder beide am Tisch saßen. Als Nachtisch hatte er eine fertig gekaufte Schokoladencreme hingestellt. Das war früher Xavers Lieblingsdessert gewesen.

»Was?!«, rief Xaver und ließ den Löffel mit der Creme sinken. Er war echt schockiert. »Nein, das wusste ich nicht. Wann? Warum?«

»Vor zwei Wochen«, sagte Kauz und erzählte ihm die Geschichte. »Und eine Freundin habe ich übrigens auch keine.«

»Und jetzt? Was machst du?«, fragte Xaver konsterniert.

Die Tatsache, dass ihm ein stellenloser Vater, ohne Frau an seiner Seite, gegenübersaß, schien ihm zuzusetzen. Es beruhigte ihn offensichtlich, dass Kauz noch bis Ende Jahr seinen Lohn bezog. Er selber, Xaver, war vom Sozialamt abhängig. Das schien ihm aber weit weniger auszumachen, als wenn das Gleiche seinem Vater passiert wäre.

Kauz betrachtete seinen Sohn: Er hatte die rehbraunen, melancholischen Augen der Mutter, nicht den Eulenblick des Vaters und auch nicht dessen große Ohren. Den breiten Mund mit den oft leicht nach unten gezogenen Mundwinkeln dagegen hatte er von ihm. Kauz spürte, dass sich die Atmosphäre zwischen ihm und Xaver veränderte. Er konnte noch nicht sagen wie, aber sie schien ihm mit einem Mal entspannter.

Sie redeten noch eine ganze Weile weiter. Etwas harzig zwar, aber es ging. Wann immer das Gespräch zum Erliegen kam, kümmerten sie sich um Max, und via Hund kam das Gespräch wieder in Gang. Max genoss die doppelte Zuwendung in vollen Zügen.

Xaver nahm die Kamera seines Vaters zur Hand, die auf einem Regal lag. »Darf ich?«, fragte er. Kauz nickte. Xaver betrachtete auf dem Display die Schwarzweißbilder, die sein Vater geschossen hatte.

»Die sind gut«, lautete sein Kommentar. »Wieso wirst du nicht Fotograf?«

Kauz lachte.

»Aber«, stellte Xaver fest, als er sich durchgeklickt hatte, »du fotografierst ja gar keine Menschen. Wieso nicht?«

»Weil ich es mir nicht zutraue. Es stimmt, es gibt urchige Gesichter hier im Goms. Wie Gebirgslandschaften, wie Wettertannen. Und anmutige gibt es auch. Nur, die zu fotografieren ist eine Kunst.«

»Versuchs doch.«

»Vielleicht bin ich zu schüchtern. An Bilder von Menschen wage ich mich erst, wenn die mich hier besser kennen. Wenn sie mich näher heranlassen. Oder ich sie, vielleicht.«

»Hmm«, machte Xaver.

Eine Weile sagten beide nichts. Plötzlich hielt Xaver die Hand vor den Mund und gähnte. Kauz zeigte ihm, wo er sich waschen konnte. Dann stiegen sie zusammen in den Oberbau hinauf. Xaver setzte sich ans Fensterbrett, stützte die Ellbogen auf und schaute schweigend aufs Weisshorn, das auch lange nach Sonnenuntergang noch zu sehen war.

»Tolle Aussicht«, sagte er. »Mir gefällts hier.«

Kauz lag derweil schon unter der Bettdecke.

Dienstag, 18. Juli

Bivinelli hat die Leiche noch am Wochenende untersucht. Er konnte keine äußere Gewalteinwirkung feststellen. Diesmal nicht«, sagte Ria. »Gestern hat er dann die Autopsie in Bern veranlasst. Eine natürliche Todesursache wird ausgeschlossen. Weder Herzinfarkt noch Hirnschlag. Auch keine innere Blutung, kein Darmverschluss oder sonst was. Sondern Tod durch Vergiftung. Es sehe bei unserem Jagdhütten-AgT also ganz nach Suizid aus, meint Gsponer.«

Sie rief aus dem Posten Fiesch an. Kauz war bloß nicht klar, weshalb sie überhaupt anrief. Einfach, weil er dabei gewesen war, als sie den Leichnam in der *Aaltä Hittä* fand? Oder weil sie annahm, ihn als Profi interessiere die Sache? Welchen anderen Grund gab es, Informationen an ihn weiterzuleiten, die eigentlich vertraulich waren? Die betrafen nun ja nicht mehr den Mordfall Imfang.

Geht mich nichts an, hätte er beinahe gesagt. Macht euren Dreck alleine und lasst mich damit in Ruhe.

»Ach ja?«, sagte er stattdessen, denn Ria wollte er nicht brüskieren. Sie bestimmt nicht. »Medikamente? Gibt es einen Abschiedsbrief? Eine Nachricht auf irgendeiner Combox, die er noch angerufen hatte, bevor er starb?«

»So weit sind wir, oder besser gesagt: so weit ist Gsponer noch nicht. Aber dass der Mann an einer Vergiftung starb, steht fest. Welche Medikamente es waren, lässt sich noch nicht sagen. Die Analyse dauert offenbar länger.«

»Wer ist es überhaupt? Ist es dein Wanderer?«

»Ja, ich glaube, es ist tatsächlich der Mann, den Beni und ich auf der Geissalp gesehen haben. Inzwischen bin ich mir wegen der Wanderkleidung und der Turnschuhe, die Beni beanstandet hatte, fast sicher. Merkwürdige Vorstellung«, hörte Kauz sie ins Telefon sagen, »dass einer grüßend an einem vorbeigeht und sich dann wenig später und ganz in der Nähe in einer Jagdhütte umbringt. Der Tod muss am Mittwoch oder Donnerstag eingetreten sein – so ganz wollte sich Bivinelli nicht festlegen –, und es war Mittwoch, als wir ihn sahen. Er sagte *Grützi*, nicht *Grüezi*. Woher er ist, wolltest du wissen. Aus dem Wallis jedenfalls nicht, sagt Gsponer. Es sei auch kein Üsserschwiizer. Sondern ein Ausländer mit einem Pass aus irgendeinem EU-Land. Muss ja nichts heißen, manche Menschen kommen mit falschen Papieren zu uns.«

»Was du nicht sagst«, machte Kauz.

»Entschuldige, ich rede zu viel. Wollte dich bloß mal informieren, *Chüzz*. Schließlich warst du dabei. Und überhaupt«, lachte sie. »Ich halte dich auf dem Laufenden.«

Wozu?, dachte Kauz. Aber gleichzeitig spürte er, dass irgendetwas an der Geschichte ihn neugierig machte.

»Und danke für deine Unterstützung am Samstag, *Chüzz*«, schob sie nach, noch ehe sie aufhängte. »Entschuldige, dass ich dir deine Wanderung versaut habe.«

»*Scho güät*«, lachte Kauz.

Doch jetzt konnte er sich nicht mehr länger um die Sache kümmern. Er weckte seinen Sohn und tischte das Frühstück auf.

»Hast du Ziegen gern?«, fragt er.

»Wenn es nicht böckelt«, gab Xaver zur Antwort.

»Ziegen, nicht Ziege. Die lebenden.«

»Ach so, ja, ja. Sicher. Witzige, kontaktfreudige Tiere.«

»Dann möchte ich dir die Geissalp zeigen. Dort sömmern die Ziegen von Wendel Imfang, weißt du.«

Kauz hatte Xaver inzwischen die Geschichte von Wendels Tod erzählt. Mit allem Drum und Dran.

Xaver hatte zwar erwartet, dass man hinauffahren könne, aber er zierte sich nicht, in die Wanderschuhe zu steigen, die er mitgenommen hatte, und loszumarschieren. Zumal Max dabei war, der übermütig voraus- und wieder zu ihnen zurückrannte. Nach eineinhalb Stunden waren sie oben.

Eine ziemlich aufgebrachte Anna kam ihnen entgegen. Sie trug die Baseballmütze verkehrt herum auf dem Kopf, wischte sich mit dem Arm den Schweiß von der Stirn und begann, nachdem sie Xaver begrüßt hatte, sich über ihren Gehilfen auszulassen.

Max und ihr Sennenhund tollten dieweil auf der Alp herum.

Maksym drücke sich vor der Arbeit, empörte sich Anna. Sie müsse hier oben alles allein machen.

Wo er denn sei?, wollte Kauz wissen.

Er habe gestern, am Sonntag, seinen Rucksack gepackt und gesagt, er müsse dringend einen Kollegen treffen. Ob er den Suzuki haben könne. In zwei, drei Stunden sei er zurück.

»Er ist aber nicht zurück. Und der Suzuki auch nicht!«

Was denn für einen Kollegen? Ob sie das wisse?

»Alexej. Der arbeitet auf dem Chämibodä.«

Ach so, dachte Kauz. An den fröhlichen Alexej in der Chämibodä-Alphütte erinnerte er sich. Der Gehilfe von Wolfgang und Daniela. Valentin hatte noch einen Witz darüber gemacht, dass es hier irgendwo ein Nest von Osteuropäern geben müsse.

»Auf dem Chämibodä? Alexej, sagtest du?«

»Ja, hat er gesagt.«

War nicht noch ein weiterer Osteuropäer dabei gewesen? Ein wortkarger Typ, der behauptet hatte, er sei nicht etwa auf Arbeitssuche, er sei bloß bei seinem Cousin auf Besuch. Wie hatte er geheißen? Bohdan?

»Oder Bohdan?«, fragte Kauz arglos.

Anna erstarrte. Sie wurde kreidebleich.

»Bohdan?«, fragte sie entgeistert. »Wer ist Bohdan?«, wiederholte sie, als sie sich gesammelt hatte.

Kauz stutzte.

»Ein Bekannter von Alexej«, erklärte er und sah Anna aufmerksam an. »Das hat er jedenfalls behauptet. Du kennst ihn, nicht wahr?«, fragte er, auf einmal in strengerem Ton.

»Alexej? Ja, den kennen ich schon.«

»Nein, Bohdan, meine ich.«

»Nein!«

»Wo ist er?«, fragte er im Verhörton. Er spürte, dass er dranbleiben musste. Obschon ihm die arme Schwangere aus dem Berneroberland leidtat. Irgendetwas lag hier in der Luft.

Xaver stand etwas abseits und vertrat sich die Füße. Mit dem Job seines Vaters hatte er nicht viel am Hut. Es war ihm peinlich, dass sein Alter die Frau offensichtlich in die Mangel nahm. Obschon er doch gesagt hatte, man habe ihn gefeuert.

»Keine Ahnung«, behauptete Anna. »Ich kenne ihn nicht«, verbesserte sie sich rasch.

Kauz sah Bohdan wieder vor sich, wie er sich gelangweilt hinter den Holztisch in der Chämibodä-Alphütte fläzte und ihn ausdruckslos ansah, die riesigen Hände vor sich auf dem Tisch. Die riesigen Hände! Der leere Blick! Daher das Déjà-vu beim Anblick des Toten in der Jagdhütte.

»Ist er tot?«, fragte Kauz unvermittelt.

Das war ein Schuss aus der Hüfte. Aber er traf ins Schwarze.

»Was?!«, rief Anna und sah Kauz entgeistert an. »Tot? Wer? Wieso?« Sie schien echt verwirrt zu sein. »Nein. Ich weiß doch nicht. Ich kenne ihn ja gar nicht.«

Es war nicht das erste Mal, dass Kauz das Gefühl hatte, Anna schwindle oder sage nicht die ganze Wahrheit.

Jetzt war er sich sicher: Der Tote in der Jagdhütte war niemand anderer als dieser Bohdan. Ria hatte den Mann kurz vor seinem Tod in Wanderkleidung hier auf der Geissalp gesehen. Anna kannte Bohdan oder hatte irgendetwas mit ihm zu tun. Und mehr als nur irgendetwas hatte sie mit Wendel Imfang zu tun gehabt. Sie hütete seit Jahren seine Schafe auf der Geissalp, sie war etwas wie eine Vertraute von Wendel gewesen. Und manchmal stieg sie mit ihm ins Bett, um ihm einen Gefallen zu erweisen. Jedenfalls bezeichnete sie ihn als Freund, sie trauerte um ihn, und sie war, wenn es stimmte, von Wendel geschwängert worden. Was, wenn es doch einen Zusammenhang zwischen dem Jagdhütten-AgT und dem Mordfall Imfang gab? Irgendeine Beziehungsgeschichte? Wenn Bohdan sich tatsächlich das Leben genommen hatte. Aber weshalb? Aus Liebeskummer? Oder war er in die Enge getrieben worden? Wenn ja, von wem? Hatte er etwas ausgefressen gehabt?

Kauz realisierte, dass er sich genau die gleichen Fragen stellte wie damals beim Anblick des toten Wendel in seinem Speicher. Was hatte das zu bedeuten? War es auch dieses Mal weder natürlicher Todesfall noch Selbstmord? Sondern Mord? Nun fiel ihm ein, was Gsponer über die seltsame Mission des Gemeindeschreibers Trapper auf den umliegenden Alpen herausgefunden hatte: Dass er in erster Linie die Papiere osteuropäischer Angestellter unter die Lupe genommen habe. Und Trappers Befragungen stark nach Nötigung gerochen hätten. Dass Trapper sich Alexej vorgeknöpft hatte, stand fest. Dem war Gsponer nachgegangen. Hatte Trapper auch Maksym befragt? Und Bohdan? Was wusste Anna von alledem? Völlig ungeordnet wirbelten die Gedanken durch seinen Kopf. Bloße Gedankenfetzen, nichts zu Ende Gedachtes. Er musste sie in Ruhe sortieren und noch einmal durchgehen. Am besten mit einem Gesprächspartner. Aber mit wem? Mit Ria natürlich, mit wem denn sonst?, sagte er sich und rief sich zur Räson. Sein Gedankenkarussell hatte nur Sekunden gedauert.

»Ach so, ja. Stimmt«, sagte er in wieder ruhigem Ton zu Anna. »Du kennst ihn ja gar nicht. Ich kenne ihn auch nicht wirklich, weißt du. Habe ihn nur einmal auf dem Chämibodä gesehen. Er sagte, er sei ein Freund von Alexej. Vielleicht hast du es gehört, Anna: Man fand am Samstag einen Toten. In einer Hütte, nicht weit von hier. Die Polizei weiß nicht, wer es ist. Und ich habe gehört«, flunkerte er, »dass Bohdan nicht mehr auf dem Chämibodä ist. Verschwunden, genau wie Maksym. Da dachte ich, dass der Tote vielleicht Bohdan sein könnte.«

»Ein Toter? In welcher Hütte?«, fragte sie entgeistert. Dann fasste sie sich: »Schrecklich. Das tut mir leid«, sagte sie. »Was ist denn passiert? Ich hoffe nur, es ist nicht Maksym.«

»Ist Maksym ein großer Mann?«, fragte Kauz.

Von Ria wusste er, dass er ein schmächtiges Bürschchen war.

»Nein, ein kleiner.«

»Der Tote ist ein großer Mann. Dann ist es nicht Maksym.«

»Gott sei Dank«, sagte Anna und gab sich einen Ruck. »Aber jetzt muss ich an die Arbeit.«

Sie wandte sich um und ging in die Alphütte.

»Brauchst du Hilfe?«, fragte Kauz.

»Unbedingt«, antwortete sie zu seiner Überraschung.

Etwas unbeholfen ging Kauz mit ihr in die Alphütte.

»Was können wir dir helfen?«

Er stellte sich vor, dass es vielleicht irgendetwas hinein- oder herauszutragen gab, wo Xaver und er mit anpacken konnten. Zeit hatten sie ja. Aber Anna kümmerte sich vorerst nicht um ihn und begann in der Käserei zu hantieren. Kauz bereute fast, gefragt zu haben.

Plötzlich brach Anna, am *Chessi* stehend, in Tränen aus. Sie hatte die Käseharfe in den bauchigen Kessel gesenkt und begann sie durch die bereits dicke Milch zu ziehen.

»Ich kann nicht mehr«, schluchzte sie und hielt mit der Arbeit inne. »Das wächst mir alles über den Kopf. Eine allein kann das gar nicht bewältigen.«

Xaver war ihnen gefolgt, als Anna hineinging, und stand unter der Tür. Jetzt kam er näher, sah sich kurz in der Alphütte um und stellte sich dann neben Anna ans *Chessi*.

»Lass mich das machen«, sagte er und nahm ihr das Werkzeug aus der Hand.

Kauz war perplex.

Donnerstag, 20. Juli

Nur einmal die Woche war der alte Polizeiposten in Münster besetzt. Für den Fall, dass die Einwohnerschaft etwas vorbringen oder fragen wollte. Gewöhnlich war nichts los und der diensthabende Polizist konnte während der Öffnungszeit administrative Arbeiten erledigen. Heute hatte Ria diesen Dienst selber übernommen. Kauz musste nur die paar Schritte vom Speicher zum Polizeiposten zurücklegen, um mit ihr zu reden.

Vor dem Posten stand ein Polizeimotorrad.

»Ist das deine Maschine da draußen?«, fragte Kauz, als er Ria begrüßt hatte.

»Wenigstens heute, ja. Eine unserer Dienstmaschinen.«

»Wow. Alle Achtung!«, scherzte Kauz. »Fast wie meine.« Das Polizeimotorrad war in der Tat auch ein Oldtimer. »Da könnten wir ja mal zusammen eine gemütliche Spritztour machen.«

Ria lachte.

Sie setzten sich zusammen an einen Tisch und redeten eine Stunde lang. Max hatte sich auf den Fußboden gelegt und war eingeschlafen. Ria machte sich fortlaufend Notizen.

»Gut, ich fasse zusammen«, sagte sie schließlich. »Du bist dir ziemlich sicher, dass es eine Verbindung zwischen dem Mordfall Imfang und dem AgT *Aalti Hittä* gibt. Richtig?«

»Richtig«, bestätigte Kauz.

»Du glaubst, genau wie ich, den Toten in der Jagdhütte zu

Lebzeiten einmal gesehen zu haben. Im Gegensatz zu mir glaubst du sogar, seinen Namen zu kennen: Bohdan. Seinen Familiennamen kennst du aber nicht, oder?«

»Nein. Und ich weiß auch nicht, ob der Vorname stimmt. Ich erinnere mich nur, dass er sagte, er heiße Bohdan.«

»Alles klar. Bohdan gab an, ein Besucher auf dem Chämibodä zu sein. Er mache dort Ferien. Nur unter uns: Ferien auf dem Chämibodä! Wer macht denn so was!?«, lachte sie und verdrehte die Augen. »Valentin Lagger scheint vermutet zu haben, der Mann sei auf der Suche nach Schwarzarbeit. Und hier erkennst du eine mögliche Verbindung zu Hubert Trapper: Es könnte sein, dass Hubert Trapper nach solchen Schwarzarbeitern suchte, als er seine seltsamen Befragungen durchführte. Obschon das ja kaum die Aufgabe eines Gemeindeschreibers ist.«

»Etwas in der Richtung ging mir durch den Kopf.«

»Und weiter: Du vermutest stark, dass die Sennerin Anna diesen Bohdan kennt, nicht wahr?«

»Jawohl. Sie geriet beinahe in eine Schockstarre, als ich den Namen erwähnte.«

»Du denkst, Anna sei so etwas wie eine Schlüsselfigur. Schlüssel sowohl zum Mordfall Imfang wie auch zum AgT *Aalti Hittä*?«

»Ja. Ich vermute irgendeine Beziehungsgeschichte. Ein Dreieck Wendelin, Anna, Bohdan. Aber Achtung: Das ist reine Spekulation. Mehr ein Gefühl. Nur habe ich noch kein Gespür dafür, welcher Art dieses Dreieck ist oder war. Ob es eine Liebesangelegenheit war oder etwas ganz anderes. Oder ob es gar ein Viereck war, mit Trapper in der vierten Ecke.«

»Und was ist mit Z'Blatten?«

»An ihn denke ich die ganze Zeit. Irgendwie spielt er mit. Ich habe bloß keine Ahnung wie. Vielleicht ist er der Strippenzieher in dem ganzen Verwirrspiel.«

»Könnte es denn eine Verbindung zwischen Anna und Z'Blatten geben? Oder zwischen Bohdan und Z'Blatten?«

»Vielleicht«, sagte Kauz und kratzte sich am Kopf. »Aber keine direkte. Das würde irgendwie nicht passen. Wenn es eine gibt – ich sage: *wenn* –, dann vielleicht über Trapper. Dass es ein Gespann Trapper-Z'Blatten gab, ist ja allgemein bekannt.«

»Und was ist mit den Drohbriefen?«

»Ich weiß nicht«, sagte Kauz. »Vielleicht ist das bloß ein Nebenschauplatz. Vielleicht sogar ein Ablenkungsmanöver. Ist mir gar nicht mehr so wichtig.«

»Ziehst du denn die Anzeige wegen Drohung zurück?«

»Nein, das nicht. Aber jetzt, wo du fragst, fällt mir was ein: Alain Gsponer wollte sich doch Z'Blattens Sekretärin vorknöpfen? Es war doch angeblich eine Frau, die dem jungen Pfefferle das Handy schenkte. Weißt du etwas?«

»Nein, nichts gehört«, erwiderte sie. »Ich bin ja nicht mehr im Ermittlerteam.« Dann ging sie sorgfältig ihre Notizen durch. »Sonst noch etwas, *Chüzz?*«

»Nein. Das wars. Mach damit, was du willst«, sagte er.

In Tat und Wahrheit war es ihm alles andere als egal, was sie mit seinen Assoziationen machte.

»Ich gebe das alles an Alain Gsponer weiter. Er kann dann entscheiden, was er der Staatsanwältin vorlegt.«

Kauz stand auf und schüttelte ihr die Hand.

Freitag, 21. Juli

Als er am nächsten Morgen mit Max ins Dorf ging, um eine *Paillasse* und Lebensmittel einzukaufen, war die Lange Gasse versperrt: Zwei Traktoren hatten mitten auf der Straße angehalten, der eine Richtung Dorf, der andere Richtung Feld. Die beiden Lenker lehnten sich aus ihren Fahrersitzen heraus, um miteinander quatschen zu können. Valentin auf dem einen Traktor und *där Güggäl* auf dem andern waren am *doorffä*. Auch wenn viel Arbeit anfiel, selbst mitten im *Hewwät*, musste das sein.

Kauz versuchte sich vorbeizudrängen.

»*Güätä Tag*«, sagte er und fasste zuerst Fritz ins Auge.

»*Salü*«, erwiderte dieser und lachte ihn an.

Er lacht, dachte Kauz. Was ist bloß mit ihm passiert?

»*Salü*«, sagte auch Valentin, und als Kauz weitergehen wollte, rief er: »*Düü*, stimmt das?«

»Was?«

»Dass Annas Gehilfe auf der Geissalp abgehauen ist?«

»Scheint so, ja.«

»Das hat man dann. Wie hieß er schon wieder?«

»Maksym.«

»Ja, richtig.«

Kauz packte die Gelegenheit beim Schopf.

»Und Alexej? Ist der noch auf dem Chämibodä?«

»*Schoo.*«

»Nicht abgehauen?«

»Nein. Wieso?«

»Nur so.«

»Der ist top zuverlässig. Mit dem gibts keine Probleme.«

»Und Bohdan?«

»Wer?«

»Bohdan. Er saß damals mit am Tisch, als ich auf meiner Wanderung vorbeikam. Vielleicht erinnerst du dich.«

»*Woll äppä!* An dich schon, tropfnass warst du. Aber den anderen – Bohdan, sagst du? –, den habe ich nicht mehr gesehen. Der war nur an dem Tag oben. Hat glaube ich einen Job gesucht. Schwarz, vermutlich. Aber solche Leute stellen wir nicht ein.«

»Apropos«, nahm Kauz diesen Faden auf: »Was ist eigentlich mit den Ausweiskontrollen, die Hubert Trapper auf der Alp machte? Wolfgang hatte uns doch davon erzählt.«

»Ja«, sagte Valentin. »Aber mir ist nicht klar, was das sollte. War wohl irgendein Furz von ihm. Vielleicht pure Schikane. Fremdenfeindlichkeit oder so. Sag mal«, fragte er weiter, und aufgrund der Blicke, die sie wechselten, erriet Kauz, dass Valentin das Thema aufgriff, über das er vorher mit Pfefferle gesprochen hatte, »hat man Wendels Mörder eigentlich noch nicht geschnappt? Habt ihr noch keine Spur?«

»Ihr? Das musst du nicht mich, das musst du die Walliser Polizei fragen. Dafür bin ich nicht zuständig.«

»Ach komm!«, lachte Valentin und warf Fritz wieder einen Blick zu. »Das nehme ich dir nicht ab. Du steckst doch voll mit drin. Jeder hier weiß, dass du Polizist bist und überall ein bisschen rumschnüffelst. Und ständig am Fotografieren bist. Aber ich verstehe schon, dass du den Ball flach halten willst.«

Den Ball flach halten, dachte Kauz. Der Mann weiß sich auszudrücken.

In seiner Tasche klingelte das Handy. Er zog es hervor. »Abgottspon«, stand auf dem Display. Kauz wollte nicht publik machen, wer ihn anrief. Er trat deshalb ein paar Schritte zur Seite. Thomas fragte, ob er ihm das Ergebnis seiner Recherchen am Telefon bekannt geben solle.

»Ich komme besser zu dir«, flüsterte Kauz. »Bis gleich.«

Da klingelte es wieder. Diesmal war es Ria. Es gebe Neuigkeiten. Sensationelle Neuigkeiten!

Jetzt geht es aber Schlag auf Schlag, dachte Kauz. Aber was mache ich mit Max?, fragte er sich. Einsperren kommt nicht infrage. Er sah die beiden Bauern an.

»Was macht dein Jüngster, *Güggäl?*«

»Damian? Der ist zu Hause. Fegt die Scheune.«

»Hat er Angst vor Hunden?«

»Nein, wieso?«

Der Handel war rasch besiegelt. Fritz Pfefferle schien froh zu sein, dass sein Sohn eine Art Wiedergutmachung leisten konnte.

Kauz sagte *Salü*, ging ins Dorf, machte seine Einkäufe und eilte zum Speicher zurück. Die beiden Traktoren standen nicht mehr auf der Langen Gasse.

Damian stand schon vor dem Speicher. Linkisch begrüßte er Kauz, gab ihm, als dieser die seine ausstreckte, zögernd die Hand. Vielleicht erwartete er eine Standpauke. Doch mit Vaters Ohrfeigen und der Befragung durch den Kriminalinspektor Gsponer war er genug bestraft, fand Kauz.

»Der Streich mit den Briefen und den toten Tieren ist vergessen«, sagte er deshalb. »Gut, dass du kommst. Ich brauche dich nämlich. Das ist Max«, sagte er und gab dem Jungen die Hundeleine in die Hand.

Als er sicher sein konnte, dass sich die zwei vertrugen und dass der Junge seiner Aufgabe gewachsen war, setzte er den Helm auf, schwang sich auf seine alte BMW und brauste nach Fiesch hinunter. Die Luft war warm, sogar fast heiß, der Fahrtwind deshalb angenehm. Aber bei Niederwald sah er, dass sich im Westen etwas zusammenbraute. Er würde sich auf der Rückfahrt in Acht nehmen müssen. In Fiesch angekommen, überlegte er, wen er zuerst aufsuchen solle. Er entschied sich für Thomas, der zuerst angerufen hatte.

Mama Ritz öffnete die Tür. Er hatte sie einmal kurz von Weitem gesehen, als er Ria am See bei Geschinen antraf und zum ersten Mal Thomas begegnete.

Sie bat ihn herein.

»Eine wunderbare Cholera haben Sie uns da kürzlich aufgetischt, Frau Ritz. Konnte mich damals gar nicht bedanken. Vielen Dank im Nachhinein.«

»So?«, machte sie knapp. »*Ischts güät gsi?*«

»*Hüärägüät*«, lachte Kauz.

Jetzt lachte sie auch. Und zog sich sogleich mit der kleinen Emma in die Küche zurück. Sie schien zu wissen, dass ein Männergespräch angesagt war.

Thomas kam herangerollt und begrüßte ihn mit Handschlag. Dann vollführte er mit dem Rollstuhl eine halbe Pirouette und rollte in sein Büro. Er platzierte sich neben seinem Computer und ließ Kauz auf Rias Bürostuhl Platz nehmen.

»Das war vielleicht eine Knobelei!«, begann er. »Deshalb hat es auch länger gedauert.«

»Kein Problem.«

»Ich habe nach meinem eigenen System gesucht: Zuerst nur ganz offizielle Websites und unzählige Links angeklickt. Dann alte Zeitungsartikel, Pressenotizen, Geschäftsberichte, behördliche Verlautbarungen und Beschlüsse, Polizei-, Notariats- und Gerichtsbulletins durchforstet, immer unter dem Suchbegriff Steinhäger und Ray Steinhäger. War eine Heidenarbeit, hat aber richtig Spaß gemacht. Für einen Tüftler wie mich ist das eine tolle Herausforderung.«

»Bin richtig gespannt, Thomas. Schieß los.«

Thomas drehte sich vom Computer weg, nahm einen Notizblock zur Hand und sagte: »Folgendes: Ray Steinhäger ist ein Geschäftsmann mit ziemlich unscharfen Konturen, was sein Tätigkeitsfeld angeht: Einmal wird er ganz allgemein Unternehmer, Investor oder Finanzier, dann wieder Bauunternehmer oder Immobilienhändler genannt, ist aber auch schon als Rohstoffhändler und als Architekt bezeichnet worden. Eigenartigerweise hat er nicht mal eine eigene Website, auch gibt es keine auf seinen Namen lautenden Firmen.«

Wenn man die obersten Suchergebnisse nehme, dann finde man etliche Firmen, an denen er beteiligt sei oder als Consultant aufgeführt. So auch auf der Website der Rödelmann & Partner Architekten AG in Basel. Dabei würden Attribute wie *angesehen, finanzstark, in Wirtschaftskreisen bestens bekannt, in Unternehmerkreisen breit verankert, international vernetzt, anerkannte Kapazität* und ähnliche Zuschreibungen hervorstechen. Er sei geschäftlich offenbar in erster Linie in Deutschland und Spanien, aber auch in der Schweiz, nämlich im Oberwallis, tätig oder tätig gewesen, da er in Adressverzeichnissen von Frankfurt, Marbella, Sitten und Brig, ja sogar von Zug verzeichnet war.

»Aha«, sagte Kauz. Langsam wurde es spannend.

Auffallend sei, fuhr Thomas fort, dass Steinhäger weder auf Facebook noch in anderen sozialen Medien ein Account führe. Privates lasse sich nicht viel eruieren, aber es gebe direkte und indirekte Hinweise darauf, dass er in zweiter Ehe verheiratet sei. Aus verschiedenen älteren Artikeln lasse sich herauslesen, dass er in eine Frankfurter Industriellenfamilie eingeheiratet habe. Entweder die erste oder die zweite Ehefrau sei vor einigen Jahren gestorben. Offenbar habe er als Witwer ein größeres Vermögen geerbt. Eigenartig sei, dass im Internet keine Hinweise auf Ray Steinhäger zu finden seien, die älter als sechs, sieben Jahre seien.

»Es sieht aus, als habe es ihn vor zweitausendfünf gar nicht gegeben«, sagte Thomas.

»Hmm«, machte Kauz. »Und weiter?«

Wenn man etwas tiefer surfe, so ergäben sich Hinweise

auf eine Pleite in Marbella und eine Anklage in Deutschland wegen Geldwäsche. Außerdem mehrere Untersuchungen, ebenfalls in Deutschland, wegen vermuteter Verbindung zur russischen Mafia.

»Dass Steinhäger der Gommer Highland Resort GmbH russische Investoren vermittelt hat, habe ich ja schon bei meiner ersten Recherche herausgefunden.«

Kauz nickte.

»Die Untersuchungen in Sachen Mafia-Connection wurden aber alle eingestellt. Wegen dürftiger Beweislage. Steinhäger scheint dubiose Geschäfte nie direkt, sondern immer über Mittelsmänner abgewickelt zu haben.«

»Und all das betrifft das Jahr zweitausendfünf oder später?«

»So ist es. Internetmäßig ist er ein Spätzünder. Oder er ist so gewieft, dass er es fertiggebracht hat, seine Spuren aus der Zeit vorher zu löschen. Ist zwar enorm schwierig, aber mit einem Riesenaufwand an juristischen Mitteln und Computertechnik ist es möglich, kompromittierende Seiten oder Beiträge aus dem Internet zu entfernen. Heute etwas leichter als früher. Aber dass er gleich alle zum Verschwinden gebracht hat, das kann ich mir nicht vorstellen.«

»Es sei denn«, meinte Kauz, »er ist früher unter einem anderen Namen aufgetreten.«

»Bingo!«, rief Thomas. »Dass ich da nicht selbst drauf gekommen bin!«

»Namensänderung ist zwar auch nicht ganz einfach, aber es geht. Und zwar mit bedeutend geringerem Aufwand.«

»Dem werde ich nachgehen, *Chüzz*. Das finde ich raus. Jetzt habe ich Blut gerochen!«

»So oder so«, meinte Kauz, »die Geschäftsverbindung mit diesem dubiosen Herrn wirft ein Licht auf die Herren Rödelmann und Z'Blatten. Vielen Dank, Thomas. Prima Arbeit! Ich weiß zwar gar nicht, ob dieser Steinhäger im Mordfall Imfang eine Rolle spielt. Aber ich bin mir sicher, dass Z'Blatten eine Rolle spielt. Und da es offenbar eine Verbindung Steinhäger-Z'Blatten gibt, könnte ich mir vorstellen, dass deine Suchergebnisse uns weiterbringen.«

*

»Du hast einen Volltreffer gelandet«, sagte Ria. »Findest du nicht? Gratuliere!«

Ja, aber jetzt sitze ich in der Bredouille, dachte Kauz. Er saß zwar bloß in Rias Chefbüro auf dem Posten Fiesch. Doch alles, was Ria ihm eben unter dem Siegel der Verschwiegenheit anvertraut hatte, wirbelte durch seinen Kopf.

Dass der Mord an Wendel Imfang praktisch aufgeklärt war, hätte ihn eigentlich freuen müssen. Aber dass jetzt auch noch Xaver in die Geschichte hineingezogen wurde, bereitete ihm Sorgen.

Als er eine halbe Stunde zuvor hereinkam, hatte Ria gesagt: »Du warst bei Tomi, habe ich gehört. Hat seine Recherche dich weitergebracht?« Sie hatte verschmitzt gelächelt.

»Und wie!«, war seine Antwort.

Dann eröffnete ihm Ria: »Hier gibts auch Neuigkeiten, und was für welche! Lara und Alain erlaubten mir ausdrücklich, sie dir weiterzugeben. Vertraulich, ist ja klar.«

»Über den AgT *Aalti Hittä*?«

»Genau. Der Tote ist identifiziert. Zwar noch nicht mit letzter Sicherheit, aber etwas anderes ist viel wichtiger: Wir haben seine Fingerabdrücke und seine DNA abgeglichen.«

»Und?«

»Die Fingerabdrücke stimmen überein mit denen auf der Bierdose in Imfangs Pick-up und auf dem Lenkrad. Die DNA fand sich auf dem Strick.«

»Donnerwetter«, entfuhr es Kauz. »Dann haben wir ja Wendels Mörder, so gut wie sicher. Oder jedenfalls einen von ihnen. Da hat Alains Team aber gute Arbeit geleistet.«

»Das kann man wohl sagen.«

»Hat er sich selber umgebracht?«

»Das weiß man immer noch nicht genau. Aber dass er an einer Vergiftung starb, steht fest. Leber- und Nierenversagen und sonst noch alles Mögliche. Daraus kann man offenbar auf Vergiftung schließen. In der Regel findet man das Gift, das zum Tod führte, sehr rasch im Blut, meistens sofort. Man suche immer zuerst nach den einschlägigen Medikamenten und Freitodgiften. Aber solche Spuren habe man in seinem Blut nicht gefunden. Jetzt werde die Analyse aufwändiger und dauere länger, sagt Alain. Und der hat es von Doktor Bivinelli.«

»Ist eine natürliche Todesursache ausgeschlossen? War er nicht krank?«

»Offenbar nicht.«

»Also Suizid. Aber weshalb? Schuldgefühle? Oder Angst? Vielleicht fühlte er sich aus irgendeinem Grund in die Enge getrieben. Obschon ihr ihm ja gar nicht auf der Spur wart. Da sind noch einige Fragen offen, nicht wahr?«

»Sie sind an der Arbeit. Interpol wird eingeschaltet. Ob er der Mann ist, auf den der Pass lautet, wird überprüft. Bohdan und ein seltsamer Familienname, Strick oder so was, stehe dort drauf. In seiner Kleidung habe man interessante Dinge gefunden. Aber damit wollte Alain nicht herausrücken.«

»Da bin ich aber neugierig«, gab Kauz zu. »Aber wieso hat Alain Gsponer dich überhaupt informiert? Das ist doch Kripo-Sache.«

»Weil es morgen eine Hausdurchsuchung gibt. Und da brauchts uns eben«, lachte sie. »Du siehst, wir sind schon fast wieder im Team.«

»Eine Hausdurchsuchung? Bei wem?«

»Auf der Geissalp.«

Kauz erschrak. »Wieso denn das?«

»Wir nehmen an, dass Bohdan sich dort versteckt hielt.«

»Wieso das?«

»Erstens wäre damit die Entwendung des Pick-ups er-klärt. Gsponer geht davon aus, dass Bohdan vor der Tat auf der Geissalp übernachtete und am frühen Morgen mit dem Pick-up nach Münster hinunterfuhr.«

»Und Wendel umbrachte«, ergänzte Kauz grimmig. »Zusammen mit Maksym?«

Oder mit Anna?, dachte er für einen Augenblick. Aber eigentlich konnte er sich so etwas gar nicht vorstellen. Er behielt den Gedanken für sich.

»Genau. Maksym ist international zur Fahndung ausgeschrieben. Die Kripo rechnet damit, dass man ihn spätestens an der Schengenaußengrenze in Valentins Wagen schnappt.«

»Okay. Dann hätte Anna also gelogen. Was Imfangs Pick-up angeht, meine ich.«

»Ja. Und nicht nur das, sie hätte Bohdan gedeckt. Und ihn versteckt. Beni und ich haben nämlich die kurze Begegnung mit Bohdan rekonstruiert. Wir hatten ja den Auftrag, Anna auf der Geissalp zu befragen.«

»Ich weiß. Dann erzähl mal, wie ihr euch das vorstellt.«

Ria rekapitulierte: Auf die Frage, ob sie allein auf der Geissalp arbeite, habe Anna gesagt, sie habe einen Gehilfen. Sie habe geradezu erleichtert reagiert, als sie aufgefordert wurde, diesen herbeizurufen. Laut habe sie »Die Polizei ist da!« hinaustrompetet. Damit habe sie wohl Bohdan, der sich zu dem Zeitpunkt wahrscheinlich im Oberbau der Alphütte versteckt hielt, gewarnt. Maksym sei bald darauf erschienen, und man habe sich an den Tisch gesetzt. Wenig später sei Bohdan mit Rucksack und in Wanderkleidung aufgetaucht. Er habe die Hütte, von Ria und Beni unbemerkt, wohl auf der Bergseite verlassen und sei in einem Bogen, als käme er vom Berg herunter, auf dem Wanderweg an den am Tisch Sitzenden vorbeimarschiert. Anna und Maksym hätten ihn ignoriert. Aber Beni habe auf seine Turnschuhe und auf sein

Grützi reagiert. Anna habe Ria beim anschließenden Rundgang nicht in den Schlafraum hineinlassen wollen. Vielleicht wären dort ja noch Habseligkeiten von Bohdan herumgelegen.

»Dann war Bohdan der Meinung, er sei bereits im Fadenkreuz der Polizei«, überlegte Kauz. »Mir ist es dennoch schwer nachvollziehbar, dass er gleich so panisch reagiert hat und sich noch am selben Tag in der Jagdhütte umbrachte. Das war doch sein Todestag: der vorletzte Mittwoch, oder?«

»Nein, er starb einen Tag später, am Donnerstag. Der Gerichtsmediziner konnte den Todeszeitpunkt inzwischen noch genauer eingrenzen. Gefunden haben wir ihn dann am Samstag.«

»Ja. Und leidtun muss uns der Kerl nicht mehr.«

»Bestimmt nicht. Du, was du mir vorgestern auf dem Posten Münster gesagt hast, war Gold wert. Das brachte beim Team Gsponer einen Stein ins Rollen. Nur deswegen haben sie sich gleich auf die Fingerabdrücke und die DNA-Spuren gestürzt. Und morgen suchen die Kriminalisten nach weiteren Spuren auf der Geissalp. Beni und ich rücken in aller Frühe aus.«

Für einen Augenblick dachte Kauz daran, Ria gleich jetzt reinen Wein einzuschenken.

Es war für ihn eine Riesenüberraschung gewesen, als sich Xaver auf der Geissalp anerbot, Anna aus der Patsche zu helfen. Sie war, während sie sich abrackerte, vor den beiden Besuchern in Tränen ausgebrochen und hatte gesagt, es wachse ihr alles über den Kopf. Sie könne fast nicht mehr.

»Verstehst du denn etwas davon?«, hatte Kauz Xaver gefragt, als dieser mir nichts, dir nichts, am *Chessi* zu hantieren anfing.

»Na hör mal, Kauz«, hatte Xaver leicht gekränkt erwidert. Kauz war sich bis heute nicht sicher, ob es nicht ein Erziehungsfehler gewesen war, nicht darauf zu bestehen, von seinem Sohn mit Vater angesprochen zu werden. Als Xaver klein war, hatte er ihn Papi genannt. Als Pubertierender wollte er, wie viele Jugendliche in jener Zeit, seine Eltern mit Vornamen ansprechen. Chantal hatte es ihm nicht durchgehen lassen, sondern beharrte darauf, Mama genannt werden. Xaver hielt sich bis heute daran, aber wenn er *von* seiner Mutter sprach, nannte er sie Chantal. Bei seinem Vater versuchte er es ein-, zweimal mit Alois, aber das kam bei Kauz gar nicht gut an. Wenn er ihn schon nicht Vater nennen wolle, so müsse er, wie alle anderen auch, Kauz zu ihm sagen, hatte er verfügt.

»Hast du vergessen, dass ich neun Monate auf Terra Alta war? Ich kenne das Handwerk«, sagte Xaver vorwurfsvoll.

Kauz kam zu dem Schluss, dass Xaver von einer jener Drogentherapien sprach, die er zwischen zweiundzwanzig und sechsundzwanzig absolviert hatte, als der Kontakt zum Vater fast ganz abgebrochen war. Kauz hatte sich nicht allzu viel von dem Aufenthalt versprochen. Dass es auf Terra Alta Esel und Ziegen gab, fiel ihm jetzt wieder ein, aber dass sein Sohn das Handwerk des Melkers und Senns, oder wenigstens des Hilfsmelkers und Zusenns, gelernt hatte, das war an ihm vorbeigegangen. Er hatte ihn dort nie besucht.

Anna merkte rasch, dass Xaver ihr am *Chessi* nicht in die Quere kam, sondern eine echte Hilfe war.

Kauz blieb mit Xaver auf der Geissalp, bis die Ziegen von der Weide eintrudelten und gemolken werden wollten. Er staunte nicht schlecht, als Xaver die Tiere geradezu routiniert zum Melkstand trieb und die Zitzengummis ansetzte. Als die Arbeit getan war, eröffnete ihm Xaver, dass er die nächsten paar Tage auf der Alp bleiben werde. So lange, bis Maksym zurückkomme. Ob er ihm bitte seine Sachen aus dem Speicher holen und auf die Alp bringen würde?

Kauz stieg mit Max nach Münster ab, packte im Speicher

Xavers Rucksack, schnallte ihn auf seine alte BMW und wollte aufsteigen. Max setzte sich neben das Motorrad, neigte den Kopf zur Seite und sah ihn aufmerksam an.

Ich sollte ihn auf dem Töff mitnehmen können, dachte er. Aber wie?

Er kontrollierte, ob im Speicher alle Fenster geschlossen waren, dann sperrte er den Hund ein – wohl war ihm nicht dabei – und fuhr, Fahrverbot hin oder her, auf die Geissalp und gleich anschließend wieder hinunter.

Genau die Strecke, die Wendel oft zurückgelegt hat, dachte er. Rauf und runter, auch am vorletzten Tag seines Lebens.

Die Tatsache, dass Xaver das schmuddelige Schlafzimmer im Oberbau der Alphütte mit Anna teilen musste, ging ihm etwas gegen den Strich. Er versuchte, sich die Situation nicht näher vorzustellen, aber genau dies misslang natürlich.

Ist nicht mein Problem, versuchte er sich selbst zu überzeugen.

Er hatte Xaver eine SMS geschickt: *Wie gehts?*

Die Antwort kam drei Stunden später: *ok. bin nudlfrtg.*

Seither hatte er nichts mehr von ihm gehört.

Ria Ritz, hinter ihrem Pult sitzend, riss ihn aus seinen Grübeleien. »Was ist?«, fragte sie und sah ihn forschend an.

»Ach, nichts.«

»Rück schon raus damit!«

Nein!, dachte er. Denn damit würde er *sie* in Verlegenheit bringen. Und wie! Sie saß dann nämlich in der Patsche: Sie hatte Kauz verbotenerweise über eine bevorstehende Hausdurchsuchung informiert und wäre nun damit konfrontiert, dass sie seinen Sohn am fraglichen Ort antreffen würde. Dann wäre sie, was die Hausdurchsuchung anging, befangen. Sie müsste den Vorgesetzten ihre Dienstvorschriftenverletzung beichten und sich von der Aktion dispensieren lassen. Oder Kauz inständig bitten, doch um Gottes willen seinem

Sohn nichts von der Hausdurchsuchung zu sagen, weil sie sich sonst doppelt strafbar machen würde. Es könnte sie im schlimmsten Fall ihren Job kosten.

Sollte er Xaver vorwarnen? Obwohl er gar nicht im Visier der Polizei war? Es wusste ja niemand, dass er sich dort oben aufhielt. Wenn aber aufgedeckt würde, dass Kauz seinem Sohn einen Wink gab, und wenn dieser den Wink an Anna weitergab, hatte Ria erst recht ein Problem. Denn es wäre bald klar, dass sie ihm, Kauz, vertrauliche Informationen zugespielt hatte. Eine Hausdurchsuchung war immer eine delikate Angelegenheit. Sie musste geplant, vorbereitet und handstreichartig durchgeführt werden. Wenn einer der Eingeweihten nicht dichthielt, ging der Schlag ins Leere. Wenn er Xaver *nicht* vorwarnte, hatte er dafür ein Problem mit *ihm*. Xaver würde es ihm niemals abnehmen, dass er von nichts gewusst habe. Er würde es ihm nie verzeihen. Denn von der Polizei kontrolliert, befragt und, weil er vermutlich keinen Ausweis dabeihatte, gar mitgenommen zu werden, wäre für ihn ein weiteres Trauma. Wer konnte wissen, ob ihn das Ereignis nicht wieder komplett aus der Bahn warf?

Verflixt, dachte Kauz. Und beschloss kurzerhand, weder Xaver noch Ria etwas zu sagen.

»Na?«, machte sie.

»Also gut«, sagte er: »Darf ich dabei sein?«

Sie sah ihn amüsiert an.

»Spinnst du? Das kann doch nicht dein Ernst sein?«

»Nein. War nur ein Scherz. Ich war halt noch nie an einer Alphüttendurchsuchung dabei«, lachte er. »Das möchte ich wirklich gern einmal erleben. Da gibt es doch bestimmt recht ungewöhnliche Funde. Wer weiß, wer oder was da plötzlich zum Vorschein kommt?«

Ria schaute ihn halb belustigt, halb irritiert an.

Mehr kann ich nicht für Xaver tun, dachte Kauz.

»Dann viel Erfolg bei der Aktion«, sagte er halbherzig. Er

dankte Ria für die Neuigkeiten und fuhr nach Münster. Im Speicher zurück, wollte er von Damian wissen, ob alles gut gegangen sei. Er plauderte eine Weile mit dem Jungen, der regelrecht auftaute.

»In welche Klasse gehst du?«, fragte Kauz.

»Zweite Sek. Nach den Ferien in die dritte.«

»Und später, was willst du einmal werden?«

»Lokführer bei der Matterhorn-Gotthard-Bahn. Oder Polizist.«

»Das ist gut«, sagte Kauz. »Weißt du, dass ich Polizist bin?«

»J-ja«, gestand Damian und schaute verlegen zu Boden. Kauz wusste, dass es sich längst herumgesprochen hatte.

»Wenn du willst, gebe ich dir ein paar Tipps, wie du Polizist wirst. Du kannst jederzeit vorbeikommen und anklopfen.«

»Wirklich?«

»Sicher«, meinte Kauz. »Kann ich dich wieder als Hundesitter anstellen, wenn ich dich brauche?«

»*Schoo*«, erwiderte der Junge auf Gommer Manier.

»Und noch etwas: Hast du geschickte Hände?«

»Geht so. – Eigentlich schon, ja«, schob er vorsichtig nach.

»Gut«, sagte Kauz, holte den alten Picknickkorb aus dem Speicher, den er in einem Secondhand-Laden in Fiesch erstanden hatte, und erklärte Damian, was er sich vorstellte.

Samstag, 22. bis Montag, 24. Juli

Kauz war in aller Herrgottsfrühe wach. Er wünschte, es wäre schon Montag. Dann wäre die Hausdurchsuchung auf der Geissalp vorbei. Denn die fand natürlich nicht am Wochenende statt, dazu fehlten ganz einfach die Polizeikräfte.

Xaver hatte sich von seiner besten Seite gezeigt – einer, die Kauz gar nicht richtig kannte – und musste jetzt vielleicht dafür büßen. Eigentlich hatte Kauz vorgehabt, ihn an diesem Wochenende auf der Geissalp zu besuchen. Aber das war jetzt unmöglich: Er hätte es niemals fertiggebracht, Xaver gegenüberzustehen und zu tun, als wüsste er nichts von der bevorstehenden Alphüttendurchsuchung. Er konnte nur hoffen, dass Ria diejenige sein würde, die ihn kontrollierte. Und nicht irgendein anderer Polizist.

Am Küchentisch tippte er eine SMS: *Schon auf?*

Die Antwort kam sofort: *Was denkstu denn? 6 schon vorbei!*

Kauz stutzte. Was? Sollte das etwa heißen: Sex schon vorbei? Ihm wurde ganz anders. Dann schaute er auf die Uhr. Ach so: sechs Uhr war gemeint.

Kauz: *Sorry, kann am WE nicht kommen.*

Xaver: *Kein problem. Bullenarbeit?*

Kauz: *Neinei. Brauchst du was?*

Xaver: *Nö, nix.*

Kauz: *Alles ok?*

Xaver: *Klar, mann. Abr saufielzutun.*

Kauz lächelte; an die sms-Schreibweise der Jungen musste er sich noch gewöhnen. Vielleicht würde es Spaß machen, sie ein bisschen zu imitieren.

Kauz: *Chrampfnözfill, take it e-z.*

Xaver: ☺

Kauz atmete auf. Aber die Sorge wegen der Hausdurchsuchung am Montag wurde nicht kleiner.

Er schaute abermals auf die Uhr, verzichtete auf ein Frühstück, packte eilends Proviant in seinen Rucksack, ging, den Hund an der Leine, zum Bahnhof und nahm den ersten Zug. Schließlich war er noch nie in Zermatt gewesen. Das musste jetzt endlich einmal sein. Ihm war es egal, dass der Ort am Wochenende wahrscheinlich überlaufen war. Am Bahnhof Brig kaufte er sich ein Brötchen, Kaffee und eine Wanderkarte. In Täsch stieg er aus und nahm den steilen Aufstieg, linker Hand durch den Wald. Auf dem Höhenweg angekommen, hatte er für den Rest der Wanderung das Matterhorn vor sich. Es war herrlich. Kam ihm ein anderer Hundehalter entgegen, so gab es natürlich die unvermeidlichen Hundehaltergespräche. Hin und wieder ließ er sich auf einer Bank nieder und freute sich, wenn sich jemand neben ihn setzte und ein bisschen mit ihm plauderte. Am späten Abend war er zurück und sank erschöpft ins Bett.

Am Sonntag mischte er sich gleich nochmals unter Touristen. Mit viel Glück ergatterte er einen Sitzplatz auf der historischen Furka-Dampfbahn. Er kam mitten in eine japanische Reisegruppe zu sitzen, machte Verbeugungen nach links und nach rechts, lächelte stets auf Neue und amüsierte sich köstlich.

Als er am Nachmittag zurückkam, stand Damian vor dem Speicher. Stolz präsentierte der Bursche den umfunktionierten Picknickkorb. Ein altmodischer geflochtener Korb mit Lederriemen, Deckel und Traggriffen. Der Deckel war aufklappbar, und Damian hatte sauber eine Öffnung in der richtigen Größe herausgeschnitten. Den Korb hatte er auf ein Brett geschraubt, das genau auf den Gepäckträger der alten BMW passte. Das Brett ließ sich mit vier Flügelmuttern auf dem Träger befestigen. Der Korb konnte, wenn der Deckel einmal zugeklappt war, mit zwei starken Gummizügen am Sattel fixiert werden.

»Sieht prima aus«, sagte Kauz. »Wir probieren ihn gleich aus.« Er ließ Damian das Ding auf dem Motorrad fixieren, holte drinnen ein Frottiertuch, mit dem er den Korb auslegte, hob Max hinein, klappte den Deckel zu, sodass der Kopf herausschaute, und zurrte das Ganze mit den Gummizügen fest. Max schien fest im Korb zu sitzen, er konnte weder herausfallen noch -springen, hatte aber dennoch freie Sicht und genug Bewegungsfreiheit.

»Perfekt«, sagte Kauz und klopfte Damian auf die Schulter. »Jetzt machen wir eine Probefahrt.«

Kauz setzte dem Jungen den zweiten Helm auf, hieß ihn auf den Sozius steigen, und los gings. Zuerst im Schneckentempo durch Münster, damit Max sich an seine Transportbox gewöhnen konnte. Er schnupperte vergnügt im Fahrtwind. Dann drehten sie eine Runde nach Oberwald und wieder zurück.

»Lass ihn raus«, sagte Kauz. Damian öffnete den Korb und ließ Max herausspringen. Er sah ein bisschen zerzaust aus, wirkte aber kein bisschen gestresst.

»Siehst du, es gefällt ihm. Prima Arbeit.«

Damian strahlte.

Kauz drückte ihm, obschon er zuerst abwehrte, eine Zwanzigernote in die Hand und ließ ihn ziehen.

Den ganzen Montagvormittag saß Kauz wie auf Nadeln. Er blieb bis am Mittag in Münster, um ja am Mobilnetz zu sein. Aber nichts geschah. Er hielt sich zurück, rief weder Xaver noch Ria oder gar das Polizeikommando an. Gegen

Mittag packte er, um auf andere Gedanken zu kommen, Max in den Korb auf dem Motorrad und fuhr los. Es wurde ein Gaudi. Wo immer er auftauchte, drehte man sich nach ihm um, oder vielmehr nach Max in seinem Picknickkorb, schaute ihm nach und lachte. Auf dem Nufenenpass hielt er an, um Alpkäse zu kaufen. Er ließ Max ein bisschen herumtollen. Er schien die Motorradtour nicht nur zu vertragen, er schien sie zu genießen. Jedenfalls ließ er sich ohne Widerstand wieder in den Picknickkorb setzen. Nun ging es ins Tessin hinunter, durchs Bedretto nach Airolo, dann über den Gotthard nach Andermatt. Da Kauz den Furkapass schon auf seiner Anfahrt vor drei Wochen überquert hatte, wählte er die Route über den Susten- und den Grimselpass zurück ins Goms – eine klassische Vierpässefahrt, die ihn bei wunderbarem Sommerwetter durch die wildesten Landschaften führte. Plötzlich begann er die angefressenen Motorradfans zu verstehen.

Allein war er natürlich nicht unterwegs. Wanderer blieben stehen und winkten, Motorradfahrer gaben lachend Zeichen, Automobilisten reckten den Daumen, wenn sie den Oldtimer mit dem ungewohnten Sozius sahen. Auf jeder Passhöhe machte Kauz Halt. Jedes Mal scharten sich Schaulustige um sein Motorrad und kommentierten den Anblick: *»How nice!«,* »Süß, wie der rausguckt. Das gefällt ihm, was?«, »Cooler Hund!«. Kauz machte mit seinem Passagier regelrecht Furore. Hätte nur noch gefehlt, ihm Helm und Motorradbrille aufzusetzen – er wäre das perfekte Fotosujet gewesen. Nach dem dritten oder vierten Zwischenhalt hatte Max begriffen, wie es lief, sprang selbständig in den Korb hinein und ließ den Deckel über den Schultern zuklappen.

Wieder im Speicher, er war gegen fünf Stunden unterwegs gewesen, kochte er sich etwas Feines und trank eine halbe Falsche Walliser Syrah. Nicht nur, weil er ihm schmeckte, sondern auch, damit er einschlafen konnte. Nach dem

Abendessen nahm er den Player in die Schlafkammer hinauf und legte sich ins Bett. Er stellte ein Louis-Armstrong-Album mit *Memories of you* und anderen Titeln auf endlos, steckte sich die Ohrhörer ein und legte sich ins Bett. Armstrongs Trompete hielt ihn vorerst halbwegs wach, seine unverkennbare Stimme – Kauz hätte sie ewig hören können – wiegte ihn in den Schlaf.

Dienstag, 25. Juli

A m Dienstag in der Früh hielt er es nicht mehr aus. Er stand auf und setzte sich, noch im Oberbau, ans Fensterbrett.

Seine SMS an Xaver lautete: *Wie gehts? Alles ok?*

Xaver: *Wie mans nimmt. Hier war gstrn mächtig was los, mann. Kannstu kommen?*

Kauz: *Klar. Wann?*

Xaver: *Jetzt.*

Kauz: *OK, ich komme.*

Er packte Max in seinen Korb und fuhr sofort mit dem Motorrad hoch, das Fahrverbot war ihm einmal mehr egal.

Xaver war mit dem Melken fertig, stand vorne im Käsekeller am Chessi und begann die Milch zu verarbeiten. Er schaute auf, als Kauz hereinkam, unterbrach seine Arbeit aber nicht.

»Bist du allein?«, fragte Kauz.

»Jap.«

»Wo ist Anna?«

»Die haben sie mitgenommen.«

»Was?! Wer?«

»Tu nicht so! Die Bullen natürlich. Das wusstest du doch, oder etwa nicht?«

Kauz presste die Lippen zusammen. Er fühlte sich ertappt. Dann nickte er. Wie ein Bub, der etwas ausgefressen hatte, nicht wie der Vater, der vor seinem Sohn stand.

»Ich wusste, dass sie kommen würden«, gestand er. »Aber ich durfte nichts sagen. Sonst hättest du es ihr vielleicht weitergesagt und …«

»Das hätte ich! Darauf kannst du Gift nehmen.«

»… und dann säßen wir jetzt alle in der Tinte.«

Kauz fiel trotz allem ein Stein vom Herzen. Xaver wirkte weder traumatisiert noch sonst wie erschüttert. Höchstens wütend auf den Vater. Aber damit musste er fertigwerden.

»Sie ist nämlich unschuldig«, sagte Xaver vorwurfsvoll.

»Anna?«

»Ja. Sie hat mir alles erzählt. *Bevor* die Bullen kamen. In den letzten Tagen. Freiwillig.«

»Was ist denn eigentlich passiert?«

»Gestern, meinst du?«

»Alles. Ich wusste nur, dass die Aktion bevorstand, sonst weiß ich nichts. Mir hat Anna ja fast nichts erzählt.«

»Also«, sagte Xaver.

Ohne die Augen von der Milch im Chessi zu nehmen, begann er zu erzählen. Wenn es die Arbeit erforderte, hielt er inne. Gelegentlich hob er den Blick und schaute seinem Vater in die Augen. Zum ersten Mal fand Kauz, er habe den Blick eines Erwachsenen.

Kurz nach Sonnenaufgang sei die ganze Truppe auf der Alp gestanden und habe sie, Anna und ihn, aus den Betten geholt. Sie hätten sich ausweisen müssen. Dann habe man sie ihre Arbeit verrichten lassen, aber neben jedem sei die ganze Zeit ein Bulle gestanden und hätte sie nicht aus den Augen gelassen.

»Wer hat dich kontrolliert?«, fragte Kauz.

»Eine Frau«, antwortete Xaver.

»Hattest du denn deinen Ausweis dabei?«

»Klar. Was meinst denn du? Immer.«

Kauz fühlte sich erleichtert und beschämt zugleich.

»Sie hat gestutzt, als sie meinen Ausweis sah. Hat zweimal

nachgefragt, wer ich sei und woher ich komme. Dann sagte sie, sie habe schon von mir gehört. Hast du ihr von mir erzählt?«

»Kann sein«, wand sich Kauz. »Wir waren mal zusammen auf einer Wanderung. Da haben wir wohl beide ziemlich viel geplaudert.«

»Aha. Na ja, sie war ganz okay.«

»Und dann?«

»Du wirst ja wissen, wie das läuft: Die Bullen in Zivil haben den ganzen Laden von zuoberst bis zuunterst untersucht. Den oberen Raum, wo wir wohnen und schlafen, haben sie regelrecht umgekrempelt. Dort haben sie Sachen gefunden, die Bohdan gehören. Die haben sie mitgenommen. Aber sonst haben sie nichts gefunden.«

»Was ist mit Bohdan? Kennst du den?«

»Wie sollte ich? Der ist ja verschwunden.«

»Ist er eigentlich Annas Freund?«

»Nein. Sie hat ihn bloß hier versteckt.«

»Versteckt? Wieso?«

»Weil er auf der Flucht ist, hat sie gesagt. Er sei ein Flüchtling. Aber man wolle ihn ausschaffen. Dabei würde er in seinem eigenen Land gefoltert, wenn er zurückmüsste.«

»In welchem Land?«

»Weiß nicht. Weißrussland, glaube ich. Oder Ukraine, keine Ahnung. Irgendeine Diktatur. Aber jemand hat sich für ihn eingesetzt und ihn in Sicherheit gebracht. Vorübergehend.«

»Wer?«

»Der Gemeindeschreiber, hat Anna gesagt. Einer mit Zivilcourage, scheint mir. Der habe ihn vor drei, vier Wochen hier abgeladen und zu Anna gesagt, der Mann müsse ein paar Tage abtauchen.«

»Hat Anna dir das im Vertrauen gesagt? Sagte sie, du dürftest mit niemandem darüber reden?«

»Nein, hat sie nicht. Sie hat bloß gesagt, sie sitze in der Patsche. Denn sie habe einem geholfen, der zwar ein Flüchtling sei, aber vielleicht auch ein Krimineller. Und wenn man herausfinde, dass sie diesen Bohdan versteckt habe, werde man ihr daraus einen Strick drehen.«

Kauz fragte sich, ob Anna Xaver einen Bären aufgebunden habe oder ob ihr selber einer aufgebunden worden war. Von Bohdan und vom Gemeindeschreiber Hubert Trapper.

Xaver sagte nichts mehr weiter. Er konzentrierte sich auf seine Arbeit.

»Anna meinte, das sei zu viel für einen allein«, sagte Kauz und schaute sich im Käsekeller um.

»Ist es auch«, sagte Xaver knapp.

»Soll ich Hilfe organisieren? Falls Anna nicht schon heute zurückkommt, meine ich.«

»Ja. Wäre gut. Mir beginnt es auch über den Kopf zu wachsen. Ich bin mir nicht einmal sicher, ob aus dem Käse etwas wird. Vielleicht muss ich das Zeug am Schluss den Säuen verfüttern.«

»Gut, ich versuchs«, sagte Kauz und tippte Valentins Nummer ein, die er irgendwann eingespeichert hatte.

Mittwoch, 26. Juli

Schon am folgenden Morgen kam der Telefonalarm. Allerdings ein anderer als den, den er zwei Tage zuvor erwartet hatte. Kriminalinspektor Alain Gsponer lud im Auftrag der Staatsanwaltschaft zu einer Sitzung auf den Posten Fiesch ein. Er habe ohnehin im Goms zu ermitteln. Die Staatsanwältin und der Rechtsmediziner würden per Telefonkonferenz zugeschaltet. Die Sitzung beginne Punkt elf Uhr dreißig und dauere maximal eine halbe Stunde. Er bitte um pünktliches Erscheinen.

Bin ich jetzt eigentlich Mitglied des Ermittlerteams?, fragte sich Kauz. Oder wollen sie mir die Leviten lesen?

Er rief Ria an und kündigte an, dass er etwas früher nach Fiesch kommen werde.

»Danke, *gäll*«, sagte er, als er bald darauf in ihrem Büro saß. Ria wusste sofort, was er meinte.

»*Scho güätt*«, machte sie und schenkte Kaffee ein.

Im Rückblick sei es gut gewesen, dass er ihr nichts von Xaver gesagt habe, sagte sie. Sie hätte sich befangen und ihm gegenüber verpflichtet gefühlt. Aber sie sei schon *ärchlipft*, als sie realisiert habe, dass da kein Gommer Walpen, sondern der Sohn vom *Chüzz* aus Zürich vor ihr stehe. Einen Augenblick habe sie gedacht, er, Kauz, wisse vielleicht gar nichts davon, dass sein Sohn auf der Geissalp arbeite, und sie müsse ihm gegenüber den Mund halten. Doch dann habe sie geschaltet, weil ihr seine sonderbaren Bemerkungen vom

Freitag in den Sinn gekommen seien. Übrigens habe sie Xaver keine Sonderbehandlung zukommen lassen. Sei gar nicht nötig gewesen, und ihr sei eh klar, dass er nicht in die Sache mit Bohdan involviert sei. Nach einem Arbeitsvertrag, sagte sie augenzwinkernd, frage man anlässlich einer Hausdurchsuchung gewöhnlich ja nicht. Abgesehen davon sei man heilfroh gewesen um ihn. Denn wer hätte sonst zu den Ziegen geschaut? Oft komme es ja nicht vor, dass man einen Landwirt vom Hof oder einen Senn von der Alp holen müsse. Aber wenn, dann sei das mit einer Riesenorganisation verbunden. Ein Bauer, der einen Hof, oder ein Älpler, der eine kleine Alp allein bewirtschafte, sei praktisch unersetzbar. Umso erleichterter seien alle gewesen, als Anna bestätigte, man könne Xaver die Tiere und die Alpkäserei anvertrauen.

Kauz war richtig stolz auf seinen Sohn.

Ria schaute auf die Uhr.

»Du, ich muss«, sagte sie. »Gsponer wird gleich hier sein.«

Sie stellte ihre Kaffeetasse beiseite und überprüfte das Telefon. Sie hatte die Audiokonferenz per Computer angemeldet.

Benjamin Carlen schlich sich ins Chefbüro. Ria hatte ihrem Aspiranten gesagt, er dürfe zu Ausbildungszwecken im Hintergrund mithören, müsse aber die Klappe halten.

Als Gsponer eintraf, sagte er als Erstes, er verzichte auf das übliche Erklärungstheater, weshalb man einen Nichtangehörigen des Polizeikorps einlade. Alle wüssten, dass Kauz entscheidenden Input gegeben habe. Da sei es nichts als recht, dass er über die Ermittlungen informiert werde. Und vielleicht habe er ja wieder eine zündende Idee.

Das Telefon klingelte, Ria drückte auf die Empfangstaste und schaltete den Lautsprecher ein.

»Sind alle da?«, fragte Gsponer. »Visp?«

»Hier«, sagte Lara Stockalper aus dem Lautsprecher.

»Sitten?«

»Si. Presente«, ließ sich Bivinelli vernehmen.

»Also, der Stand der Dinge«, eröffnete Gsponer die Konferenz. »Das Wichtigste zuerst, denn das erspart uns die Weiterverfolgung einiger Hypothesen, die wir jetzt getrost ad acta legen können.«

Der Tote in der *Aaltä Hittä* habe anhand der Fingerabdrücke und der DNA mithilfe der Interpol identifiziert werden können: Die Papiere, die er auf sich getragen habe, lauteten auf Bohdan Struk, in Wahrheit heiße er aber Yury Baratschow und sei ein notorischer, mehrfach vorbestrafter Schläger und Gewaltverbrecher. Vermutlich russischer oder bulgarischer Nationalität.

Es gab Reaktionen wie bei einem Ass im Tennismatch: Kauz klopfte sich auf den Schenkel, Ria schlug die Handflächen zusammen, und Carlen reckte seinen Daumen.

»Das heißt, dass wir uns nicht mehr um die Hypothese Beziehungsdelikt kümmern müssen«, stellte im Frageton die Staatsanwältin fest.

»Einstweilen nicht mehr«, bestätigte Gsponer. »Wir gehen von einem Auftragsmord aus.«

Beni tippte Ria auf die Schulter, schob, als sie sich umdrehte, die Unterlippe vor und nickte vielsagend.

Dass der Tote, Yury Baratschow, der Mörder oder einer der Mörder von Wendelin Imfang sei, stehe mittlerweile aufgrund der ausgewerteten Spuren mit an Sicherheit grenzender Wahrscheinlichkeit fest, führte Gsponer aus. Der mutmaßliche Mittäter Maksym sei an der polnisch-ukrainischen Grenze angehalten und festgenommen worden. Er werde zur Zeit von der polnischen Polizei befragt und befinde sich in Auslieferungshaft. Man bemühe sich schon jetzt um eine DNA-Probe, die mit den DNA-Spuren an der sichergestellten Langläufermütze verglichen werde. Weiter sei sicher, dass die Sennin Anna den mutmaßlichen Haupttäter vor und nach der Tat in der Alphütte auf der Geissalp beherbergt und versteckt habe. Mit dem entsprechenden Verdacht konfrontiert, habe sie diesen Sachverhalt sofort zugegeben. Sie mache geltend, sie habe Baratschow für einen Verfolgten und von Ausweisung bedrohten Flüchtling gehalten. Weiter behaupte sie, der verstorbene Gemeindeschreiber von Münster, Hubert Trapper, den sie von ihren Besuchen auf der Gemeindekanzlei her kenne, habe sie darum gebeten, dem Verfolgten Baratschow für kurze Zeit Unterschlupf zu gewähren. Trapper habe ihr eingebläut, keiner Menschenseele etwas davon zu sagen. Man sei derzeit daran, die Glaubwürdigkeit dieser Aussagen zu überprüfen. Dies erweise sich, weil man Trapper ja nicht mehr befragen könne, als sehr schwierig. Man sei auf die Befragung von Dritten angewiesen.

»Was denn für Dritte?«, wollte die Staatsanwältin wissen.

»Trappers Ehefrau. Und jene Alpmitarbeiter, die von Trapper, vermutlich unter dem Vorwand von Ausweiskontrollen, in der fraglichen Zeit kontaktiert wurden.«

»Gut, einverstanden.«

Man habe jetzt also einen Haupttäter – das *mutmaßlich* lasse er von nun an weg, man sei ja unter sich – mit Namen Yury Baratschow, einen Mittäter, Maksym, und eine Komplizin, Anna, die aber jede Beteiligung am Tötungsdelikt bestreite. Was man nicht habe, sei ein Auftraggeber. Man sei aber daran, das Handy des Toten auszuwerten.

»Das erweist sich als sehr viel schwieriger als gedacht«, erläuterte Gsponer. »Das Handy ist unter falschem Namen registriert. Die meisten der darauf gespeicherten Nummern lassen sich nicht zuordnen. Viele davon sind Nummern in Osteuropa. Bis jetzt konnten wir nur zwei identifizieren: erstens die der Sennin Anna. Das war auch die Nummer, die er in der *Aaltä Hittä* anwählte, als er mit dem Tod rang.«

»Nahm sie den Anruf entgegen?«, fragte Ria.

»Nein.«

»Und welche andere Nummer konnte man auf dem Handy des Toten identifizieren?«

»Die von Trapper.«

Donnerwetter, dachte Kauz.

»Das ist heiß!«, rief Ria.

»*Hüäräsiäch*«, raunte Beni.

»Kommt er als Auftraggeber infrage?«, wollte Ria wissen.

»Vielleicht. Unsere Spezialisten sind dabei, jedes einzelne Gespräch, das von diesen beiden Handys ausging oder empfangen wurde, zeitlich und örtlich zu lokalisieren. Die richterliche Bewilligung für diese Nachforschung beim Telefonanbieter ist beantragt, nicht wahr?«

»Richtig«, bestätigte die Staatsanwältin.

Was man auch noch nicht habe, fuhr Gsponer fort, sei Gewissheit darüber, wie genau Baratschow zu Tode gekommen sei. Es sei bloß so, sagte Gsponer und schnitt eine Grimasse, dass man bei einem notorischen Gewaltverbrecher und Auftragskiller schlecht annehmen könne, dass er sich nach vollbrachter Tat aus Angst oder Schuldgefühlen selbst umgebracht habe.

»Das heißt aber nichts anderes«, stellte die Staatsanwältin wiederum im Frageton fest, »als dass wir annehmen müssen, Baratschow sei ermordet worden.«

»So ist es«, sagte Gsponer, zuckte mit den Schultern und lächelte Ria und Kauz mit gespielter Hilflosigkeit an. »Und das ist der Hauptgrund, weshalb wir jetzt konferieren: Es geht um einen weiteren Mord. Einen zweiten oder vielleicht dritten. Wir wissen ja noch nicht, ob auch Trapper ermordet wurde.«

Jetzt brachte sich Kauz ein. Er wandte sich an den Lautsprecher: »Frage an den Rechtsmediziner: Baratschow, der Tote in der *Aaltä Hittä*, starb an einer Vergiftung, nicht wahr?«

»Mit an Sicherheit grenzender Wahrscheinlichkeit, wie es so schön heißt«, lachte Bivinelli.

»Wie ich höre, konnte man das Gift bis jetzt nicht identifizieren. Stimmt das?«

»So ist es.«

»Was schließen Sie daraus?«

»Etwas vereinfacht gesagt: dass es ein pflanzliches Gift war. Pflanzliche Gifte sind viel schwerer nachweisbar als pharmazeutische, manchmal überhaupt nicht.«

»Pilzvergiftung?«, fragte Ria.

»Ist denn schon Saison?«, witzelte Bivinelli. »Spaß beiseite: ja, Pilzvergiftung zum Beispiel. Nur fanden sich im Mageninhalt keine Pilze. Und wenn jemand Pilze gegessen hat, auch nur kleine Mengen, findet man bei der Autopsie immer Reste davon. Die werden bekanntlich nur sehr langsam verdaut.«

»Was war denn im Flachmann?«, fragte Ria.

»Gewöhnlicher Schnaps. Hochprozentiger. Ist aber niemals tödlich bei einem Mann seiner Größe, auch wenn er die ganze Flasche aufs Mal geleert hätte. Sein Blutalkohol war nur null Komma vier Promille.«

»Könnte das Gift auf anderem Weg in den Körper gelangt sein?«, fragte Kauz. »Durch die Haut zum Beispiel?«

»Injektionseinstiche fanden wir keine. Oder denken Sie an ein Regenschirmattentat?«

Bivinelli spielte auf den Mord an einem bulgarischen Regimekritiker vor über dreißig Jahren an. Ihm wurde in London an einer U-Bahn-Station von einem bulgarischen Geheimagenten mit der Spitze eines Regenschirms ein tödliches Gift durch die Hose in den Körper gejagt. Ein Lehrstück für Kriminalisten.

»Etwas in der Art. Ich frage mich«, wandte sich Kauz an Gsponer, »ob er exekutiert wurde.«

»Exekutiert?«

»Ja, hingerichtet.«

»Zur Strafe, meinst du?«

»Vielleicht. Oder weil er seinen Job in den Augen des Auftraggebers nicht richtig ausgeführt hatte. Vielleicht auch, weil er als Mitwisser aus dem Weg geräumt werden musste.«

»Oh. Da habe ich eine wichtige Ergänzung«, griff Gsponer ein. »Danke für das Stichwort, Kauz. In Baratschows Kleidern fanden wir einen Papierfetzen, bekritzelt in kyrillischer Schrift. Ein erster Entzifferungsversuch durch einen zugezogenen Experten legt den Verdacht nahe, es handle sich um Namen und Ortsangaben. Wäre natürlich sehr unvorsichtig von Baratschow, sich diese Dinge aufzuschreiben, aber wir haben den Verdacht, dass es sich um Namen von weiteren Zielen handelt.«

»Zielen?«, fragte Ria.

»Mordopfern. Leute, die er auch noch umbringen sollte. Wie gesagt, das ist noch sehr spekulativ. Aber es wäre eine Erklärung dafür, weshalb Baratschow überhaupt noch im Land war. In der Regel haut ein Auftragskiller nach vollbrachter Tat ab. Er schleicht nicht noch eine ganze Weile in der Gegend herum.«

»Was waren das für Namen?«

»Personen mit Namen Imfang.«

»Huch!«, machte Beni.

Ria sah ihn strafend an.

»Was brachte denn die Hausdurchsuchung auf der Geissalp zum Vorschein?«, wollte Kauz wissen.

»Eine ganz Menge Indizien dafür, dass Baratschow sich dort aufhielt. Und einen Briefumschlag mit acht Tausendernoten drin. Den hatte er wohl in der Eile versehentlich liegen lassen. Die Sennerin Anna will nichts von diesem Geld gewusst haben. Es waren auch keine Fingerabdrücke von ihr auf dem Umschlag. Dafür die von Baratschow. Und weitere, die wir noch zuordnen müssen. Ähm, wir haben Halbzeit«, mahnte Gsponer. »Lara muss um zwölf Uhr dringend weg. Gibts weitere Fragen?«

Ria meldete sich: »Müssen wir ein Beziehungsdelikt wirklich definitiv ausschließen? Ich meine jetzt nicht im Mordfall Imfang, sondern im Mordfall Baratschow.«

»Nicht definitiv«, antwortete Gsponer.

»Anna ist zwar ein Landei«, meinte Ria. »Aber sie ist kein Neutrum. Auch wenn sie etwas burschikos daherkommt mit ihrer Baseballmütze. Sie interessiert sich für Männer. Und Männer offenbar für sie. Sie …«

Kauz musste für einen Augenblick an Xaver denken. Ihn beschlich ein mulmiges Gefühl.

»Kann sein«, unterbrach Gsponer. »Aber sie ist nicht schwanger. Falls du das meinst.«

»Was?!«, rief Ria. »Nicht schwanger?«

»Sergio?«, wandte sich Gsponer an den Lautsprecher.

»Wir haben die Frau befragt«, gab Bivinelli Auskunft. »Und unsere Frauenärztin hat sie untersucht. Sie ist nicht schwanger.«

»Fehlgeburt? Oder Abtreibung?«, fragte Ria.

»Nein. Sie ist überhaupt nicht schwanger gewesen.«

»Aber …«

»Sie sagt, sie habe einfach ja gesagt, als du sie fragtest, ob sie schwanger sei«, erklärte Gsponer. »So einfach ist das. Wenn du mich fragst: Sie ist eine eher naive Person. Um es einmal so auszudrücken.«

Ria rieb sich die Wange. »Ich glaubs nicht«, sagte sie dann. »Und ich dachte, ich hätte es besonders gut gemacht.«

»Mach dir nichts draus, Ria«, tröstete Gsponer. »So etwas passiert uns alle Tage. Leute schwindeln. Sie lügen, um ihre Haut zu retten oder sich einen Vorteil zu verschaffen.«

»Nochmals zur Todesursache«, meldete sich Kauz zurück. »Es gab also keine Giftinjektion?«

»Wir haben sehr genau untersucht«, ließ sich Bivinelli vernehmen. »Die Haut war am ganzen Körper intakt.«

»Hmm«, machte Kauz und rieb sich das Kinn. »Pilze fanden sich nicht im Magen. Was dann?«

»Der Mann hatte einige Zeit nichts Substanzielles gegessen«, sagte Bivinelli. »Was den Mageninhalt angeht, so heißt es im Autopsiebericht – warten Sie«, man hörte ein Rascheln, Seiten wurden umgeblättert, »hier: Überreste einer stark mit Wasser versetzten, leichten, vegetabilen Mahlzeit. Zu Deutsch: Gemüsesuppe oder etwas Ähnliches. Das Wasser dürfte er dazu oder anschließend in großen Mengen getrunken haben. Ah ja, warten Sie, noch etwas: In dem dünnen Speisebrei fanden sich Anteile von Körnern, wahrscheinlich von zerkautem Roggenbrot.«

Kauz und Ria hoben gleichzeitig den Kopf und starrten sich an.

»Denkst du, was ich denke?«, fragte Kauz.

»Ja«, sagte Ria: »*Chrütersuppä!*«, und schlug sich die Hand vor den Mund.

Kauz lief es kalt den Rücken hinunter.

Freitag, 27. Juli

D as war eine sonderbare Mission, die uns die Staatsanwältin da übertragen hat, nicht wahr?«, sagte Doktor Kalbermatten, griff nach dem kühlen Johannisberg und schenkte ein.

»Da haben Sie recht«, bestätigte Kauz, wischte sich den Schweiß von der Stirn und hob sein Glas. Max hatte das Wasserbecken ausgeläppelt, das der Wirt gebracht hatte, und schlief im Schatten unter dem Tisch.

»*Woll äppä!*«, meinte Ria. »*Gsundheit!*«

»*Santé!*«

»Zum Wohl!«

Es war vier Uhr nachmittags, einer der heißesten Tage des Sommers. Der bucklige Wirt auf der *Wirzäblattä*, hoch über dem Goms, halbwegs zwischen der Bockhornhütte und dem Talboden, nicht weit vom Gommer Höhenweg, stellte einen großen Holzteller mit Trockenfleisch, Speck und Alpkäse vor sie hin. Ein Korb mit Roggenbrot stand schon auf dem Tisch.

Ein Sonnenschirm schützte vor der schon tiefer stehenden, aber immer noch brennenden Sonne. Die Aussicht war prächtig. Tief unten rauschte der Bergbach. Schmetterlinge tanzten, Grillen zirpten. Es war der ideale Ort für eine Pause. Die meisten der zahlreichen Gäste, die auf ihrer Wanderung hier einkehrten, waren weitergezogen. So konnten die drei ungestört plaudern.

Kalbermatten hatte den Vorschlag gemacht, am Samstag, weil das sein sprechstundenfreier Tag war, mit seinem Auto am frühen Morgen bis zur *Wirzäblattä* zu fahren, denn er hatte die Zufahrtserlaubnis, die es brauchte. Sie hatten den Wagen abgestellt und waren, leicht aufwärts, schräg zur Oberbine traversiert. Dort blieben sie bis eine Stunde nach Mittag, dann nahmen sie, mit einem Abstecher über die Geissalp, den Rückweg unter die Füße. Alles in allem hatten sie im Rahmen ihres Auftrags eine viereinhalbstündige Wanderung hinter sich. Ria hatte Lara Stockalper gegenüber darauf bestanden, dass Kauz mitkommen dürfe.

Sie griffen zu. Hungrig waren alle drei, denn den Teller *Chrütersuppä* und die halbe Scheibe Roggenbrot, die Olga jedem angeboten hatte, hatten sie dankend abgelehnt.

»*Wer nit will, het kä*«, hatte Olga daraufhin gesagt und vor ihren Augen den Suppennapf, den sie sich selbst vorsetzte, leer gelöffelt.

Die drei hatten sich belämmert angeschaut.

»Sie ist nicht hafterstehungsfähig«, hatte Doktor Kalbermatten später gesagt, »so viel darf ich sagen. Einsperren kann man sie nicht. Sie würde innert Tagen sterben. Ich könnte sie nicht einmal in ein Spital einweisen, auch wenn sie schwer krank wäre. Auch dort würde sie keine Woche überleben. Es gibt solche Menschen. Die sind wie Indianer; sie gehen ein, wenn man sie einsperrt.«

»Ist sie schuldfähig?«

»Heikle Frage. Wohl eher nicht. Aber dazu bräuchte es ein psychiatrisches Gutachten.«

Als Erster hatte Doktor Kalbermatten auf der Oberbine mit Olga gesprochen. Ihn kannte sie. Sie schob gleich den Rock ein wenig hoch, bis auf halbe Wadenhöhe, rollte die schwarzen Kniestrümpfe herunter und verlangte, dass er ihr böses Bein untersuche. Später gesellten sich Ria und Kauz dazu, die draußen vor Olgas Stadel ein Weilchen mit der

Ziege Olga geplaudert hatten. Die alte Frau kannte beide und fremdelte nicht. Max wedelte erwartungsvoll mit dem Schwanz, Olga tätschelte seinen Kopf und streichelte ihm den Rücken, aber Speck gab es dieses Mal keinen.

Eine Weile lang stand sie den beiden Rede und Antwort.

So, so, der große kahlköpfige Mann mit dem Rucksack sei tot? Das geschehe ihm recht. Er habe nämlich den Wendel umgebracht.

Woher sie das wisse?

Anna habe es ihr gesagt.

Ob sie es *keert* habe?

Nein, nicht *keert*. Anna habe es ihr *gesagt*. Sie habe ihr gesagt, sie müsse sich vor ihm in Acht nehmen. Er sei gefährlich. Und das stimme ja auch.

Ob der Mann bei ihr gewohnt habe?

Jessäs. Nëi! Das wäre noch!

Wo denn?

In der *Aaltä Hittä*.

Lange?

Nein, nur zwei Tage.

Und vorher?

Auf der Geissalp. Bei Anna. Bis sie gemerkt habe, was für *ä Beeschä* – ein Böser – er sei. Da sei er in die *Aalt Hittä zigglet*.

Ob sie dem Mann Suppe aufgetischt habe?

Natiirli.

Suppe mit Roggenbrot?

Dëich woll.

Wieso?

Weil er Hunger hatte.

Was für Suppe?

Chriitersuppä.

Welche Kräuter sie denn hineingetan habe?

Da hatte Olga die Lippen zusammengepresst und kein Wort mehr gesagt.

»Sie ist schizophren, nicht wahr? Echt geisteskrank, oder nicht?«, fragte Kauz.

Kalbermatten sah ihn stumm an; er verzog keine Miene. Aber für Kauz war die Antwort klar.

»Ich werde ein Zeugnis schreiben, das ihr Hafterstehungsunfähigkeit attestiert«, sagte der Doktor, nahm seine dicke Hornbrille ab und strich sich über den weißen Bart. »Und zwar auf Dauer.« Dann wechselte er das Thema: »Ihr Filius macht sich nicht schlecht auf der Geissalp«, sagte er, setzte die Brille wieder auf und sah Kauz in die Augen. »Für einen Üsserschwiizer«, lachte er.

Es war Rias Idee gewesen, nach der ärztlichen Untersuchung und der polizeiliche Einvernahme von Olga auch noch auf die Geissalp zu gehen. Einfach um nachzusehen, ob alles in Ordnung sei, nach der Aufregung der letzten Woche.

»Du bist ja die reinste Sozialarbeiterin«, hatte Kauz kommentiert.

»Ja, und?«, war ihre Antwort gewesen.

Ein bisschen fühle sie sich schon verantwortlich, nachdem die Polizei dort oben alles auf den Kopf gestellt habe. Jetzt sei Entlastung in Sicht: Lara Stockalper habe angedeutet, dass sie die Untersuchungshaft, die sie für Anna angeordnet hatte, bald aufheben werde.

Der *Würzäblattäwirt* stand wie ein Kobold unter der Tür seiner Bergbeiz und beobachtete die drei Gäste aus der Distanz. Jetzt trat er an ihren Tisch und fragte, ob noch Wünsche offen seien.

»*Ischt güät,* Sepp«, versicherte der Doktor. »Alles bestens, danke.«

Der Wirt machte keine Anstalten, vom Tisch wegzugehen. »Wie gehts eigentlich Olga?«, fragte er den Doktor.

Kalbermatten und Ria Ritz tauschten kurze Blicke. Der *Würzäblattäwirt* war bekannt dafür, Drehscheibe für allerhand Nachrichten zu sein. Es war sonnenklar, dass er bereits wusste, dass sie heute zu dritt bei Olga waren.

»Ich habe gehört, ihr habt sie besucht«, schob der Wirt nach, wie um ihre stillschweigende Vermutung zu bestätigen.

Dass es so rasch gehen würde, war doch überraschend. Aber sie waren natürlich nicht allein unterwegs gewesen. Gut möglich, dass andere Wanderer sie gesehen und dem Wirt Bericht erstattet hatten. Eins war beiden klar: Abstreiten wäre sinnlos und würde die Gerüchteküche nur anfeuern.

»Wir haben auf unserer Wanderung kurz bei ihr reingeschaut, das stimmt«, bestätigte Kalbermatten deshalb und beschrieb pro forma die Wanderroute, um die Neugier des Wirts zu befriedigen und gleichzeitig von ihrer Mission abzulenken. »Es scheint ihr ganz gut zu gehen. Aber sie ist halt nicht mehr die Jüngste.«

»Ja, ja«, antwortete der Wirt. »*Äbä, äbä.*« Er rieb sich die große rote Nase und fragte weiter: »*Düü*, was war da eigentlich auf der Geissalp los?« Diese Frage ging an Ria. »Scheints sitzt Anna im Gefängnis. Hat sie den Wendel auf dem Gewissen?«

»Um Gottes willen, Sepp, was sagst du da?! Nein! Aber mehr darf ich nicht sagen, das weißt du doch.«

»Ich dachte ja nur«, brummte der Wirt. »Aber eins darfst du mir sicher sagen: Stimmt es, dass man in der *Aaltä Hittä* einen Toten gefunden hat? Ich habe gehört, ein Polizeihelikopter sei dort gelandet.«

»Polizeihelikopter!?«, rief Ria, froh, dass sie etwas dementieren konnte: »Wäre ja toll, wenn wir im Wallis so etwas hätten.«

»Aber einen Toten hat man doch gefunden, oder?«

»Ja, das stand in der Zeitung.«

»*Äbä.* Was war das für einer? Ein Einheimischer kaum. War es ein Üsserschwiizer?«

»Sogar ein Ausländer!«, flüsterte sie hinter vorgehaltener

Hand, um dem Wirt vorzugaukeln, die Nachricht sei exklusiv für ihn bestimmt. »Man versucht immer noch, die Angehörigen ausfindig zu machen.«

»Aha«, machte der Wirt. »Ja, ja. *Äbä, äbä. Trüürig, trüürig.* Aber das kommt vor, gehört halt auch zum Leben. Also dann, ruft mich, wenn ihr noch etwas braucht«, und damit trollte er sich.

Die drei sagten eine ganze Weile nichts mehr. Es gab ihnen zu denken, dass der Wirt genau die drei Ereignisse angesprochen hatte, über die offiziell noch nichts bekannt war: AgT *Aalti Hittä*, Hausdurchsuchung auf der Geissalp und Olga.

»Wenn das bloß nicht zu früh durchsickert«, flüsterte Ria. Aber sie verzichteten darauf, dem Wirt Stillschweigen aufzuerlegen, denn das hätte die Nachrichtenbörse nur noch beschleunigt.

Kauz und Ria ließen die Geschehnisse Revue passieren. Sie hatten keine Hemmungen, den Doktor mithören zu lassen, denn er gehörte jetzt zu den Eingeweihten und stand selbst unter Schweigepflicht.

Man war sich einig: Der Mord an Wendelin Imfang und der Tod von Yury Baratschow waren weitgehend aufgeklärt. Maksym hatte in Polen ausgepackt. Es war nur so aus ihm herausgesprudelt. Es war allen klar, dass er die Dinge zu seinen Gunsten darstellte, aber die meisten seiner Aussagen konnten überprüft werden oder schienen sonst glaubwürdig zu sein. Er war noch nicht ausgeliefert, aber ein Verhörexperte der Walliser Kantonspolizei war vor Ort und durfte der Befragung durch die polnische Polizei beiwohnen. Er rapportierte regelmäßig nach Sitten. Die Hintergründe der Tat, die sich vor vier Wochen ereignet hatte, lagen zwar noch im Dunkeln. Ein Auftraggeber konnte noch nicht identifiziert werden. Aber der Tathergang selber ließ sich anhand von Annas und Maksyms Aussagen und Geständnissen und von weiteren Zeugenaussagen fast lückenlos rekonstruieren:

In den letzten Junitagen fuhr der Gemeindeschreiber Hubert Trapper mit Yury Baratschow alias Bohdan Struk auf die Geissalp. Er kannte die Sennin Anna mit dem naiven Gemüt und dem großen Herzen. Er erklärte ihr, es handle sich bei Yury um einen armen Kerl, der für ein paar Tage Unterschlupf suche, machte Andeutungen in Richtung politischer Verfolgung in Baratschows Heimatland. Yury versteckte sich in der Alphütte und lernte den Ukrainer Maksym kennen. Da sie beide Slaven waren, konnten sie sich notdürftig verständigen. Am Abend des 29. Juni fuhr Wendelin Imfang mit seinem Pick-up auf die Geissalp. Er plauderte mit Anna und Maksym und erzählte über die bevorstehende Arbeit am nächsten Tag. Dann fuhr er mit dem auf dem Pick-up mitgeführten Mofa nach Münster hinunter und übernachtete auf seinem Hof. Den Pick-up ließ er auf der Alp stehen, da ihn Anna am nächsten Tag für einen Transport brauchte. Yury quetschte Maksym noch am selben Abend aus; er wollte genau wissen, wo Imfang sich am nächsten Tag aufhielt. Tags darauf stiegen Yury und Maksym noch vor Sonnenaufgang in Imfangs Pick-up. Maksym setzte sich ans Steuer, denn er kannte Imfangs Hof und Speicher. Er hatte Angst vor Yury und führte einfach aus, was ihm der große, Furcht einflößende Mann befahl. Yury hatte Maksym erklärt, Bauer Imfang schulde dem Mann, der ihn auf die Geissalp gefahren habe, Geld. Er müsse Imfang in dessen Auftrag einen tüchtigen Schrecken einjagen, damit er seine Schulden endlich begleiche. So fuhren sie nach Münster und passten Imfang vor seinem Speicher ab. Wer bei der eigentlichen Mordtat auf welche Art und Weise aktiv war, blieb unklar. Nach Maksyms Aussagen machte Yury in Imfangs Speicher keine Anstalten, Geld einzutreiben. Er zog vielmehr eine Schlagrute aus seiner Jackentasche und schlug Imfang direkt auf den Kopf. Maksym erstarrte vor Angst und war wie gelähmt. Yury würgte den benommenen Imfang, bis er bewusstlos zusammensackte. Dann zog er einen Strick hervor, legte ihn Imfang um den Hals und zog zu. Imfang kam wieder halbwegs zu sich und versuchte, sich mit den Händen vom Strick zu befreien. Vergeblich. Maksym musste Yury dabei helfen, den Bewusstlosen am Deckenbalkenhaken aufzuhängen. Vieles sprach dafür, dass Yury der Haupt-, wenn nicht der alleinige Täter war, dass Maksym während der vermeintlichen Strafaktion unter Schock stand und nur noch wie ein Roboter funktioniert hatte. Auf alle Fälle setzte sich nach vollbrachter Tat nicht Maksym, sondern Yury ans Steuer von Imfangs Pick-up. Und zwar in alkoholisiertem Zustand. Noch im Speicher, neben dem vom Deckenbalken hängenden Toten stehend, ließ Yury eine Bierdose zischen, die er aus Imfangs Einkaufstasche klaute, und leerte sie in einem Zug. Dann öffnete er eine zweite und stopfte seine Jackentaschen mit einer weiteren Bierdose, mit Brot und Trockenfleisch voll. Den Käse warf er in die Tasche zurück; er habe in den letzten Tagen mehr als genug davon gefressen. Die zwei nächsten geleerten Bierdosen warf er, als sie zum Parkplatz zurückgingen, weg. Wieder im Pick-up, zog er, angetrunken wie er war, die Handschuhe aus und fuhr los. Mitten im Dorf torkelte ein Betrunkener auf die Fahrbahn. Yury fuhr den Mann über den Haufen und raste davon. In völliger Panik riet Maksym dem angetrunkenen Yury, das Fahrzeug auf dem Hof im Milifäld abzustellen. Der, nun selbst etwas von der Rolle, befolgte den Rat. Zu Fuß kehrten sie auf die Geissalp zurück. Anna flunkerten sie vor, sie hätten den Pick-up gebraucht, um eine Besorgung zu machen. Sie hätten eine kleine Panne gehabt, aber das Fahrzeug werde bald wieder dastehen.

Die Nachricht von Imfangs Tod verbreitete sich wie ein Lauffeuer. Wie alle anderen auch, hatte Anna geglaubt, Imfang habe sich das Leben genommen. Die beiden Männer hatte sie im Verdacht, Imfangs Pick-up für eine Spritzfahrt entwendet und zu Schrott gefahren zu haben. Aber sie deckte sie, um Yury nicht seinem vermeintlichen Schicksal auszuliefern. Von Maksym, dem Anna die Nachricht vom Unfall und späterem Tod des Gemeindeschreibers zutrug, erfuhr Yury, wen er überfahren hatte. Er bläute Maksym ein, er solle sich ja hüten, irgendwem etwas zu erzählen. Denn sonst gehe es ihm als Mittäter ebenfalls an den Kragen.

Nachdem Valentin und Kauz auf der Geissalp gewesen waren, rechnete Anna damit, auch von der Polizei besucht zu werden. Sie heckte deshalb mit Yuri einen Fluchtplan aus: Sie führte ihn zur *Aaltä Hittä* in der Nähe der Oberbine, in welcher er sich im Notfall verstecken könne. Zusammen gingen sie dann zu Imfangs Tante Olga auf der Oberbine. Ihr sagte Anna, Yury werde verfolgt und brauche unter Umständen Schutz. Olga war misstrauisch. Aber sie versprach, dem Fremden etwas zu essen zu geben, wenn er bei ihr auftauche. Selbst als Anna einige Tage später erfuhr, dass mit Wendels Pick-up ein tödlicher Unfall verursacht worden war, verriet sie Maksym und Yury nicht. Erst als die Polizistin Ria Ritz ihr sagte, Wendelin Imfang habe nicht Selbstmord begangen, sondern sei ermordet worden, begann es ihr zu dämmern. Ihr kam der Verdacht, dass Yuri, der ihr immer leicht unheimlich gewesen war, Wendels Mörder sein könnte. Maksym traute sie diese Tat nicht zu. Zu diesem Zeitpunkt war Yury, den sie selbst mit ihrem Ruf gewarnt hatte, aber schon auf und davon. Dann eilte Anna in die Oberbine, um Olga vor Yuri zu warnen. Dort angekommen, erfuhr sie, dass auch Olga Polizeibesuch bekommen hatte. Als sie Olga den Verdacht anvertraute, dass Yuri Wendels Mörder sei, meinte Olga nur, das habe sie schon immer gewusst, dass es einer von der Geissalp gewesen sei. Anna solle sich keine Sorgen um sie machen, sie könne schon auf sich aufpassen. Angst habe sie bloß um ihren Bruder und dessen Frau, um Wendels Eltern, auf dem

Hof im Milifäld. Sie habe *keert*, denen könnte auch etwas zustoßen, genau wie Wendel.

»Olga hat Baratschow also mit ihrer *Chrütersuppä* vergiftet«, fasste Ria Ritz zusammen. »Mit voller Absicht. Seht ihr das auch so? Für mich sieht es nach einer bewussten, gezielten Tat aus. Obschon ich viel lieber annehmen würde, es sei die Tat einer Geisteskranken. Könnte es sein, dass sie im Wahn gehandelt hat?« Da keiner der Männer darauf antwortete, fuhr sie mit ihren Mutmaßungen fort: »Für Olga stand fest, dass Baratschow Imfangs Mörder war. Sie wollte ihren Wendel rächen. So sehe ich das. Aber Giftmörderin hin oder her, mir tut die alte Frau leid.«

»Ich möchte nicht in der Haut der Staatsanwältin stecken«, sagte Kalbermatten. »Aber sie hat wohl keine Wahl, nicht wahr, Herr Walpen?«

Kauz zuckte mit den Schultern.

»Sie *muss* eine Strafuntersuchung einleiten«, fuhr Kalbermatten fort. »Nehme ich jedenfalls an, bei einem Offizialdelikt. Und der Tatverdacht gegen sie ist erheblich. Oder darf man eine Mordverdächtige, auch wenn sie geisteskrank sein sollte, einfach frei herumlaufen lassen?« Er sah Kauz fragend an.

»Mich würde es nicht stören«, brummte Kauz. »In diesem Fall nicht.«

»Mich auch nicht«, sagte Ria.

»Die Staatsanwältin wird froh sein zu hören, dass sie sie nicht einbuchten kann. Aber irgendetwas muss dann ja wohl mit ihr passieren«, fügte Kalbermatten nachdenklich hinzu und strich sich über den Bart. »War eine clevere Idee der Frau Stockalper, den Dorfarzt statt den Rechtsmediziner zu schicken, die lokalen Polizisten statt der Kriminalinspektoren. *Chapeau!* Und was passiert eigentlich mit dieser Sennin? Wie heißt sie? Anna?«, wandte er sich an Ria Ritz.

»Ja, Anna. Ich rechne damit, dass sie am Montag freikommt. Und so wie es aussieht, wäre es Xaver noch so recht, wenn sie wieder auf die Geissalp käme. Alexej auch. Er würde wieder auf den Chämibodä wechseln. Dass Valentin diese Hilfe in der Not anbot, war wirklich freundlich von ihm.«

»Valentin?«, fragte Kalbermatten. »Hat er das mit Alexej organisiert?«

»Ja«, sagte Kauz.

»Sieht ihm ähnlich. Wissen Sie, wenn wir lauter solche jungen Männer hätten«, meinte er, »müssten wir uns ums Goms keine Sorgen mehr machen. Modern und aufgeschlossen. Hilfsbereit. Durch und durch anständig. Mutig und unerschrocken obendrein. Sie wissen, wovon ich rede«, sagte er augenzwinkernd. »Eine hervorragende Assemblage«, lachte er und nahm wieder einen Schluck Wein.

»Ich gebe Ihnen recht«, sagte Kauz.

»Der Apfel fällt nicht weit vom Stamm. Sein Vater war lange Zeit unser Gemeindepräsident. Einer der besten, den wir je hatten.«

Dass Valentin senior Gemeindepräsident gewesen war, wusste Kauz nicht. Aber es wunderte ihn auch nicht.

»Wie gehts eigentlich deinem Mann, *Meggä*?«, wandte sich der Doktor jetzt an Ria.

»*Güät*«, sagte sie.

Kalbermatten lachte schallend.

»Typisch!«, rief er. »Typisch Ria Ritz, typisch Thomas Abgottspon: *Es gëit güät*. Basta. Wissen Sie«, sagte er, jetzt wieder zu Kauz: »Thomas Abgottspon ist einer unserer Gommer Helden.«

»Ich weiß.«

»Kennen Sie ihn?«

»Ja«, sagte Kauz. »In meinen Augen ist er …«

»Jetzt hört aber auf!«, fuhr Ria dazwischen. »Eure Lobhudelei geht einem richtig auf die Nerven.«

»*Scho güät*«, machte Kauz.

»Aber eins möchte ich wissen, *Chüzz*. Was hast du Tomi eigentlich für einen Auftrag erteilt? Er sitzt rund um die Uhr am Computer und verbeißt sich in seine Aufgabe.«

»Ich? Gar keinen, Ria. Den hat er sich selber erteilt. Aber ich gebs zu, ich bin auf das Resultat gespannt.«

Montag, 30. Juli

G sponer war wirklich nicht zu beneiden. Er hatte zwar Erfolge zu vermelden: Wendelin Imfangs Mörder war gefunden. Der Mord am Mörder Baratschow war auch aufgeklärt. Aber bei einem Auftragsmord nur den Mörder, nicht auch den Auftraggeber zu haben, war eine halbe Sache. In der Regel führte einen der gefasste Mörder zum Auftraggeber. Ein toter Mörder tat das natürlich nicht. Kam dazu, dass sich mit der Aufklärung am Mordfall Baratschow keine Lorbeeren holen ließen; die ganze Geschichte musste unter dem Deckel bleiben. Die Tatsache, dass in der *Aaltä Hittä* eine Leiche gefunden wurde, war an die Presse geraten. Vorläufig lief dieser AgT als Tod eines Wanderers, dessen Angehörige noch nicht informiert werden konnten. Was ja auch stimmte. Doch Gsponer kam allmählich unter Druck. Beim Polizeikommando gingen immer öfter Fragen nach dem Stand der Ermittlungen im Mordfall Imfang ein. Aber jetzt mit dem Zwischenresultat an die Öffentlichkeit zu gehen, man habe Imfangs Auftragsmörder identifiziert, nur um einen Erfolg vermelden zu können, wäre fatal. Es würde die Hintermänner aufscheuchen und die Suche nach dem Auftraggeber gefährden. Außerdem bestand Staatsanwältin Stockalper darauf, dass vorläufig nichts über Olga Imfang durchsickerte.

»Wir sind mit Hochdruck dran, glaub mir«, vertraute Gsponer ihm an und drückte seine Zigarette in dem Teller aus, den Kauz vor ihn hingestellt hatte. Er rieb sich das vernarbte Gesicht, beugte sich auf dem Stuhl nach vorn, stützte sich mit den Händen auf den Knien ab und betrachtete die Spitzen seiner geckenhaften Halbschuhe. Er war erschöpft.

Es war das erste Mal, dass sie unter vier Augen sprachen. Gsponer hatte seine ohnehin nicht übermäßige Zurückhaltung vollends aufgegeben. Er schien in Kauz einen erfahrenen Berufskollegen zu sehen, nicht einen Eindringling, den er sich vom Leib halten musste. Er wusste natürlich genauso gut wie Kauz, dass er das Amtsgeheimnis mehr als nur ritzte, wenn er mit ihm über seine Ermittlungen sprach. Aber er behalf sich innerlich mit der Ausrede, Kauz sei zwar freigestellt, aber immer noch Polizist und unterstehe auch dem Amtsgeheimnis.

Eine Kaffeemaschine hatte Kauz nicht. Er setzte Wasser auf und schüttete einen Löffel Pulverkaffee in jede Henkeltasse. Dann stellte er Milch auf den Tisch.

»Zucker?«, fragte er.

Gsponer winkte ab. »So schwarz wie möglich.«

Kauz gab einen zweiten Löffel Kaffee in Gsponers Tasse.

Sie saßen auf den zwei Stühlen am Holztisch in Wendels Speicher. Gsponer zog es trotz allem vor, drinnen sitzen zu bleiben, statt mit den Tassen in der Hand draußen auf der Bank an der Sonne zu sitzen. *So* unproblematisch war es jetzt auch wieder nicht, sich als Kriminalinspektor der Walliser Kantonspolizei mit einem Dienstchef a. D. der Zürcher Kriminalpolizei zu zeigen.

»Es zeichnet sich etwas ab. Und trotzdem treten wir auf der Stelle.«

Dass Baratschow am dreißigsten Juni, kurz vor der Tat, mit Trapper telefoniert hatte, konnten die Computerexperten hieb- und stichfest nachweisen.

»Sehr ergiebig kann das Telefonat nicht gewesen sein«,

kommentierte Gsponer. »Trapper war zu diesem Zeitpunkt schon sturzbetrunken.«

Dass Trapper fast täglich mit Z'Blatten telefoniert hatte und alle paar Tage mit der Gemeindepräsidentin, stand ebenfalls fest. Man hatte auf Baratschows Handy mittlerweile zwei weitere Nummern identifiziert, die von Maksym und die von Alexej, alle anderen waren nach wie vor anonym. Auf Trappers Handy war es umgekehrt: Alle Nummern konnten zugeordnet werden, bis auf eine. Und mit dieser einen anonymen Nummer hatte Trapper in den Tagen vor dem Mord wiederholt Verbindung aufgenommen. Oder wurde von ihr angerufen.

»Nanu! War Trapper vielleicht ein Mittelsmann des Auftraggebers?«

Dass Trapper am Tod von Imfang persönliches Interesse gehabt haben könnte, dass er selber der Auftraggeber für diesen Mord war, schlossen die Ermittler aus. Es machte einfach keinen Sinn.

»Das könnte sein. Und würde, nach allem, was wir über Trapper wissen, gut zu ihm passen: Weder Täter noch Auftraggeber. Sondern Mittelsmann des Auftraggebers. Verbindungsmann zum Täter. Er ist es nie selber.«

»War die anonyme Nummer auf Trappers Handy auch auf dem von Baratschow zu finden?«

»Nein.«

»Schade. Aber es spricht nicht gegen unsere Annahme. Im Gegenteil, es wäre nur konsequent, wenn der wahre Auftraggeber selber gar keine Verbindung zum Killer hatte.«

»Aber wie komme ich nun weiter? Die Computerexperten kennen die anonyme Nummer, das heißt, sie kennen die Ziffern. Eine ganz gewöhnliche Schweizer Mobilnetznummer. Aber den Abonnenten dieser anonymen Nummer können sie nicht identifizieren. Sie landen nämlich bei einem inexistenten Abonnenten. Jemand hat das Handy oder den Chip auf einen falschen Namen registrieren lassen.«

»Konnte man den Anrufer lokalisieren? Wissen wir, wo sich der Unbekannte befand, als er mit Trapper telefonierte?«

»Ja. Immer in Münster oder in der näheren Umgebung. Einmal aber auch in Brig und einmal in Zug. Und mehrere Male im Ausland, wahrscheinlich in Deutschland, aber genau ließ sich das noch nicht lokalisieren. Dazu brauchen wir die Zusammenarbeit mit den ausländischen Telefonanbietern.«

Was?!, dachte Kauz. Brig? Zug? Deutschland?

»Moment, Alain«, sagte er, griff zum eigenen Handy und wählte Thomas Abgottspon. Er trat kurz vor den Speicher.

»Komm mit«, sagte er zu Alain, als er wieder zurückkam, »wir fahren nach Fiesch.«

Gsponer war mit dem Zug gekommen. Kauz schaute auf die Uhr: Es war Mittagszeit, der Zug war eben abgefahren, der nächste fuhr erst in einer knappen Stunde. Er stand auf, winkte Alain, ihm zu folgen, rief Max zu sich und hob ihn in den Picknickkorb auf seiner alten BMW.

»Was hast du denn da?«, lachte Gsponer laut heraus. »Das gibts doch nicht! Willst du deinen Hund ausfahren? Und ich soll mitkommen?«

»Ich lasse ihn nicht mehr allein zurück«, lautete die knappe Antwort. Er nahm den zweiten Helm aus der Satteltasche und reichte ihn Gsponer. »Steig auf, ich glaube, es eilt.«

Wie schon oft in den letzten Tagen sah er talabwärts Gewitterwolken am Himmel. Aber jetzt war keine Zeit, sich darum zu kümmern.

Gsponer war etwas konsterniert, als Kauz eine Viertelstunde später an der Wohnungstür der Familie Abgottspon-Ritz klingelte und ihm Rias Ehemann vorstellte. Er hatte nichts davon gewusst, dass Thomas Abgottspon im Rollstuhl saß.

Thomas drehte die übliche halbe Pirouette und rollte voraus.

Er rückte hinter seinen Computer, wies den beiden Gästen Rias Bürostuhl und einen Hocker zu und legte los.

»Folgendes«, sagte er wie üblich zu Beginn seiner Erläuterungen. »Ray Steinhäger lebte vor dem Jahr zweitausendsechs tatsächlich unter anderem Namen. Mit der Heirat nahm er den Namen seiner Frau an, aus Respekt seiner Partnerin gegenüber. Diese Begründung nannte er jedenfalls in einem Interview, das er aus Anlass seiner Hochzeit einem Blatt der Regenbogenpresse gab.«

»Wie hieß er denn früher?«, fragte Kauz.

»Darauf bin ich nur durch Zufall gestoßen«, erklärte Thomas. »Meine Spezialität: vergleichende Studien von Reportagen der Regenbogenpresse«, lachte er. »Aber da muss ich etwas ausholen. Ich hab dir ja schon gesagt«, wandte er sich an Kauz, »dass Ray Steinhäger vor Jahren in Marbella eine Firma pleitegehen ließ. Ich fragte mich, ob der Mann vielleicht schon viel früher in Marbella zu tun hatte. Denn einfach so beginnt ein Deutscher ja nicht unbedingt ein Business in Marbella. Ich begann die Regenbogenpresse nach Artikeln über Jetsetskandale und -affären zu durchforsten. Nur, unter dem Stichwort Steinhäger fand ich keine. Also suchte ich unter dem Vornamen Ray. Und zwar in allen Varianten: Raymond, Raimund, Reimund, Raimondo, schließlich auch Ramon – und siehe da, ich fand einen Artikel über das skandalöse Leben eines gewissen Ramon Mandter in Marbella. Das Pikante daran war – und jetzt passt auf –, dass der Artikel mit einem Schnappschuss dieses feinen Herrn illustriert war. Und dieses Bild«, Thomas ließ es auf dem Bildschirm aufpoppen, »zeigt niemand anderen als Ray Steinhäger in jüngeren Jahren.« Zum Vergleich zeigte er das Bild von Ray Steinhäger anlässlich der Hochzeit mit seiner Braut Heike Steinhäger, deren Familiennamen er angenommen hatte.

»Aber jetzt kommt es faustdick«, kündigte Thomas an.

»In den Jahren zweitausendzwei bis zweitausendvier liefen gegen Ramon Mandter in Marbella wiederholt Strafuntersuchungen. Einmal wegen Nötigung und Drohung gegen einen Geschäftspartner, dann wegen Verdachts auf Anstiftung zum Mord an seiner damaligen Ehefrau Sabina Mandter, schließlich wegen schuldhaften Konkurses. Wegen des letzten Delikts wurde er zu einer Busse und einer geringfügigen Freiheitsstrafe verurteilt. Die Anklage wegen Nötigung und Drohung wurde im Verlauf der Strafuntersuchung fallen gelassen. Wegen Anstiftung zum Mord an seiner Ehefrau stand Ray Mandter vor Gericht, wurde jedoch wegen Mangels an Beweisen freigesprochen. *In dubio pro reo*, hieß es in der Presse.«

»Ein feiner Herr«, kommentierte Kauz. »Und offensichtlich mit besten Beziehungen ...«

»In der Tat«, sagte Gsponer. »Aber was hat er mit unserem Fall zu tun, Herr Abgottspon?«

»Thomas, okay?«, sagte Thomas und Gsponer nickte. »Nur Geduld. Kommt sofort.«

Sein Gesicht glühte. Er hatte in den letzten Tagen wie wild recherchiert und die Dinge seit den frühen Morgenstunden für die Präsentation zusammengestellt. Gerade als Kauz anrief, war er damit fertig geworden.

»Also, Folgendes«, kündigte er die Fortsetzung seiner Recherche an. »Die Delikte, die Ramon Mandter zur Last gelegt wurden, waren von handfester Natur. Sein spanischer Geschäftspartner wurde eines Nachts von zwei Unbekannten auf der Straße vor seiner Wohnung angehalten. Zuerst wurde der Mann am Kragen gepackt und einer der Männer schrie ihm ins Gesicht, er wisse genau, worum es gehe, er begleiche besser seine Schulden. Daraufhin wurde er spitalreif geschlagen. Der mittelschwer Verletzte verdächtigte sofort seinen Geschäftspartner Ramon Mandter, bei welchem er tatsächlich Schulden hatte. Zwei Verdächtige, notorische Schläger, wurden gefasst und wegen Körperverletzung verurteilt. Vor Gericht machten die Dummköpfe geltend, sie seien von einem Auftraggeber zu dem Angriff auf den Geschäftsmann angestiftet worden. Sie führten zu ihrer Entlastung sogar an, der Mann habe sie dafür bezahlt, offenbar in der Meinung, ihre Schuld wiege dann weniger schwer. Mit Ramon Mandter konfrontiert, konnten sie ihn aber nicht als denjenigen identifizieren, der sie beauftragt und bezahlt habe. Der Untersuchungsrichter verdächtigte Mandter zwar, einen Mittelsmann eingesetzt zu haben. Da er dem Strafgericht jedoch keinen solchen präsentieren konnte und möglicherweise die Mühe scheute, in der Sache ernsthaft zu ermitteln, stellte er die Untersuchung kurzerhand ein.«

Thomas musste erst mal Luft holen, doch es war ihm anzusehen, wie stolz er auf seine Recherche war. Gsponer und Kauz wurden leicht ungeduldig.

»Wartet, es kommt noch dicker«, fuhr Thomas fort. »Ein Jahr später wurde Mandters Ehefrau, die aus vermögender Familie stammte, in Marbella entführt. Die Familie der Frau brachte ein beträchtliches Lösegeld auf. Doch die Frau wurde nach einigen Tagen ermordet aufgefunden. Ramon Mandter wurde verdächtigt, Drahtzieher der Entführung zu sein und das Lösegeld eingestrichen zu haben. Er kam in Untersuchungshaft und ein halbes Jahr später vor Gericht. Der Fall wirbelte einigen Staub auf. Die Klatschpresse widmete ihm vorübergehend große Aufmerksamkeit. Vor Gericht gestellt, wurde Ramon Mandter schließlich aus Mangel an Beweisen freigesprochen. Er verlangte nun seinerseits Haftentschädigung und Schmerzensgeld, wurde damit aber abgewiesen. Nach dem Urteilsspruch tauchte Mandter offenbar einige Zeit unter, ehe er dann seine zweite Frau, Heike Steinhäger, heiratete.«

»Wann war das?«, fragte Gsponer.

»Zweitausendsechs.«

»Und wann stand er wegen Mordverdachts vor Gericht?«

»Zweitausendvier.«

»Wie in aller Welt war es möglich, dass ein Mann mit dieser Vergangenheit nur zwei Jahre nach dem ungesühnten Verbrechen wieder heiraten konnte?«, fragte Gsponer. »Und wieder eine vermögende Frau? Solche Dinge geraten doch nicht so rasch in Vergessenheit. Auch wenn er in Spanien vor Gericht stand und dann in Deutschland heiratete. Über beides wurde ja offenbar in der Regenbogenpresse berichtet.«

»Darüber habe ich mich auch gewundert«, sagte Thomas. »Ich vermute, er hat den Namen in der Zwischenzeit ein weiteres Mal gewechselt. Ich habe aber noch nichts gefunden. Ich bleibe dran.«

»Du sagtest doch, Steinhäger habe in Marbella Pleite gemacht. Was für eine Pleite?«

»Irgendeine Immobiliengeschichte.«

»Immobiliengeschichte? Hmm. Mein lieber Herr Steinhäger, da braut sich aber etwas über Ihnen zusammen. Findest du nicht, Alain?«

»Ich weiß nicht«, sagte der. »Es gibt tatsächlich verdächtige Parallelen zu unserem virtuellen Auftraggeber. Aber ...«

»Du weißt vielleicht noch nicht alles«, schob Kauz ein. »Steinhäger hat für den Architekten Rödelmann den Auftrag für das Projekt Gommer Highland Resort an Land gezogen.«

»Doch, das hattest du erwähnt.«

»Und er vermittelte Z'Blatten russische Investoren.«

»Aha. Das wusste ich allerdings nicht«, gab Gsponer zu.

»Und er war an Wendels Begräbnis. Er machte sich an Wendels Eltern heran.«

»Das wäre eine weiteres Verdachtsmoment, ein ganz direktes sogar. Weshalb war er denn beim Begräbnis?«

»Das frage ich mich auch. Ich hätte die alten Imfangs nach

ihm fragen sollen«, sagte Kauz nachdenklich. »Das werde ich nachholen. Vielleicht erinnern sie sich an den Mann.«

»Ja, tu das.«

Thomas hielt sich die ganze Zeit über im Hintergrund, verfolgte die Diskussion der Polizisten aber mit Interesse.

»Sonst scheint ihn nämlich in Münster niemand zu kennen. Abgesehen vielleicht von der Gemeindepräsidentin«, fuhr Kauz fort.

»Was? Sie kennt Steinhäger?« Gsponer war ehrlich überrascht.

»Sie sagt zwar, sie kenne ihn nicht. Aber ich nehme es ihr nicht ganz ab.«

Kauz schilderte seine Beobachtung, wie Josy Werlen dem Mann beim Begräbnis ostentativ den Rücken zugekehrt hatte, als er auf sie zukam. Und wie sie ihm ebenso offensichtlich aus dem Weg ging, als sie ihm in der Konzertpause vor der Kirche in Ernen beinahe über den Weg gelaufen war.

»Aber wieso interessieren wir uns eigentlich für ihn? Was hat ein Steinhäger davon, dass Imfang jetzt tot ist?«

»Das weiß ich auch nicht. Noch nicht. Aber ich an deiner Stelle hätte genügend Gründe, den Mann einzuvernehmen. Ich würde der Staatsanwältin wohl sehr bald die Eröffnung eines Strafverfahrens nahelegen.«

»Du hast gut reden, Kauz.« Gsponer betrachtete verlegen seine Schuhspitzen. »Etwas in dieser Größenordnung geht nicht mehr an Lara Stockalper. Das geht an die Oberstaatsanwaltschaft. Und du kennst den Oberstaatsanwalt nicht. Der handelt nur, wenn er felsenfest überzeugt ist, dass er vor Gericht durchkommt.«

»Sehen wir es doch einmal so, Alain: Hätten wir den Herrn Steinhäger hier, könnten seine sämtlichen Handys beschlagnahmen und fänden heraus, dass eines die ominöse Rufnummer gespeichert hätte, dann …«

»… ja dann, dann hätten wir den gesuchten Auftraggeber.

Haben wir aber nicht«, fügte er trocken an. »Übrigens, Thomas: Was du hier hörst, ist absolut vertraulich. Behalte das bitte auf jeden Fall für dich.«

»Ist doch klar«, sagte Thomas trocken. Schließlich war er mit einer Polizistin verheiratet.

»Wann knöpfst du dir Steinhäger vor?«, fragte Kauz.

»Warte mal, Kauz. Du scheinst dich jetzt ganz auf Steinhäger eingeschossen zu haben. Aber was ist mit Z'Blatten? Anfangs warst du doch ganz erpicht darauf, dass gegen *ihn* ermittelt wird. Habe ich recht?«

»Habe ich je so was gesagt?«, feixte Kauz.

»Nein, aber gedacht«, feixte Gsponer zurück. »Mal ehrlich: Du an meiner Stelle«, er kniff ein Auge zu, »würdest du nicht am allerliebsten den Gommer Napoleon verhaften lassen? Oder wenigstens vorladen? Vielleicht ist er ja der Auftraggeber des Mittelsmanns des Auftraggebers des Mörders.«

Kauz fragte sich, ob Gsponer ihn gerade auf den Arm nahm.

»Ich glaube, ich besuche ihn heute«, sagte Gsponer.

»Wen? Z'Blatten?«

»Ja. Aber Steinhäger behalten wir im Auge. – Gute Arbeit, Thomas. Ich verlasse mich auf dich«, sagte er und klopfte ihm auf die Schulter. »Sag uns, wenn du mehr hast.« Dann wandte er sich an Kauz: »Nimmst du mich nochmals auf den Sozius? Ich muss nach Münster. Jetzt gleich.«

Das Gewitter kam unerwartet. Kauz hatte gedacht, das Unwetter würde sich, wie schon oft in den letzten Wochen, verziehen oder wäre vorbei, wenn sie nach Münster zurückfuhren. Sie befanden sich auf offener Strecke, als es losging. Es gab keine Möglichkeit, sich in einer Scheune unterzustellen noch sonst wo Schutz vor dem Wolkenbruch zu suchen. Max zog den Kopf ein und verschwand in seinem Picknickkorb. Er hatte mittlerweile herausgefunden, dass er zwar nicht aus dem Korb heraus, aber notfalls ganz darin verschwinden konnte. Der Platzregen dauerte nur ein paar Minuten, aber innert Sekunden waren sie bis auf die Haut durchnässt. Kauz schien es besser, weiterzufahren und zu Hause die Kleider auszuwringen, als tropfnass irgendwo anzuhalten.

Wegen der Aquaplaninggefahr fuhr Kauz sehr langsam, beinahe wie ein Anfänger, vor dem Bahnübergang von Niederwald sogar nur noch im Schritttempo. Er kannte die Tücken einer nassen Fahrbahn und eines glitschigen Bahngleises. Der Velorennfahrer im gelben Trikot, der ihnen talwärts entgegenpreschte, kannte sie offenbar nicht: Er glitt auf dem Bahngleis aus, stürzte vor ihren Augen und schlitterte samt Rennrad auf dem nassen Asphalt auf Kauz' Motorrad zu. Kauz wich nach rechts aus. Er stand noch nicht ganz still, als das Rennrad seitlich in seine alte BMW krachte. Er hörte es splittern. Der Radfahrer selbst schlitterte mit Wucht unter das Vorderrad seiner Maschine.

Vier Gedanken zuckten wie Blitze durch seinen Kopf: Das war der Carbonrahmen des Rennrads, eine BMW zersplittert nicht. Gott sei Dank trägt er einen Helm. Hoffentlich hat sich Max nichts getan. Und hoffentlich ist Alain nicht verletzt.

Dann sah er Blut auf die Straße tropfen. Das Blut vermischte sich mit dem Regenwasser und floss langsam über den Asphalt davon. Der Radfahrer blieb nur ein paar Sekunden unter dem Motorrad liegen, dann versuchte er sich aufzurappeln. Er blutete aus der Nase. Es handelte sich um einen Mann in Kauz' Alter, vielleicht auch älter. Der richtete sich, bäuchlings neben dem Motorrad auf der Straße liegend, etwas auf, stützte sich mit den behandschuhten Händen auf dem Asphalt ab und versuchte aufzustehen. Doch das ging nicht. Natürlich nicht, denn ihm fehlte ein Bein. Kauz stellte es im ersten Augenblick ganz nüchtern fest: Dem fehlt ja ein Bein. Dann gefror ihm das Blut in den Adern. Das Bein des

Velofahrers lag wenige Meter entfernt auf der Straße. Nicht das ganze Bein, aber der Unterschenkel.

»Scheiße«, stöhnte der Mann. Dann schien er sich zu besinnen, dass er nicht allein war, hob den Kopf, sah zu Kauz auf und presste, noch benommen, in feinstem Hochdeutsch die Worte heraus: »Tut mir leid, war voll und ganz mein Fehler. Hoffentlich habe ich Ihnen nicht wehgetan.«

Gsponer war abgestiegen und stand jetzt neben dem Mann. Er beugte sich über ihn, sah offenbar, was Kauz gesehen hatte, und rief völlig außer sich: »Um Gottes willen!«

Er blickte auf die Straße, rannte ein paar Schritte vorwärts und hielt ein entgegenkommendes Auto an. Kauz stieg von der Maschine und bockte sie an Ort und Stelle auf. Dann widmete er sich dem Verletzten. Erneut zuckten Gedankenblitze durch seinen Kopf: Himmel, ich habe ihm eine Bein abgefahren. Er muss unter Schock stehen. Er empfindet keinen Schmerz. Er weiß gar nicht, was mit ihm los ist. Wie ein Kriegsverletzter, ein Bombenopfer. Er wird lebenslang ein Krüppel bleiben. Der Teil des Beins, der noch am Körper war, sah gräulich verschmutzt aus und schien irgendwie ausgefranst, blutete aber nicht stark.

»Ach Gott«, ächzte der Mann und sagte entschuldigend: »Verzeihung, ich liege ja mitten auf der Straße. Ich muss da weg. Aber ich kann leider nicht aufstehen.« Der Mann stand offensichtlich unter Schock.

Kauz beugte sich über ihm, griff ihm unter die Arme, als ob er ihm beim Aufstehen helfen wollte, ehe er einsah, dass dies nicht gerade sinnvoll war.

»Nein, nein, geht schon«, sagte der Mann und befreite sich aus Kauz' Griff. Er drehte sich aus der Bauchlage um, setzte sich auf den Hintern und robbte, sich mit den behandschuhten Händen auf dem Asphalt abstützend, rückwärts zum Straßenrand. Dort angekommen, sagte er: »Ach, wären Sie so freundlich und würden Sie bitte mein Bein holen? Dort drüben liegt es, Gott sei Dank. Ich hoffe, es ist noch ganz. Sehr freundlich, danke«, sagte er, als Gsponer sich auf den Weg machte. Das entgegenkommende Auto hatte gerade noch rechtzeitig anhalten können, ohne das abgetrennte Bein zu überfahren und vollends zu zermalmen.

Gsponer eilte hin und beugte sich über das Bein. Er hob es auf, Kauz staunte. Die Art, wie Gsponer das Bein hielt, ließ vermuten, dass er sich wunderte, dass es nicht schwerer war. Sein Gesicht nahm einen eigenartigen Ausdruck an, halb Schreck, halb dümmliches Grinsen. Kauz wusste längst, was das alles bedeutete, aber sein eigener Schock wirkte noch nach, er war noch nicht in der Lage, sein Wissen in sein Bewusstsein dringen zu lassen. Seit dem Sturz des Velofahrers waren kaum ein paar Minuten vergangen.

Eine Dreiviertelstunde später saßen sie zu dritt im Wartesaal des kleinen Bahnhofs von Niederwald und leckten ihre Wunden. Das heißt, der Velofahrer ließ sich von einer Samariterin, die mit einem Verbandskasten herbeigeeilt war, seine üblen Schürfungen an beiden Armen und an dem einen Bein pflegen und die blutende Nase stopfen, Gsponer genehmigte sich einen Schnaps, den ein alter Mann, die Flasche in der Hand, offerierte, und Kauz einen Espresso aus dem Automaten.

Zuvor hatten sie die Polizei gerufen, der Streifenwagen aus Fiesch war rasch da gewesen, die zwei Polizisten, die Kauz nicht kannte, hatten den Unfallrapport erstellt. Und entschieden, die Ambulanz aus Münster müsse kommen, obschon niemand schwer verletzt war, man wisse ja nie.

Der Velofahrer hatte seine Beinprothese mittlerweile wieder angeschnallt und war, von Kauz und Gsponer gestützt, zum Bahnhof hinübergehumpelt. Kauz hatte Max aus dem Korb genommen und führte ihn an der Leine. Wenig später war die Ambulanz da. Der Leichtverletzte werde nach Münster zum Arzt gefahren, der heute im Tal Dienst habe, hieß es. Der Velofahrer, dessen Rennrad völlig demoliert war, entschuldigte sich noch einmal für den Schrecken, den er verursacht habe.

»Das hätte böse enden können, nicht wahr?«, meinte er. »Wenn ich mir vorstelle, was passiert wäre, wenn Sie so halsbrecherisch gefahren wären wie ich. Das hat man davon, wenn man sportlicher tut, als man ist«, lachte er. »Es soll mir eine Lehre sein.«

Da auch sein Handy zerstört war, bat er Kauz, den Freund, bei dem er seinen Urlaub verbringe, anzurufen. Er möge ihn doch in Münster abholen.

»Mit trockener Kleidung, bitte«, rief er Kauz noch hinterher, ehe er in die Ambulanz einstieg.

Kauz tippte die Nummer ein, die der Mann ihm diktiert hatte.

»Mannerfelt. Wer spricht, bitte?«, meldete sich eine Stimme.

Wiederum drei Stunden später saß man zu viert in der Taffinerstube bei einem frühen, aber sehr gepflegten Abendessen. Die Taffinerstube war das Exklusivrestaurant im Hotel *Relais et Auberge du Sauvage* in Münster.

»Sie holen sich alle noch eine Lungenentzündung«, hatte Mannerfelt gesagt, als er sah, dass alle drei bis auf die Haut nass waren und schlotterten. Er hatte darauf bestanden, dass jeder im Hotel ein heißes Bad nehme und trockene Kleider anziehe. Kauz hatte im Speicher Unterwäsche, Hemd und Hose für sich und für Gsponer geholt. Die Kleidungsstücke waren Gsponer zu groß, aber mit umgeschlagenen Hemdsärmeln und enggeschnalltem Hosengurt ging er zur Not als anständig angezogen durch. Mannerfelts Freund war von Doktor Kalbermatten verarztet und vorläufig mit Verdacht entlassen worden.

Die vier Männer taten sich auf Einladung von Mannerfelt an frisch gefangenen Forellen gütlich und tranken einen Petite Arvine dazu. Zum dritten und vierten Mal wurde der seltsame Unfall aufgerollt und in allen Details, unter Schilderung aller emotionalen Regungen, zum Besten gegeben. Das Glück, das man gehabt hatte, wurde noch und noch beschworen, man dankte dem Schicksal. Mit jedem Mal wurde die Stimmung durch diese Traumaverarbeitung, wie Mannerfelt es nannte, entspannter. Mannerfelt war gesprächig und unterhaltend wie in Ernen. Zum Dessert wurden Waldbeeren mit Sahne aufgetischt, danach wurde Kaffee gereicht.

Ob aus Diskretionsgründen – weil es sich in seinen Augen vielleicht nicht gehörte – oder aus Desinteresse, Mannerfelt erkundigte sich weder bei Kauz noch bei Gsponer nach ihrer beruflichen Tätigkeit. Er wunderte sich einzig darüber, dass Kauz immer noch im Goms weilte und dass er ihn kein weiteres Mal am Musikfestival in Ernen gesehen hatte.

»*Mein* Urlaub ist morgen zu Ende«, gab er bekannt. »Und deiner leider auch, Uwe.«

Der lädierte Radrennfahrer hob bedauernd die Hände.

»Digestif?«, fragte Mannerfelt in die Runde.

»Einen Underberg, wenn ich bitten darf«, sagte Kauz.

Mannerfelt lachte schallend.

»Sie nehmen mich auf den Arm, Herr Walpen, ja? Oder etwa nicht? Wie auch immer, das war ja wahrlich eine peinliche Fehlleistung. Der richtige Name fiel mir erst im Nachhinein ein. Aber wie hätte ich das noch berichtigen können? Underberg nannte ich den Mann! Na, so was. Ich will gar nicht wissen, was Sie von mir dachten«, schmunzelte er, machte eine wischende Handbewegung vor seinen Augen, als wolle er seinen Geisteszustand selbst infrage stellen, und tupfte sich mit der feinen Stoffserviette den Mund ab. »Gut, vier Underberg«, sagte er zum Kellner. »Oder zieht jemand einen Steinhäger vor?«

Kauz und Gsponer lachten.

Die vier Underberg wurden gebracht.

»Was dieses unselige Projekt angeht«, sagte Mannerfelt – vielmehr, er *raunte* die Worte, um ein möglicherweise missliebiges Thema in diesem Lokal nicht laut anzusprechen – und neigte den Kopf vertraulich zu Kauz herüber, »ich weiß ja, dass Sie ähnlich denken, das habe ich gespürt.« Er räusperte sich. »Diesen Steinhäger kenne ich nicht persönlich, wissen Sie. Ich bin ihm bloß schon am einen oder andern Businessmeeting begegnet. Einmal – in Deutschland, nicht in der Schweiz – wurde er mir vorgestellt, deshalb erinnerte ich mich an ihn. Wenn ich ihn unter dem Namen Underberg als erfolgreichen Unternehmer bezeichnet haben sollte, so müsste ich das jetzt etwas relativieren. Der Zufall will es, dass mir neulich zu Ohren kam, Steinhäger stecke in Schwierigkeiten. Familiär, aber auch geschäftlich. Ob das auf das Gommer Projekt irgendwelche Auswirkungen hat – und wenn ja, ob gute oder schlechte, Sie wissen, wie ich das meine –, kann ich nicht beurteilen. Er ist ja kaum der Finanzier des Projekts, eher der Mittelsmann.«

Mittelsmann? Kauz horchte auf.

»Nach allem, was man weiß, vermittelte er dem umtriebigen Z'Blatten russische Investoren. Z'Blatten heißt er doch, nicht wahr? Nicht irgendwie anders?«, lächelte er. Beim Namen Z'Blatten senkte er die Stimme. »Der Gommer Napoleon«, flüsterte er, »so nennt man ihn hier, wussten Sie das? Könnte durchaus ein Kompliment sein, wenn auch ein zwiespältiges. Sie sind Walliser, Herr Gsponer, aber kein Gommer, stimmts?«, fragte er und wandte sich ihm zu. »Aber trotzdem, sagen Sie mir bitte, wenn ich mich verbal danebenbenehme, dann schweige ich augenblicklich.«

Gsponer machte eine beschwichtigende Handbewegung und lächelte höflich.

Wie schon in Ernen, war Mannerfelt der Alleinunterhalter. Sein beinamputierter Freund hörte aufmerksam zu, konnte bis anhin aber nicht viel beitragen.

Kauz nutzte die Unterbrechung, um nachzuhaken.

»Sie machen mir Mut«, scherzte er. »In welchen Schwierigkeiten steckt Steinhäger denn?«

»Eine Erbschaftsangelegenheit. Wissen Sie, die Familie Steinhäger ist sehr wohlhabend.«

Sein Freund nickte zustimmend.

»Vor einiger Zeit starb die Ehefrau des Herrn Steinhäger ...«

Kauz warf Gsponer einen Blick zu.

»... aber Steinhäger, der Witwer, kann das Erbe offenbar nicht antreten. Es gibt da einen Rechtsstreit, die Details kenne ich nicht. Sie interessieren mich auch nicht. Kurz, er sitzt finanziell in der Klemme und es droht der Bankrott seiner Immobilienfirma.«

Jetzt war es Gsponer, der kurz die Augenbraue hob.

»Wie es scheint, setzt er jetzt ganz auf das Gommer Highland Resort, weil dabei, so munkelt man, einiges für ihn herausschauen dürfte. Erstens die Kommission, die er von Rödelmann erwarten darf. Zweitens diejenige für die Vermittlung der Investoren. Und drittens vielleicht irgendeine Art der Beteiligung am ganzen Projekt.«

»Aber das alles nur, wenn es auch wirklich realisiert wird, sehe ich das richtig?«, fragte Kauz.

»Das nehme ich an, ja.«

»Was hat denn Steinhäger überhaupt für eine Beziehung zum Goms? Wohnt er hier? – Vielleicht nicht immer, aber immer öfter?«, fragte er Mannerfelt, ihn an seine eigenen scherzhaften Worte erinnernd.

»Keine Ahnung, Herr Walpen«, gestand Mannerfelt. »Vielleicht. Meines Wissens lebt er in Frankfurt, aber ich glaube, er hat auch einen Wohn- oder Geschäftssitz in Brig. Aber jetzt, mein lieber Uwe, sollten wir uns auf den Weg machen. Du brauchst Ruhe, und morgen gehts auf die Heimreise. Meine Herren«, schloss er, »es war mir ein Vergnügen.«

Damit war die Tafel aufgehoben. Die Rechnung hatte

Mannerfelt längst diskret beglichen. Und das Hotelzimmer, dessen Bad die drei Durchnässten benützt hatten, stand Gsponer für die Nacht zur Verfügung, falls er nicht mehr heimfahren wolle.

Dienstag, 31. Juli

Nach dem Frühstück, das er mit Gsponer zusammen in der *Auberge* eingenommen hatte, schlenderte Kauz mit Max aufs Milifäld. Er wollte endlich wissen, was Steinhäger auf Wendels Begräbnis zu suchen hatte. Erst recht nach dem gestrigen Gespräch mit Mannerfelt. Allerdings war er halbwegs darauf gefasst, dass Wendels Eltern sich an den Herrn überhaupt nicht mehr erinnerten. Aber er konnte es ja versuchen. Gsponer würde sich heute Vormittag Z'Blatten vorknöpfen und ein weiteres Mal mit Trappers Witwe sprechen. Gegen Mittag würden sie sich dann im Gommereggä treffen.

Wendel ist seit mehr als vier Wochen tot, dachte Kauz, als er durchs Dorf ging. Wir wissen fast alles über seinen Tod, nur nicht, wer ihn gewollt hat und warum.

Dann wanderten seine Gedanken zu Xaver. Wie es ihm wohl auf der Geissalp geht?, fragte er sich. Höchste Zeit, ihn wieder zu besuchen. Heute oder spätestens morgen.

Anna sollte heute aus der Untersuchungshaft entlassen werden und auf die Geissalp zurückkehren. Aus dem Schneider war sie deswegen noch nicht, es konnte ihr immer noch eine Strafe wegen Begünstigung oder wegen Behinderung der Justiz blühen. Aber die Staatsanwältin ließ durchblicken, dass das Verfahren eingestellt werden könnte. Verdacht auf direkte Beteiligung an einem Verbrechen bestand nicht mehr. Weder im Zusammenhang mit dem Mord an Wendelin Imfang noch mit demjenigen an Yury Baratschow. Die Staatsanwältin nahm es Anna ab, dass sie Olga bloß vor Imfangs Mörder hatte warnen wollen und die alte Frau nicht zum Giftmord angestiftet hatte. Den Entschluss, Baratschow zu töten, hatte ihrer Überzeugung nach die alte Olga Imfang ganz allein gefällt. Entweder, weil sie ihren Neffen rächen wollte, oder weil sie um ihr eigenes Leben oder das von Bruder und Schwägerin fürchtete. Vielleicht auch, weil Stimmen ihr befohlen hatten, den Fremden zu vergiften. Das würde ein psychiatrisches Gutachten zeigen müssen.

Gsponer war mittlerweile auf dem Chämibodä gewesen. Seine Befragung der Alpmitarbeiter hatte ergeben, dass Trapper abgesehen von Anna niemanden zu irgendetwas genötigt hatte. Seine seltsame Kontrolle und Befragung auf dem Chämibodä und auf der Geissalp, auf den beiden Alpen also, auf denen Wendelin Imfangs Vieh sömmerte, hatten vermutlich einzig dem Ziel gedient, herauszufinden, wo er Bohdan am besten verstecken konnte. Das Ergebnis war wohl gewesen, dass sich die Geissalp – oder vielmehr Anna und Maksym – besser dafür eignete als der Chämibodä mit Wolfgang, Daniela und Alexej. Die drei konnten Bohdan anhand der Fahndungsfotos als den Besucher identifizieren, der eines Tages – einige Tage *nach* dem Mord an Imfang – auf dem Chämibodä aufgetaucht war. Alexej gab zu Protokoll, er habe Yury alias Bohdan nie zuvor gesehen. Sein Landsmann Maksym von der Geissalp habe ihn angerufen und ihm gesagt, jemand wolle mit ihm, Alexej, etwas besprechen. Bohdan habe ihn zu irgendeiner krummen Tour überreden wollen. Er brauche einen Assistenten für ein lukratives Geschäft, habe er gesagt. Maksym eigne sich nicht dazu, der sei ein Weichei. Aber Alexej sei die Sache nicht geheuer gewesen, er habe abgelehnt. Worum genau es gegangen wäre, wisse er nicht, denn Bohdan sei plötzlich wieder verschwunden, vermutlich weil er sich durch zwei Besucher, den Bauern Valentin Lagger und einen Fremden, die ausgerechnet an jenem Tag auf der Chämibodaalp erschienen, gestört gefühlt habe.

Nachdem Mannerfelt und sein Freund am Vorabend abgereist waren, hatte Gsponer im Gespräch mit Kauz die folgenden Schlüsse gezogen: Yury Baratschow war wohl ein professioneller Auftragskiller und von einem immer noch unbekannten Auftraggeber, vielleicht mithilfe weiterer Mittelsmänner, angeheuert worden. Trapper wäre dann sozusagen nur noch für »die letzte Meile« zuständig gewesen: der Mann, der den Killer vor Ort brachte und der ihm das Geld des Auftraggebers auszahlte. Vielleicht ohne zu wissen, worum es bei dem ganzen Deal überhaupt ging.

»Du kennst das ja«, hatte Gsponer gesagt: »Der Killer weiß sehr wohl, dass er jemanden umbringen muss. Das und nichts anderes ist ja der Job, für den er sich anheuern lässt. Aber der Mittelsmann weiß es nicht. Ihm sagte der Auftraggeber, es gehe bloß darum, jemandem einen Denkzettel zu verpassen. Damit dieser jemand seine Schulden begleiche, zum Beispiel. Wenn das Opfer dann tot ist, sitzt der Mittelsmann in der Patsche: Er wollte ja bloß die Sache mit dem Denkzettel einfädeln. Keine schwere Straftat. Aber wenn der Mord aufgedeckt wird, steht er plötzlich selber als Auftraggeber da, denn der Killer, wenn er gefasst wird, wird aussagen, *er* habe ihn zur Tat angestiftet und dafür bezahlt. Im schlimmsten Fall kommt der wahre Auftraggeber ungeschoren davon. Auf unseren Fall übertragen heißt das: Trapper hatte vermutlich keine Ahnung, dass er einen Killer auf der Geissalp unterbrachte. Er wusste zwar, dass er einen Kriminellen hinaufchauffierte. Aber er nahm an, es sei bloß ein Kleinkrimineller und dem Auftraggeber gehe es darum, Imfang in Sachen Landverkauf unter Druck zu setzen. Baratschow band Maksym dann den Bären auf, er müsse bei Imfang Schulden eintreiben.«

»Du glaubst also, der ominöse Auftraggeber hat Imfang

mit Gewalt zum Verkauf seiner Parzelle zwingen wollen? Aber dann ...«

»Falsch. Du hörst nicht richtig zu«, tadelte Gsponer. »Ich habe nicht gesagt, der Auftraggeber hat diese Absicht gehabt. Sondern: Er hat Trapper *glauben lassen*, er hätte diese Absicht. Das ist ein großer Unterschied. In Wirklichkeit hatte er nichts anderes vor, als Imfang umbringen zu lassen. Sonst hätte er keinen Berufskiller anheuern müssen. Alles andere macht einfach keinen Sinn.«

Kauz dachte nach.

»Kapiert«, sagte er. »Du hast wahrscheinlich recht. Dann war Trapper der Meinung, die vermeintliche Einschüchterungsaktion komme Z'Blatten gelegen. Ihm fühlte er sich ja in allererster Linie verpflichtet. Deshalb ließ er sich als Mittelsmann dafür einspannen.«

»Genau«, hatte Gsponer gesagt und in sein leeres Glas gesehen. »Weißt du was, Kauz? Morgen knöpfe ich mir Anton Z'Blatten vor. Dann sehen wir weiter.«

Sie hatten sich nochmals zwei Underberg bestellt und den Unfall mit dem abgetrennten Bein ein letztes Mal durchgehechelt. Bald drehte man sich in der Taffinerstube nach ihnen um. Aber sie konnten nicht anders: Angeheitert wie sie waren, hielten sie sich die Bäuche vor Lachen. Es amüsierte sie, dass sie als Profis sich dermaßen hatten ins Bockshorn jagen lassen. Dann gingen die beiden nicht mehr gerade nüchternen Polizisten schlafen, Gsponer im Hotelzimmer, Kauz im Speicher. Sie wünschten sich gegenseitig eine gute Nacht und verabschiedeten sich wie alte Freunde: mit Handschlag, Schulterklopfen und einer angedeuteten Umarmung.

Wohl oder übel zu Fuß näherte sich Kauz jetzt Imfangs Hof auf dem Milifäld. Seine alte BMW stand noch am Bahnhof Niederwald. Er hatte es nach der Kollision nicht gewagt, mit der Maschine weiterzufahren. Er wollte das Fahrzeug zur Sicherheit in einer Garage kontrollieren lassen.

Wendels Hof und Stall vor Augen, erinnerte er sich an seinen letzten Besuch auf dem Milifäld. Er hatte dem alten Ehepaar Imfang seine Aufwartung gemacht und war dabei zum ersten Mal den beiden Olgas begegnet.

Kauz klingelte an der Haustür. Niemand öffnete.

Max setzte sich neben Kauz und verhielt sich still.

Keine Reaktion. Er klingelte erneut. Lange.

Dann polterte er an die Haustür. Das ganze Haus erzitterte. Niemand kam an die Tür.

Kauz wurde mulmig. Er drückte die Türklinke herunter. Die Tür war abgeschlossen. Er war beinahe erleichtert.

Da noch Zeit war, spazierte er zu Laggers Hof hinüber.

Valentin kam eben mit dem Traktor angefahren.

»*Salü, gëits güät?*«, machte Kauz.

Im Goms fragte keiner »Wie gehts?«, immer nur »Gehts gut?«. Damit war die Antwort schon vorgegeben: Man konnte eigentlich nur bejahen.

»*Jawoll, und sälber?*«, erwiderte Valentin den Gruß.

»Was machst du? *Hewwä?*«

Der *Hewwät* sei schon fast vorbei, erklärte Valentin, obschon noch nicht mal August sei. Die Vegetation sei dieses Jahr gegenüber anderen Jahren etwa drei Wochen voraus. Jetzt sei Emden angesagt, der zweite Schnitt.

»Weißt du, wo die Imfangs sind? Sie sind nicht zu Hause.«

Ja, die habe er heute Früh zum Bahnhof gehen sehen. Er glaube, sie besuchten den Notar in Brig.

Kauz fiel ein Stein vom Herzen. Er ging ins Dorf zurück und zur Antoniuskapelle hinauf.

»Zu verkaufen. Bewilligung vorhanden. Z'Blatten-Immobilien«, las er an mehr als einem Gebäude. Die Tafeln lösten ein ungutes Gefühl in ihm aus. Er war gespannt, was Alain Gsponer bei Z'Blatten würde ausrichten können.

Als er aus der Kapelle wieder herauskam, setzte er sich auf eine Bank und sah ins Tal. Am Sonnenhang versuchte er auszumachen, wo Oberbine und Geissalp lagen.

Er zückte sein Handy.

Was machsch?, schrieb er.

Schaffe, lautete Xavers Antwort.

Kauz: *Ist Anna zurück?*

Xaver: *Yes.*

Kauz: *Wie geht es ihr?*

Xaver: *Die ist stark, mann.*

Kauz: *OK. Sehen wir uns?*

Xaver: *Wenn du heraufkommst, ja.*

Kauz: *Gut. Morgen?*

Xaver: *Ja. Ist aber Erschtaugust.*

Stimmt, dachte Kauz. Morgen war der Nationalfeiertag. Aber trotzdem.

Kauz: *Bis morgen.*

Er blieb eine Weile sitzen, dann ging er in den Speicher und machte den Abwasch, den er seit Tagen stehen gelassen hatte, räumte auf und putzte Unter- und Oberbau gründlich. Auch innerlich irgendwie aufgeräumt machte er sich um halb zwölf zusammen mit Max auf den Weg zum Gommereggä.

*

Es war noch nicht Mittagszeit, als Kauz und Gsponer sich trafen. Sie bestellten Kaffee. Es waren noch kaum Gäste im Gommereggä. Dennoch sagte Gsponer, mit einem Blick auf den Wirt und die Serviererin: »Mir wäre es lieber, wenn wir draußen reden. Wollen wir zu deinem Speicher gehen?«

Sie tranken aus, Kauz gab Max, der sich unter den Tisch gelegt hatte, einen Wink und ging mit Gsponer hinaus.

»Na, wie ging es?«, fragte er auf der Furkastrasse. Sie passierten eben die Stelle, an der Trapper zu Tode gekommen war.

Gsponer fasste als Erstes sein Gespräch mit dessen Witwe zusammen. Dabei blickte er immer wieder nach links und nach rechts, um sicher zu sein, dass niemand zuhörte.

»Dir ist klar«, begann er, »dass Frau Trapper keine Ahnung davon hat, dass wir ihren Mann verdächtigen, in den Mordfall Imfang verwickelt zu sein.«

»Sicher ist mir das klar«, sagte Kauz.

»Sie glaubt, wir würden sie einzig wegen *seines* Todes befragen. Weil unklar ist, ob es wirklich ein Unfall war oder doch Absicht.«

»Natürlich. Jetzt erzähl.«

Der Gemeindeschreiber war, laut seiner Frau, zwei Tage vor seinem Tod auffallend angespannt gewesen. Es sei ihr vorgekommen, als habe er vor irgendetwas Angst. Als sie ihn ansprach, sagte er bloß, er müsse jemanden treffen und eine heikle Aufgabe erledigen.

»Was für eine Aufgabe?«, fragte seine Frau.

»Etwas für Anton.«

Für Z'Blatten, dachte sie, für wen sonst? Immer will der was. Immer muss Hubert für ihn die Kastanien aus dem Feuer holen. Aber sie wusste, dass es sinnlos wäre weiterzubohren. Einen Tag später, am Vorabend seines Todes, sah sie ihren Mann nervös an einem Briefumschlag herumfingern. Er steckte ihn rasch ein, als er sie bemerkte. Wenig später stieg er in seinen Wagen und fuhr weg. Danach sah sie ihn nicht mehr lebend. Irgendetwas musste ihn an jenem Abend so aufgewühlt haben, dass er sich besinnungslos betrunken hatte.

»Was war das für ein Umschlag?«, fragte Gsponer.

Frau Trapper stand auf und holte einen verschlossenen Briefumschlag aus dem Schreibtisch ihres verstorbenen Mannes.

»Dieser hier«, sagte sie und legte ihn auf den Küchentisch. »Fühlen Sie: Da ist Geld drin. Da bin ich mir sicher. Wollen Sie noch eine Tasse?«, fragte sie.

»Gern, Frau Trapper«, sagte Gsponer, und als sie Kaffee nachgeschenkt hatte: »Ich dachte, er habe den Umschlag eingesteckt und sei weggefahren.«

Gsponer wusste genau, dass in der Kleidung des verunfallten Trapper kein Geldumschlag gesteckt hatte. Daran hätte er sich erinnert. Und um einen Geldumschlag handelte es sich ohne Zweifel. Es konnte sich also nicht um einen der Gegenstände handeln, die der Witwe nach Trappers Tod übergeben worden waren.

»Das dachte ich auch«, sagte sie. »Aber offenbar hat er ihn wieder herausgenommen, ehe er wegfuhr. Ich fand ihn in seinem Schreibtisch, als wir seine Sachen sichteten. Mir war sofort klar, dass das Geld da drin nicht für ihn persönlich bestimmt war.«

»Ich kläre das ab. Darf ich den Umschlag mitnehmen?«

»Das wäre mir sogar recht.«

»Wären Sie so freundlich, ihn in einen größeren Umschlag zu stecken?«, bat Gsponer, denn seine Fingerabdrücke sollten nicht auch noch auf dem Papier sein.

»Noch etwas war seltsam an jenem Abend«, sagte Frau Trapper.

»Was?«

»Dass die Gemeindepräsidentin ihn anrief.«

»Was ist daran seltsam?« Gsponer war jetzt ganz Ohr.

»Josy Werlen ist da ganz strikt: Arbeitszeit ist Arbeitszeit, sagt sie immer, und Freizeit ist Freizeit. Sie rief Hubert eigentlich nie nach Feierabend an. Im Gegenteil, sie sagte immer wieder, er solle nicht derart viele Überstunden machen, sondern Zeit mit seiner Familie verbringen. Aber ich könnte nicht behaupten, dass er ihren Rat befolgte«, fügte sie bitter hinzu.

»Worum ging es denn bei jenem Anruf?«

»Das weiß ich nicht. Hubert hat nichts darüber gesagt. Nach dem wenigen, das ich aufschnappen konnte, schien es mir aber, er fühle sich von ihr kritisiert. Jedenfalls war er nach dem Gespräch zerknirscht und schien verunsichert. Das kam sonst immer nur vor, wenn er mit Z'Blatten Anton telefonierte.«

»Sie wissen es zwar nicht, aber vielleicht haben Sie eine Ahnung, worüber die beiden am Telefon gesprochen haben könnten?«

»Ich glaube, sie sprachen über eine Person. Das heißt, einen Mann. Ich hörte Hubert Dinge sagen wie ›Ich habe ihm nichts gegeben ...‹ oder ›Nein, hat er nicht‹. Deshalb nahm ich an, dass es um einen Mann ging.«

»Um Anton Z'Blatten?«

»Könnte sein. Aber eher nicht.«

»Sonst noch etwas, Frau Trapper?«

»Nein.«

»Wenn Ihnen noch etwas einfällt, rufen Sie mich bitte an.«

Gsponer gab Frau Trapper seine Karte und verabschiedete sich, den doppelten Umschlag hatte er in der Jacke.

Er war mittlerweile mit Kauz beim Speicher angekommen.

»Wie legst du das aus?«, fragte Kauz und setzte sich auf das Sitzbrett an der Frontseite. Hier waren sie vollkommen ungestört. Max legte sich unter das Sitzbrett.

»Wie legst *du* es denn aus?«, fragte Gsponer zurück und klopfte auf die Brusttasche seiner leichten Sommerjacke, zog sie aus, setzte sich ebenfalls und legte die Jacke neben sich. Seine Kleider waren über Nacht einigermaßen trocken geworden, aber ziemlich zerknittert.

»So, dass in dem Umschlag die zweite Tranche von Baratschows Killersold ist.«

»Einverstanden, Kumpel«, lachte Gsponer. »Ganz genau. Es ist nämlich der exakt gleiche Umschlag wie der, der bei der Hausdurchsuchung auf der Geissalp gefunden wurde. Jede Wette, dass da auch acht Tausender drinstecken.«

»Es gibt also zwei mögliche Gründe, weshalb Baratschow

nach dem Mord an Wendel noch eine ganze Weile in der Gegend herumschlich: Erstens, weil er noch einen weiteren Mordauftrag zu erledigen hatte.«

»An einem weiteren Imfang?«

»Möglich. Obschon mir schleierhaft wäre, warum und wozu. Und zweitens ...«

»... weil er hoffte, noch irgendwie zum Rest des versprochenen Geldes zu kommen.«

»Einverstanden, Kumpel«, äffte Kauz ihn nach. »Ich nehme an, du hast Z'Blatten den Umschlag unter die Nase gehalten?«

»Erraten«, grinste Gsponer. »Und der Gemeindepräsidentin auch.«

*

Etwa zur selben Zeit spielte sich im Hause Abgottspon-Ritz ein kleines Familienalltagsdrama ab. Thomas hatte den ganzen Vormittag am Computer recherchiert. Ria kam wie gewohnt in der Mittagspause nach Hause. Sie war ziemlich sauer, dass Thomas sich kaum um Emma kümmerte und ihre Mutter kochen und den Haushalt machen ließ. Sie trug eben das Essen auf, da poppte eine lokale Nachricht auf Thomas' Computerbildschirm auf.

»Sieh dir das an, Ria«, rief Thomas, »das dürfte dich interessieren.«

»Jetzt lass gefälligst den Computer und komm zu deiner Familie an den Tisch«, schimpfte Ria aus der Küche.

»Wie du meinst«, knurrte Thomas, drehte den Rollstuhl und rollte ins Esszimmer.

Dort ließ Ria eine Schimpftirade ab, die sich gewaschen hatte.

Thomas ließ das nicht auf sich sitzen und gab heftig zurück. Schließlich mache er nichts anderes, als der Polizei zu helfen. Und dazu noch gratis, verdammt nochmal. Er mache das alles freiwillig und doch nur zu seiner eigenen Befriedigung, konterte Ria.

So ging es eine Weile hin und her.

Emma begann zu greinen.

Mama Ritz saß stumm am Tisch. Sie hütete sich, etwas zu sagen. Meistens kriegte sie dann doch bloß von der Person, für die sie Partei ergriff, eins auf den Deckel.

Alle würgten ihr Essen hinunter.

Nach dem Essen zog sich Mama Ritz zurück.

Ria räumte auf.

»Du könntest auch etwas mithelfen«, motzte sie.

»Lass mich in Ruhe«, brummte Thomas und rollte davon.

Bevor sie wieder zur Arbeit fuhr, schaute Ria bei Thomas herein. Sie hielt es nicht aus, im Unfrieden mit ihrem Mann aus dem Haus zu gehen. Auch nicht, wenn es nur für vier Stunden war.

»Was wolltest du mir denn zeigen?«, fragte sie versöhnlich.

»Das«, erwiderte Thomas, immer noch leicht grollend, und klickte die Nachricht an.

»Weiterer Mordfall im Goms?«, lautete die Schlagzeile.

Die Nachricht stammte von einer lokalen Redaktion und war erst vor einer Stunde aufgeschaltet worden. Sie war nicht groß aufgemacht, aber je nachdem, wie viel Aufmerksamkeit sie erregte, konnte die Sache innert Stunden gewaltig aufgebauscht werden. Die Nachricht besagte, dass nach gewöhnlich gut unterrichteten Kreisen im Fall des in einer Jagdhütte tot aufgefundenen unbekannten Wanderers Mordverdacht bestehe.

»Du meine Güte!«, rief Ria. »Kommt das so in der Zeitung?«

»Kann schon sein«, antwortete Thomas. »Aber heute nicht mehr. Und morgen ist ja Feiertag. Da erscheint keine Zeitung.«

Wo ist das Leck?, fragte sich Ria. Hat Beni etwa …?

Nein, dachte sie, der wird sich hüten. Er würde damit seine Karriere aufs Spiel setzen.

Der *Würzäblattäwirt!*, fiel ihr ein, dieses Klatschmaul. Der hatte sich wohl etwas zusammengereimt und an irgendwen weitergegeben. Zu dumm, dass er mit seiner Fantasie auch noch recht hatte.

»Danke, Tomi. Ich melde das weiter. Vielleicht hat noch keiner bei der Kripo die Nachricht gesehen. Für die ist das wichtig. Sehr wichtig sogar. Tut mir leid, Tomi«, sagte sie, bückte sich hinunter und gab ihm einen Kuss auf die Stirn. »Das hast du aber nicht recherchiert, oder? Das ist einfach so hereingekommen, stimmts?«

Thomas nickte.

»Was hast denn *du* herausgefunden?«, fragte sie, um Interesse zu zeigen und die Stimmung zu verbessern.

»Interessierts dich denn?«

»Aber sicher! Was denkst denn du? Komm, sags mir.«

»Ich bin noch nicht ganz fertig. Aber nahe dran. Heute Abend, ja?«

*

Mit Kauz vor dem Speicher sitzend, rapportierte Gsponer sein Gespräch mit Anton Z'Blatten.

Dieser hatte sehr erstaunt getan, als Gsponer sich in seinem Büro meldete.

»*Monsieur* Gsponer«, hatte er ihn von oben herab begrüßt. »*Police Cantonale Valaisanne*, so, so.«

Gsponer hatte sich beim Empfang entsprechend angemeldet. Die Empfangsdame war ziemlich erschrocken und hatte Z'Blatten gemeldet, wer da war.

»Von der Gendarmerie?«, fragte Z'Blatten.

»Nein, von der Kriminalpolizei«, berichtigte Gsponer

trocken und gab ihm seine Visitenkarte. »Inspektor Gsponer.«

Z'Blatten studierte die Karte: *»Inspecteur Alain Gsponer, Police Judiciaire«*, las er, jetzt eine Spur weniger herablassend. »Womit kann ich Ihnen dienen?«

Er ermittle im Mordfall Imfang, sagte Gsponer knapp.

»Gut. Ist aber auch an der Zeit«, sagte Z'Blatten. »Ich frage mich schon lange, weshalb es mit der Aufklärung dieses Falls nicht vorwärtsgeht. Da wird in unserem Dorf ein Mitbürger umgebracht, jedermann ist schockiert, viele sind verängstigt, aber die Polizei tappt offenbar im Dunkeln. Das …«

»Ich möchte Sie ein paar Dinge fragen«, unterbrach Gsponer und gab Z'Blatten zunächst die übliche Rechtsbelehrung.

»Nur zu«, sagte dieser, setzte sich in seinen Chefsessel und wies Gsponer mit einer Handbewegung einen Besucherstuhl zu. »Was interessiert Sie denn?«

Hätte er vor zwei, drei Tagen mit Z'Blatten gesprochen, hätte Gsponer völlig anders angefangen: mit belanglosen Fragen, die heißen Eisen erst nach und nach anfassend. Mit den Trümpfen, die ihm gestern Mannerfelt und heute Frau Trapper in die Hand gespielt hatten, konnte er die Diretissima nehmen:

»Das Gommer Highland Resort.«

Z'Blatten legte seine falsche Freundlichkeit schlagartig ab. »Ich dachte, es gehe um den Mord an Imfang«, sagte er scharf, »aber bitte sehr«, er lehnte sich zurück und sah Gsponer hochmütig an.

»Ist es richtig, dass Sie zwingend auf Imfangs Grundstück angewiesen sind, um das Projekt realisieren zu können?«

Z'Blattens Gesicht wechselte die Farbe. Es war nur nicht klar, ob vor Schreck oder vor Zorn.

»Inspecteur Gsponer«, sagte er mit kaum unterdrücktem Ärger, »Sie können mich gern zu diesem bedauerlichen

Mordfall befragen, wenn Sie es für nötig halten. Aber meine Geschäfte gehen Sie nichts an, damit das klar ist.«

Gsponer beschloss, Z'Blatten ein wenig zu provozieren.

»Und ist es richtig, dass das besagte Projekt in die Landwirtschaftszone zu liegen käme?«, fragte er unbeirrt weiter.

»Das ist doch eine rein politische Frage. Was soll das mit diesem verdammten ...«

»Dass Sie also einen Weg finden müssten, gewisse – wie soll ich sagen? – gewisse Bestimmungen, ähm, ich meine Hindernisse zu umgehen?« Er war sich vollkommen im Klaren, dass dieser Aspekt nicht das Geringste mit dem Mordfall zu tun hatte.

»Um*gehen*?«, empörte sich Z'Blatten. »*Was* umgehen? Ich will Ihnen etwas sagen, *Monsieur* Gsponer: Sie haben sich da von einem kaltgestellten Zürcher Kantonspolizisten auf eine falsche Fährte setzen lassen. Weiß Ihr Vorgesetzter überhaupt von dieser Allianz?«

Gsponer war etwas überrascht, dass Z'Blatten von seiner Verbindung zu Kauz wusste, versuchte sich aber nichts anmerken zu lassen.

Z'Blatten witterte sofort eine Chance: »Wie heißt Ihr Vorgesetzter?«

»Fux. Chefinspektor Fux in Brig«, sagte Gsponer.

»Und der höhere, der Kommandant?«

Der nächsthöhere war zwar der Chef der Kriminalpolizei, Bonvin, nicht der Kommandant. Aber darüber brauchte er Z'Blatten nicht zu belehren.

»Den kennen Sie doch bestimmt, Herr Z'Blatten. Persönlich, nehme ich an. Oder nicht?«

Leute wie Z'Blatten waren mit den höchsten Funktionären im Kanton bekannt, das verstand sich von selbst. Vermutlich auch auf Du und Du mit ihnen.

»Ganz richtig« bestätigte Z'Blatten. »Ich werde mich mit ihm über Sie unterhalten.«

»In Ordnung. Macht mir nichts –«, erwiderte Gsponer und machte eine seiner Kunstpausen, »– macht mir nicht einmal Eindruck. Aber ich hätte noch eine Frage. Darf ich?«

»Meinetwegen. Wenn es sein muss. Aber zur Sache, ja?«

»Sagen Ihnen diese Schreiben etwas?«

Er zückte sein Handy und lud ein paar Bilder herunter: Er hatte die Drohschreiben an Kauz fotografiert. Das erste hielt er Z'Blatten unter die Nase.

Z'Blatten nahm das Handy und sah sich das fotografierte Schreiben an.

»Blättern Sie bitte weiter. Es sind fünf.«

»Was soll der Quatsch?!«, rief Z'Blatten und gab ihm das Handy zurück.

»Das sind Drohschreiben.«

»Und?«, rief Z'Blatten jetzt mit hochrotem Kopf. Es sah nach echter Empörung aus. »Was habe ich damit zu schaffen?«

»Vielleicht gar nichts. Ich wollte sie Ihnen bloß zeigen. Darf ich mit Ihrer Sekretärin sprechen?«

Das war gar nicht so hoch gepokert, denn seit gestern wusste Gsponer von den Computerexperten, wem das Handy gehörte, das Damian Pfefferle geschenkt bekommen hatte.

Es gab ein kurzes Geplänkel, da Z'Blatten sich jedem Ansinnen Gsponers zunächst widersetzte. Widerstrebend rief er schließlich seine Sekretärin herein und musste sogar sein eigenes Büro verlassen: Gsponer wollte unter vier Augen mit der Dame reden.

Eine Viertelstunde später wurde auch die junge Empfangsdame von Rödelmann & Partner geholt, die im Erdgeschoss arbeitete, und wieder eine Viertelstunde später lag ein von den zwei Frauen unterschriebenes Geständnis auf dem Tisch: Ihre Chefs, in erster Linie Z'Blatten, hätten sich fürchterlich über den lästigen Herrn Walpen aus Zürich aufgeregt.

Z'Blattens Sekretärin behauptete, ihr Boss habe losgewettert, dass dieser Walpen ihn über den Tisch gezogen hätte, er habe ihm einen üblen Streich gespielt und eigentlich müsste man es ihm mit gleicher Münze heimzahlen. So oder so, der Kerl müsse aus Münster verschwinden. Sie habe das als Auftrag verstanden und sich deshalb einen Streich ausgedacht. Gemeinsam mit der Jüngeren hätten sie die Briefe entworfen und geschrieben. Aber mit der körperlichen Attacke auf Herrn Walpen hätten sie wirklich nichts zu tun.

Das wisse er, sagte Gsponer.

Wo der Zürcher Walpen wohnte, hatte sich bald herumgesprochen. Z'Blattens Sekretärin, sie war Minstigerin, schlug vor, Damian Pfefferle, der sich vor der Arbeit auf seines Vaters Hof drücke und oft im Dorf herumlungere, als Überbringer der Briefe und der Tierkadaver einzusetzen. Den Kontakt zu ihm stellte das andere, jüngere Mädchen her, denn sie war eine Auswärtige und arbeitete erst seit wenigen Wochen in Münster, kaum jemand kannte sie. Sie instruierte den Burschen und versprach ihm ein altes, nicht mehr ganz funktionsfähiges Handy, auf dem man aber noch gamen konnte.

Gsponer vermutete, dass Z'Blatten wesentlich aktiver in die Drohbriefgeschichte involviert war, als es die jungen Frauen darstellten. Aber darauf wollte er jetzt nicht herumreiten. Ihm kam es bloß darauf an, dass Z'Blatten in die Defensive geriet und vom hohen Ross heruntersteig. Bevor er die in Tränen aufgelösten jungen Frauen entließ, holte er Z'Blatten deshalb wieder herein und erklärte, er müsse die Angelegenheit an die Staatsanwaltschaft und im Fall der jüngeren Frau an den Jugendanwalt weiterleiten. Er werde sich aber dafür einsetzen, dass sie nicht zu hart angepackt würden.

»Ich habe noch eine Frage«, sagte er, als die zerknirschten Sünderinnen den Raum verlassen hatten.

»Ja?«, sagte Z'Blatten, nun deutlich kleinlauter.

»Glauben Sie, dass der verstorbene Gemeindeschreiber Trapper etwas mit dem Tod von Imfang zu tun hatte? Sie hatten doch einen sehr direkten Draht zu ihm.«

»Wie meinen Sie das?«, gab Z'Blatten scharf zurück. Er war nahe daran aufzubrausen. Aber er nahm sich zusammen: »Nein«, sagte er, »ich habe keine Ahnung.«

Gsponer hatte nichts anderes erwartet.

»Seine Witwe sagt, er sei vor seinem Tod sehr angespannt gewesen und habe vor irgendetwas Angst gehabt. Können Sie sich vorstellen, wovor?«

»Nein. Ich weiß bloß, dass er zu viel trank.«

Gsponer reichte es allmählich. »Apropos trinken«, provozierte er Z'Blatten weiter: »Was können Sie mir über Ihre Beziehung zu Herrn Steinhäger sagen?«

»Steinhäger?«

Z'Blatten war sichtlich überrumpelt. Er wand sich. In vagen, allgemeinen Wendungen beschrieb er eine ganz normale Geschäftsbeziehung. Gsponer ließ ihn eine Weile reden.

»Ist Ihnen bekannt, dass Herr Steinhäger derzeit in finanziellen Schwierigkeiten steckt?«

»Nein«, sagte Z'Blatten verblüfft. »Tut er das?«

Jetzt gönnte Gsponer ihm eine Verschnaufpause.

»Und wie! Ist es richtig, dass Herr Steinhäger Sie mit dem Architekturbüro Rödelmann & Partner zusammenbrachte?«

»Das ist richtig«, bestätigte Z'Blatten sofort und atmete auf.

»Ist es richtig, dass Herr Steinhäger Ihnen Investoren vermittelte?«

»Ja.«

»Auch solche aus Russland?«

»Das ist richtig. Aber was, bitte, hat das mit dem Mordfall zu tun, den Sie untersuchen?«

»Das hat insofern mit dem Mordfall zu tun, als wir wissen,

dass Herr Steinhäger gewisse, sagen wir: eher heikle Verbindungen zur russischen ... zur russischen Geschäftswelt unterhält.«

Z'Blatten starrte ihn ungläubig an.

»Und es hat des Weiteren mit dem Mordfall zu tun, weil es Anhaltspunkte dafür gibt, dass Imfang von einem russischen Auftragskiller umgebracht wurde.«

»Um Gottes willen. Ist das wahr?«

»Ich sagte: Es gibt Anhaltspunkte«, wiederholte Gsponer.

Z'Blatten war sprachlos.

»*Mon Dieu!*«, stammelte er schließlich. »Sie denken doch nicht etwa, dass ich ...?«

Gsponer griff in seine Jackentasche.

»Herr Z'Blatten, erkennen Sie diesen Umschlag wieder?«

Er öffnete den größeren Umschlag und ließ den kleineren mit dem Geld halbwegs herausgleiten, ohne ihn anzufassen.

Z'Blatten erstarrte.

Dann beugte er sich etwas vor, als ob er den Umschlag genauer betrachten müsse. Es war ein ganz gewöhnlicher Geschäftsbriefumschlag. Gefüllt mit Geldscheinen.

»Nein«, sagte er. Er schaute Gsponer fassungslos an. »Was ist das überhaupt? Er ist verschlossen.«

»Da ist ein Geldbetrag drin, nehme ich einmal an. Schätzungsweise achttausend Franken. Und Ihre Fingerabdrücke sind da drauf, Herr Z'Blatten. Haben Sie dazu etwas anzumerken?«

Nur allmählich fasste sich Z'Blatten.

»Das geht mir zu weit«, brachte er nach einer Weile heraus. »Ich sage kein Wort mehr. Ich möchte meinen Anwalt anrufen.«

»Tun Sie das, Herr Z'Blatten, tun Sie das unbedingt. Aber Sie können sich Zeit lassen. Unsere Unterhaltung ist fürs Erste beendet. Einen schönen Tag noch«, sagte er und ging.

Kauz drehte den Kopf und schaute Gsponer von der Seite an.

»Hast du wirklich gesagt: Ihre Fingerabdrücke sind da drauf, Herr Z'Blatten? Wurde er denn erkennungsdienstlich behandelt?«

Gsponer grinste in sich hinein und steckte sich eine Zigarette an. »Nein, natürlich nicht«, sagte er dann.

»*Hüärä värdammtä Schnüüfer, durggwiggstä!*«, lachte Kauz ihm ins Gesicht.

»Aber ich mache jede Wette, dass seine Fingerabdrücke da drauf sind«, lachte Gsponer und klopfte auf seine Jackentasche.

Kauz dachte nach. Wenn es stimmte, dass die beiden Umschläge – der, den man unter Baratschows Sachen auf der Geissalp gefunden hatte, und der, den Gsponer heute aus Trappers Wohnung mitbrachte –, wenn es stimmte, dass diese beiden Umschläge den gleichen Inhalt hatten, nämlich je achttausend Franken, und durch dieselben Hände gingen, und wenn es weiter stimmte, dass es tatsächlich die Hände von Anton Z'Blatten und von Hubert Trapper waren, dann …

Gsponers Handy brummte.

»Lara, du? Was ist?«, meldete er sich. »Wie? Heute Nachmittag? Ria auch? Weshalb denn das? Na gut, da werden wir müssen. *Salü.*«

Er steckte sein Handy ein.

Kauz sah ihn fragend an. »Was gibts?«

Gsponer musste seinem Ärger Luft verschaffen.

»*Hüärä Säich*«, schimpfte er und schlug mit der Hand auf die Sitzbank. »Da hat Lara aber einen Bock geschossen.«

Die Staatsanwältin hatte den Fall Olga Imfang, also den Giftmord an Yury Baratschow, soeben dem Oberstaatsanwalt vorgelegt, weil Ria Ritz ihr gemeldet hatte, die Nachricht vom mutmaßlichen Mordfall in der *Aaltä Hittä* sei im Internet publik gemacht worden und erscheine vermutlich in der nächsten Zeitungsausgabe. Der Oberstaatsanwalt hatte diesen Fall, und erst recht den Mord an Wendelin Imfang mit seinen Verästelungen in Richtung Anton Z'Blatten, sofort zur Chefsache erklärt und verfügt, dass noch an diesem Tag eine dringliche Sitzung der beteiligten Ermittler stattfinde. Es gehe ihm wohl darum, meinte Gsponer, die Ermittlungen zu bremsen und die Sache so rasch als möglich vom Tisch zu haben.

»Dann spiel deinen heutigen Trumpf aus, Alain«, machte Kauz seinem neuen Freund Mut.

»Das wird dem Oberstaatsanwalt keine Freude machen. Er hat Schiss, sich mit Z'Blatten anzulegen. Du, ich muss in zwei Stunden in Visp sein. Die Sitzung findet um drei statt. Kannst du mir dein Motorrad ausleihen? Es wird knapp.«

»Leider nicht«, antwortete Kauz. Mit einer schneidenden Handbewegung unter seinem rechten Knie erinnerte er ihn an den Vortag. Und dass seine alte BMW jetzt in einer Garage in Fiesch repariert wurde.

Gsponer schaute auf die Uhr.

»In dreißig Minuten geht der nächste Zug, oder?«

Kauz nickte.

»Ich gebe dir noch einen guten Rat, Alain«, sagte er.

»Ja? Welchen?« Gsponer war ganz Ohr.

»Iss etwas, bevor du gehst«, lachte Kauz, erhob sich und führte seinen Kollegen in den sauber gefegten Speicher. In der Küche schnitt er Brot, stellte Butter, Käse, Schinken und Senf auf den Tisch und holte Gurke und Tomaten. Daraus machte er zwei währschafte belegte Brote und reichte Gsponer eines. Er schenkte jedem ein Glas unvergorenen sauren Most ein.

Gsponer langte kräftig zu.

»Und dann besuchtest du noch die Gemeindepräsidentin?«, fragte Kauz. »Im Gemeindehaus?«

Gsponer nickte kauend.

»Du hast sie auf das Telefongespräch angesprochen, von dem Frau Trapper dir erzählte?«

»Natürlich«, bestätigte Gsponer mit vollem Mund und spülte den Bissen mit dem Most hinunter. »Aber sie sagte, sie könne sich nicht erinnern.«

»Nimmst du ihr das ab?«

»Nein. Sie verschweigt irgendetwas, da bin ich mir sicher. Dann habe ich ihr den Umschlag gezeigt, gesagt, dass Trappers Frau diesen im Schreibtisch ihres toten Mannes gefunden habe, und gefragt, ob der Gemeindeschreiber Geld in amtlicher Mission herumgetragen hat.«

»Wie hat sie reagiert?«

»Sie war ziemlich perplex. Aber sie sagte sofort, sie könne sich keinen behördlichen Auftrag vorstellen, der den Gemeindeschreiber dazu veranlasst hätte, Bargeld in einem Umschlag entgegenzunehmen, weiterzugeben oder gar nach Hause zu nehmen. Es müsse sich, auch wenn die Ehefrau nichts davon wisse, um eine private Angelegenheit handeln. So etwas komme eben vor.«

Gsponer schaute auf die Uhr.

»Hast du sie nach Steinhäger gefragt?«, wollte Kauz noch wissen.

»Na klar, was denkst denn du?«, erwiderte Gsponer und stand auf. »Sie sagte, sie kenne keinen Steinhäger. Der Name sage ihr nichts.«

Noch kauend eilte er zum Bahnhof.

*

Kauz stapfte zum Gommer Höhenweg hoch. Er versuchte sich abzulenken. Selbstverständlich interessierte es ihn brennend, wie die Sache in Visp lief. Aber er konnte jetzt nichts anderes tun, als Lara und Alain die Daumen zu drücken. Gegen Abend würde er mehr wissen. Er war sicher, dass Ria oder Alain ihn anrufen und auf den neusten Stand bringen würden.

Er brauchte für den Aufstieg auf die Geissalp deutlich weniger Zeit als noch vor vier Wochen. In weniger als einer Stunde war er oben. Zwar fühlte er sich angenehm matt und hätte am liebsten ein Nickerchen gemacht, aber natürlich setzte er sich zuerst einmal mit Xaver und Anna an den Tisch vor der Hütte.

»Tut mir leid, dass ich dich angeschwindelt habe«, sagte Anna und sah ihn von unten herauf an. »Dafür musste ich eine Woche sitzen, geschieht mir recht. Aber jetzt ist ja alles wieder gut«, meinte sie treuherzig.

Kauz gewann den Eindruck, dass die Frau nicht so recht begriff, in welch üble Geschichte sie verwickelt war.

»Dafür weiß ich jetzt alles«, fuhr sie fort.

»Was weißt du? Und von wem?«

»Von dieser Richterin. Oder Polizistin. Frau Stockalper heißt sie. Ich weiß jetzt, dass Bohdan den armen Wendel getötet hat. Warum eigentlich? *Das* hat sie mir nicht gesagt. Maksym hat man gefangen, aber der war es bestimmt nicht. Der ist viel zu lieb.«

Sie schwatzte munter und ein wenig unbedarft drauflos. Erst jetzt erkannte Kauz, dass sie eine wahre Plaudertasche war. Unter den stressigen Bedingungen nach Wendels Tod war sie ein anderer, geradezu verschlossener Mensch gewesen. Sie hatte ja auch einiges zu verbergen gehabt; vermutlich war das ganz wider ihre Natur gewesen. Gut möglich, dass Wendel, als eher wortkarger Mensch, ihre Munterkeit und ihr Geplauder schätzte und deshalb manchmal ihre Nähe suchte.

Sie saßen vielleicht eine Viertelstunde, da klingelte Kauz' Handy. Als er es endlich hervorgeklaubt hatte, war der Anruf verstummt. Er steckte es ein, da klingelte es wieder.

Diesmal war er rechtzeitig dran.

»Ja?«, meldete er sich. »Wo brennts denn? Wie bitte? *Was!?* Das gibts doch nicht!«, rief er. »Bist du sicher? Gut, dann hör zu! Ich sage dir, was wir jetzt machen.«

»Tut mir leid, Kinder«, sagte er zu den beiden, die ihn, während er telefonierte, etwas erschreckt angeschaut hatten, »ich muss schon wieder weg. Ein Notfall.«

Jetzt sahen sie noch erschreckter aus.

»Keine Sorge«, sagte er im Aufstehen. »Wir sehen uns morgen. Könnt ihr so lange auf Max aufpassen?«

Und schon war er weg. Das Handy ans Ohr gedrückt, begann er im Marschieren zu telefonieren, was er eigentlich hasste.

»Verdammt«, sagte er laut, da niemand antwortete, und versuchte es mit den anderen Nummern. Auch keine Antwort.

Er setzte sich auf den Boden und schickte zwei SMS.

Er war schon fast in Münster, als der Rückruf kam.

»Gut, dass du zurückrufst, Alain«, sagte er. »Ich *weiß*, dass ihr bei der Oberstaatsanwaltschaft seid. Darum gehts ja!« Er tischte ihm die Neuigkeiten auf. »Du beantragst den Haftbefehl, oder? Gut. Und was hältst du unter diesen Umständen von Personenschutz für das Ehepaar Imfang? Doch, die sind in Gefahr! Nach allem, was ich weiß, sind sie gerade jetzt in Brig. Valentin hat mir heute Früh gesagt, dass sie auf dem Weg zum Notar sind. Wie? Er soll selber kommen? Jetzt gleich, auf die Oberstaatsanwaltschaft? Gut. Nein, hör zu. Alain: *Ich* komme nicht, das ist *dein* Fall. Ja, das mache ich. *Bonne chance*!«

Er drückte auf die rote Taste und tippte die nächste Nummer ein.

»Mach den Streifenwagen flott, Beni, du fährst nach Visp. Mit Blaulicht und Sirene. Befehl von Ria«, sagte er und gab ihm genaue Anweisungen.

Er zierte sich nicht lange, als drei Stunden später Ria aus dem Auto anrief und ihn zu sich nach Hause einlud. Da werde sie ihm alles erzählen. Das traf sich gut, denn Kauz stand schon am Bahnhof. Er war unterwegs nach Fiesch, um in der Garage seine mittlerweile reparierte alte BMW abzuholen. Vom Marsch auf die Geissalp und wieder zurück war er ordentlich müde. Er machte deshalb im Zug ein Nickerchen, aber als er in Fiesch ankam, war er hellwach. Und gespannt wie ein Regenschirm.

»Der Haftbefehl ist ausgestellt«, sagte Ria als Erstes, als sie im Wohnzimmer saßen. »Es war ein Theater, kann ich dir sagen. Der Oberstaatsanwalt sträubte sich die längste Zeit. Es war sonnenklar, dass er sich an der Walliser Prominenz nicht die Finger verbrennen wollte. Erst als der letzte Trumpf auf dem Tisch lag, lenkte er ein. Und zwar rassig«, lachte sie.

Thomas saß ein wenig mitgenommen bei ihnen, so als habe er einen *Handbike*-Marathon hinter sich. Er lächelte erschöpft, aber mit zufriedenem Gesicht.

»Zu guter Letzt …«, wollte Ria zusammenfassen.

»Halt, halt, Ria«, unterbrach Kauz. »Der Reihe nach, bitte. Von vorn. Die ganze Story.«

»Vor oder nach dem Essen?«

»Jetzt gleich, bitte«, sagte Kauz. Sie hatten ein Glas Johannisberg und Erdnüsschen vor sich. Das würde fürs Erste genügen.

»Gut«, sagte Ria und legte los.

*

Es waren alle rechtzeitig da gewesen. Oberstaatsanwalt Hauptmann, zuständig für die Region Oberwallis, war, obschon er bloß das Büro zu wechseln brauchte, als Letzter gekommen und leitete schnaufend die Sitzung. Er war ein korpulenter Mann mit breitem Nacken und kurzem Atem.

Er trug Veston, Hemd und Krawatte, der Hemdkragen ließ sich um den voluminösen Hals herum kaum schließen. Man hätte ihn für einen im Ruhestand verfetteten Rentner halten können, aber seine Pensionierung stand erst in zwei, drei Jahren bevor. Es war bekannt, dass er sich seine weiße Weste, die politisch gesehen allerdings tiefschwarz war, nicht im letzten Moment noch durch irgendwelche heiklen Fälle besudeln wollte. Entsprechend schaute er seinen Staatsanwälten auf die Finger und pfiff sie zurück, wann immer sie sich zu weit aus dem Fenster lehnten. In gar zu diffizilen Dingen ließ er lieber den Generalstaatsanwalt entscheiden, mit dem er allerdings nicht im besten Einvernehmen stand: Der Jungspunt von gerade mal fünfundfünfzig Jahren hatte ihn doch seinerzeit bei der Bewerbung um den höchsten Posten ausgestochen.

»So«, schnaufte er, »mal sehen. Lassen Sie hören, Stockalper. Aber keine Fisimatenten bitte, wir wollen rechtzeitig fertig werden.« Und als ob alle Anwesenden es nicht auch wüssten, erklärte er: »Morgen ist Erster August.«

Lara Stockalper warf Gsponer einen hilfesuchenden Blick zu, rückte ihre Brille zurecht und fasste den Mordfall Wendelin Imfang und den AgT *Aalti Hittä* prägnant zusammen.

»Gut«, sagte Hauptmann, als alle Fakten auf dem Tisch lagen und die Tathergänge bestmöglich rekonstruiert worden waren. »Beginnen wir mit dem Mord an diesem Dingsbums, diesem Russen. Hier besteht dringender Tatverdacht gegen – wie heißt sie schon wieder?«

»Imfang. Olga Imfang.«

»Richtig, Olga Imfang. Geboren – was sagten Sie?«

Er stutzte ein wenig, als die Staatsanwältin Olgas Jahrgang nannte. »Tut nichts zur Sache«, entschied er, »die Frau wird festgenommen. In Haft setzen können wir sie ja offenbar nicht«, er zog den einen Mundwinkel herunter, »weil ein wohlmeinender Dorfarzt ihr Hafterstehungsunfähigkeit attestiert. Aber der Psychiatrie zuführen können wir sie. Zur Begutachtung.«

»Lässt sich das nicht abwenden?«

Die Frage kam von Ria Ritz. In den Augen des Oberstaatsanwalts war sie als gewöhnliche Polizistin in dieser Runde ein *Nonvaleur*. Gerade wegen Olga Imfang hatte Lara Stockalper aber darauf bestanden, dass sie mit dabei war. Denn sie und Benjamin Carlen waren, neben Kauz und Doktor Kalbermatten, diejenigen, die persönlich mit Olga Imfang gesprochen hatten.

»Ich meine«, fuhr Ria fort, »die Frau ist …«

»Wie gesagt«, fuhr ihr der Oberstaatsanwalt über den Mund, »tut nichts zur Sache. Sie erlassen die Verfügung, klar, Stockalper? Und nun zum andern Fall, dem Mord an Imfang. Den Mörder haben wir ja identifiziert. Hier geht es einzig noch um den oder die mutmaßlichen Auftraggeber, stimmt das? Und in*wie*fern«, fragte er weiter, ohne sich seine rhetorisch gestellte Frage beantworten zu lassen, »in*wie*fern, denken Sie, soll der Unternehmer Anton Z'Blatten in diese Angelegenheit involviert sein?«

»Es geht hier um *zwei* mögliche Tatverdächtige, Herr Oberstaatsanwalt«, präzisierte Lara Stockalper. »Einerseits …«

»Eben. Und der zweite, das war …?«

»Ray Steinhäger. Aber Inspektor Gsponer hat …«

»Papperlapp, jetzt sind Sie dran. Nachher werden wir Gsponer hören, nicht wahr, Herr Kollege Fux?«

Und damit wandte er sich an den Chefinspektor des Kreises Brig, der an seiner Seite saß und den er gnädigerweise die zweite Geige spielen ließ. Felix Fux war ein sportlicher Typ mit getrimmtem Schnurrbart, nur wenige Jahre älter als sein bestes Pferd im Stall, Alain Gsponer. Er war ein erfahrener, kluger Kriminalpolizist und bei seinen Leuten beliebt wegen seines klaren und kooperativen Führungsstils. Hauptmann hatte eine etwas andere, dafür umso distinguiertere Auffassung von Hierarchie: Er nannte seine Staatsanwälte ohne jede Anrede beim Familiennamen, wie Rekruten, dieweil der Chefinspektor ein Herr war und überdies, da promovierter Jurist, ein Herr Kollege. Den Generalstaatsanwalt dagegen sprach er jederzeit, selbst am Telefon, unterwürfig mit Herr Generalstaatsanwalt an, obschon er ihn für ein staatsanwaltliches Greenhorn hielt.

»Wie Sie wollen«, sagte Fux und nickte freundlich.

»Also, Stockalper, kommen Sie zur Sache: Dieser Steinhäger. Was liegt gegen ihn vor?«

So kurz und bündig, wie sie nur konnte, listete die junge Staatsanwältin das umfassende Sündenregister Ray Steinhägers auf.

»Nun gut«, konstatierte Hauptmann. Es handle sich unbestreitbar um einen Geschäftsmann mit dubioser Vergangenheit. Aber an der geschäftlichen Beziehung zum Gommer Unternehmer Anton Z'Blatten gebe es, so wie er die Sache sehe, nichts auszusetzen. Die Indizien, die für eine Beteiligung am Mordfall Imfang sprächen, seien sehr dürftig, oder besser gesagt: gar nicht vorhanden. Bloß weil einer in Spanien vor Gericht gestanden habe – und notabene freigesprochen worden sei – und weil er einen neuen Namen angenommen habe, könne man noch längst nicht gegen ihn vorgehen. Im Goms ein Highland Resort zu planen sei ja nicht gesetzeswidrig und den Initianten dabei finanziell zu unterstützen noch weniger. Auch wenn es um die Vermittlung von russischen Investoren gehe.

»Woher stammen Ihre Informationen überhaupt?«

Lara Stockalper blickte um sich.

»Von mir«, eilte Gsponer ihr zu Hilfe.

»Welches sind *Ihre* Quellen?«

»Ich habe einen Spezialisten recherchieren lassen.«

»Reden Sie nicht um den Brei herum, Gsponer. Ich kenne

die Spezialisten der Polizei. Sie dürfen mir ruhig den Namen nennen.«

»Thomas Abgottspon.«

»Abgottspon?«, fragte Hauptmann verblüfft. »Ist der neu? Arbeitet er auf dem Kommando?«, wandte er sich an Fux. Er wollte sich absichern, ehe er den Mann disqualifizierte.

Fux zuckte mit den Schultern.

Gsponer blieb nichts anderes übrig, als Farbe zu bekennen. Er schenkte dem Oberstaatsanwalt reinen Wein ein und informierte ihn, da er schon mal das Wort hatte, auch über die Befragungen der Witwe Trapper und von Anton Z'Blatten, die noch keine vier Stunden zurücklagen. Auch dass er die Gemeindepräsidentin von Münster befragt hatte, gab er zu Protokoll.

»Das gibts doch nicht«, empörte sich Oberstaatsanwalt Hauptmann, statt auf seine Darlegung einzugehen. Er ignorierte Gsponer und beschwerte sich direkt bei Fux: »Da wird ein externer, nein ein *privater* Internetexperte – oder muss ich sagen Amateur? – mit einer Recherche beauftragt. Nicht nur das, der Auftrag ging von einem unehrenhaft entlassenen Zürcher Kantonspolizisten aus, der es anscheinend nicht lassen kann, sich einzumischen. Was sagen Sie zu dieser Allianz, Herr Kollege Fux?«

Allianz?, dachte Gsponer. Das Wort hatte Z'Blatten benützt.

Fux ließ sich nicht aus der Ruhe bringen. Er kannte den Oberstaatsanwalt und wusste, dass er Dampf ablassen und sich ein bisschen in Szene setzen musste.

Hauptmann ereiferte sich noch ein Weilchen, dann entschied er: Erstens, die Ermittlungen gegen Olga Imfang seien weiterzutreiben, mit Hausdurchsuchung und allem Drum und Dran, parallel zu der psychiatrischen Begutachtung, welche selbstverständlich stationär durchzuführen sei. Zweitens, aufgrund der Recherchen von Kriminalinspektor

Gsponer stehe der verstorbene Gemeindeschreiber Hubert Trapper als Auftraggeber des von Olga Imfang umgebrachten russischen Killers praktisch fest. Gegen einen Verstorbenen werde aber selbstverständlich kein Verfahren eingeleitet. Drittens, gegen den Geschäftsmann Ray Steinhäger, welcher ein vielversprechendes Projekt im Goms unterstütze, lägen keinerlei überzeugende Verdachtsmomente wegen Anstiftung zum Mord an Wendelin Imfang vor, zumal kein Motiv erkennbar sei. Der Mann sei ja allem Anschein nach brennend an der Realisierung des Projekts interessiert; diese werde durch den Tod Imfangs aber nur erschwert. Viertens, auch gegen den Gommer Bauunternehmer Anton Z'Blatten liege nichts, aber auch rein gar nichts vor, was eine Strafuntersuchung in Sachen Anstiftung zum Mord an Wendelin Imfang rechtfertige. Summa summarum sei also eine Strafuntersuchung gegen Olga Imfang einzuleiten. Im Fall Ray Steinhäger und im Fall Anton Z'Blatten verfüge er, Oberstaatsanwalt Hauptmann, hingegen Nichtanhandnahme. Und die Gemeindepräsidentin von Münster habe offensichtlich nichts zur Aufklärung des Falles beizutragen. Man solle sie gefälligst nicht mit weiteren Befragungen behelligen.

Nichtanhandnahme! Das hieß nichts anderes, als dass die zwei prominenteren Verdächtigen ungeschoren davonkamen, weil keine weiteren Ermittlungen, geschweige denn eine Strafuntersuchung gegen sie eingeleitet werde. Olga Imfang dagegen sollte in die Mangel genommen und der Gemeindeschreiber Trapper posthum zum alleinigen Auftraggeber im Mordfall Wendelin Imfang erklärt werden.

»Entschuldigen Sie, Herr Oberstaatsanwalt«, hob Kriminalinspektor Gsponer an, »vielleicht war ich in einem Punkt etwas unpräzis.« Er musste einen verbalen Bückling machen, damit Hauptmann ihn nach seinem Schlusswort überhaupt noch einmal anhörte.

»In welchem Punkt, Gsponer?«, fragte Hauptmann und wischte sich mit seinem Taschentuch die Stirn.

»Der Briefumschlag.«

»Welcher Briefumschlag schon wieder?«

Gsponer erklärte ein zweites Mal geduldig, dass Frau Trapper ihm einen Briefumschlag übergeben habe, welchen sie im Schreibtisch ihres verstorbenen Ehemanns gefunden hatte. Ihm wurde klar, dass Hauptmann ihm gar nicht zugehört, sondern sich nur über seinen Informanten aufgeregt hatte. Der Briefumschlag, wiederholte er, sehe gleich aus wie jener, den man bei der Hausdurchsuchung auf der Geissalp in Baratschows Sachen gefunden habe. In jenem Umschlag hätten sich achttausend Franken befunden und vieles spreche dafür, dass es sich dabei um die eine Hälfte des Honorars für den Mordauftrag an Wendelin Imfang gehandelt habe. Dem Mörder auch die andere Hälfte auszuhändigen, dazu sei Trapper nicht mehr gekommen.

»Na und, Gsponer? Das heißt doch nur eines: Trapper war der Auftraggeber.«

»Mit Verlaub, Herr Oberstaatsanwalt: Ich vermute eher, Trapper war der Briefträger. Er erhielt die Umschläge von Anton Z'Blatten, dessen bin ich mir praktisch sicher. Dafür sprechen die Aussagen von Frau Trapper. Und auch die Reaktion Z'Blattens, als ich ihn mit dem Umschlag konfrontierte. Den einen Umschlag übergab Trapper dem Killer Baratschow, den anderen hielt er, vielleicht auftragsgemäß, noch zurück. Dieser zweite Briefumschlag wird zur Zeit von unseren Spurenexperten untersucht, ich habe ihn vor der Sitzung ins Labor gebracht. Ich beantrage, Anton Z'Blatten durch die Staatsanwaltschaft vorzuladen und erkennungsdienstlich behandeln zu lassen. Je nach Ergebnis würde ich sodann beantragen, Z'Blatten wegen Verdachts auf Anstiftung zum Mord zu verhaften und in Untersuchungshaft zu nehmen.«

»Was soll das, Gsponer? Sind Sie profilierungssüchtig oder was? Sie sind ja regelrecht versessen darauf, Anton Z'Blatten etwas nachzuweisen. Dafür lasse ich mich nicht einspannen. Ich kann Sie nicht daran hindern, den Mann polizeilich zu befragen. Dazu brauchen Sie keine Einwilligung der Staatsanwaltschaft. Aber eine staatsanwaltliche Einvernahme wird es ohne sehr konkrete Verdachtsgründe nicht geben.«

In diesem Augenblick summte Gsponers Handy. Er schielte verstohlen darauf: Kauz versuchte ihn anzurufen. Natürlich konnte er den Anruf nicht entgegennehmen.

Wenig später klingelte es leise in Rias Uniform. Sie zückte diskret ihr Handy: Kauz. Sie warf Gsponer einen Blick zu, nahm den Anruf aber auch nicht entgegen.

Zu guter Letzt trillerte es auch bei der Staatsanwältin. Lara Stockalper warf einen Blick auf das Handy, das vor ihr auf dem Schreibtisch lag, und schaltete auf lautlos.

Es dauerte keine Minute, da ging sowohl auf Gsponers wie auf Rias Handy eine SMS ein: *Dringend! Ruf mich zurück!*

Ria, die von Oberstaatsanwalt Hauptmann ohnehin nicht beachtet wurde, tippte unter dem Tisch ihre Antwort: *Geht nicht. Sitzung beim OSTA.*

Unterbrecht die Sitzung!, schrieb Kauz prompt zurück.

Gsponer beantragte eine Pause. Zu seiner Überraschung willigte Hauptmann sofort ein. Die Pause war ihm allem Anschein nach höchst willkommen, denn er erhob sich unverzüglich und verließ den Raum. Ob für den Besuch der Toilette oder für ein diskretes Gläschen Fendant in seinem Büro, blieb den übrigen Sitzungsteilnehmern vorerst verborgen.

Gsponer rief Kauz an: »Was gibts, Kauz?« Er lauschte. »Was du nicht sagst!« In Stichworten wiederholte er laut, was Kauz ihm sagte. Ria, Stockalper und Fux hörten mit. Ria rieb sich die Hände, Lara Stockalper machte große Augen und Fux hob interessiert eine Braue.

»Gut, ich beantrage Haftbefehl«, sagte Gsponer in sein

Handy. »Personenschutz? Für die Eltern Imfang? Du hast recht: Sie könnten in Gefahr sein. Weißt du, wo sie sind? Alles klar, Kauz. Warte einen Augenblick.« Er besprach sich hinter vorgehaltener Hand mit Fux und den zwei Frauen. »Weißt du was, Kauz«, nahm er das Telefongespräch wieder auf. »Wir finden, er solle auf die Oberstaatsanwaltschaft kommen und seine Aussage persönlich machen. Das macht mehr Eindruck. Ja, jetzt sofort. Kannst du das veranlassen? Gut. Und du kommst bitte auch. Nein? Nun gut, du hast recht. Warte«, sagte er ins Telefon und hörte, was Ria ihm zuflüsterte. »Carlen soll ihn eskortieren, sagt Ria. Gibst du ihm die Order durch? Danke, Kauz. *Salü*.«

Noch ehe der Oberstaatsanwalt aus seiner Pause zurückkehrte, hatten die vier – die Staatsanwältin, Gsponer, Ria Ritz und Fux – ihren Antrag beschlossen und das weitere Vorgehen besprochen. Fux sagte, *er* werde den Antrag vorbringen. Dann griff er zu seinem Handy und wählte die Nummer des Polizeikommandos.

Als der Oberstaatsanwalt zurückkam, war er sichtlich entspannter.

»Gut«, sagte er leutselig und ließ sich in seinen Drehstuhl fallen. »Ich habs mir in Ruhe nochmals überlegt. Ich will Ihnen entgegenkommen, Gsponer: Sie laden Anton Z'Blatten vor und ersuchen ihn, sich freiwillig erkennungsdienstlich behandeln zu lassen, Fingerabdrücke und all das Zeugs. Aber nicht sofort, nächste Woche ist früh genug. Wenn der Verdacht dann ausgeräumt ist, entschuldigen Sie sich bei ihm.«

»Und wenn er sich nicht ausräumen lässt?«, fragte Gsponer.

»Dann sehen wir weiter. Das heißt, dann übernehmen Sie den Fall, Stockalper.«

Lara nickte.

»Mit täglichem, wenn nötig stündlichem Rapport an mich. Klar?«

Es war offensichtlich, dass Hauptmann die direkte Konfrontation mit Z'Blatten scheute, solange er noch den Kürzeren ziehen konnte. Erst wenn Z'Blattens Täterschaft praktisch zweifelsfrei feststand, würde er übernehmen und die Lorbeeren einheimsen. Dann würde er in der Öffentlichkeit als derjenige dastehen, dem ein ganz großer Fang geglückt war. Sollte Z'Blatten aber nicht niet- und nagelfest überführt werden können, so würde der Oberstaatsanwalt den *good guy* spielen und Z'Blatten von jedem Verdacht reinwaschen. Und der Staatsanwältin einen Rüffel erteilen.

Gsponer war zufrieden. Gleich würde Fux einen ganz anderen Antrag stellen. Aber um Z'Blatten konnte er sich mit dem eben ausgesprochenen Auftrag trotzdem noch kümmern.

»Dann wären wir am Ende, nicht wahr?«, meinte Hauptmann. »Haben Sie alles für die bereits ausgesprochenen Verfügungen, Stockalper?«

Lara Stockalper nickte, Fux stellte seinen Antrag.

»*Der*? Ist das Ihr Ernst, Herr Kollege?«, fragte Hauptmann. Er war perplex. »Ein Motiv will er gefunden haben? *Wessen* Motiv? Etwa Z'Blattens? Hahaha! Das könnte ins Auge gehen!«

Er schien darauf zu warten, dass Fux seinen Antrag zurückziehe. Doch dieser blieb dabei.

»Nun gut, Herr Kollege, wenn Sie darauf bestehen. Ich hoffe bloß, dass es keine Blamage für Sie absetzt. Wann kommt er denn?«

»Er ist schon unterwegs«, sagte Fux. »Mit Polizeieskorte, Blaulicht und Sirene. In fünfzehn, zwanzig Minuten ist er hier.«

»Gut, um sechzehn Uhr bin ich zurück«, erklärte Hauptmann. »Aber um halb fünf machen wir Schluss, so oder so. Morgen ist Erster August.«

Die kantonalen Stellen beendeten ihre Arbeit am Vortag

des Nationalfeiertags eigentlich um vier Uhr nachmittags. Dass Oberstaatsanwalt Hauptmann eines Teils des staatlichen Freizeitbonus verlustig ging, schien ihn schon tüchtig zu wurmen. Mehr wollte er keinesfalls opfern.

Eine Viertelstunde später saß Hauptmann wieder in seinem Drehstuhl und trommelte mit den Fingern auf die Tischplatte. Seine Nase schien eine Spur röter zu sein als zuvor, Ohren und Nacken ebenfalls. Sein Atem roch nach Mundwasser.

»Wo bleibt er, Herr Kollege?«

In diesem Augenblick wurde forsch an die Tür des Sitzungszimmers geklopft, Polizeiaspirant Carlen öffnete die Tür und ließ Thomas Abgottspon im Rollstuhl einfahren.

Dem Oberstaatsanwalt fiel die Kinnlade herunter.

»Wer ...? Was ...?«, japste er.

»Das ist Thomas Abgottspon«, stellte Gsponer ihn vor.

Fux und die Staatsanwältin standen auf und gaben Thomas die Hand. Hauptmann musste wohl oder übel auch. Ria nickte ihrem Mann aufmunternd zu. Hauptmann plumpste in den Drehstuhl zurück. Er wirkte irgendwie schachmatt gesetzt.

»Bitte, Herr Abgottspon«, sagte Fux. »Schießen Sie los. Ihr Fazit, bitte. Wir haben leider nur wenig Zeit. Gut, dass Sie so schnell da waren.«

Thomas ließ sich von Carlen seinen Laptop geben, stellte ihn vor sich auf den Sitzungstisch und klappte ihn auf. Wenn erforderlich, würde er die recherchierten Dokumente sofort präsentieren können.

»Gern«, sagte er. »Folgendes: Ray Steinhäger war dreimal, nicht bloß zweimal verheiratet. Die dritte Ehefrau, Heike Steinhäger ...«

»Moment!«, fuhr der Oberstaatsanwalt dazwischen. »Was hat Steinhägers dritte Ehefrau mit Z'Blatten zu tun?«

»Neue Faktenlage, Herr Oberstaatsanwalt«, erklärte Gsponer. »Es geht es um Ray Steinhäger.«

»Wieso schon wieder?« Hauptmann wollte aufbegehren. Doch dann ließ er es gut sein. »Bitte«, sagte er und erteilte Thomas mit einer resignierten Handbewegung das Wort. Die politische Korrektheit schien es ihm zu verbieten, einem Rollstuhlfahrer gegenüber aggressiv aufzutreten.

»Heike Steinhäger starb vor einigen Monaten in ihrem Ferienhaus am Titisee.«

»So, so. Und?«, sagte der Oberstaatsanwalt.

»Sie lag tot in der Badewanne, der eingesteckte Haarföhn neben ihr im Badewasser. Nach erster Lesart ein Suizid. Aber die Umstände gelten noch als ungeklärt. Der Fall ist bei der deutschen Staatsanwaltschaft hängig. Sie erinnern sich: Steinhägers zweite Ehefrau, Sabina Mandter, wurde in Marbella ermordet. Steinhäger – er hieß damals Ramon Mandter, denn er hatte auch bei jener zweiten Heirat den Namen seiner Ehefrau angenommen – wurde verdächtigt, ihre Entführung veranlasst und das Lösegeld eingestrichen zu haben. Er wurde nur aus Mangel an Beweisen freigesprochen.«

»Eben«, sagte der Oberstaatsanwalt. »Freigesprochen. Und jetzt, Abgottspon? Was …?«

»*Vor* seiner Heirat mit Sabina Mandter hieß der heutige Ray Steinhäger Raymond Desalpes.«

»Na und?«

»Steinhäger ist kein Deutscher. Er stammt aus Visp, lebte und arbeitete vor Jahren in Brig und später mit seiner ersten Frau in Naters. Seine erste Frau …«

Jetzt platzte dem Oberstaatsanwalt trotz allem der Kragen.

»Hören Sie, Abgottspon! Meine Herren!«, richtete er sich an Fux und Gsponer. »Wozu schlagen wir uns mit Steinhägers Ehefrauen herum?!«, fragte er zornig. »Mag sein, dass Steinhäger alias Mandter seine Frau ermordete. Mag ja auch sein, dass er seine zweite oder dritte Frau in Deutschland auf dem Gewissen hat. Aber damit müssen sich die deutschen Strafverfolgungsbehörden befassen, nicht die Staatsanwaltschaft der Region Oberwallis. Oder liegt uns etwa ein Rechtshilfebegehren vor?«

Die Frage war rein rhetorisch gemeint und an seine Untergebene, Staatsanwältin Stockalper, gerichtet.

Die schüttelte den Kopf.

»Meinetwegen kann der Mann zuerst Desalpes, dann Mandter und schließlich Steinhäger geheißen haben …«

»Zwischendurch, nach dem Tod von Sabina Mandter, nannte er sich wieder Desalpes«, unterbrach Thomas ihn rasch. »Unter dem Namen Mandter hätte er in Deutschland niemals wieder heiraten können. Schon gar nicht eine vermögende Frau und erst recht nicht unter den Augen der Regenbogenpresse. Der Fall Mandter war noch nicht vergessen.«

»Ja, ja, ja. *Und?!*«

Thomas spürte, dass er keine weiteren Erklärungen mehr ausbreiten durfte. Er ließ die Bombe platzen:

»Seine erste Frau war Antonia Imfang.«

»*Und?*«, wiederholte der Oberstaatsanwalt genervt.

»Antonia *Imfang,* Herr Oberstaatsanwalt«, ergriff jetzt Gsponer das Wort. »Die verstorbene Schwester des Mordopfers Wendelin Imfang. Sie starb vor zwölf Jahren an einer nicht diagnostizierten Krankheit im Spital Brig.«

Gsponer hatte genau in Erinnerung, was Kauz ihm vor Wochen gesagt hatte.

»Ach ja?«, machte der Oberstaatsanwalt.

Er war mit den Einzelheiten im Fall Wendelin Imfang noch kaum vertraut, aber jetzt schien ihm etwas zu dämmern.

»Mit Desalpes hatte sie eine Tochter. Diese lebt seit Jahren in Kanada. Sie wäre nach dem Tod von Wendelin Imfangs Eltern Alleinerbin von Haus und Hof der Familie Imfang. Speicher und Stall an der Langen Gasse in Münster eingeschlossen. Auf diesem Weg wäre ihr Vater, Raymond Desalpes alias Ray Steinhäger, leicht an die Liegenschaft …«

»Verstehe«, unterbrach Hauptmann. »Aber erst nach dem Ableben der Eltern Imfang.«

»Eben«, sagte Gsponer und warf Fux einen Blick zu. Er hat den Durchblick immer noch nicht, deutete er ohne Worte an.

»Ich nehme an, die Informationen werden überprüft«, wandte sich Hauptmann an Gsponer, um wenigstens noch ein bisschen Einfluss zu nehmen.

»Selbstverständlich. Wir sind«, Gsponer schaute auf die Uhr, »bereits seit einer Dreiviertelstunde mit Hochdruck dran, Herr Oberstaatsanwalt. Nach meiner Einschätzung sind Thomas Abgottspons Recherchen absolut vertrauenswürdig, minuziös und lückenlos.« Er deutete mit einer anerkennenden Geste auf Thomas und seinen aufgeklappten Laptop. »Gute Arbeit, Thomas. Danke«, und damit wandte er sich an den Oberstaatsanwalt: »Ich schicke Herrn Abgottspon gleich anschließend zu unseren Experten. Er wird seine Recherche komplett offenlegen. Aber wir dürfen keine Zeit verlieren.« Gsponer sah sich nach Fux um, dieser nickte. »Ich stelle Antrag auf Verhaftung von Ray Steinhäger wegen Anstiftung zum Mord an seinem Schwager Wendelin Imfang. Und eventueller weiterer Verbrechen.«

Oberstaatsanwalt Hauptmann, nach dem zusätzlichen Trunk in der zweiten Sitzungspause nicht mehr vollumfänglich im Besitz seiner Entscheidungsfähigkeit, sah sich nach dem Kollegen Fux um. Dieser nickte abermals.

»Genehmigt«, sagte Hauptmann. »Damit ist Z'Blatten entlastet. Den müssen Sie also gar nicht …«

»Nein«, gab Gsponer zurück, »ist er nicht. Ich werde ihn trotzdem vorladen, denn irgendwie sitzt er da mit drin. Ich stelle einen weiteren Antrag, Herr Oberstaatsanwalt. Dies eilt zwar weniger«, fuhr fort. »Aber ich beantrage, die Krankenakten des Spitals Brig über die verstorbene Antonia Imfang anzufordern.«

»Sie meinen …?«

»Genau. Wir sollten überprüfen, ob vielleicht auch sie von ihrem Ehemann ermordet wurde.«

»Genehmigt. Sie machen das, Stockalper, klar? Wo hält sich Steinhäger übrigens auf?«

»Das wissen wir nicht«, sagte Gsponer. »Aber wenn er die Nachricht gelesen hat, die gestern im Internet erschien und die übermorgen in den Walliser Zeitungen stehen wird, dann hat er wahrscheinlich Lunte gerochen und versucht, sich nach Russland abzusetzen. Andernfalls vermuten wir ihn in der Region Brig. Denn seine Ex-Schwiegereltern, das Ehepaar Imfang, ist heute früh nach Brig aufs Notariat gefahren. Kann sein, dass *er* sie dorthin bestellte. Damit ein Testament beglaubigt oder eine Handänderung vollzogen werden kann. Ebenso gut ist denkbar, dass das alte Ehepaar auf einem Spaziergang durch einen bedauerlichen Sturz in die Saltina oder den Rotten ums Leben kommen soll.«

»Worauf warten Sie noch? Die brauchen Personenschutz!«

»Ist schon angeordnet«, übernahm jetzt Chefinspektor Fux das Wort. »Wir klopfen die Notariate ab und suchen das Ehepaar Imfang. Das Kommando ist informiert. Die Fahndung nach Steinhäger läuft. Grenzbahnhöfe und Flughäfen werden in diesen Minuten informiert. Wir werden Sie auf dem Laufenden halten«, schloss er und machte dem Oberstaatsanwalt damit klar, dass ab jetzt die Polizei das Sagen hatte.

»Gut«, sagte dieser und setzte zum Rückzugsgefecht an: »Sobald Sie Steinhäger haben, wird er mir zugeführt. Mir persönlich. Ist das klar?«

»Und die Verfügungen?«, fragte die Staatsanwältin. »Soll ich …?«

»Die stehen jetzt nicht zur Debatte«, erwiderte der Oberstaatsanwalt gereizt und wischte ihre Frage mit einer Handbewegung vom Tisch.

Lara Stockalper sah Ria, dann Gsponer an und verbiss sich mit Mühe das Lachen.

*

»Alle Achtung«, sagte Kauz, steckte sich ein Nüsschen in den Mund und nahm einen Schluck Johannisberg. »Das habt ihr prima hingekriegt. Chapeau!, Thomas.«

»Der Auftritt war etwas theatralisch, ich gebs ja zu. Aber Ria und ihre Kollegen haben es richtig eingeschätzt: Ich profitierte vom Rollstuhlbonus.«

»Ja, aber wie du Steinhägers erster Ehe auf die Spur gekommen bist, musst du uns schon noch erzählen.«

Thomas klappte seinen Laptop auf und ließ sie einen Blick auf die recherchierten Zeitungsartikel werfen. Ihn habe die Frage nicht losgelassen, wie Steinhäger nur zwei Jahre nach dem Mordfall in Marbella wieder eine vermögende Frau habe heiraten können. Hätte er zu jenem Zeitpunkt Mandter geheißen, wäre seine Vergangenheit bestimmt ans Licht gekommen. Er habe deshalb die Regenbogenpresse nach Berichten über seine Heirat mit Sabina Mandter durchforstet. Dabei habe er ein Interview gefunden, in dem der damalige Bräutigam erklärte, er nehme aus Respekt vor seiner Frau deren Familiennamen an. Genau, wie er es später bei seiner nächsten Heirat mit Elke Steinhäger herausgestrichen hatte. Irgendwo in jenem Text sei auch der Ledigenname des Bräutigams, Raymond Desalpes, gestanden. Da habe er vermutet, dass Ramon Mandter nach dem Mord an seiner Frau wieder seinen früheren Namen Desalpes angenommen habe, unter welchem er in Deutschland nicht bekannt war. Also habe er, Thomas, nach Informationen über Raymond Desalpes geforscht. Der Name sei im Zusammenhang mit dubiosen Geschäften, mit Pleiten und Konkursen im Kanton Wallis rund ums Jahr zweitausend aufgetaucht. Erst jetzt habe er begriffen, dass Steinhäger gar kein Deutscher, sondern ein gebürtiger Walliser war. Der Groschen sei gefallen, als er auf die Todesanzeige von dessen Frau, Antonia

Desalpes-Imfang, aus dem Jahr zweitausendzwei gestoßen sei. Das sei das letzte Puzzlestück gewesen und er habe, da Ria weg gewesen sei, sofort ihn, Kauz, angerufen.

»Dann hat der Mann möglicherweise drei Ehefrauen auf dem Gewissen«, stellte Ria fest.

»Könnte durchaus sein.«

»Es klingt makaber, aber manchmal kommt einer ganz einfach auf den Geschmack«, sagte Kauz. »Mit Antonia Imfang war er etwa zehn Jahre verheiratet. Mit ihr hatte er eine Tochter. Falls es stimmt, dass er sie ermordet hat, dann war es für ihn eine naheliegende Lösung, auch die beiden anderen umzubringen, als die ihm im Weg waren. Oder weil er sich von ihrem Tod einen Profit versprach.«

»Ganz richtig«, sagte Thomas. »Durch den Tod von Heike Steinhäger *wäre* er zu einem großen Vermögen gekommen – *wäre*. Nur muss irgendjemand Verdacht geschöpft und die Erbschaft verhindert haben. Jetzt steckt der Mann jedenfalls finanziell in der Klemme.«

»Lag ihm deshalb so viel daran, dass das Gommer Highland Resort realisiert werden kann?«

»Ja. Das vermutet jedenfalls Mannerfelt, und der ist quasi ein Insider. Die Architekten Rödelmann & Partner stellten Steinhäger für die Vermittlung des Auftrags, Z'Blatten für die Vermittlung der russischen Investoren eine ansehnliche Provision in Aussicht. Natürlich nur, wenn das Projekt auch realisiert wird. Wer weiß, vielleicht ist er auch noch in anderer Weise am späteren Erfolg des Gommer Highland Projekts beteiligt.«

»Also musste er sich Wendelin Imfangs Speicher unter den Nagel reißen«, sagte Ria, »nicht wahr, *Chüzz*?«

»Klar. Die Enkelin Vanessa hätte nach dem Tod der alten Imfangs den Speicher und das Land geerbt. Und ihr Vater rechnete natürlich damit, ihr das Erbe abluchsen zu können.«

»Ob Z'Blatten wusste, dass Steinhäger mit Imfang verschwägert war? Was meinst du?«

»Das weiß ich nicht. Aber wenn er es wusste, steckte er mit Steinhäger möglicherweise unter einer Decke. Oder er wurde von ihm manipuliert.«

»Z'Blatten als Marionette. Das wäre ja ganz was Neues«, lachte Ria.

»Hören wir auf zu spekulieren. Bald wissen wir mehr«, sagte Kauz. »Vielleicht schon morgen.«

»Morgen ist Erster August«, lachte Ria. »Hat der Oberstaatsanwalt gesagt.«

Mittwoch, 1. August

Ausnahmsweise schlief Kauz aus. Dann machte er sich auf zum versprochenen Besuch auf der Geissalp. Anna und Xaver waren an der Arbeit, als er oben ankam. Gegen Mittag legten sie eine Pause ein. Sie setzten sich zusammen an den Tisch vor der Alphütte, aßen Brot und Käse, tranken Süßmost und tratschten fast zwei Stunden lang. Anna war seiner Ansicht nach eine fröhliche, aber naive Plaudertasche, Xaver ein ruhiger Gesprächspartner, der nachsichtig, aber ohne Überheblichkeit auf Annas Geplauder einging. Nach dem wässrigen Kaffee bedankte sich Kauz fürs Essen und fürs Aufpassen auf Max und stieg wieder nach Münster ab. Max lief freudig neben ihm her.

Als er sich vor den Speicher setzte, brummte sein Handy. Es war Gsponer. Er fasste die Ereignisse des gestrigen Abends zusammen. Steinhäger sei in Brig verhaftet und bereits ein erstes Mal von ihm einvernommen worden.

»Ein aalglatter Kerl. Sitzt jetzt in Untersuchungshaft. Morgen nehme ich ihn in die Mangel. Danach wird sich der Oberstaatsanwalt persönlich um ihn kümmern. Da möchte ich möglichst viel Vorarbeit leisten. Ich werde eine Hausdurchsuchung beantragen. Mich nimmt wunder, ob weitere Handys zum Vorschein kommen. Zwei trug er auf sich, die werden jetzt analysiert. Darf ich dich um einen Gefallen bitten?«

»Selbstverständlich«, sagte Kauz. »Worum geht es?«

»Um einen Anruf nach Kanada«, sagte Gsponer und erklärte ihm, was er wollte. »Den sollte eine Privatperson machen, nicht die Polizei. Und du hast in solchen Dingen ja Erfahrung«, lachte er. Damit spielte Gsponer auf seinen Anruf bei Z'Blatten-Immobilien an, mit dem alles angefangen hatte. Falls Kauz ihm das Ergebnis noch heute mitteilen könnte, würde er Steinhäger morgen Früh mit seiner Aussage konfrontieren. Die Nummer von Vanessa Desalpes kenne er zwar nicht, aber vielleicht habe Kauz ja die Möglichkeit, heute das Ehepaar Imfang zu besuchen und danach zu fragen. Die alten Leute seien gestern von einer Sozialarbeiterin nach Hause begleitet worden. Die zwar sehr diskret durchgeführte Polizeiaktion im Büro des Notars habe sie aber doch ziemlich verwirrt.

»*Düü*, noch etwas, Kauz!«

»Ja?«

»Z'Blatten hat mich heute früh angerufen. Er will eine Aussage machen.«

»Sapperlot! Du wolltest ihn doch vorladen?«

»Er will der Vorladung zuvorkommen. Er denkt wohl, dass er mit einer freiwilligen Aussage sauberer dasteht. Es *muss* ja fast um die Geldumschläge gehen. Aber da er kaum aussagen wird, er habe mit dem Geld einen Killer bezahlen wollen, vermute ich, dass er die Sache Trapper in die Schuhe schieben wird. Der kann ja nichts mehr abstreiten. Vielleicht ist er auch auf einen Deal mit dem Staatsanwalt aus.«

»Dann müsste er aber etwas Handfestes gestehen, um in einem Mordfall ungeschoren davonzukommen ... Gehst du morgen zu ihm?«

»O nein! Der muss sich schon zu mir auf den Posten bemühen«, lachte Gsponer.

Kauz schaute auf die Uhr: halb drei Uhr nachmittags. Er schätzte, dass die Zeitdifferenz zu Kanada bei sieben oder acht Stunden lag, je nachdem, wo Vanessa wohnte. Da konnte er schon bald anrufen. Aber zuerst musste er zu Imfangs. Er packte Max in den Picknickkorb und fuhr mit dem Motorrad aufs Milifäld.

»*Äns flott*«, freute sich Frau Imfang, als er bei ihnen klingelte. Sie baten ihn samt Hund herein und tischten ihm die gestrige Geschichte ganz von selbst auf. Ihr Schwiegersohn habe kürzlich angerufen und gesagt, sie möge mit ihrem Mann bitte zum Notar nach Brig kommen. Es gebe Erbangelegenheiten zu besprechen, damit nach ihrem Ableben ihr Hab und Gut ganz nach ihrem Willen verteilt werde. Damit alles in der Familie bleibe und ja nichts in falsche Hände gerate.

»Das hat er gesagt«, erzählte Frau Imfang und schüttelte den Kopf. Ihr Mann nickte zuerst bestätigend, dann schüttelte auch er den Kopf. »Was dann auf dem Notariat passierte, war ein Schock. Die Polizei ist gekommen und hat Raymond verhaftet. Sie haben Herr Steinhäger zu ihm gesagt. Nicht Desalpes. Wir dachten zuerst, es sei eine Verwechslung. Aber der Notar sagte uns später, Raymond heiße jetzt Steinhäger. Er habe wieder geheiratet und den Namen seiner neuen Frau angenommen.«

Und das nicht zum ersten Mal, dachte Kauz, aber er behielt es für sich.

Warum Raymond verhaftet wurde, hätten sie nicht ganz begriffen. Dass er früher ein Filou gewesen sei, dass er Konkurs gemacht habe und solche Sachen, das hätten sie gewusst. Antonia habe sich ja oft genug über ihn beklagt. Seit dem Begräbnis ihrer Tochter vor zwölf Jahren hätten sie ihn nicht mehr gesehen. Und Vanessa, ihre Enkelin, leider auch nicht. Das sei ein ganz feines Mädchen gewesen. »*Än äns flotti Meggä*«, versicherte Frau Imfang. »In den Schulferien ist sie zwei Mal bei uns in Münster gewesen und hat uns und dem Wendel beim Heuen geholfen. Später, nach dem Tod der Mutter, ist sie nach Kanada ausgewandert. Die Enkelin haben wir vermisst, den Schwiegersohn weniger«, fuhr sie seufzend fort. Es sei eine große Überraschung gewesen, dass der an Wendels Begräbnis aufgetaucht sei. »Er hat sich ganz flott um uns gekümmert, *äns flott*. Das hat uns zwar gewundert, aber wir sind dankbar gewesen für seine Hilfe. Es hat ja so viele Dinge zu regeln gegeben, von denen wir nichts verstehen. Raymond aber schon, der ist ja Kaufmann.«

Wirklich dumm von mir, dachte Kauz, dass ich damals nicht nachgehakt habe. Hätte ich bloß nach dem Schwager gefragt, dann hätte ich erfahren, dass niemand anderes als er der feine Herr beim Begräbnis war. Dann wäre von Anfang an vieles klarer gewesen.

»Haben Sie gestern ein Testament oder einen Vertrag unterzeichnet?«, fragte er.

»Unterzeichnet nicht«, sagte Frau Imfang und kramte ein notarielles Schreiben hervor. »Dazu ist es nicht gekommen. Das da hat uns der Notar vorgelegt. Er war eben daran, uns alles zu erklären, als die Polizei hereinkam.«

Kauz warf einen Blick auf das Dokument. Es handelte sich um die Überschreibung der Liegenschaft an der Langen Gasse auf Vanessa Lemaitre, geborene Desalpes, im Sinne eines Erbvorbezugs. Kauz fragte sich, ob die alten Leute überhaupt verstanden hatten, was ihnen vorgelegt wurde. In dem Papier wurde auf eine Vollmacht über die Liegenschaft, lautend auf Ray Steinhäger, verwiesen, die dem Dokument jedoch nicht beilag.

»Wir haben aber extra gesagt«, betonte Frau Imfang, »dass Sie, Herr Walpen, in dem Speicher sollten bleiben dürfen, so lange Sie wollen. Raymond hat uns versprochen, das sei überhaupt kein Problem. Nur, dass Sie das wissen, Herr Walpen.«

»Danke, Frau Imfang«, sagte Kauz. »Das ist flott von Ihnen. Haben Sie mit jemandem über die Geschichte gesprochen? Über das, was gestern passiert ist?«

»Nein«, erwiderte sie. Der greise Alois Imfang schüttelte an ihrer Stelle den Kopf. »Nicht direkt«, meinte sie, als Kauz sich zum Gehen wandte, »nur telefoniert. Mit dem Biderborst Kari. Aber sonst mit niemandem. Außer mit der Weger Marie.«

Der alte Imfang nickte abermals.

Dann wird sich die Nachricht schnell verbreiten, dachte Kauz. Er hatte sich Name und Adresse von Vanessa Lemaitre-Desalpes notiert, die auf dem Dokument standen. Sie wohnte irgendwo im Norden Quebecs. Wieder im Speicher, rief er die internationale Auskunft an und erhielt die Telefonnummer der Frau. Er tippte die Nummer ein.

Ein Kind meldete sich. Als Kauz etwas sagte, schrie es näselnd: *»Maman!«* und legte den Hörer nieder. Eine Frauenstimme meldete sich: *»Allô?«*

»Madame Lemaitre? C'est Walpen, qui parle«, stellte sich Kauz vor. »Ich rufe aus dem Goms an. Darf ich Deutsch sprechen?«

»Natürli«, tönte es zurück.

Er interessiere sich für den Speicher an der Langen Gasse in Münster. Man habe ihm gesagt, sie sei die neue Eigentümerin. Das war nur ein kleines bisschen geflunkert.

»Was Sie nicht sagen«, lachte Madame Lemaitre, geborene Vanessa Desalpes. »Danke, dass Sie mir das ausrichten, Herr Walpen. Sie werden aus Reckingen sein, oder? Tut mir leid, mein Wallisertiitsch ist mir fast abhandengekommen.« Nach allem, was Sie wisse, seien die bisherigen Eigentümer, ihre Großeltern, noch am Leben. Aber sie habe gehört, dass sie ihr die Liegenschaft vielleicht überschreiben möchten. Obschon ihr offen gestanden nichts daran liege, sie denke nicht an eine Rückkehr in die Schweiz. So oder so, um einen allfälligen Weiterverkauf könne sie sich nicht selbst kümmern, dafür wohne sie zu weit weg. Damit habe sie einen Makler beauftragt. Die Vollmacht sei schon ausgestellt. Herr

Walpen möge sich an diesen wenden. Sie nannte ihm Name und Telefonnummer von Ray Steinhäger.

»Das mache ich«, sagte Kauz. »Danke, Frau Lemaitre.«

Sofort rief er Alain Gsponer an und tischte ihm auf, was er gehört hatte.

»Einen Makler? Hat sie Makler gesagt?«, wunderte sich Gsponer. »Nicht gerade die Art und Weise, wie man von seinem Vater spricht. Na ja, sie wird ihre Gründe haben. Nimmt mich wunder, wie er sich herauszureden versucht.«

Kauz wollte Ria und Thomas nicht warten lassen. Er schnippte mit den Fingern, Max sprang sofort auf, legte den Kopf schräg und spitzte die Ohren. Als Kauz nach der Leine griff, stürmte der Hund zur Speichertür.

Am See herrschte Feststimmung. Die Gemeindepräsidentin Josy Werlen hielt ihre Erst-August-Rede, unverkrampft patriotisch und mit ein paar mutigen sozialkritischen Bemerkungen, die vielleicht nicht von allen goutiert wurden. Kauz hatte schon befürchtet, sie würde eine Walliser Tracht tragen. Aber sie trat in einem adretten Sommerkleid auf und wirkte trotzdem irgendwie gesetzt.

Vor und nach der Rede konzertierten die Blasmusikkorps von Münster und von zwei Nachbargemeinden. Jetzt spielten auf der am Vortag gezimmerten Festbühne Volksmusikgruppen auf, Trachten- und Volkstanzensembles zeigten ihre Künste. Es roch nach Feuer, Bratwürsten und Bier. Man saß an langen Holztischen. Es wurde ausgiebig *doorffät*. An mehr als einem Tisch waren die Imfangs das Thema. Was ihnen in Brig widerfahren war, hatte sich wie ein Lauffeuer verbreitet. An anderen Tischen wurde über Z'Blatten gemunkelt, an wieder anderen über einen in der *Aaltä Hitte* gefundenen Toten. Und über Olga. Die Gerüchteküche brodelte.

»*Hedär keert?*«, wurde getuschelt. Man habe Wendels

Mörder gefasst. Nicht gefasst, wussten andere, tot aufgefunden.

»*Düü, schtimmt das?*« Der Z'Blatten Anton sei verhaftet worden. Nein, nicht der Anton, ein anderer, hieß es da und dort.

»*Hedär das gwisst?*« Der Mann der vor zwölf Jahren verstorbenen Antonia Imfang sei aufgetaucht. An Wendels Begräbnis sei er gewesen. Das sei ein ganz Nobler, wussten die einen. Erfolgreich, steinreich und hilfsbereit. Nein, das sei ein mieser Fink, der habe Dreck am Stecken, wussten andere.

»*Und d Olga?*«, fragten manche hinter vorgehaltener Hand. Ob es stimme, dass die Polizei bei ihr auf der Oberbine gewesen sei? Ob sie etwas angestellt habe? Nein, sie sei krank. Der Doktor habe sie extra auf der Oberbine besucht. *Wie* krank?, wurde gefragt. Im Kopf halt, das wisse man doch.

»*Und d Anna? Ischt das wahr?*« Ob die Sennin von der Geissalp wirklich im Gefängnis gesessen habe? Ob es stimme, dass sie ein *Gschlepf* gehabt habe? Ja, mit dem Wendel selig, sagte jemand hinter vorgehaltener Hand. Seit wann denn wegen so etwas die Polizei ausrücke und eine verhafte, lachte jemand anderer. Es sei eben gar nicht der Wendel gewesen, sondern ein Hilfsmelker aus Russland.

Ria, Kauz und Thomas hatten sich mit Bratwurst verköstigt, die Männer hatten ein Bier intus, Ria ein Apfelschorle. Jetzt standen sie vom Tisch auf, Thomas drehte seinen Rollstuhl. Sie beschlossen, ein Stück auf der ehemaligen Flugpiste Richtung Ulrichen zurückzulegen.

Im Gehen tauschten sie aus, was sie über die jüngste Entwicklung im Mordfall Imfang wussten. Kauz hatte einen Draht zu Alain Gsponer, der wiederum einen zur Staatsanwaltschaft. Ria hörte das polizeiliche Buschtelefon ab, und Thomas checkte im Internet laufend die neusten Lokalnachrichten. Das Trio war somit völlig auf dem Laufenden.

Im Internet wurde die Geschichte vom Toten in der *Aaltä*

Hittä breitgetreten. Da der Helikopter- und Polizeieinsatz von offizieller Seite nicht dementiert wurde, ging man von einem außergewöhnlichen Todesfall aus. Viel weiter gingen die Spekulationen aber nicht.

»Steht etwas über Olga da?«, fragte Ria.

»Nein, bis jetzt nicht«, sagte Thomas.

»Hoffentlich bleibts dabei. Was meinst du, *Chüzz*, kommt sie irgendwie davon?«

Nach allem, was man wusste, suchte Lara Stockalper nach Möglichkeiten, das Verfahren einzustellen. Entweder wegen Schuldunfähigkeit oder aus anderen Gründen. Vielleicht ließ sich sogar der Notwehrparagraph anwenden, wenn man ihn etwas strapazierte. Immerhin gab es gute Gründe dafür, dass Olga sich von Baratschow bedroht gefühlt hatte.

Sie schauten zum Himmel. Es sah nicht nach baldigen Gewittern aus. Mit Eintritt der Dunkelheit würden Erst-August-Feuer angezündet, Raketen würden steigen. Kauz war etwas besorgt, wie Max auf Knaller und Lärm reagieren würde.

»Ich glaube, das wars für mich«, sagte er zu den andern. »Die Höhenfeuer liebe ich. Das Feuerwerk manchmal auch, aber die Knallerei geht mir auf die Nerven. Und Max kriegt vielleicht Panik. Ich glaube, ich sehe mir die Feuer vom Speicher aus an.«

Freitag, 3. August

Spät in der Nacht auf den zweiten August war plötzlich doch noch ein Gewitter losgebrochen, den ganzen folgenden Tag hatte es geregnet. Jetzt herrschte wieder Sommerwetter. Kauz saß auf der kleinen Terrasse der Alpenrose und genoss die Nachmittagssonne. Er hatte den von der Serviererin empfohlenen kühlen Sommerdrink vor sich und die Boulevardzeitung, die er im Dorfladen gekauft hatte. Die Schlagzeile war ihm ins Auge gesprungen: »Chaos bei der Zürcher Kantonspolizei«.

»Ist die Kommandantin noch tragbar?«, lautete der Untertitel des Beitrags, den er aufgeschlagen hatte. Es wurde alles noch einmal ausgebreitet: die horrenden Geldbeträge, die Frau Doktor van Hooch einer Beratungsfirma für die Reorganisation des Polizeikorps in den Rachen gestopft habe; die ebenso teure und obendrein untaugliche Software, bei deren Beschaffung es nicht mit rechten Dingen zugegangen sei; die skandalösen Entlassungen und Versetzungen, die das Korps verunsichert habe. Hervorgehoben wurde der Fall eines gewissen W., eines langjährigen und erprobten Dienstchefs der Kriminalpolizei, gegen dessen Entlassung ein von allen seinen Untergebenen unterzeichnetes Protestschreiben beim Regierungsrat eingegangen sei.

Bei der Lektüre dieses Abschnitts kamen Kauz die Tränen.

Es wurden Klagen von Polizisten zitiert: Die Chefin kommandiere bloß vom Bürosessel aus, sie habe noch kein einziges Mal an einem Polizeieinsatz teilgenommen, geschweige denn einen geleitet. Es gebe Gerüchte, sie habe Angst, sich in einen Streifen- oder Einsatzwagen zu setzen, sie ertrage den Anblick von Verletzten und von Toten nicht und habe sich auf ihren Businessanzug übergeben müssen, als ein Polizist einmal in ihrer Gegenwart heftiges Nasenbluten bekommen habe.

Kauz empfand eine gewisse Genugtuung und ein Quäntchen Schadenfreude.

Max lag neben ihm und schaute jedes Mal hoch, wenn er eine Seite umblätterte. Am Vormittag war Kauz mit ihm beim Tierarzt gewesen, um ihn untersuchen und impfen zu lassen. Er hatte den Besuch wieder und wieder hinausgeschoben. Denn was, wenn sich herausgestellt hätte, dass Max einen Chip hatte und so sein Eigentümer zu finden gewesen wäre? Aber der Tierarzt sagte, da sei kein Chip. Er pflanzte ihm einen ein, und damit war Kauz jetzt ganz offiziell sein Hundehalter.

Xaver hatte angekündigt, er komme bald von der Geissalp herunter. Anna komme mit allem zurecht, und wenn nötig helfe Alexej aus, denn ihn brauche man auf dem Chämibodä nicht dringend. Xaver sagte, er würde gern noch ein paar Tage im Speicher Ferien machen, dann reise er wieder heim.

Kauz begann sich darauf einzustellen, selbst bald nach Hause zu fahren. Halb beschlich ihn Wehmut, halb freute er sich darauf. Denn jetzt wusste er, dass er Max mitnehmen würde. Aber er hatte keine Eile.

Damian Pfefferle kam dahergeschlendert, streunte an der Alpenrose vorbei, blickte von unten zur Sonnenterrasse hinauf und winkte Kauz zu.

»Salü«, rief Kauz und winkte zurück. »Willst du Max ausführen?«, fragte er und griff nach der Leine.

Schon stand Damian neben ihm und nahm die Leine in die Hand. Max zerrte bereits übermütig daran.

»Aber bring ihn mir bitte in einer Stunde zurück. Wenn ich dann nicht mehr hier sitze, bin ich im Speicher.«

»Ischt güät«, sagte Damian.

Kauz nahm die Zeitung wieder zur Hand. Im gleichen Augenblick klingelte sein Handy. Zerstreut drückte er auf die grüne Taste.

»Monsieur Walpen?«, fragte eine tiefe Männerstimme.

»Ja?«

»Bonvin. Störe isch?«

»Überhaupt nicht«, sagte Kauz. Er wusste natürlich, wer der Anrufer war. Er machte sich auf einen Rüffel gefasst.

Der Chef der Walliser Kriminalpolizei sprach beinahe perfekt Deutsch und stellte sich in zwei Sätzen vor. Er rufe an, um sich bei ihm zu bedanken. Die zwei Mordfälle – er wisse ja, wovon er spreche – seien auf dem besten Weg, gelöst zu werden, und dazu habe er, Kauz, einen wesentlichen Beitrag geleistet. Das hätten ihm die Herren Gsponer und Fux und auch die federführende Staatsanwältin Stockalper bestätigt. Er bedanke sich in aller Form für seine Unterstützung.

Kauz musste leer schlucken.

»Auch im Namen des Kommandanten«, sagte Bonvin und Kauz hatte das Gefühl, dass er sich dabei das Lachen verbiss.

»Oh, und noch etwas«, fügte Bonvin an, ehe sich Kauz seinerseits für die unerwartete Anerkennung bedanken konnte. »Isch habe die Zeitung gelesen« – er nannte das Boulevardblatt, das vor Kauz auf dem Tisch lag. Falls er sich je nach einer neuen Stelle bei der Kriminalpolizei umsehe, solle er bitte an die Walliser Kantonspolizei denken. Eine Dienstchefstelle könne er ihm auf Anhieb zwar nicht anbieten, aber als Inspektor würde er ihn jederzeit einstellen. »Erfahrene Leute können wir im Wallis immer brauchen. Erst rescht einen Walpen«, lachte er.

Kauz spürte das Blut in seinen Kopf schießen.

»Sie brauchen mir nischt zu antworten, Herr Walpen.

Nischt sofort. Überlegen Sie es sisch. Sie können misch jederzeit anrufen. *Au revoir!*«

Kauz fühlte sich wie benommen. Er fuhr sich mit beiden Händen durch die Haare und schüttelte den Kopf. Dann leerte er sein Glas und faltete die Zeitung zusammen.

Jemand räusperte sich in seinem Rücken, trat an seinen Tisch, legte ihm kurz die Hand auf die Schulter und nahm dann neben ihm Platz.

»Du, Alain?«, staunte Kauz. »Ich dachte, du würdest dich rund um die Uhr um Steinhäger kümmern.«

»Für heute erledigt«, sagte Alain und gab der Bedienung einen Wink. »Jetzt befasst sich Hauptmann mit ihm. Ich hatte in Münster zu tun«, erklärte er und kniff, wie immer, wenn er eine Andeutung machte, ein Auge zu. »Deshalb bin ich in der Gegend. Schön, dich hier zu treffen.«

Die Serviererin brachte zwei neue Sommerdrinks mit Minzezweig, Limettenschnitz und Eis. Und für Gsponer einen Aschenbecher.

»So, so«, machte Kauz. Obschon er erpicht war zu erfahren, was Gsponer in Münster *zu tun* hatte, brannte ihm etwas anderes unter den Nägeln. »Eben hat Bonvin angerufen, Alain. Habe ich das dir zu verdanken?«

»Ich weiß von nichts«, grinste Gsponer und steckte eine Zigarette zwischen die Lippen.

»Komm schon, du Schlitzohr!«, machte Kauz. »Aber danke. Hat gutgetan.«

»*Ich* danke.«

Sie hoben die Gläser mit dem erfrischenden Getränk.

»Was gibts Neues?«

»Z'Blatten sitzt in U-Haft«, sagte Gsponer und zündete die Zigarette an.

»Donnerwetter! Er wollte doch bei dir vorsprechen und eine Aussage machen?«

»Eben. Und Steinhäger machte auch eine.«

»Komm schon«, lachte Kauz, »machs nicht so spannend.«

Steinhäger mime seit zwei Tagen den Empörten, rapportierte Gsponer. Der Mann versuche gar nicht erst, sein Interesse an der Liegenschaft an der Langen Gasse zu dementieren. Es sei ja bekannt, dass er sich nach Kräften für die Realisierung des Gommer Highland Resorts engagiere. Ja, er habe Anton Z'Blatten seine Unterstützung beim Erwerb von Wendelin Imfangs Speicher zugesichert. Was daran zu beanstanden sei? Die Überschreibung der Liegenschaft auf seine Tochter wäre vollkommen rechtens gewesen. Seine Schwiegereltern hätten aus freien Stücken eingewilligt. Und dass ihn seine Tochter mit dem Weiterverkauf der Liegenschaft beauftrage, könne ihr wohl niemand verbieten. Nur durch die unerhörte polizeiliche Intervention sei die Eigentumsübertragung verhindert worden.

»Flucht nach vorn«, meinte Kauz. »Clever. Nun ja, diese Dinge konnte er schwerlich abstreiten. Er wurde ja auf dem Notariat sozusagen in flagranti erwischt. Aber wie stellt er sich zum Vorwurf des Auftragsmords? Er weiß von nichts, nehme ich an.«

»Genau das hat er gesagt. Aber heute früh klang es auf einmal anders. Nachdem ich ihn gestern in die Mangel genommen habe.«

»Und zwar wie?«

»Du weißt ja, wie mühsam das manchmal läuft, wenn der Strafverteidiger dabei ist. Das ständige Dreinreden, Einwände hier und Vorbehalte dort, Wort für Wort protokollieren, Vorlegen des Protokolls, nochmals Einwände und Korrekturen, ein endloses Hin und Her.«

»Ich weiß, ich weiß«, lachte Kauz.

»*Voilà*, hier ist die Kurzfassung«, fasste Gsponer zusammen.

Auftragsmord?, habe sich Steinhäger mokiert. An Wendelin Imfang? Das sei doch lächerlich. Und ob er, Steinhäger, etwa im Verdacht stehe, den Mord in Auftrag gegeben zu haben?

»So ist es, Herr Steinhäger«, hatte Gsponer geantwortet.

Er nahm das Fahndungsfoto von Yury Baratschow aus einer Mappe, das er sich von Interpol zur Identifizierung der Leiche hatten übermitteln lassen, und legte es vor Steinhäger auf den Tisch. »Kennen Sie diesen Mann?«

»Nie gesehen«, behauptete Steinhäger, rückte am nicht vorhandenen Krawattenknoten und zupfte an seinen Manschetten, an denen die goldenen Knöpfe fehlten. Diese dekorativen Accessoires waren ihm natürlich längst abgenommen worden.

»Das ist Imfangs Mörder. Ein russischer Auftragskiller. Sein Honorar betrug sechzehntausend Franken.«

Steinhäger erbleichte.

»Können Sie sich dazu äußern?«

Steinhäger sah seinen Anwalt an. Dieser sagte, Herr Steinhäger werde vorläufig keine weiteren Fragen beantworten.

Heute früh nun gab Steinhäger zu Protokoll, er habe Zeit zum Nachdenken gehabt. Ihm sei in der Nacht eine Erinnerung hochgekommen.

»Ja?«, machte Gsponer.

»Einige Tage vor Wendels Tod sagte Z'Blatten zu mir, ihm gehe allmählich die Geduld aus, er wolle den Kauf von Imfangs Speicher jetzt endlich unter Dach und Fach bringen.«

»Wo fand dieses Gespräch statt?«, wollte Gsponer wissen.

»In Münster, in Z'Blattens Büro.«

»Und wann?«

»Warten Sie …«, Steinhäger dachte nach. »Das muss in der letzten Juniwoche gewesen sein.«

»Waren Sie regelmäßig in seinem Büro?«

»Nein, nur zwei-, dreimal. Einmal zu Beginn unserer Kooperation und das letzte Mal eben gegen Ende Juni. Er drängte mich, die Verhandlungen mit Wendelin Imfang zu intensivieren. Ich sagte Ihnen ja schon, dass ich Z'Blatten von allem Anfang an angeboten hatte, mit meinem Schwager über den Verkauf der Liegenschaft an der Langen Gasse zu reden. Denn Z'Blatten hatte mir klargemacht, dass der Erwerb dieser Liegenschaft für die Realisierung seines Projekts entscheidend sei. Aber Wendel wollte und wollte nicht verkaufen. Was konnte ich da schon tun? Ich durfte ihn ja nicht zu seinem Glück zwingen. Hätte er verkauft, so wäre er alle Sorgen los gewesen. Aber er zeigte sich bockig. Typisch Imfang, glauben Sie mir«, lachte Steinhäger. »Z'Blatten fragte mich in jenem Gespräch, ob zehn- bis zwanzigtausend Franken in bar vielleicht helfen würden. Steuerfrei, Sie verstehen, wie er das meinte. Mit einer angemessenen Summe lasse sich jedes Problem lösen, sagte er. Ob ich bereit wäre, einen entsprechenden Betrag entgegenzunehmen und meinem Schwager zuzustecken. Er zog einen Umschlag, oder vielleicht waren es zwei, hervor und streckte ihn mir entgegen. Daran erinnerte ich mich heute Nacht, nachdem Sie gestern von einem, ähm, Sie sagten: *Honorar* von sechszehntausend Franken gesprochen hatten.«

»Nahmen Sie den Umschlag entgegen?«

»Nein, natürlich nicht. Ich sagte ihm klipp und klar, dass ich damit nichts zu tun haben wollte. Er versorgte den Umschlag, oder die Umschläge, wieder und meinte, dann werde er wohl jemand anderen damit beauftragen müssen.«

»Wen konnte er da gemeint haben?«

»Keine Ahnung.«

»Sagt Ihnen der Name Hubert Trapper etwas?«

»Sicher. Der Gemeindeschreiber von Münster. Von ihm las man in der Zeitung. Er verunfallte am Tag von Wendels Tod und starb ein paar Tage später. Oder nicht?«

»Kannten Sie ihn?«

»Nicht persönlich.«

»Wusste Z'Blatten, dass Imfangs Speicher und Land nach

dessen Tod an die Eltern und nach deren Tod an Ihre Tochter in Kanada fallen würde?«

»Ja, das wusste er. In unserem ersten Gespräch fragte er mich ganz arglos nach den verwandtschaftlichen Beziehungen zur Familie Imfang. Da gab ich ebenso arglos Auskunft. Ich wünschte, ich hätte ihm nichts darüber gesagt«, sagte Steinhäger. Er legte, den rechten Ellbogen auf die Tischplatte gestützt, den Kopf in die Hand und seufzte. »Dann wäre Wendel vielleicht noch am Leben.«

»Halten Sie es für möglich, dass Z'Blatten den Auftrag zum Mord an Wendelin Imfang gab?«

Steinhäger richtete sich wieder auf.

»Möglich ist alles«, sagte er. »Aber so etwas würde ich ihm niemals unterstellen.«

Gsponer sah zu Kauz hinüber. Er drückte die Kippe in den Aschenbecher, trank einen Schluck, dann steckte er sich eine neue Zigarette an.

»Dicke Post!«, sagte Kauz. »Er belastet Z'Blatten zwar nicht direkt. Aber indirekt. Was sagte denn Z'Blatten? Er hat gestern bei dir vorgesprochen, oder nicht?«

»Jawohl. Hör zu«, sagte Gsponer und blies den Rauch von sich.

Z'Blatten erschien am Vortag in Begleitung seines Anwalts auf dem Polizeiposten in Brig. Er wurde höflich gebeten, sich die Fingerabdrücke abnehmen zu lassen, und danach aufgefordert, seine Aussage zu machen.

Was die Umschläge angehe, die Inspektor Gsponer seinem Mandanten vorgelegt habe, führte Z'Blattens Anwalt aus, so habe es damit die folgende Bewandtnis: Als sein Mandant Herrn Steinhäger vor einiger Zeit von der Achillesferse seines großen Projekts erzählte, nämlich von Wendelin Imfangs Speicher und Landparzelle an der Langen Gasse, habe dieser nur gelacht und behauptet, das sei nun wirklich kein Problem. Er sei mit Imfang gut bekannt und wisse, wie man ihn herumkriege. Z'Blatten könne sich darauf verlassen, dass er Imfangs Speicher bekomme, das garantiere er.

»Herr Z'Blatten, wussten Sie, dass Steinhäger Wendelin Imfangs Schwager war?«, wollte Gsponer wissen.

»Erst, als er es mir gesagt hat. Da erinnerte ich mich allerdings, dass es vor vielleicht zwanzig oder mehr Jahren geheißen hatte, Antonia Imfang habe in Brig geheiratet. Möglich, dass damals der Name Steinhäger genannte wurde, aber daran erinnere ich mich nicht. Er sagte mir auch, seine Frau sei vor Jahren gestorben, aber er habe die Beziehung zur Familie Imfang weitergepflegt. Und übrigens auch zur Gemeindepräsidentin.«

»Wie bitte?«

Das hatte Gsponer nicht erwartet.

»Er betonte mehrmals, er habe auch einen Draht zu Josy Werlen. Das glaubte ich ihm zwar, aber davon wollte ich keinen Gebrauch machen. Was die amtlichen Dinge angeht, halte ich mich strikt an die offiziellen Wege.«

»Selbstverständlich«, sagte Gsponer. Er verzog keine Miene.

An dieser Stelle ergriff wieder der Anwalt das Wort: Da sein Mandant Herrn Steinhäger zu jenem Zeitpunkt als vertrauenswürdigen Geschäftspartner einschätzte, habe er sich auf dessen Versprechen, den Erwerb von Imfangs Speicher zu ermöglichen, verlassen und das Projekt vorangetrieben, obschon er die Parzelle noch gar nicht besessen habe.

»Das war zweifellos etwas unvorsichtig, das sieht mein Mandant heute durchaus ein«, erklärte der Anwalt.

»Vielleicht. Tut hier aber nichts zur Sache. Und die Briefumschläge?«, machte Gsponer. »Mit dem Geld drin? Was wollten Sie dazu sagen?«

Der Anwalt holte aus: Steinhäger, so dürfe man annehmen, habe zuerst versucht, Imfang zum Verkauf des Grundstücks zu überreden. Doch müsse er gemerkt haben, dass es nicht so einfach war. Eines Tages habe Steinhäger zu Herrn Z'Blatten gesagt, der Verkauf werde rasch und reibungslos über die Bühne gehen, wenn er eine gewisse Summe lockermache, die diskret die Hand wechseln müsse.

»Schwarzgeld also?«, stellte Gsponer fest.

Das, erhob Z'Blattens Anwalt Einspruch, sei ein zu hartes Wort. Tatsächlich habe sich sein Mandant lediglich dazu bereit erklärt, eine Anzahlung auf den Kaufpreis in bar zu leisten.

»Ach so«, sagte Gsponer. »Kam der Vorschlag für diese Zahlung von Steinhäger? Oder von Ihnen, Herr Z'Blatten?«

»Steinhäger machte den Vorschlag.«

»Aber Sie gingen darauf ein, nicht wahr?«

Z'Blatten nickte, sagte aber nichts.

»Verstehe ich Sie richtig, dass Sie eine Selbstanzeige machen möchten?«

»Nun, ich …«

»Dahingehend, dass Sie unter dem Tisch eine Zahlung von sechzehntausend Franken an Wendelin Imfang leisteten, um den Kauf von dessen Speicher zu beschleunigen?«

De facto treffe diese Zusammenfassung in etwa zu, meinte, sich wiederholt räuspernd, der Anwalt, doch wolle man sich auf den genauen Wortlaut dieser Aussage noch nicht festlegen. Zumal besagte Zahlung, wie die Polizei ja wisse, gar nicht abgewickelt werden konnte. Das Geld sei ja nie in Imfangs Besitz gelangt. Man könne somit allerhöchstens von einem *Versuch* reden. Die Geschichte habe sich nämlich folgendermaßen entwickelt, und diese Aussage seines Mandanten dürfte für Polizei und Staatsanwaltschaft von hohem Interesse sein.

»Falls Sie einen Deal anstreben, müssen Sie den mit dem Staatsanwalt aushandeln«, sagte Gsponer. »Ich nehme einstweilen bloß Ihre Aussage entgegen und lege sie, nachdem ich sie überprüft habe, dem Oberstaatsanwalt vor. Aber eine

Frage habe ich noch: Hat Steinhäger das Geld von Ihnen entgegengenommen?«

Nein, sagte an seiner Stelle wieder sein Anwalt. Steinhäger habe ihm klargemacht, er werde einen Mittelsmann beauftragen, Imfang das Geld zu überbringen. Z'Blatten solle sechzehntausend Franken, verteilt auf zwei Umschläge, bereitstellen. Die beiden Umschläge solle er einem Vertrauensmann, am besten dem Gemeindeschreiber Trapper, übergeben. Der sei, wie man wisse, ja absolut vertrauenswürdig. Er, Steinhäger, werde Trapper dann persönlich instruieren, wem, wann und wo er das Geld übergeben solle, Z'Blatten brauche sich nicht weiter darum zu kümmern.

»Ein kompliziertes Zahlungsverfahren«, stellte Gsponer fest.

Das habe sein Mandant auch gefunden, stimmte ihm der Anwalt zu. Doch dann habe ihn Steinhäger davon überzeugt, dass so die Diskretion am besten gewahrt bleibe.

»Oder dass so die Spuren am besten verwischt würden?«, meinte Gsponer.

Das könne man im Rückblick durchaus so sehen, räumte der Anwalt ein. Aber die Spuren von *Steinhägers* Delikt, nicht seines Mandanten. Dass das Geld zweckentfremdet und möglicherweise als Mörderlohn verwendet würde, habe sein Mandant niemals ahnen können.

»Zweckentfremdet?!«, warf jetzt Kauz ein. »Das ist allerhand! Und? Was ging dann weiter?«

Gsponer nahm einen Schluck von seinem Sommerdrink und fuhr fort: »Nachdem Z'Blatten gegangen war, haben wir auf den beiden Umschlägen seine Fingerabdrücke sichergestellt. Die von Trapper hatten wir ja schon. Und die von Baratschow, auf dem einen Umschlag, den wir auf der Geissalp bei seinen Sachen fanden, auch.«

»Und von Steinhäger?«

»Keine.«

»Gut für ihn«, stellte Kauz fest. »Dumm nur für den Gommer Napoleon: Es steht also fest, dass Z'Blatten zwei Briefumschläge in der Hand hielt, die je achttausend Franken enthielten. Dass diese Umschläge auch durch Trappers Hände gingen. Und dass einer davon beim Mörder Baratschow landete. Das ist ja fast ein rauchender Colt in Z'Blattens Hand. Hatten wir am Ende doch den Falschen im Visier?«

»Das hat sich die Staatsanwaltschaft auch gefragt. Ich legte Lara das Resultat vor, sie leitete es an Hauptmann weiter. Heute früh haben wir Z'Blatten aus dem Bett geholt und in U-Haft gesetzt. Wegen Verdunkelungsgefahr.«

»Oh, lá, lá! Jetzt sitzen also zwei Tatverdächtige in Haft. Und du hast zwei ziemlich widersprüchliche Aussagen«, meinte Kauz. »Wen hältst du für glaubwürdiger?«

»Kann ich nicht sagen. Beide sind skrupellose Kerle.«

»Aber einer von beiden hat Wendel auf dem Gewissen.«

»Ja. Und einer von beiden, Steinhäger, hat in Strafsachen einschlägige Erfahrung. Er ist mit allen Wassern gewaschen. Z'Blatten hat in dieser Hinsicht keine Vergangenheit.«

»Viel Glück!«, sagte Kauz.

Er blickte in die Ferne. Ein Sportflugzeug, einen Segelflieger im Schlepptau, hob auf dem Flugfeld ab, beschrieb über Reckingen eine Kurve und schraubte sich in die Höhe. Ein Dutzend Hängegleiter und zwei, drei Deltasegler kreisten hoch über Bellwald und über der Bockhornhütte. Der Glacier Express passierte langsam die Stelle, an der das Gommer Highland Resort einmal stehen sollte.

»Könnte es nicht auch sein, dass sie unter einer Decke stecken?«, fragte Gsponer plötzlich.

»Z'Blatten und Steinhäger? Für ein Mordkomplott?«

»Könnte doch sein, oder?«

»Ja, daran hatte ich auch schon gedacht.«

Wieder schwiegen sie eine Weile und schauten ins Tal hinunter. Da und dort wurden Heuballen gepresst und lagen nun, weiß oder grün verpackt, wie riesige Bonbons auf den kahlen Feldern.

»Aber mich treibt noch etwas anderes um, Alain«, fing Kauz von neuem an.

»Was?«

»Josy Werlen.«

»Die Gemeindepräsidentin? Mich auch.«

»Eben. Du hattest doch auch den Eindruck, sie verschweige dir etwas. Mir sagte sie, sie kenne Steinhäger nicht.«

»Mir auch.«

»Und jetzt sagst du, Steinhäger habe einen Draht zu ihr.«

»Genau genommen sagte Z'Blatten, Steinhäger habe gesagt, er habe einen Draht zu ihr.«

»Ja, ja, schon klar. Ich selber habe zweimal beobachtet, wie sie sich von Steinhäger abwandte, als er auf sie zuging. Einmal an Imfangs Begräbnis, das zweite Mal während einer Konzertpause in Ernen.«

»Ich weiß, das hast du erzählt.«

»Eben. Einem Unbekannten dreht man doch nicht so ostentativ den Rücken zu.«

»Glaubst du, sie sei in die Sache verwickelt?«

»Das ist mir nicht klar. Aber irgendetwas ist faul an der Geschichte.«

»Weißt du was, Kauz«, sagte Gsponer. »Wir gehen gleich zu ihr und klären das.«

»*Wir*?«

»Ja, du kommst mit. Sie kann es ja sagen, wenn sie dich nicht dabeihaben will.«

*

Die beiden Kriminalpolizisten – der im Dienst stehende Oberwalliser und der suspendierte Zürcher – wurden auf der

Gemeindeverwaltung empfangen und gleich ins Zimmer der Gemeindepräsidentin gebeten.

»Danke, dass Sie sich herbemühen, meine Herren«, begrüßte sie Frau Werlen. Es schien sie nicht zu überraschen, dass sie zu zweit kamen. »Wenn Sie nicht gekommen wären, hätte ich mich selbst bei Ihnen gemeldet.« Dann fragte sie mit besorgter Miene: »Stimmt es, dass Anton Z'Blatten heute früh verhaftet wurde? Hat er sich denn etwas zuschulden kommen lassen? Etwa in Sachen Wendelin Imfang?«

Die Polizisten schauten sie stumm an.

»Ach, ich weiß, Sie dürfen nichts sagen. Aber ich konnte mir ausmalen, dass Sie bald nochmals bei mir anklopfen würden. Ich schäme mich ja so, dass ich Sie angeschwindelt habe, Inspektor Gsponer. Obschon es eine Bagatelle ist. Ich versuche, es Ihnen zu erklären ...«

»Nun gut. Damit haben Sie das Wichtigste schon gesagt. Sie kennen Herrn Steinhäger, nicht wahr?«

»Steinhäger? Nein. Wer ist das?«

Die Polizisten wechselten einen Blick.

»Was war denn der Schwindel, Frau Werlen?«

»Das mit dem Telefonanruf. Ich habe am Vorabend seines Unfalls tatsächlich mit Hubert Trapper telefoniert. Ich wollte bloß nicht darüber reden. Es ging bei jenem Anruf nämlich ...«

»Moment«, unterbrach Kauz. »Damals auf dem Weg zum Chämibodä fragte ich Sie nach einem Mann an Wendels Begräbnis ...«

»Ja, ja, ich erinnere mich genau. Sie wollten wissen, ob ich den fein gekleideten Monsieur kenne. Um genau den geht es. Es stimmt, ich leugnete, ihn zu kennen. Weil ich ihn nicht kennen *will* und nicht kennen *soll*.«

»Das war Ray Steinhäger.«

»Nein, das war Raymond Desalpes. Ich hatte ihn einmal

gekannt, aber jetzt kenne ich ihn nicht mehr. Er war einst mein Cousin. Aber für mich ist er tot.«

Kauz war baff. »Wussten Sie nicht, dass er jetzt Steinhäger heißt?«

»Wie?« Sie klang echt überrascht. »Steinhäger? Nie gehört. Oder doch? Richtig: Sie, Herr Gsponer, fragten mich, ob ich den Namen kenne. Ich sagte nein. So, so, Steinhäger heißt der Filou jetzt, wie kommt das?«

»Er hat den Namen seiner Frau angenommen.«

»Na, so was. Den seiner *zweiten* Frau, meinen Sie.«

»Den seiner dritten.«

»Das sieht ihm ähnlich! Ach Gott, die arme Frau.«

»Wie meinen Sie das?«

»Das will ich Ihnen sagen.«

Josy Werlens Vater war ein waschechter Gommer, ihre Mutter eine Desalpes aus dem Unterwallis. Die hatte einen Bruder und der wiederum hatte einen Sohn, Raymond – Josys Cousin. Raymond Desalpes hatte schon als junger Mann nicht den besten Ruf gehabt, er galt als Aufschneider und als Frauenheld. Er absolvierte eine kaufmännische Lehre auf einer Immobilienverwaltung in Visp und begann sich für den Handel mit Liegenschaften zu interessieren. Mit fünfundzwanzig witterte er ein großartiges Geschäft. Er verkündete im Bekanntenkreis, er könne dank seiner beruflichen Beziehungen in Naters für wenig Geld ein einträgliches Mehrfamilienhaus ersteigern. Wer wolle und über etwas Cash verfüge, könne sich daran beteiligen und habe dann auf Lebzeiten ein kleines, aber sicheres Einkommen aus den Mieterträgen. Raymonds Vater lebte damals schon nicht mehr, und seine gutgläubige Mutter warb in der Verwandtschaft für das Projekt.

»Sie hat damals allen gesagt, Raymond habe sich zu einem seriösen und vielversprechenden jungen Kaufmann gemausert«, meinte Josy Werlen seufzend. »Und sei es aus Solidarität mit dem Neffen, sei es wegen der vermeintlich sicheren Anlage, mein Vater investierte großzügig in das Objekt, nicht zuletzt auch der verwitweten Schwägerin zuliebe. Darüber hinaus leistete er, der in solchen Dingen keine Erfahrung hatte, der Bank gegenüber eine Bürgschaft in beträchtlicher Höhe, um den Handel überhaupt möglich zu machen. Sonst wäre der in letzter Minute sowieso gescheitert.«

Raymond, mittlerweile ein überzeugend auftretender Verkäufer, hatte keine Mühe gehabt, Josys Vater zur Unterzeichnung der entsprechenden Verträge zu bewegen. Das mit der Bürgschaft sei eine reine Formsache, versicherte er ihm, er müsse bestimmt niemals für irgendetwas geradestehen.

Den Mietern des Mehrfamilienhauses wurde zum Entsetzen der neuen Eigentümergemeinschaft gleich nach der Eigentumsübertragung gekündigt – vertraglich hatte Raymond alles so eingerichtet, dass er das alleinige Sagen hatte –, die Liegenschaft wurde einem großspurigen Umbau unterzogen, mit Ausgestaltung von Luxuswohnungen, Penthouse und Dachterrasse, und drei Jahre später war Raymonds Immobilienfirma, deren Vermögen einzig aus besagtem Mehrfamilienhaus bestand, bankrott.

»Die Investitionen aller Verwandten, die sich daran beteiligt hatten, waren verloren«, fuhr Josy Werlen bitter fort. »Mein Vater wurde darüber hinaus zur Kasse gebeten: Er haftete mit seinem gesamten Vermögen und seinem zukünftigen Einkommen in Höhe der Bürgschaft, die er geleistet hatte.«

Raymond scherte sich keinen Deut um den Verlust seiner Verwandten. Er meinte bloß, es sei eben dumm gelaufen, das sei das Risiko eines jeden Investors, dass einmal etwas in die Hosen gehe. Auch als er später wieder kurzzeitig zu Geld kam, dachte Raymond Desalpes nicht im Traum an eine Kompensation für den angerichteten Schaden. Wegen des Fiaskos zur Rede gestellt, vertrat er seinem Bürgen gegenüber die Ansicht, wer eine Bürgschaft leiste, tue das freiwillig und hafte logischerweise, wenn das nicht voraussehbare Ereignis eintrete.

»Mein Vater stotterte bis an sein Lebensende die durch die Bürgschaft entstandenen Schulden ab«, sagte Josy Werlen resigniert. »Die einzige Strafe, die er dem schamlosen Betrüger auferlegen konnte, war das für die ganze Familie verbindliche Verdikt: Den kennen wir nicht mehr! Der gehört nicht mehr zu uns. Für uns ist er tot.«

Wenige Jahre später vernahm Josy, damals noch eine junge Frau, dass Raymond Desalpes die Tochter von Hermine und Alois Imfang, Antonia, geheiratet habe. In Münster ließ sich Desalpes kaum je blicken, und wenn doch, ging Josy ihm aus dem Weg. Auch seine Frau Antonia und später ihre Tochter Vanessa sah man selten in ihrer alten Heimat. Gerüchteweise kam Josy zu Ohren, Raymond Desalpes behandle seine Frau schlecht, vergöttere aber die Tochter. Er habe ein *Gschlepf* nach dem andern, hatte es geheißen, sei zuhause knausrig und despotisch, nach außen trete er aber als erfolgreicher Geschäfts- und spendabler Lebemann auf. Am Begräbnis von Antonia Desalpes in Naters hatten Josy und ihre gesamte Familie, nicht teilgenommen. Die Familie Imfang habe ihr natürlich trotzdem leidgetan. Als Raymond Desalpes an Wendelin Imfangs Begräbnis hier in Münster auftauchte, sei sie aus allen Wolken gefallen.

»Ich habe meinen Augen kaum getraut, als ich ihn vor der Kirche sah«, sagte die Gemeindepräsidentin. »Es war nicht zu fassen: Der kam auch noch direkt auf mich zu! Was hat der sich denn eingebildet? Etwa, dass ich ihm die Hand drücke? Ich vermute, er wollte sich bei mir als Gemeindepräsidentin anbiedern. Als ich ihn dann noch mit Wendelins Eltern reden sah, dachte ich sofort an Erbschleicherei. Ich will ihm nichts unterstellen, aber mir kam das verdächtig vor.«

Kauz und Gsponer wechselten erneut kurze Blicke.

»Hat Raymond Desalpes etwas mit dem Gommer Highland Resort zu tun, Frau Werlen? Oder mit Anton Z'Blatten?«, fragte Kauz.

»Nicht, dass ich wüsste«, antwortete sie. Dann dachte sie nach. »Außer vielleicht unter einem andern Namen«, lachte sie. »Passen würde es zu ihm. Ich meine, wegen der Art und Dimension des Projekts«, fügte sie rasch an.

»Danke, Frau Werlen. Sie haben uns sehr geholfen.«

»Wieso denn?«, fragte sie. »Ich dachte, Sie ermitteln im Mordfall Imfang.«

Gsponer biss sich auf die Unterlippe. »Das ist richtig«, sagte er schließlich und sah Frau Werlen stumm an.

»Oh!«, machte sie. »Ist Raymond etwa …? Mein Gott! Ich verstehe, Sie dürfen nichts sagen. Aber trotzdem, das wäre ja schrecklich!«

»Wir ermitteln auch im Fall Trapper, Frau Werlen. Wie war das mit Ihrem Anruf beim Gemeindeschreiber, am Vorabend seines Unfalls?«

»Ach ja, richtig«, sagte die Gemeindepräsidentin. Sie musste sich sammeln. »Davon wollte ich ja erzählen. Das war so.«

Zwei Tage bevor Trapper frühmorgens auf der Furkastrasse überfahren wurde, am Mittwoch, hatte sich Josy Werlen einen freien Tag genommen. Sie hatte am Vormittag einen Termin bei ihrem Zahnarzt in Brig. Auf der Gemeindekanzlei sagte sie, sie werde anschließend auf Bergtour gehen und sei erst am nächsten Tag wieder auf der Gemeindeverwaltung. In Brig entschied sie sich anders und machte stattdessen am Nachmittag einen Abstecher nach Visp und Sitten. Gegen Abend flanierte sie durch die hübsch restaurierte Altstadt von Sitten. Sie spazierte zur Kathedrale hinauf und setzte sich in einer stillen Ecke auf eine Bank, genoss die Ruhe und den besinnlichen Ort. Plötzlich sah sie den

Gemeindeschreiber Hubert Trapper über den Platz kommen und zügig auf das Portal zugehen.

Was macht der hier?, dachte sie. Wegen Amtsgeschäften kann er nicht in Sitten sein, davon wüsste ich.

Trapper hatte sie nicht gesehen. Sie schaute auf die Turmuhr. Die Messe würde erst in einer Stunde beginnen. Ein Mann, der mit dem Rücken zu ihr schon längere Zeit neben einer Säule gestanden hatte, setzte sich in Bewegung und ging hinter Trapper in die Kirche hinein. Josy Werlen hatte wissen wollen, was da vor sich ging, und war den beiden ins Innere der Kathedrale gefolgt. Sie tauchte die Finger ins Weihwasserbecken, schlug das Kreuz und sah sich um. Wenige Bankreihen weiter vorn saßen die beiden Männer nebeneinander. Sie tuschelten miteinander, aber ohne sich anzusehen. Das Ganze wirkte irgendwie konspirativ. Da Josy von den beiden lieber nicht gesehen werden wollte, ging sie wieder hinaus und setzte sich auf ihre Bank. Es dauerte nicht lange, da kamen die beiden Männer kurz hintereinander durch das Kirchenportal heraus, Trapper als Erster. Als der zweite Mann ins Freie trat, sah sie ihn zum ersten Mal von vorn: Es war Raymond Desalpes. Zwar korpulenter geworden, aber ansonsten noch ganz der ölige Typ von früher.

Reflexartig sah sie weg, das Verdikt des Vaters: »Den kennen wir nicht mehr!« noch in den Ohren, und blieb noch eine ganze Weile so sitzen. Aber was hat unser Gemeindeschreiber mit diesem Betrüger zu schaffen?, grübelte sie und kämpfte mit sich, ob sie Trapper mit ihrer Beobachtung konfrontieren solle. Einen Tag später, am Vorabend seines Unfalls, rief sie ihn zu Hause an. Es gehe sie ja nichts an, mit wem er sich in Sitten verabrede, sagte sie. Aber wenn sein Treffen mit einem dubiosen Geschäftsmann in der Kathedrale irgendetwas mit seiner Arbeit als Gemeindeschreiber zu tun habe, müsste sie das unterbinden. Den Namen Raymond Desalpes erwähnte sie nicht. Trapper wand sich und räumte ein, dass er sich, um einem Freund aus der Patsche zu helfen, mit einem Bekannten in Sitten getroffen habe.

»Ich warne dich, Hubert«, sagte die Gemeindepräsidentin. »Wenn es um Geld geht, dann pass auf. Was immer du dem gibst, das siehst du nie wieder.«

»Ich habe ihm kein Geld gegeben«, versicherte ihr Trapper. »Sicher nicht?«

»Ganz sicher. Und werde ihm auch keines geben, verlass dich drauf.«

»Dann ist es ja gut«, meinte Josy Werlen und beendete das Gespräch.

Am folgenden Morgen wurde Trapper auf der Furkastrasse überfahren, Wendelin Imfang war tot und drei Tage später auch Trapper.

»Mir kommt ein schlimmer Gedanke«, sagte Josy Werlen jetzt und sah die Polizisten bekümmert an. »Vielleicht war ich mit meinem Telefonanruf der Grund, dass er sich an jenem Abend total betrunken hat. Es brauchte manchmal nicht viel bei ihm und er stürzte ab, wissen Sie …«

Das konnten die beiden weder bestätigen noch in Abrede stellen. Also sagten sie gar nichts.

»Haben Sie Frau Trapper etwas von ihrer Beobachtung in Sitten mitgeteilt?«, fragte Gsponer schließlich.

»Nein. Ich wollte die arme Frau nicht noch mehr belasten. Zumal ich es Hubert glaubte, dass er dem Kerl kein Geld gegeben hatte. Aber«, sagte sie nach kurzem Zögern, »vielleicht hat er ja Geld von ihm *genommen*. Zu Wucherzinsen, versteht sich. Vielleicht um Schulden des Freundes zu begleichen, von dem er sprach. Oder seine eigenen, wer weiß. Vielleicht kam der Geldumschlag, nach dem Sie mich gefragt haben, von Desalpes?«

»Dem gehen wir nach«, sagte Gsponer.

»Haben Sie mit Wendels Eltern über Desalpes gesprochen?«, mischte sich Kauz ein.

»Ja«, antwortete sie. »Ich habe versucht, sie vor ihm zu warnen. Obschon sie ihren Schwiegersohn ja eigentlich besser kennen sollten als ich. Aber sie wollten nicht hören. Sie waren heilfroh, dass jemand sich um ihre Dinge gekümmert hat. Schließlich habe ich aufgegeben. Es geht mich ja im Grunde nichts an.«

»Fällt Ihnen noch etwas zu Anton Z'Blatten ein?«, fragte Gsponer.

»Man mag zu ihm stehen, wie man will«, sagte sie vorsichtig. »Ich hoffe, dass er nichts Schlimmes verbrochen hat. Ein Skandal um einen Gommer Promi wäre für Münster und für das Goms gar nicht gut. Aber *wenn* er etwas verbrochen hat, dann muss es aufgedeckt werden, und er soll dafür geradestehen. Vor dem Gesetz sind schließlich alle gleich.«

Gsponer sprach aus, was Kauz dachte: »Schön wärs«, sagte er trocken.

Leicht erschreckt sah ihn die Gemeindepräsidentin an.

»Auf alle Fälle können Sie auf meine Unterstützung zählen«, schob sie nach.

Die zwei Polizisten verabschiedeten sich.

»Kommst du auf ein Feierabendbier mit in den Speicher?«, fragte Kauz, als sie wieder auf der Straße standen.

»Heute nicht. Hab noch zu tun. Ich sehe dich noch, bevor du nach Hause fährst, oder?«

Kauz nickte.

»Versprochen?«

»Versprochen«, sagte Kauz. »Und du hältst mich auf dem Laufenden, ja?«

»Versprochen.«

Mittwoch, 8. August

Xaver war am Samstag von der Geissalp herunterge-
kommen. Nun wollte er noch ein paar Tage ausspannen, ehe er nach Hause fuhr. Nach all der Arbeit, die er auf
der Alp geleistet hatte, hatte er das verdient, fand Kauz.

Trotzdem begann es ihn bereits zu nerven, seinen Sohn den
lieben langen Tag herumhängen zu sehen. Am Montag über-
redete er ihn zu einem Ausflug. Er ließ ihn seine alte BMW
lenken und setzte sich selbst auf den Sozius. Xaver hielt sich
den Bauch vor Lachen, als er Max zum ersten Mal aus dem
Picknickkorb lugen sah.

»Cool«, rief er. »Megacool. Wer hats erfunden?«

Kauz erzählte ihm die Geschichte mit Damian.

Er hatte beschlossen, seinem Sohn das Goms zu zeigen,
das er als Kind gekannt hatte: Reckingen, wo er als kleiner
Junge bei den Großeltern, und Ernen, wo er bei Onkel und
Tante Sommerferien verbracht hatte. Er erzählte Xaver vom
großen Lawinenunglück, das in Reckingen vor über vierzig
Jahren viele Menschenleben gefordert hatte. Und vom aus
der Angst geborenen Verbot seiner Mutter, je wieder ins
Goms zu reisen, an das er sich, ohne sich dessen bewusst
zu sein, jahrzehntelang gehalten hatte. In Reckingen stiegen
sie zur Stalenkapelle hoch und wanderten ein Stück weit ins
Blinnental hinein. Über eine kleine Brücke wechselten sie
über den Bach und gingen der steilen Flanke entlang durch
den Wald, bis sie zu der Stelle kamen, wo er mit Großmutter

jeweils Heidelbeeren gepflückt hatte. Aber die Stauden waren bereits abgeerntet. Auf einer sonnigen Lichtung ruhten sie sich aus.

Sehr überrascht war er nicht, als sein Handy klingelte.

Er hatte sich von Gsponer zwar versprechen lassen, ihn auf dem Laufenden zu halten. Aber jetzt war er, welch seltenes Ereignis, mit seinem Sohn Xaver auf Wanderung. Falls es länger dauerte, würde er Alain bitten, ihn später anzurufen. Das war unnötig, denn Gsponer fasste sich kurz.

Er habe jeden der beiden Inhaftierten mit den Aussagen des anderen konfrontiert. Beide seien ob der faustdicken Lügen des anderen empört gewesen und seien bei ihren Aussagen geblieben. Z'Blatten habe überdies behauptet, er werde für seine Aussagen Beweise vorlegen.

»Was für Beweise?«, fragte Kauz.

»Das sagte er nicht. Er sagte nur, er brauche etwas Zeit, um sie zu beschaffen, das heißt, beschaffen zu lassen.«

»Weißt du was, Alain: Komm du ihm dieses Mal zuvor. Beschaff dir die Beweise selbst! Er soll nicht vor Gericht damit auftrumpfen können. Und beeil dich. Er wird jemanden hinschicken, entlastendes Material zu holen und gleichzeitig belastendes zu vernichten.«

»Was für Beweise vermutest du denn?«

»Illegal beschaffte. Legales Beweismaterial für seine Aussagen hätte er dir längst vorgelegt. Er ist auf einen Deal aus.«

»Woran denkst du? Widerrechtlich beschaffte Papiere? Durch Erpressung oder so? Oder geheime Gesprächsaufzeichnungen?«

»Genau das. Beschaff dir einen Hausdurchsuchungsbefehl. Ich wäre nicht überrascht, wenn du in seinem Büro Wanzen oder eine versteckte Kamera finden würdest.«

»Mache ich, Kauz. Danke für den Tipp.«

Kauz schilderte Xaver in groben Zügen, worum es ging. Er war ja so etwas wie ein Insider. Dass Bohdan Wendels

Mörder war, wusste er von Anna. Jedenfalls wollte diese so etwas von der Staatsanwältin gehört haben. Dass Olga und Trapper eine Rolle spielten, hatte er auch schon mitbekommen. Und dass es um die Aufklärung eines Auftragsmords ging, konnte er sich zusammenreimen. Kauz ließ trotzdem alles weg, was noch nicht öffentlich war.

»Die hören auf dich, was?«, meinte Xaver.

Damit meinte er die Walliser Polizei. Es klang, also ob er auf seinen Vater ein bisschen stolz sei.

»Wir sagen uns gegenseitig, was wir wissen und was wir denken.«

»Eben.«

Sie stiegen auf einer anderen Route wieder ab und fuhren dann in den Speicher zurück. Am Dienstag unternahmen sie einen Ausflug nach Ernen und Binn.

Für den Mittwoch hatte sich Xaver einen freien Tag gewünscht. Er wolle *chillen* und werde baden gehen. Und er nehme Max mit. Kauz hörte heraus, dass er allein sein wollte, und ließ ihn mit dem Hund ziehen.

Am späteren Nachmittag, Xaver war noch nicht zurück, und Kauz war mit der Vorbereitung des Abendessens beschäftigt, rief Gsponer an.

»Das musst du dir ansehen, Kauz«, sagte er. »Komm in Z'Blattens Büro. Aber diskret.«

Kauz ließ alles stehen und liegen und ging durch die Lange Gasse ins Dorf, zum hässlichen Pseudo-Chalet von Z'Blatten-Immobilien. Gsponer empfing ihn unter der Tür.

»Treten Sie ein, *Monsieur* Walpen«, sagte Alain Gsponer förmlich und sah sich nach links und nach rechts um, als würden unbefugte Ohren mithören. »Spaß beiseite, meine Leute sind schon gegangen«, lachte er dann. »Sie haben das beschlagnahmte Material mitgenommen, bis auf das hier. Und das ist der offizielle Grund, weshalb ich dich herbat«, sagte er, kniff in gewohnter Manier ein Auge zu und lud Kauz ein, sich zu setzen. »Ich bitte dich nämlich, diese Personen zu identifizieren.«

Er suchte die richtige Stelle auf der Videosequenz. Sie saßen hinter Z'Blattens Pult und schauten auf den Bildschirm.

»Aufnahme vom dritten Juli. Hier, pass auf.«

Das schwarzweiße Bild war etwas verzerrt und flimmerte ein bisschen, aber der Ton war klar und deutlich.

»*Café? Digestif?*« Das war Z'Blattens Stimme. Er erschien im Bild und setzte sich in einen Clubsessel.

»Danke. Nein«, sagte der Mann, der ihm gegenübersaß.

»Lieber gleich zur Sache, nicht wahr? Gut, soll mir recht sein. Das Objekt, nach dem Sie sich erkundigten, ist ein echtes Bijoux. Sehen Sie es sich an.«

Gsponer spulte vorwärts. »Erkennst du die Personen?«, lachte er. »Warte. Hier wirds lustig.«

Das Bild erschien wieder.

»Wissen Sie, was dieser Ägypter in Andermatt kann, das können wir im Goms auch.«

Man sah Z'Blatten eine grandiose Geste machen und sich selbstzufrieden zurücklehnen.

Gsponer stoppte, spulte weiter, stoppte wieder und drückte auf Wiedergabe.

»Nun, Monsieur Walpen ...«

»Eine Frage hätte ich noch«, unterbrach der Kauz auf dem Bildschirm.

»Ja? Bitte?«

»Das ist Landwirtschaftszone, nicht wahr?« Z'Blattens Gegenüber zeigte auf einen auseinandergefalteten Prospekt. »Wie werden Sie dieses Problem lösen?«

»Ach, das lassen Sie bitte meine Sorge sein, Monsieur Walpen. Wissen Sie, als Gommer Unternehmer kennt man sich in diesen Dingen aus. Man weiß genau, was möglich ist und was nicht. Und wie man damit umgeht, wenn es einmal Hindernisse zu überwinden gilt. Keine Sorge, das kriegen wir hin.«

Gsponer hielt den Film an.

»Gut, nicht wahr? Ich bin mir bloß nicht sicher, ob Z'Blatten wirklich diese Sequenz zu seiner Entlastung vorlegen möchte«, grinste er. Er spulte weiter, stoppte wieder. »Und zum Schluss noch dies«, schmunzelte er und drückte auf Wiedergabe. »*Just for fun.*«

»Oho! Urlaub open end?«, sagte Z'Blatten und schob anerkennend die Unterlippe vor. »Kann sich nicht jeder leisten. Wo logieren Sie? In der *Auberge*, nehme ich an.«

»Nein, in der Alpenrose.«

»*In der Alpenrose?*«, staunte Z'Blatten auf dem Bildschirm. Man konnte sehen, wie ihm die Kinnlade herunterfiel. Dann rappelte er sich auf: »Was für ein Objekt suchen Sie wirklich? Bewegen wir uns überhaupt im richtigen Preissegment?«

»Wohl eher nicht.«

»Wissen Sie was …«, hob Z'Blatten ärgerlich an, aber Gsponer stoppte die Wiedergabe.

»Damit das klar ist, Alois Walpen«, sagte er in offiziellem Tonfall. »Ich habe dich kommen lassen, damit du mir bestätigst, dass du dich auf dieser Aufnahme wiedererkennst und dass die Aufnahme echt ist. Kannst du das bestätigen?«, fragte er mit ernstem Gesicht.

»Da drauf ist Anton Z'Blatten zu sehen. Die andere Person bin ich«, bestätigte Kauz. »Und nach allem, was ich in Erinnerung habe, ist die Aufnahme nicht manipuliert.«

»Gut«, sagte Gsponer. »Dann lass ich dich jetzt wieder laufen. Die polizeiliche Befragung ist beendet.«

Er grinste ihn an.

»Es sei denn, du hast noch ein paar Minuten Zeit. Hier ist ein Mitschnitt einer Unterhaltung zwischen Z'Blatten Anton und Steinhäger Ray vom 27. Juni dieses Jahres. Das ist jetzt *off the record*. Streng vertraulich.«

Er suchte mit der Suchfunktion nach der richtigen Stelle.

»Sehr gut gesichert waren die Aufnahmen übrigens nicht. Die Kamera hatten wir schnell gefunden«, erklärte er währenddessen und zeigte auf die gegenüberliegende Wand. »Die Sekretärin war auch recht kooperativ. Nach einer Stunde konnten wir sie heimschicken. Den Rest haben meine Experten im Nu erledigt«, sagte er weiter. »Passwörter sind für die natürlich kein Hindernis.«

Jetzt war die Filmsequenz bereit:

»Imfang will bloß noch etwas mehr herausholen«, sagte der Video-Ray-Steinhäger auf dem Film. »Ich denke, der Handel wird rasch und reibungslos über die Bühne gehen, wenn du ihm ein Extra-Trinkgeld rüberschiebst. Sagen wir zwanzigtausend. Diskret, versteht sich.«

Kauz hätte nicht unbedingt gedacht, dass die beiden Geschäftsherren sich duzten.

»Wenn das die Sache beschleunigt«, antwortete der Video-Z'Blatten. »Denn lange kann ich nicht mehr warten. Ich muss jetzt endlich Klarheit haben. Zwölftausend kann ich lockermachen.«

»Achtzehntausend?«

»Was soll das? Sind wir hier auf dem Basar? Na gut, sechzehntausend. Mein letztes Wort. Wann siehst du ihn? Willst du das Geld gleich mitnehmen?«

Der Video-Z'Blatten stand auf und verschwand aus dem Bild. Offenbar ging er zum Tresor.

»Nein. Wir machen es so …«

Dann folgte eine Absprache, die haargenau dem entsprach, was Z'Blatten zu Protokoll gegeben hatte: Steinhäger machte den Vorschlag, das Geld in zwei Briefumschlägen bereitzustellen. Vermeintliches Schwarzgeld, das je zur Hälfte vor und nach Unterzeichnung des Kaufvertrags an Imfang auszuzahlen sei. In Wirklichkeit, aber das wusste Z'Blatten nicht, war es der Lohn, den der Mörder Baratschow in Raten erhalten sollte, vor und nach vollbrachter Tat. Steinhäger riet Z'Blatten, er solle die Umschläge seinem Vertrauensmann Trapper geben, und versprach, sich um alles Weitere zu kümmern. So werde sich Z'Blatten sicher nicht verdächtig machen.

Damit war die Aussage, die Steinhäger Gsponer gegenüber gemacht hatte, als Lüge entlarvt.

»In meinen Augen wird Z'Blatten mit diesen Aufnahmen vom Verdacht, den Mordauftrag erteilt zu haben, entlastet«, sagte Gsponer.

»Das sehe ich auch so. Aber ob das Material vor Gericht zugelassen wird ... Es sind ja illegale Mitschnitte.«

»Schon klar. Aber das ist nicht mehr meine Sorge. Darüber können sich dann die Juristen streiten.«

»Wahrscheinlich zeigen die Aufnahmen aber auch Dinge, die Z'Blatten belasten, oder nicht?«, fragte Kauz. »Nicht in der Mordsache, aber ansonsten.«

»Und ob! Nur schon mit dem kurzen Kommentar, den wir eben gehört haben, hat er sich selber kompromittiert. Wir haben übrigens festgestellt, dass Z'Blatten auch Unterhaltungen mit Trapper mitgeschnitten hat. Ich glaube, er wollte einfach alles unter Kontrolle und notfalls ein Druckmittel haben. Ich habe erst kurz in diese Mitschnitte hineingeschaut. Wir werden alles noch genau sichten.«

»In der Mordsache ist Z'Blatten also fein raus, aber anderes wird an ihm hängen bleiben.«

»Ja. Erstens die Schwarzgeldzahlung. Zweitens, soweit ich es auf die Schnelle beurteilen konnte, unlautere Absprachen mit dem Gemeindeschreiber, vielleicht auch Bestechung. Und wenn sie wollte, könnte die Staatsanwaltschaft ihm auch noch die illegalen Mitschnitte zum Vorwurf machen, aus denen wir ihm jetzt einen Strick drehen.«

»So viel zu Z'Blatten. Aber ob das Material hier«, Kauz zeigte auf den Bildschirm, »gegen Steinhäger ausreicht?«

»Vielleicht nicht. Muss es auch nicht«, schmunzelte Gsponer.

»Wieso? Gibt es sonst neue Erkenntnisse?«, fragte Kauz.

»Allerdings. Hör zu.«

Die deutschen Ermittler hatten von der Verhaftung Steinhägers erfahren und die Walliser um Mithilfe bei der Aufklärung des ehemals als Suizid eingeschätzten Todes von Heike Steinhäger gebeten. Inzwischen stand der Ehemann Ray Steinhäger unter Mordverdacht. Die gemeinsamen Abklärungen konzentrierten sich einstweilen auf die Analyse der Handys von Baratschow und Steinhäger. Bei einer Hausdurchsuchung in Deutschland war ein drittes Handy von Steinhäger beschlagnahmt worden. Und auf diesem war die Handynummer von Baratschow. Gsponer und seine Leute waren bisher davon ausgegangen, dass Steinhäger keinen direkten Draht zu Baratschow hatte. Nun konnte man nachweisen, dass Baratschow vor und nach der Ermordung von Wendelin Imfang von diesem dritten Steinhäger'schen Handy aus angerufen wurde. Natürlich bestritt Steinhäger, damit etwas zu tun zu haben. Er habe das Handy verloren und erst kürzlich wiedergefunden. Jemand anderer müsse es in der Zwischenzeit verwendet haben.

»Sehr originell«, meinte Kauz und verzog das Gesicht.

Die deutschen Ermittler konnten Baratschow, oder jedenfalls sein Handy, am Tag von Heike Steinhägers Tod und am Tag davor im Raum Titisee lokalisieren. Dort wurde er von Steinhäger zweimal angerufen. Im Ferienhaus der Familie Steinhäger am Titisee war Heike Steinhäger tot in der Badewanne gefunden worden.

»Verdacht auf Mord«, stellte Gsponer fest. »Begangen von Yury Baratschow im Auftrag von Steinhäger. Die Spuren am Tatort werden noch ausgewertet. Aber alles deutet darauf hin, dass Baratschow dort war. Scheint ein treuer Lakai des Herrn Steinhäger gewesen zu sein.«

»So wie es aussieht, ist der Mordfall Imfang gelöst«, stellte Kauz fest. »Jedenfalls aus polizeilicher Sicht. Baratschow war der Mörder, Steinhäger der Auftraggeber. Und Trapper der Geldbriefträger mit dem Mörderlohn. Z'Blatten ist weder Täter noch Mittäter, allem Anschein nach nicht einmal Mitwisser. Aber er war Steinhägers Marionette. Denn er bezahlte, ohne es zu wissen, den Mörderlohn.«

»Beinahe wäre er als Auftraggeber dagestanden«, ergänzte Gsponer. »Denn fast wäre Steinhägers durchtriebenes Spiel aufgegangen. Aber nur fast. Man wird Steinhäger mehrere Mordaufträge nachweisen können: den an Imfang, den an seiner Frau Heike Steinhäger, den …«

In diesem Augenblick summte Gsponers Handy.

»Ja? Wie? Du stehst vor der Tür? Warte.«

Er stand auf. »Es ist etwas passiert, glaube ich«, sagte er zu Kauz und ging aus Z'Blattens Büro in den Empfangsraum.

Zurück kam er mit Ria Ritz. Es war ihr anzusehen, dass etwas vorgefallen war. Sie sah halb aufgebracht aus, halb schockiert.

»Olga ist tot«, sagte sie.

Kauz kam hinter Z'Blattens Chefschreibtisch hervor. Gsponer führte Ria in den feudalen Teil des Büros. Zu dritt setzten sie sich in Z'Blattens schicke Clubsessel.

»Was ist passiert?«, fragte Kauz.

Ria hatte am Vortag von der Staatsanwältin die Order erhalten, zusammen mit Benjamin Olga Imfang auf der Oberbine abzuholen. Sie müsse ins Psychiatriezentrum Brig gebracht werden, zur stationären Begutachtung. Lara entschuldigte sich Ria gegenüber fast für diesen Auftrag. Sie habe ihn abzuwenden versucht, doch der Oberstaatsanwalt bestehe darauf. Ihr komme es vor, als sei das seine Reaktion darauf, dass sie für den nächsten Tag eine Hausdurchsuchung bei Anton Z'Blatten durchgesetzt habe.

Ria rief Doktor Kalbermatten an, um einen Dispens zu erwirken. Er habe Olga Hafterstehungsunfähigkeit attestiert, sagte dieser, das wisse sie ja. Aber obschon er ihre Bedenken teile, könne er Olga beim besten Willen keine Hospitalisationsunfähigkeit bescheinigen. Das gebe es nämlich einfach nicht. Er bot aber an, Ria zu begleiten und Olga wenn nötig selber ins Psychiatriezentrum zu fahren. Ria hatte auch Kauz angerufen, aber der hatte den Anruf nicht entgegengenommen.

Ria sah ihn mit leisem Vorwurf an.

Gestern war ich mit Xaver in Binn, dachte Kauz. Vielleicht hatte ich eine Zeit lang keinen Empfang.

Nach dem erfolglosen Anruf bei Kauz hatte sich Ria ein Herz gefasst und mit Oberstaatsanwalt Hauptmann telefoniert, um ihn von dem Vorhaben abzubringen. Aber er hatte kaum zugehört und sie eiskalt abblitzen lassen.

Heute über die Mittagszeit, denn dann passte es dem Doktor am besten, waren sie zu dritt auf die Oberbine gefahren.

Mit Olga zusammen setzten sie sich draußen vor ihrem Stall auf Hocker und Bank. Kalbermatten untersuchte als Erstes ihr böses Bein. So schonend wie es nur ging, versuchten sie ihr dann schmackhaft zu machen, sie nach Brig zu begleiten, wo ein weiterer Doktor sie untersuchen werde.

»*Nit neetig*«, wies Olga dieses Ansinnen zurück.

Kalbermatten und Ria insistierten. Irgendwann erklärten sie ihr, sie *müsse* mitkommen, der Oberstaatsanwalt Hauptmann habe es angeordnet.

»*Denä kenn i nit*«, erwiderte Olga.

Schließlich sagte Ria, sie sei von der Polizei, sie müsse sie mitnehmen, und fasste sie am Arm.

Dass sie Polizistin sei, das wisse sie auch, erwiderte Olga, aber sie komme trotzdem nicht mit. Sie solle sie gefälligst loslassen, schimpfte sie und schlug Ria mit der freien Hand auf die Finger. Jetzt packte auch Beni zu, wenn auch nur mit halber Kraft, und fasste ihren andern Arm.

Olga trat mit dem Stiefel gegen sein Schienbein.

Als nun auch noch der Hüne Kalbermatten sie zwar sanft, aber bestimmt bei den Schultern fasste, fing Olga aus Leibeskräften an zu schreien, sich zu winden und zu wenden und um sich zu treten. Es schien ganz, als habe sie Todesangst.

»Lasst sie los«, sagte der Doktor.

Sie ließen sie los, blieben aber alle drei nahe bei ihr stehen, um zu demonstrieren, dass sie in der Übermacht waren.

»Es tut mir leid«, wiederholte Ria, »aber Ihr müsst jetzt mitkommen.«

»*Güät*«, sagte Olga zur allgemeinen Überraschung und stand auf. »*Aber di Gëiss chunnt mit*«, bestimmte sie. »*Und d Chatzä ö.*« Sie zeigte auf den Oberbau.

Das gehe leider nicht, erklärte der Doktor. Sie werde ein paar Tage im Spital bleiben müssen, da könne sie weder Ziege noch Katze mitnehmen, überhaupt keine Tiere.

Bleich im Gesicht und vom heftigen Widerstand noch außer Atem, setzte sich Olga wieder. Die rechte Hand an ihrer linken Brust, sah sie einen nach dem andern lange an, atmete schwer und studierte jedes der drei Gesichter. Die drei bemühten sich, nicht bedrohlich, aber doch bestimmt aufzutreten, um ihr klarzumachen, dass Widerstand auf Dauer zwecklos sei. Es schien zu wirken.

»*Güät*«, sagte Olga, dann komme sie halt mit.

Die Ziege kam dahergerannt und stupste sie an.

Olga kraulte ihren Kopf. »*Adje*, Olga«, sagte sie.

Jetzt gehe sie nach oben und lege sich kurz zur Katze aufs Bett. Sie sei ein bisschen müde, sagte sie.

Ria und Beni schauten den Doktor fragend an.

»Ist gut, Olga. Ruh du dich etwas aus«, sagte er.

Schritt für Schritt bewegte sich Olga weg. Zweimal blieb sie kurz stehen und griff sich an die linke Brust, dann verschwand sie um die Ecke zur Hinterseite des Stalls, wo sich der Eingang des Oberbaus befand.

Die drei schauten ihr nach und setzten sich vor dem Stall auf Bank und Hocker.

Nach einer Viertelstunde sagte Kalbermatten: »Jetzt gehen wir zu ihr. Ich glaube, sie wird sich nicht mehr wehren.«

Sie gingen hinauf.

Olga war eingeschlafen. Die Schuhe hatte sie ausgezogen und neben das Bett gestellt. In ihren schwarzen Strümpfen lag sie ruhig da, lang ausgestreckt, die Katze auf dem Bauch.

Leise, um sie nicht brüsk zu wecken, sagte Ria: »Olga. Wir sind bereit. Wollen wir gehen?«

Olga antwortete nicht.

Sie warteten ein paar Augenblicke.

Da trat Doktor Kalbermatten ans Bett, fühlte Olgas Puls, zuerst am Handgelenk, dann am Hals, zog nun sein Stethoskop aus der Tasche und hörte ihr Herz ab. Er nahm sich lange Zeit. Schließlich drehte er sich nach den Polizisten um, nickte, als habe er es nicht anders erwartet, und sagte: »Sie ist tot.«

Sonntag, 12. August

M ax winselte. Er hatte sich noch nicht so recht an die Stadtwohnung gewöhnt. Auch Kauz kamen die Räumlichkeiten, nach den Wochen im Goms, etwas fremd vor.

Er saß in seinem Arbeitszimmer vor dem Computer. Das Bildbearbeitungsprogramm war hochgefahren. Manche seiner Schwarzweißbilder waren recht ansprechend geworden, ein paar wenige sogar fast perfekt: Mit der unheimlichen Gewitterstimmung jenseits des *Blaawseewji*, hoch über dem Chämibodä, würde er sich vielleicht an einem Fotowettbewerb beteiligen.

Vor seinem inneren Auge sah er ein weiteres gelungenes Bild, das er aber nie hatte aufnehmen können: ein Gesicht wie eine Gletscherlandschaft, unendlich viele Risse und Schrunden, tiefe Furchen und Gräben, schwarze, leicht zusammengekniffene Augen, die wie kleine Tiere, wach, aber misstrauisch, aus ihren Höhlen blickten, Haare wie Flechten, die auf Steinen und alten Bäumen wuchsen.

Olga. Er hatte gehofft, sie noch einmal besuchen zu können. Dann hätte er um Erlaubnis gebeten, sie fotografieren zu dürfen. Aber es war nicht mehr dazu gekommen.

Doktor Kalbermatten hatte nach ihrem Tod alles Notwendige in die Wege geleitet. Ein außergewöhnlicher Todesfall war es nicht gewesen. Olga war sozusagen im Beisein ihres Arztes eines natürlichen Todes gestorben. Ihr Herz hatte einfach aufgehört zu schlagen. Sicher hatte der vorausgegangene Stress bei ihrem Herzversagen eine Rolle gespielt. Deshalb war Ria auch wütend auf den Oberstaatsanwalt, der die stationäre Begutachtung partout hatte durchsetzen wollen und sie zu dieser unfairen Polizeiaktion gezwungen hatte. Aber bald war man sich einig, dass ein Herzstillstand auf dem Bett, die schnurrende Katze auf dem Bauch, ein gnädiger Tod sei, mit dem Olga vieles erspart geblieben war.

Zusammen mit Ria Ritz ging Kalbermatten zu Imfangs aufs Milifäld. Die zwei hatten fast ihre ganze Familie verloren: Tochter und Sohn, und jetzt noch die Schwester, die Schwägerin. Vielleicht alle, direkt oder indirekt, durch die Hand ihres Schwiegersohns. Möglicherweise hatte dieser im Sinn gehabt, auch sie noch auszulöschen. Es blieb ihnen nur noch die Enkelin Vanessa, die unschuldige Tochter des Verbrechers. Aber diese lebte weit weg und kam wohl nie mehr ins Goms zurück.

Ob man den Imfangs mittlerweile gesagt hatte, dass Ray Steinhäger, ihr Schwiegersohn Raymond Desalpes, Wendel und vielleicht auch ihre anderen Liebsten auf dem Gewissen hatte? Kauz hatte keine Ahnung. Und ob sie es begreifen würden, war eine andere Frage.

Die alten Leute taten ihm leid. Vielleicht würde er sie wiedersehen, vielleicht aber auch nicht. Er hatte am Tag seiner Abreise mit ihnen gesprochen. Das Gespräch hatte sich um Olga gedreht, um nichts anderes. Es war sein Kondolenzbesuch gewesen und gleichzeitig sein Abschiedsbesuch. Möglich, dass er nächstes Jahr – oder schon in diesem Herbst oder Winter – Wendels Speicher wieder mieten konnte. Wenn nicht, würde er sich eine neue Bleibe suchen. Denn eines stand fest: Er würde wieder Ferien im Goms machen.

*

Ria und Alain hatte er am Freitagabend zu sich in den Speicher eingeladen. Thomas natürlich auch. Ria und Thomas hatten ja keine lange Anfahrt, aber dass auch Alain zusagte, der in Brig wohnte, freute Kauz riesig.

Er tischte eine kalte Gurkensuppe mit Minze auf, die für Gommer Gaumen vielleicht etwas gewöhnungsbedürftig schmeckte.

»Du kannst kochen, *Chüzz?*«, staunte Ria, als er das Essen auftrug. »Hätte ich gar nicht gedacht.«

»Danke für das Kompliment«, lachte Kauz. »Backen übrigens auch.«

Zum Apéro hatte er kleine selbst gebackene Blätterteigstängel gereicht. Die einen mit Kümmel bestreut, die andern mit Pesto gefüllt. Er hatte sich den kleinsten Mikrobackofen besorgt, den er finden konnte, und ihn unter dem Schüttstein auf dem kleinen Kühlschrank installiert. Vom Metzger ließ er sich gutes mageres Kalbfleisch durch den Wolf drehen und briet daraus Kalbshacktätschli. Mit vielen Kräutern und etwas Zitronenschale, sodass sie nicht deftig, sondern sommerlich leicht daherkamen. Dazu gab es statt des klassischen Kartoffelstocks einen Stampf, den er mit der Gabel direkt in der Pfanne zubereitete, und buntes Sommergemüse. Zum Dessert eine gebrannte Crème nach Großmutterart, die er in seinem kleinen Kühlschrank kalt gestellt hatte.

Seine Gäste lobten das Essen und den Koch.

Der Pinot Blanc, den er zum Apéro kredenzt hatte, und der rote Grand Cru, den er zum Essen reichte, beflügelten die Stimmung.

Sie stießen auf ihre erfolgreiche Zusammenarbeit an.

Dass der Oberstaatsanwalt Anton Z'Blatten an diesem Tag aus der Untersuchungshaft entlassen hatte, da im Zusammenhang mit dem Mordfall Imfang keine Verdachts- und schon gar keine Haftgründe mehr bestünden, erstaunte niemanden. Dass er der Staatsanwältin Lara Stockalper wegen

Z'Blattens U-Haft durch die Blume öffentlich einen Rüffel erteilt hatte, stieß aber allen sauer auf.

»Er selbst hat natürlich den großen Fisch gefangen«, spottete Thomas. Er hatte die Pressekonferenz am Bildschirm mitverfolgt. »Ganz wie erwartet. Die Polizeiarbeit erwähnt er mit keinem Wort.«

»Und deine sowieso nicht«, sagte Ria.

»Nehmts nicht persönlich«, meinte Gsponer. »Was Z'Blatten angeht, kann Hauptmann ihn trotz allem nicht einfach laufen lassen. Dank der Hausdurchsuchung liegen jetzt Fakten auf dem Tisch, mit denen er sich befassen muss. So oder so, über Z'Blatten wird geredet und geschrieben werden, ob er irgendwann vor Gericht gestellt wird oder nicht. So wie ich es beurteile, ist das Projekt Gommer Highland Resort auf jeden Fall vom Tisch. Oder sicher für lange Zeit auf Eis gelegt. Glaubst du nicht, Kauz?«

»Wie?«

Kauz schreckte auf. Er war in Gedanken bei Wendel gewesen, vor dessen Speicher sie jetzt saßen. Und bei Xaver, der heute abgereist war. »Ach so. Doch, das glaube ich auch. Das Gommer Highland Resort ist passé. Die Sicht aufs Weisshorn bleibt uns erhalten«, lachte er und stand vom Tisch auf, das Weinglas in der Hand.

Er hatte draußen zum Essen gedeckt. Damian hatte ihm geholfen, einen Partytisch und drei Stühle aufzutreiben. An der Stirnseite des Tischs war Platz für Thomas.

Thomas rollte neben ihn. Ria und Alain standen ebenfalls auf und traten näher. Max hatte unter dem Tisch gelegen, jetzt kam er hervor, setzte sich artig neben Kauz und blickte aufmerksam in die gleiche Richtung.

Gemeinsam schauten alle über die Wiesen hinweg aufs Weisshorn, das sich im Abendlicht präsentierte.

*

Kauz schaltete seinen Computer aus, griff nach der Leine und ging zur Tür. Dort klinkte er die Leine ins Halsband. Auf die Straße rennen kam nicht infrage. Kauz öffnete die Tür, Max zerrte. Kauz schnippte mit dem Finger, das Zerren hörte sofort auf.

»Brav«, sagte er und ging nach draußen.

In den Wald würden sie später gehen, jetzt wollte er nur zum kleinen Park in der Nähe. Beim Zeitungsautomaten fiel sein Blick auf den Aushang des Sonntagsmagazins. Er warf Geld ein, nahm ein Exemplar und ging auf dem schnellsten Weg nach Hause, nachdem Max sein Geschäft erledigt hatte.

Er machte sich Kaffee, setzte sich an den Küchentisch und begann zu lesen. Im Zürcher Polizeiskandal kam jetzt auch die Regierung unter Beschuss. Allen voran die Vorsteherin des Polizeidepartements. Neue Vorwürfe an die Polizeikommandantin waren publik geworden, alte wurden wiederholt. Die Regierungsrätin begann sich zu distanzieren, um die eigene Haut zu retten. Frau Doktor van Hooch sei krankgeschrieben und auf unbestimmte Zeit beurlaubt, hieß die letzte Meldung.

Das ist der Anfang vom Ende, dachte Kauz. Aus einem solchen Krankheitsurlaub kommt niemand zurück. Schadenfreude verspürte er keine mehr. Nicht einmal Genugtuung.

Der Chef der Kriminalpolizei, Senn, übernehme das Kommando des Polizeikorps ad interim, hieß es.

Nach der Zeitungslektüre ging Kauz mit Max in den Wald, um den Kopf auszulüften. Wieder zurück, sah er am Telefonbeantworter, dass ihn jemand dreimal angerufen hatte. Die Nummer kam ihm bekannt vor. Er spielte die aufgesprochene Meldung ab. Senn bat um Rückruf. Und das am Sonntag!

Kauz hatte keinerlei Lust zurückzurufen.

Eine halbe Stunde später klingelte es erneut.

Senn meldete sich, entschuldigte sich für die sonntägliche

Störung, aber da die Angelegenheit heute in der Presse breitgetreten werde, wolle er, dass Kauz die Nachrichten aus erster Hand erhalte. Er flötete eine gewundene Botschaft in den Hörer, die halb entschuldigend, halb dankheischend klang, da sie ein großzügiges Angebot enthielt.

Kauz ließ Senn reden. Und blieb ungerührt.

Am liebsten hätte er ihm gleich einen Korb gegeben. Aber seine Mitarbeiter kamen ihm in den Sinn. Die waren ihm alles andere als gleichgültig. Mit einigen von ihnen hatte er sich für heute Abend verabredet.

»Danke, Herr Senn. Ich will es mir überlegen«, sagte er. »Aber ich brauche Bedenkzeit.«

Senn stellte die Frage, die Kauz befürchtet hatte.

»Sie wissen ja«, antwortete er diplomatisch. »Ich bin bis Ende Jahr freigestellt. Das ist meine Bedenkzeit. Wenn ich schon früher zu einem Entscheid komme, melde ich mich.«

Kauz ging ins Wohnzimmer und legte seine Lieblingsscheibe in den Player. Er drehte die Lautsprecher auf und streckte sich in seinem Lounge Chair aus. Max lag auf dem Teppich, räkelte sich und gähnte. Kauz ließ den Arm über die Lehne baumeln und kraulte genüsslich seinen Kopf.

Kaspar Wolfensberger

Kaspar Wolfensberger lebt und arbeitet in Zürich und in seiner zweiten Heimat, dem Goms, das er also bestens kennt. Wolfensberger ist verheiratet, Vater zweier erwachsener Kinder, Großvater, leidenschaftlicher Weltenbummler, Wüstenfahrer und Wildniscamper, musikalischen, kulinarischen, önologischen und sonstigen Genüssen sehr zugetan und von Berufs wegen Psychiater und Psychotherapeut.

Von Kaspar Wolfensberger sind neben *Gommer Sommer* bislang zwei weitere Fälle mit Alois Walpen alias Kauz im Kampa Verlag erschienen: *Gommer Winter* und *Gommer Herbst*.